슈퍼히어로의 단식법

샘 J. 밀러 장편소설 이윤진 옮김

열린책들

이 책은 실로 꿰매어 제본하는 정통적인 사철 방식으로 만들어졌습니다.
사철 방식으로 제본된 책은 오랫동안 보관해도 손상되지 않습니다.

더는 이 세상에 계시지 않아
이 책을 손에 직접 쥐어 보지 못하시는 분,
하지만 언제나 이 책이 출간될 것임을 확신하셨던 분,
하이먼 P. 밀러를 위하여

축하한다! 하나의 인체를 득템했으니. 물론 그것은 현명하지 못한 결정이었다. 하지만 그 결정을 번복하기엔 이미 늦었겠지. 아아, 인생이란 자고로 환불 정책이 상당히 까다로우니까.

내가 무슨 전문가라도 되어서 이런 소리를 하는 거냐고? 그건 아니다. 하지만 신체를 소유한 지 어언 17년이 되어 가는 베테랑으로서 몇 가지 기본적인 법칙을 터득하긴 했다. 그것들을 따르다 보면 나만큼 괴로움을 당하지 않아도 될지 모른다. 그러니 나는 공익을 위해 이 법칙서를 쓰는 중이다. 하지만 부디 명심했으면 한다. 법칙은 많고 개중에 몇 가지는 따르기 굉장히 어려울 것이다. 또 몇 가지는 미친 소리처럼 들리기도 할 것이다. 그러니 법칙을 반밖에 따르지 못해 끔찍한 일이 벌어지더라도 내 탓 할 생각하지 마라.

법칙 #1

명심할 것: 우리 몸은 언제나 가장 최악을 갈구해. 신체란 수십억 년에 걸쳐 만들어진 복잡한 기계이며, 단 두 가지를 원해. 바로 생존과 번식이지. 우리 몸은 여전히 우리가 정글 속 짐승이라고 생각해. 음식이라면 모조리 먹어 치우기를 원하지. 그리고 품을 수 있는 존재라면 그것이 누구든 그 사람에게 내 일부를 삽입해서 DNA를 퍼뜨리려고 하지. 성욕과 식욕은 절대 우리를 내버려 두지 않아. 왜냐하면 우리 몸은 우리가 징그러울 정도로 뚱뚱해진 채 자식새끼들로 둘러싸이기를 원하거든.

1일 차,
총 섭취 칼로리: 3600

자살 성향.

글자 그대로 발음하면 정말 부드럽고 위화감 없게 들리는 단어다. 〈자유방임주의〉나 학교에서 외우라고 하는 여타 의미 없는 단어들의 이상한 조합처럼 말이다. 정신과 의사의 편지 어투는 너무나 침착했다. 그래서 편지를 몇 번이나 읽고 나서야 그 의사가 무슨 말을 하려고 하는지 파악할 수 있었다. 의사는 내 말을 인용하지 않았다. **가끔은 내가 자살해 버리면 남은 사람들이 훨씬 나은 삶을 살 것 같다는 생각이 들어요. 우리 엄마는 내가 우리 집 총이 어디에 있는지 모른다고 생각해요. 그런데 나는 그것을 학교로 들고 가서 수많은 사람을 쏴 죽이고 나도 쏴버려야겠다는 생각을 해요. 일주일에 다섯 번씩 그런 다짐을 하네요.** 의사는 내가 이따위 말을 했다는 사실을 엄마에게 알리지도 않았다.

대신, 그 정신과 의사는 우아하고 차분한 말투로 상당히 무서운 이야기를 많이 했다.

즉각 조치를 취해야 하고―

아래의 약을 처방하오니―

입원을 원하시는 경우―

불쌍한 인간. 우리 엄마는 온갖 청구서와 고지서, 단전·단수 알림장과 〈경고장〉들로 난무한 우편물이라면 무조건 멀리하는 경향이 있는데? 그것을 정신과 의사가 알 리 없었다. 애초에 나는 그 의사에게 진료를 받고 싶지 않았다. 하지만 학교에서 나를 그쪽으로 보냈다. 나를 명백한 고위험군 청소년으로 지정했기 때문이란다. 처음에는 **대체 내 어느 부분이 위험하다는 건데**라는 의문이 들었다. 그러다가 이내 **아, 맞다, 내 모든 게 위험해 보였지**라며 납득했다. 너무나 위험해 보여서 우리 학교 선생 중 한 명 또는 모두가 나에 대해 〈명백히 살인이나 자살을 초래할지도 모를 학생〉이라고 보고했다. 그것도 표면상으로는 아주 책임감 있어 보이는 보고서로 말이다. 자신들의 손에는 피를 묻히지 않겠다는 의지였다. 그들의 입장에서는 의무 완수다. 어쨌든 정신과 의사의 보고서가 엄마 앞으로 배송되자마자 나는 그것을 우편물 더미에서 쏙 빼갔다.

나는 등굣길에 걸어가며 그 보고서를 읽었다. 엄마는 내가 여전히 학교 버스를 타고 다니는 줄 알고 있었다. 하지만 누군가 나를 호모 새끼라고 부르며 내가 버스 안 통로를 지날 때 주먹질한 것이 6천 번째쯤 됐을 때였나? 그때부터 버스 타기를 그만뒀다. 그런 일이야말로 하루를 진짜 꿀꿀한 기분으로 시작하도록 만들기 때문이다. 게다가 걸어서 학교에 가면 지각하기도 더 쉬웠다. 그러면 교문 밖을 다 함께 서성이며 첫 수업 시작종이 치기를 기다리는 동안 애들과 〈파리 대왕〉 놀이나 하는 고통을 피할 수 있었다.

머리 위로 드리워진 나뭇가지들의 잎이 거의 다 떨어져 있었다. 앙상한 손가락처럼 시커멓고 삭막해 보이는 것들이 하늘을 할퀴고 있었다. 구불구불한 나무 한 그루에는 아직 잎이 반은 달려 있었다. 내 배가 고프다고 꼬르륵거렸다. 그러자 힘껏 손을 뻗으면 내가 저 나무들보다 더 길게 늘어날 것 같은 기분이 들었다. 배고픔이라는 감각은 그런 면에서 참으로 흥미로웠다.

어쨌든, 나는 편지를 갈기갈기 찢었다. 내 뒤를 따라 나부끼는 그 조각들은 「헨젤과 그레텔」에서 헨젤이 떨군 빵조각 같았다. 여기서 깨달은 점: 사람들에게 자살하고 싶다는 말을 하지 말 것. 그런데 생각해 보면 그 정도는 이미 알고 있어야 했다. 고등학교에서 우리에게 가르쳐 주는 것이 아무리 없다 하더라도, 이것만은 유념해야 했다. 중요한 이야기는 절대 아무한테도 하지 말 것.

나는 속도를 늦췄다. 언덕 꼭대기에 오르기 직전의 몇 걸음을 음미했다. 언덕을 넘으면 학교가 보일 것이었다. 나는 나무들을 올려다보고 쓰레기가 흩뿌려진 길거리를 내려다봤다. 그러고는 멈췄다. 숨을 쉬었다. 가던 방향을 바꿔 숲속으로 걸어 들어간 뒤 다시는 돌아오지 않으면 어떻게 될까 상상해 봤다. 이것에 대해 이미 많은 고민을 해본 상태였다. 내게는 계획이 있었다. 남의 차를 얻어 타거나 기차 화물칸에 무임승차하거나 강을 따라서 가면 될 일이었다.

내 침대 밑에는 가방 하나가 있었다. 그것은 책과 후드 티와 숍라이트 마트 뒤쪽의 자판기에서 뽑은 다이어트 소다로 가득 채워져 있었다. 그리고 머지않아 준비가 되면 그것을 어깨에 메고 진짜로 가출할 것이다.

하지만 아직은 준비가 **안 되어 있었다.** 아직은. 그래서 아무리 학교에 가는 일이 괴로워도 가야 했다. 대학이나 교육이나 직업 같은 그런 개소리를 신경 써서 그런 것은 아니다. 허드슨 고등학교에서는 어디서도 교육의 현장 따위를 찾을 수 없었다. 그것은 누구든 교실에 5분만 있어 보면 알 수 있는 사실이었다. 내가 자살을 할 수 없는 이유, 그리고 학교에 가지 않을 수 없는 이유는 마야 누나가 나보다 먼저 일을 저질러 버렸기 때문이다. 5일 전에 누나가 가출했다. 다음 날 아침, 누나는 고속 도로 어딘가에서 전화를 걸어 왔다. 누나가 납치당한 것이 아니라는 얘기였다. 프로비던스 근처에 있는 어떤 스튜디오에서 누나의 밴드가 첫 앨범을 녹음하기 위해 1주일간 휴가를 다녀온다나 어쩐다나. 누나는 다녀와서 밀린 학교 공부 진도를 따라잡을 테니 경찰에 신고할 필요 없다는 등의 이야기를 했다.

누나는 잘 지낸다고 했다. 아무 일도 없다고 했다. 하지만 나는 그 말을 온전히 믿을 수가 없다. 내 생각에는 누군가 누나에게 상처를 준 것 같다. 그리고 그게 누군지도 알 것 같다. 그래서 나는 계속 학교에 가야 한다. 무슨 일이 벌어졌는지 알아내 그 자식에게 그 상처를 그대로 되돌려 줘야 하니까 말이다.

그래서 나는 언덕의 꼭대기를 넘었다. 그리고 납작하게 너부러져 있는 1층 건물을, 알루미늄과 벽돌을 쌓아 놓은 그 흉물을 향해 걸어 내려갔다. 그러다 곧 시간을 잘못 계산한 나의 비참한 실수를 욕했다. 너무 일찍 도착했던 것이다. 아직 그들이 그곳에 있었다. 내 또래인 애들이, 야유하고 고함치며 서로 가슴을 쳐주고 옷매무새를 만져 주는 동년배 영장류들이.

오감이 너무 과민해진 기분이었다. 어쩌면 아침을 거른 부작용인지도 모르지만 빈속이 모터 엔진처럼 울렁이며 전기를 방출했다. 그것은 내 몸의 사지로 춤추듯 흘러가고 내 머릿속에서 스파크를 튀겼다. 그런데 애들에게선 고약한 냄새가 났다. 애들은 너무 크게 떠들어 댔다. 애들의 옷과 가방은 머리가 아플 정도로 알록달록했다. 그 모든 감각은 애들에게 다가가는 발걸음 하나하나를 더욱 힘겹게 만들었다.

그리고 거기 교문 앞에, 경찰 텔레비전 프로그램에 등장하는 나이트클럽 문지기들처럼 팔짱을 낀 그들이 서 있었다. 바스티안, 타리크, 그리고 오트. 세 명 전부 허드슨 고등학교 축구 스타이자 학교 계급 피라미드의 꼭대기에서 모두를 내려다보는 날선 눈초리의 오만한 놈들이었다.

「예쁘네.」 한 여자애가 다가오자 오트가 평가를 시작했다.

「안 예뻐.」 다음 여자애에 대해서는 그렇게 평했다. 그리고 그녀의 얼굴이 구겨지는 모습을 구경하며 하이에나처럼 웃었다.

「예뻐.」

「완전 못생겼어.」

「지가 예쁜 줄 **착각하고** 있네.」

이 말에 남자애들이 다 함께 낄낄댔다. 거기서 타리크만 웃지 않았다. 타리크는 완벽한 복근과 감탄을 자아내는 가슴팍, 그리고 다른 졸업반 학생들보다 독보적으로 풍성한 수염의 소유자였다. 타리크는 보조개와 넓은 콧방울을 자랑했다. 그는 내 컴퓨터 화면에서 갓 튀어나왔다고 해도 믿을 법한 외모를 지니고 있었다. 사실, 그는 엄마가 자는 동안 내가 밤새도록 검색하는 사이트들 속 인물이라 해도 손색이 없었다. 그 사이트들로 말하자면…… 소년들만, 그것도 외모적으로 나는 절대 소속되지 못할 비밀 리그를 이루는 미소년들만 가득 나오는 사이트들이었다.

어쨌든 타리크는 같이 있으면 희한하게도 내가 뚱뚱하다는 생각과 말라비틀어졌다는 생각이 동시에 들게 만들었다.

타리크는 나를 봤지만 최대한 빨리 외면했다. 하지만 그가 고개를 돌리는 속도는 그의 얼굴에 그늘진 죄책감을 감출 만큼 빠르지는 못했다.

누나와 나는 둘 다 타리크를 짝사랑했다. 그는 축구팀 애들과 짜증 날 정도로 많이 어울리면서도 축구팀의 다른 애들과 달랐다. 남을 괴롭히는 애가 아니었다. 게다가 잘생기고 똑똑하며 심지어 때로는 착하기까지 했다.

바로 그 점 때문에 타리크가 그렇게 위험한 놈이 된 것이었다. 누구나 남을 괴롭히는 애들은 피하기 마련이다. 타리크가 그전부터 우리에게 악랄한 폭력배 같은 면모를 보였다면 마야 누나는 절대로 그와 비밀리에 만날 생각을 하지 않았을 것이다.

하지만 타리크는 너무나…… 인간적으로 보였다. 그래서 누나는 그를 만났다.

타리크는 내가 그 사실을 알고 있다는 것을 몰랐다. 그리고 인정하지만, 나도 당시의 일을 그렇게 많이 안다고 자부할 수는 없었다. 그냥 그들이 그날 밤 만났다는 것 정도만 알았다. 그러니 어쩌면 아무 일 없었을 수도 있었다. 어쩌면 타리크는 프로비던스까지, 누나의 밴드 동료 중 한 명이 산다는 그 녹음실까지 누나를 차로 태워 준 것일지도 몰랐다. 여담이지만 그 밴드 동료도 실존 인물인지 의구심이 들기는 한다. 어쨌든 타리크가 그날 밤, 누나를 차에 태워 줬다는 사실만으로 그를 의심하는 것은 아니다.

내가 그를 의심하게 된 이유는 따로 있었다. 그날 밤 이후 타리크의 몸짓에서 풍겨 나오는 뉘앙스가 어딘가 달라져 있었다. 그는 더 이상 내 눈을 마주치지 않으려 했다. 게다가 내가 어디에 서 있든 나를 등지려고 했다.

마치 바로 이 순간, 그가 가장 친한 친구들과 함께 서 있는 교문으로 내가 다가가자, 완벽한 입술을 꼭 다문 채 바닥만 뚫어지게 바라보는 이 순간처럼 말이다.

나는 손톱을 미친 듯이 씹었다.

엄마는 이 짓을 혐오스러운 습관이라며 그만하라고 말렸다. 하지만 나는 멈출 수가 없었다.

내가 저 완벽한 입술에 내 얼굴을 얼마나 격렬히 부딪치고 싶은지만 생각하면 마음이 아렸다. 타리크가 누나에게 뭔가 끔찍한 짓을 저질렀을 거라고 어느 정도 확신하고 있는데도 그랬다. 그리고 그 욕구는 치욕스러운 감정과 한데 엉키면서 멍청하게 씩씩거리기나 하는 동물적 분노로 내 속을 채웠다. 어째서 나는 여전히 그를 볼 때마다 이런 욕망이 들까? 게다가 욕망과 함께 증오도 동등하게 느껴졌다.

그래서 내가 이 법칙서를 작성하는 것이다.

우리 몸은 간악하고 야만적인 존재이기에 우리의 정신을 죽이려고 한다. 나는 지금 당신이 승리하도록 도와주려는 것이다. 우리가 합심해서 둘 다 승리를 거머쥘 수 있도록 말이다.

나는 가던 길을 멈추고 눈에 쌍심지를 켠 채 타리크를 노려봤다. 그런데 그 모습을 오트에게 들켰다.

「맷, 무슨 용건이야?」

맷, 그것이 내 이름이다. 당신에게는 알리고 싶지 않았다. 나는 내 이름을 정말로 혐오하기 때문이다.

사람들이 밟고 다니는 물건이잖는가. 더러움의 극치다.[1]

거짓말을 할까, 뭔가 기막히게 멋지거나 남자다운 이름을 급조할까도 고민했다. 데미안이나 콜비나 배럿이나 보처럼 뭔가 동성애 포르노 배우 같은 이름으로 말이다. 하지만 정직함은 중요한 덕목이라고 생각한다. 나는 당신이 나를 믿었으면 좋겠다. 왜냐하면 나는 곧 당신이 믿기 굉장히 어려운 이야기들을 풀어낼 참이니까.

그래서 오트가 내 이름을 불렀을 때, 온몸이 투쟁 도피 반응으로 경련했다. 하지만 투쟁이든 도피든, 어느 쪽을 선택하든 간에 처참한 결과가 예정돼 있었다. 내가 투쟁을 하면 뒈지게 얻어터질 것이었다. 반면, 도피하면 타리크를 불편하게 만들, 그러니까 **그에게 압박을 줄 수 있는** 내 유일한 수단조차 잃게 되는 셈이었다.

사람들이 지켜보고 있었다. 만약 타리크가 그 자리에 서 있지 않았다면 나도 그냥 내 앞가림이나 신경 썼을 것이다. 하지만 타리크가 내 진짜 관중이었다. 오트는 중요하지 않았다.

나는 움찔했다. 너무 세게 깨문 약지 손톱에서 피 맛이 났다.

영화나 책에서는 폭력배에게 주먹을 한 방 돌려주기만 해도 그 인간을 제지할 수 있다. 남을 괴롭히는 인간들은 겁쟁이다. 대

---

1 주인공 맷Matt의 이름과, 현관 등 바닥에 까는 매트*mat*는 발음이 같다. 이하 모든 주는 옮긴이의 주이다.

충 그런 이야기들이다. 남을 괴롭히는 인간들은 폭력을 행사할 줄은 알지만, 막상 당하면 버티지 못한다고 말이다.

아직까지 현실을 깨닫지 못했다면 알려 주겠다. 이건 개뻥이다. 나도 중학교 때 직접 실천해 봤다. 그러나 상황이 더 안 좋아졌다. 어쩌면 당신의 경우에는 효과가 있을지도 모르겠다. 당신이 나보다 더 힘이 세거나 더 빠르게 달릴 수 있다면 말이다. 하지만 내 경우에는 그 덕분에 한동안 신나게 피를 토해 냈다.

나는 오트를 때려 봤자 아무것도 달라지지 않을 것이라는 사실을 잘 알았다. 하지만 그의 눈에서 뭔가 스쳐 지나가는 것을 확인했다. 두려움과 같은 것이지만 엄밀히 말하면 두려움은 아닌, 그보다 훨씬 크고 지저분한 감정이었다. 증오와 두려움이 동시에 발동한 것 같은 감정 말이다. 나는 오트에게 한 걸음 다가갔다. 그리고 심호흡을 했다. 그의 냄새를 **들이마신** 것이다.

그리고 나는 알았다. 대체 어떻게 알았는지는 묻지 마라. 하지만 그 냄새를 통해 알 수 있었다. 내가 오트를 불안하게 만들었다. 그를 공포에 떨게 했다. 내 존재로 인해, 내 동성애 성향으로 인해 오트는 자신이 세상을 이해하는 방식 전부를 위협당하고 있었다. 종족의 수컷이라는 사실에 대해 그가 이해하고 있던 관념이 뒤흔들린 것이다.

나는 이전까지 〈호모포비아〉라는 단어를 제대로 이해하지 못하고 있었다. 동성애 공포증이라는 뜻이지만, 호모포비아가 있는 인간들은 동성애자를 무서워한다기보다 그냥 혐오하지 않는가! 하지만 바로 그 순간, 모든 것이 이해되었다. 이성애자인 남성은 동성애자인 남성을 모욕하고 공격하고 폭행하고 죽이려 들

수밖에 없었다. 왜냐하면 동성애자들이 **너무나 두렵기 때문이다.**
그들이 세상을 바라보는 관점 자체가, 그들이 선천적으로 여성
보다 우월하다고 믿게 만드는 한 보따리의 거짓말이 전부 남성
성이라는 가치를 바탕으로 형성된 것이었다. 그런데 동성애자들
은 그 모든 관점이 얼마나 취약하고 독단적인지 부각시켰다.

나는 오트를 돌아보며 말했다. 「아니, 오트. 딱히 용건은 없어.
그냥 돌아다니는 중이야. 근데 말이지, 나는 어때?」

오트의 입이 으르렁대는 모양새로 말려서 올라갔다. 「네가
뭐?」

「나는 어느 쪽이야?」

오트가 팔짱을 아주 천천히 풀며 혼란스러운 마음을 드러냈
다. 「어느…… 쪽이냐니?」

「말 그대로야. 예뻐, 안 예뻐? 나는 내가 확실히 예쁜 쪽이라고
생각하는데.」

여자애 하나가 깔깔댔다. 심지어 타리크도 미소를 지었다. 물
론 그는 내게 그 모습을 숨기기 위해 고개를 돌리고 있었다.

나는 오트에게 한 걸음 더 다가갔다. 오트의 입술이 살짝 벌어
졌다. 그의 팔 근육들이 긴장하는 게 보였다. 불안하고 화가 나는
모양새였다. 내가 그에게 창피를 주고 있다는 것까지는 감지했는
데, 그 방법은 그가 이성적으로 이해할 수 없는 것이었기 때문이
다. 그는 내가 자신을 건드리기를, 아니면 제대로 모욕하기를 간
절히 원했다. 그래야 나를 때릴 명분이 생기기 때문이었다. 나는
애초에 마지막 말을 남기며 한 손가락으로 그의 가슴을 툭 치려

고 했었다. 하지만 그랬다간 오트가 물리적인 반격에 대한 정당
성을 부여받은 기분을 느꼈을 것이다. 그러니 굳이 그렇게까지
할 필요는 없었다.

　몇 초가 흘렀다⋯⋯.

　「**너는 하나도 안 예쁜데.**」 1교시 종이 울리기 직전이 되어서야
나는 오트에게 덧붙였다.

　그런 뒤 그를 지나쳐 학교 안으로 걸어 들어갔다.

법칙 #2

〈단식 병법〉을 공부하는 수련자이자 친애하는 독자여······ 바로 너 말이야, 너······. 지식은 가장 중요한 무기야. 세상에서 가장 강한 전사도 자신이 싸우고 있는 전투에 대해 완벽하게 이해하고 있지 않다면 승리할 수 없어. 이것이 가장 근본적인 사실이자 가장 중요한 법칙이야.

굶주림은 우리를 더욱 우월하게, 똑똑하게, 그리고 예리하게 만들어.

나는 직접 경험을 통해 이 사실을 깨달았지.

1일 차,
진행 중······

언제 한번 직접 해보고 확인해라. 점심 식사를 건너뛰면 무슨 일이 벌어지는지 지켜봐라. 교실이나 조그만 방에 앉아 있으라는 얘기가 아니다. 세상으로 나가 봐라. 도전적인 상황 속으로 자신을 던져 봐라. 사람들이 바글거리는 인도를 거닐거나, 심부름을 다녀오거나, 한동안 참아 왔던 말다툼을 시작해 봐라. 당신의 뇌, 당신의 코, 당신의 눈이 갑자기 최대치 이상으로 각성할 것이다. 피부가 간질거리며 생소한 감각이 살아날 것이다. 근육들이 에너지로 박동할 것이다. 굶주림이란 당신의 몸이 최대치로 일하는 상태다. 그러니 모든 불필요한 정보를 무시하게 된다.

내가 얼마나 배고픈지 하염없이 하소연했으니 당신은 내가 숭고하게도 가난해서 굶주리는 불쌍한 말라깽이라는 잘못된 인식을 품었을지도 모른다. 전혀 그렇지 않다. 우리 엄마는 어떤 재정적인 문제가 닥치든, 무조건 찬장에 식량을 가득 채워 놓는다. 간혹 케이블 수신이 끊긴 적은 있어도 절대 식사를 못 하지는 않았다. 마야 누나가 가출한 이후에는 특히 더 그랬다. 엄마는 가장 친한 친구들에게 마야 누나가 집을 나갔다는 이야기를 털어놨다. 무슨 이유에서인지 경찰에는 알리지 않고 말이다. 그래서 이제는 사람들이 각양각색의 요리를 들고 우리 집 문 앞에 나타났다. 그리고 엄마의 손에 쿠키가 담긴 접시나 파스타 샐러드가 담긴 그릇이나 살라미 햄이 든 바구니를 쥐어 줬다. 물론 이 상황이 영원히 가지는 않을 것이다. 그리고 나로서는 이 상황이 멈추기를 간절히 바란다. 엄마의 친구인 셔를이 가져다준 페타 치즈 칼라마타 올리브 캐서롤이 냉장고를 가득 채우고 있으니, 그 유혹을 참아 내기란 고문이 따로 없기 때문이다.

아니, 내가 굶는 이유에 그런 당위성 따위는 없다. 나는 세상에서 제일 끔찍한 버러지였다. 후진국에는 배곯는 아이들이 있는데 나는 내 몫의 야채를 쓰레기통에다 버리는 선진국 소년이었다. 마을 건너편에는 집에 먹을 음식이 없어 학교에서 급식을 세 차례나 받아 먹는 이동 주택 주차장 출신 아이들도 살았다. 그런데 나는 쓰레기통의 배나 채워 주고 있었다.

그래도 변명하자면 나는 야채를 좋아한다. 음식이라면 그것이 몸에 좋든 나쁘든 간에 다 좋아한다. 나는 언제나 불평불만 없이 음식을 먹는 아이였다. 누나와 다르게 말이다. 누나는 편식의 끝판왕이었다. 이것은 엄마가 거뜬히 입증해 줄 수 있다. 엄마는 편식을 심각한 질병이나 죽을죄로 취급하며 당신에게 하소연할지도 모른다.

어쨌든, 내 죄, 내 질병은 그보다 훨씬 심각한 것이다. 나는 먹지 않기로 결심했다. 왜냐하면 나는 누구도 나를 매력적이라고 느끼지 못할 만큼 거대하고 뚱뚱하고 기름지며 혐오스러운 생물이기 때문이다.

자, 당신은 나를 볼 수 없다. 하지만 만약 볼 수 있다면, 당신도 다른 모든 사람과 똑같은 이야기를 할 것이다.

대체 무슨 소리야?

너, 그렇게나 말랐는데!

자, 뭐라도 좀 먹어.

아니, 진짜로 내 샌드위치를 가져가라니까.

그리고 마침내…….

맷, 너 미쳤어.

그리고 정말 내 예상이 맞는다면, 나는 당신을 향해, 같은 반응을 보이는 다른 모든 사람에게 보낸 똑같은 반응을 보일 것이다. 미소를 짓고 고개를 끄덕이며 소리 없이 당신을 영원토록 증오할 것이라는 말이다. 왜냐고? 당신의 반응은 거짓일 테니까.

자신이 인지하는 자신의 모습과 타인의 눈에 비친 자신의 모습이 일치하지 않는 것은 섭식 장애의 지극히 진부한 증상 중 하나다. 「애프터스쿨 스페셜」²의 마법 덕분에 나도 익히 아는 바다. 하지만 중요한 얘기는 이제부터다. 내 증상은 섭식 장애가 아니다. 게다가 확신하건대 남자애들에게는 섭식 장애가 나타날 수 없다. 남자애들의 섭식 장애에 대한 방과 후 프로그램이 존재하지 않는다는 것은 하늘도 아는 사실이지 않나!

아마도 마법에 걸려 모두 나를 멀대같이 뼈만 남은 말라깽이라고 생각하는데 나 혼자만 진실을 볼 수 있는 모양이다. 지금 상황을 해명할 수 있는 가설로는 이것이 가장 유력하다. 즉 내가 말했다시피, 나는 거대하고 뚱뚱하고 기름지고 혐오스러운 생물이다.

이 모든 것이 쉽지는 않다. 거의 매일 싸워야 하니까. 나와 음식 간의 대결.

대개는 음식이 이긴다. 내 몸뚱이라는 간악한 존재는 내가 처참한 패배를 인정하게 만든다. 나를 찬장으로 끌고 가서 다급히

2 청소년 텔레비전 쇼.

24

손가락으로 병 안의 땅콩버터를 퍼낸 뒤 헛구역질할 때까지 그
것을 입안에 처넣게 만든다. 하지만 그날, 내가 오트에게 말대꾸
하며 시작한 그날은 내가 승기를 잡고 있었다. 내 의지가 내 굶주
림보다 강했다.

이번만큼은 내가 뭔가에 대한 통제권을 쥐고 있었다.

점심이 되자 나는 에너지가 넘쳐흘러 윙윙거리고 있었다. 날
아다니고 있었다. 제대로 불이 붙은 상태였다. 나는 남자애들이
입을 벌린 채 음식을 씹는 모습, 음식을 입에 가득 문 채 말하는
모습, 웃을 때마다 음식을 흘리는 모습을 경악하며 지켜봤다. 그
들의 목소리가 저음으로 늘어지는 것처럼 들렸다. 마치 학교에
서 나를 제외한 모두의 시간이 살짝 느려진 느낌이었다. 모든 것
이 부드럽게 흘러가고 있었다…….

그러다가 점심시간이 모든 것을 제대로 망쳤다.

아마 당신도 이미 학교 점심시간이 어떤 건지 익숙할 것이다.
고등학교 급식 카페테리아, 그을린 타코 〈고기〉와 엎질러져 상
해 버린 우유의 악취, 수백 마리의 호르몬 솟구치는 포유류가 서
로를 업신여기며 잠재적 짝에게 잘 보이려고 털을 고르는 행
태……. 만약 누군가가 이 모든 상황이 복잡한 사회적 실험이라
고, 또는 부유한 아무개가 글래디에이터 스타일의 리얼리티 쇼
를 기획한 결과라고 해도 나는 전혀 놀라지 않을 것이다.

나는 사이드 메뉴로 나오는 손가락 마디만 한 오동통한 감자
튀김에 50센트를 소비했다. 정작 그것을 먹을 생각은 없었다.

「어이, 맷.」 오트가 자기 자리에서 돌아앉으며 불렀다. 그는 특

유의 말투가 높은 명령조여서 동료 야만인들의 관심을 요구했다. 누군가에게 상처를 주어 그들이 우월함과 즐거움을 느끼게 해주겠다는 선전포고였다.

나는 아무 말도 하지 않았다. 짤막한 감자튀김 하나를 집어 케첩에 찍었다가 다시 내려놓기만 했다.

이 하찮은 머글[3]들아, 최선을 다해 공격해 봐. 나는 생각했다. 곧 언젠가는 누군가가 찾아와 내가 선택받은 자라고 알려 줄 거야. 그럼 그때는 나에게, 그리고 내가 사랑하는 사람들에게 상처 준 인간들을 한 사람도 빼놓지 않고 징벌하겠어. 이건 내가 맹세코 장담한다.

「좀 궁금한 게 있는데.」

나는 고개를 돌려 그를 바라봤다. 바스티안이 미소를 지으며 몸을 앞으로 기울여 왔다. 더럽게 부유한 놈의 오만해 보일 정도로 매끄러운 헤어스타일을 자랑하며 바스티안이 고개를 옆으로 기울였다. 타리크는 핸드폰만 뚫어지게 쳐다봤다. 그들 너머에서, 의미 없는 열댓 명의 인간은 입술을 핥거나 메시지 창을 켜고 예고된 불꽃놀이를 실시간으로 중계할 준비를 마쳤다.

「마야 누나는 어때? 요새 한동안 안 보이던데.」

관중 사이에서 우우우우우 하고 탄성이 들려왔다.

「누나는 잘 지내고 있어.」 나는 대답하고는 살짝 당황해하며 입안에 감자튀김 세 개를 쑤셔 넣었다.

「그것 참 다행이네.」 오트가 말했다. 「왜냐하면…… 내가 들은

---

3 「해리 포터」 시리즈에 나오는 용어로, 마법 능력이 없는 일반인을 뜻한다.

바로는 그렇지 않았거든.」

언제나 공범자를 자처하는 바스티안이 숙련된 말투로 크게 물었다. 「오트, 너 무슨 얘기 들었어?」 나는 이제 어쩐지 그가 오트보다 더 싫어졌다. 오트를 상당히 많이 싫어하는데도 말이다.

오트는 최소한 나처럼 좆나 가난했다. 그의 엄마는 월마트에서 교대 근무를 했고 그의 아빠는 우리 엄마처럼 돼지 축산 농장의 말단 백정이었다. 둘 다 같은 도축장에서 근무했다. 그곳에서 바스티안의 아빠는 매니저로 일하면서 손쉽게 연봉 1백만 달러를 벌어들이고 하루 종일 화려한 책상 위에 다리나 올려놓고 있었다. 그러는 동안 엄마와 수백 명의 다른 말단 백정은 돼지 두개골을 망치로 치고 커다란 칼로 묵직한 살들을 발라냈다.

어쩌면 이 세 명이 남을 괴롭히는 방식에 대해 각각 분석하는 것도 의미 있을 수 있겠다. 남을 괴롭히는 일도 예술이다. 그러니 그 방식 또한 그 사람에 대해 많은 것을 알려 준다.

오트는 오로지 물리적 폭력에 의존했다. 크고 멍청하며 넓은 어깨를 가진 그는 뭔가를 주먹으로 치고 있을 때 가장 빛났다. 오트의 폭행 방식에 정교함이나 지적인 요소는 없었다. 그의 굵고 검은 곱슬머리와 뿌루퉁한 입술을 내민 모습이 역사 교과서에서 튀어나온 로마인의 흉상을 연상시켰다. 그는 고등학교 복도를 거니는 폭력배, 카이사르였다.

바스티안의 잔혹성은 전부 언어를 통해 발현되었다. 감정적 폭행이라는 분야에서는 장인이었다. 한참 기억을 거슬러 올라가 초등학교 2학년 때를 떠올려도 바스티안은 사람들이 우는 모습을 구경하기 위해 단어들을 이어 붙이고 있었다. 대부분의 경우, 그 단어들에 **역겨운 게이 새끼**, 또는 그와 파급력이 비슷한 다른 혐오 발언들이 포함되었다. 하지만 웅변이 더 효율적인 순간에는 웅변도 잘했다. 게다가 좁은 골반과 금발, 그리고 (지옥에서 올라온) 속옷 모델의 것처럼 반듯하게 조각된 광대뼈를 자랑했다. 바스티안은 미소 짓는 사이코패스였다. 나중에 사회 이슈를 다루는 영화 속의 대통령이나 악당으로 성장할 그가 쉽게 상상되었다.

타리크가 남을 괴롭히는 방식은 좀 더 추상적이었다. 그는 방관했다. 지켜봤다. 그는 그들이, 그의 친구들이 무슨 짓을 하는지 구경했다. 그리고 웃음이나 침묵으로 동의하며 그들에게 정당성을 부여해 줬다. 절대 그들을 저지하지 않았다. 그는 그들의 관중이었다. 그들은 타리크를 위해 쇼를 벌였다. 타리크는 그의 존재만으로도 그들이 벌이는 짓이 무엇이든 그것을 더 끔찍하게 만들었다.

내가 그들을 전부 증오한다는 사실은 굳이 말하지 않아도 뻔하다. 하지만 어쩌면 이다음에 고백할 얘기는 그렇게 뻔하지 않을 수도 있겠다. 나는 그들을 증오하는 동시에 그들을 절박하게 원하기도 했다. 조물주의 질 나쁜 농담처럼 그들은 전부 가슴이 아릴 정도로 아름다웠기 때문이다.

말했지 않나. 자연은 거지 같다. 몸뚱이는 완전 똥멍청이다.

「무슨 얘기를 들었는데, 오트?」 바스티안이 다시 물었다. 오트가 결정적인 한 방을 날리려고 하자 바스티안은 양손을 비비며 몸을 앞으로 기댔다.

「마야 누나가 섹스 파트너였던 여덟 놈 중 한 명과 가출했다던데.」

나는 일어서서 오트 쪽으로 다가갔다.

하지만 갑자기 그것이 사라졌다. 내가 그날 아침에 우연히 얻었던 그 무언가가 말이다. 내가 달달 떠는 오트의 비겁한 성향을 바닥까지 정확히 꿰뚫어 보게 해준 그 능력, 그를 말 몇 마디로 손쉽게 처리할 수 있게 해준 그 능력이 사라졌다.

감자튀김. 그것들이 내 신체 엔진의 기어에 진흙처럼 엉겨 붙었다. 나는 5~6초간 쓸데없이 말을 더듬었다. 그 시간이 영원처럼 느껴졌다.

내가 소리를 냈다. 어쩌면 힘겹게 숨 쉬는 소리였을 수도, 질질 짜는 소리였을 수도 있다. 그것이 무엇이었든 간에 그것 때문에 사람들이 웃었다.

「오트, 이 새끼야, 작작 좀 해.」 타리크가 투덜거렸다. 그 와중에 그는 굉장히 의도적으로 핸드폰을 계속해서 내려다봤다. 자신의 얼굴에 서린 죄책감을 어렵사리 숨기고 있는 모습이었다.

내가 몸을 돌려 뛰쳐나가는 동안 악취가 넘치는 카페테리아에서 웃음 폭탄이 터져 나왔다.

법칙 #3

먹으면 몸이 느려져.

이건 기본 생리야. 진화 과정하고도 관련이 있어. 동물들은 먹잇감을 사냥하고 죽이는 과정에서 많은 에너지를 소모해. 그러고 나선 안락한 자리를 찾아 몸을 말고 잠들지. 고혈당 수치는 뇌의 각성 신호를 꺼버려. 혈액이 소화를 돕기 위해 위와 장으로 재배치되지. 그러면 정신과 감각은 멍해지는 거야.

하지만 〈단식 병법〉을 부지런히 연마하는 수련자라면 진화적인 측면과 감정적인 측면을 모두 이겨 낼 정도로 강할 거야.

1일 차,
종료

우리 엄마는 굉장한 괴물이다. 두리뭉실하고 무서우며 당신이 생전에 살면서 만난 어느 누구보다 크게 소리칠 수 있는 사람이다. 어렸을 때 밖이 어두워지면 엄마는 우리에게 저녁 먹으러 돌아오라고 외쳤다. 그 소리가 몇 킬로미터 거리에 우렁차게 울려 퍼지곤 했다. 사람들은 그것을 가지고 우리를 놀렸다. 엄마는 기차 화통이라며 말이다. 돼지 축산 농장에서 수십 년을 일하며 단련된 근육 덕분에 엄마가 마을 사람 중 두들겨 패서 굴복시키지 못할 인간은 없었다.

하지만 뭐, 당신도 인생이 그렇다는 걸 알지 않나. 인생이 엄마를 KO시켰다. 그것도 아주 천천히 말이다. 집세, 벽 안쪽으로 돌아다니는 쥐새끼들, 추위, 외로움, 도축장이 문을 닫을지도 모른다는 위협이 모두 합세해 엄마를 찍어 눌렀다. 그렇게 싸우고도 엄마를 굴복시키지 못하자, 인생은 마야 누나라는 사건을 터뜨렸다. 마야 누나가 가출한 일이 치명타였던 것 같다. 그 일이 있은 뒤, 엄마는 희망을 잃어 가는 모습이었다.

우리가 집이라고 부르는 낮은 천장 구조의 1층짜리 주택에 내가 알아서 들어갈 때면 엄마는 이미 소파에 기절한 상태였다. 학교에서 돌아오는 대부분의 날에 엄마는 그렇게 소파에 기절해 있었다. 그래서 엄마는 내가 통학 버스를 안 타고 걸어서 집으로 돌아온다는 사실을 아직까지 알아채지 못했다. 집 안의 공기가 매캐했다. 장작 난로, 그리고 엄마가 말로만 끊었다고 주장하는 담배 때문이었다. 텔레비전에서는 의미 없는 잡음이 흘러나왔다.

「냉장고 안에 먹을 거 있다.」 내 뒤로 현관문이 닫히자 엄마가 말했다. 심지어 자면서도 이 여자는 한 박자도 놓치지 않는다.

「고마워, 엄마.」 이렇게 말하고는 엄마 앞에 서서 엄마를 내려다봤다. 엄마는 미동도 하지 않았다. 엄마 손에서 피 냄새가 났다. 이 냄새는 절대 안 빠졌다. 엄마가 아무리 열심히 닦아도 완전히 지워지는 일은 없었다. 하지만 나는 이 냄새가 좋았다. 내게는 이 냄새가 사랑처럼, 힘처럼 느껴졌다. 엄마의 눈썹이 일그러지고 입술이 세게 맞물렸다. 뭔가에 대해 스트레스를 받은 모양새였다. 엄마는 짐을 내려놓지 않는다. 심지어 꿈속에서도. 나는 엄마에게 이불을 덮어 줬다. 하지만 방 안이 너무 더워 바로 다시 치웠다.

그리고 그곳에 내가 있었다. 반대쪽 벽면에 걸린 도금된 테두리의 길쭉하고 널찍한 거울 속에……. 엄마는 저 우스꽝스러울 정도로 지나치게 거대한 거울을 길거리에서 발견하고는 한 손으로 거뜬히 들어 픽업트럭에 실었다. 그것이 너무도 크고 아름다워서 어쩐지 우리 집의 나머지 공간까지도 덜 초라해 보이는 것 같았다. 가장 오래된 기억 속에도 그가 그곳에 있었다. 거울 속의 저 소년이, 웃고 행복해하며 말이다. 그러다가 몇 년 전부터 저놈이 도리언 그레이의 초상처럼 내 치부를 전부 반영하기 시작했다.

나는 이제 그의 모습만 봐도 움찔했다. 구부정한 호모 자식인 저 남자애를, 절대 사랑받지 못할 운명이라고 저주받은 저 몸을 기피했다. 나는 드라큘라가 부러웠다. 그는 최소한 자신의 모습을 확인해서 자신이 어떻게 보일지 걱정할 일은 없을 테니까 말이다.

「그리스도의 권능이 나와 함께하기를.」 나는 읊조리며 십자가를 그었다. 악령을 쫓는 나의 의식은 먹히지 않았다. 아마도 내가 유대교인이기 때문일 것이다.

엄마는 알고 있다. 내가 동성애자라는 것을 말이다. 엄마는 뭐든지 다 알고 있다. 모든 것을 다 듣는다. 이 동네는 좁았다. 그리고 엄마는 모두와 친했다. 나도 내가 사람들의 입방아에 오른다는 것을 알고 있었다. 하지만 엄마가 내게서 직접 **고백을 듣기** 전까지는 스스로 위안이라도 할 수 있을 것이다. 소문이 사실이 아니라고, 악의적인 헛소리라고, 속 좁은 촌놈들이 세심하고 똑똑한 남자애를 보고 **호모 새끼**라고 놀리는 것이라고 말이다. 하지만 사실을 안다면, **빼도 박도** 못 하게 확신한다면, 내 생각에 엄마는 무너질 것이다. 엄마가 동성애자를 싫어해서가 아니다. 엄마는 자신이 애들을 얼마나 망쳤는지 걱정하며 평생을 보낸 사람이다. 그런데 엄마 입장에서 학대와 고독으로 점철된 괴로운 인생을 선고받은 아들만큼이나 그것을 뒷받침할 확실한 증거는 없지 않나? 그래서 엄마는 무너질 것이다.

우리를 홀로 키우는 동안 모두가 엄마에게 말했다. 그녀가 애들을 망칠 것이라고……. **아들에게는 인생에 아빠가 필요한 법이야.** 그들은 엄마에게 참견하고 또 참견했다. 마치 내가 그들의 얘기를 알아듣지 못하는 것처럼 거침없었다. 나는 그들의 코앞인 마트의 쇼핑 카트 안에서 찐 콩 통조림 캔으로 벽을 쌓아 올리고 있었는데 말이다. 그렇지 않으면 저놈이 제대로 자랄지 장담할 수 없다고.

엄마는 매번 대꾸했다. 얘한테 필요한 것은 사랑뿐이에요. 얘에게는 나만 있으면 돼요.

그리고 엄마의 말은 백번 옳았다. 하지만 남의 일에 참견하지 않기란 불가능한 아주머니들과 일부 아저씨들, 독선적인 수다쟁이들이자 허드슨의 군병이라고 할 수 있는 SUV 특공대원들에게 그 말을 해보라. 내가 엄마에게 나 자신이 얼마나 망가졌는지 고백하는 순간 최종 승리를 거머쥘 사람들은 전부 그들이었다.

마야 누나의 가출 사건으로 무너지기 일보 직전인 엄마는 내가 동성애자인 것을 확인하고 나면 제대로 무너질지도 몰랐다.

칼날들이 내 배 속을 쿡쿡 찔렀다. 굶주림으로 몸이 흔들렸다. 사실 최근 들어 속이 안 아픈 적은 없었다. 하지만 이제는 그것이 슬슬 걱정되기 시작했다. 점심때 먹은 감자튀김 세 조각의 효과는 그리 오래가지 않았다.

그러다가 그것이 보였다. 내가 초등학교 1학년 때 만든 자석 (참고로 자석은 건조시킨 마카로니를 금색 스프레이 페인트로 칠해서 만든 초승달이었다)으로 냉장고 한쪽 면에 붙인 사진이었다. 나는 그 사진을 천 번쯤 아무 생각 없이 지나쳤을 것이다. 매우 작고 매우 낡았으며 컬러였으나 빛이 바래 거의 흑백처럼 보이는 사진이었다. 내 또래로, 미소를 지으며 마른 몸을 자랑하는 엄마의 모습이었다.

〈비만〉은 아마 지금의 엄마를 묘사하기에 적절치 않은 표현일지도 모르겠다. 하지만 **완전히** 틀린 것도 아니다. 어떻게 엄마는 무진장 마른 상태에서 무진장…… 안 그런 상태로 변한 것일까? 그리고 그렇다는 의미는 내 안에도 그런 변화를 일으킬 유전적 폭탄이 타이머를 장착한 채 대기 중이라는 의미일까?

왜 이제서야 그것을 알아차렸는지 이유는 알 수 없다. 그렇게나 오랫동안 코앞에 있던 사실이었는데 말이다. 어쩌면 배 속의 통증과 그로 인해 생긴 쾌감, 마야 누나의 부재로 너무도 무력했던 내가 미약하게나마 인생을 제어하고 있다는 기분에서 오는 쾌감과 관련 있을지도 모르겠다.

나는 복도를 빠른 걸음으로 따라가며 냉장고에서 내내 시선을 피했다. 그래도 공기 중에 떠도는 참치 냄새, 엄마가 버무린 라임 즙과 지나치게 많이 넣은 마요네즈의 냄새, 그리고 너무 두껍게 잘라 놓은 찰라 빵[4]의 냄새를 맡을 수 있었다.

마야 누나가 제일 좋아하던 요리였다. 마야 누나가 떠난 날, 엄마는 나가서 찰라 빵 한 덩이를 사오더니 그것으로 전부 샌드위치를 만들어 놓았다. 마야 누나가 돌아왔을 때 준비돼 있도록 말이다. 그것들이 부패하기 직전 상태에 이르자, 어제 엄마는 그것들을 일터로 가져가 저임금 노동자 동료들과 나눠 먹고는 새 빵을 사다가 새 샌드위치를 만들었다. 그래서 마야 누나가 집 안으로 들어섰을 때 누나가 세상에서 가장 좋아하고 편안하게 느끼는 음식이 기다리고 있게끔 말이다.

내 방에서조차, 방문을 꼭 닫아 놓은 상태에서조차 참치 냄새

4 유대교식 흰 빵.

가 역력했다. 나는 그딴 음식을 좋아한 적이 없었다. 하지만 누나가 만들어 줄 때면 먹기는 했다. 나는 언제나 누나가 시키는 대로 했다.

우리 누나는 절대 온실 속의 화초 같은 여자가 아니었다. 누나가 주변에 있을 때면 감히 아무도 나에 대한 얘기를 꺼내지 못했다. 누나는 열네 살 때 머리를 짧게 잘랐다. 한번은 남자애도 좋나게 팼다. 누나에게는 학교를 자퇴한 불량한 친구들도 있었다. 누나의 재킷, 팔찌, 칼라, 부츠에는 금속 스파이크가 달려 있었다. 스파이크가 안 달린 곳이 없었다.

누나에게는 남자 친구들도 있었다. 하지만 그들 중 어느 누구도 우리 학교에 다니는 멍청이가 아니었다.

누나는 오트가 점심시간에 나를 괴롭힌 사건에 대한 반격으로 그에게 눈부신 굴욕을 선사했을 것이다. 남자애들은 마구 자고 다녀도 되는데 여자애들은 욕구만 느껴도 벌을 받는다는 내용으로 비속어를 알차게 섞어 멋들어진 연설을 했을 것이다. 그런 뒤, 덤으로 오트의 목에 죽빵을 날렸을 것이다.

마야 누나는 펑크 록 밴드의 일원이었다. 기타를 치고 무시무시한 노래를 불렀다. 누나는 엄마의 판박이 딸이었다.

그래서 나는 타리크가 무슨 짓을 했든 간에 그것이 뭔가 끔찍한 일이었음을 알 수 있었다. 그렇지 않다면 우리 누나가 사라질 이유가, 이렇게 오랫동안 감감무소식일 이유가 없었다.

내 몸은 일말의 생각도 없이 알아서 컴퓨터를 켰다.

나는 이 당시 내용을 건너뛰고 싶다. 대충 둘러댄 뒤 바로 다음 날의 일로, 내 진정한 일이 시작됐을 때로, 나의 가장 어둡고 끔찍한 환상들이 제대로 실현되기 시작했을 때로 넘어가고 싶다. 하지만 내가 이렇게 찌질한 내용을 전부 빼버린다면 이것이 대체 무슨 법칙서가 되겠는가? 나는 당신도 인간의 신체를 관리하고 다루는 과정에서 어떤 벽과 마주할지 제대로 이해해야 한다고 생각한다. 당신이 〈단식 병법〉을 온전히 익히기 위해서는 말이다.

찰나가 영원처럼 느껴졌다. 컴퓨터가 살아나기까지 60여 초의 시간이…… 나는 그 시간 동안 방 안을 둘러봤다. 그리고 충격을 받았다. 이렇게나 방이 작았나? 이렇게나 이곳이 물건으로 빼곡했나? 비뚤어진 포스터로 가득한 벽면이 저렇게나 초라했나? 그 포스터들은 열 살의 맷, 열세 살의 맷, 그리고 더 나아가 지금의 맷이 모은 것들이었다.

고래들, 영화 「크리스마스의 악몽」, 베놈과 스파이더맨이 격투하는 장면, 알베르트 아인슈타인. **저 노인네는** 대체 언제 어쩌다가 내 벽면에 붙게 됐는지 기억도 안 난다.

밤마다 나는 마야 누나에게 이메일을 보냈다. 어떤 때는 하루가 어땠는지 짧게 담긴 것이었다. 또 어떤 때는 키보드로 분노 발작을 일으키고 제대로 징징거리며 아주 속 깊은 이야기를 담아냈다. 왜냐하면 나는 누나가 내게 무슨 일이 벌어졌는지, 내가 어떻게 하면 누나를 도울 수 있는지, 그리고 언제 누나가 집으로 돌아올 것인지 알려 주기를 바랐기 때문이다.

누나가 답변을 보내는 경우는 드물었다. 보낼 때도 단 한 문장이었다. **별일 없으니 조만간 연락하자.**

뻥치시네.

나는 인터넷 창을 열었다.

나는 언제나 게임으로 일과를 시작했다. 유익하고 아이다운 추구였다. 숙제도 했다. 소셜 미디어를 음침하게 돌아다녔다. 마야 누나의 트위터와 페이스북을 확인하며 누나가 뭐라도 남긴 이야기가 없는지 살폈다. 팬아트 사이트를 돌았다. 거기에서 내가 가장 애정하는 동성 커플들(해리와 드레이코, 주코와 소카, 셀리나 카일과 할리 퀸)⁵을 아름답게 표현한 작품들을 검색했다. 가끔은 채팅방에도 들어가 나와 같은 생각을 공유하는 사람들과 이야기를 나눴다. 심지어 나와 같은 촌동네 게이들을 위한 허드슨 고등학교 채팅방도 있었다. 많은 놈이 이런 방에서 파트너를 찾았지만, 나는 함부로 그러지 않았다. 나는 이 시스템이 실제로 어떻게 돌아가는지 알았기 때문이다. 다들 가짜였다. 나나 다른 진짜 동성애자들을 속여 으슥한 곳으로 데려간 뒤 여유를 갖고 천천히 우리를 고통스럽게 죽여 버리려는 의도를 가진 씨발 놈들이었다.

그러다가 갑자기…… 언제 어쩌다가 그렇게 되는지는, 또는 뭐가 그것을 촉발하는지는 절대 짚을 수 없지만…… 〈펑!〉 내 컴퓨터 화면이 발가벗은 놈들로 가득 채워졌다.

남자 놈들. 성인 남자들. 오로지 남자들뿐이었다. 그들은 감성

5 순서대로 「해리 포터」, 「아바타: 아앙의 전설」, 「배트맨」 시리즈의 등장인물들.

적인 포즈로 해변이나 침대에 있거나, 음탕한 자세를 취하고 나를 음흉하게 노려보며 말했다. **너는 절대 이런 상대를 가질 수 없어. 너는 절대 이런 남자가 되지 못해.** 남자들끼리 붙었다. 그들끼리 입에 올리지도 못할 환상적인 행위들을 하고 있었다.

첫 번째 사진이 화면을 스치고 지나가자 나는 신음 소리를 냈다. 그것도 크게 말이다.

나도 내가 이 짓을 그만둘 정도로 의지가 강했으면 좋겠다. 하지만 진짜 말이지, 포르노가 문제는 아니었다. 내 방에 물려받은 컴퓨터가 들어선 지 6개월밖에 안 되었지만 내가 내 끔찍한 모습을 수치스럽게 느끼기 시작한 것은 그보다 훨씬 전이었다.

어떤 텔레비전 광고든 영화든 잡지 속 사진에서든 내 몸이 어떤 **모습이어야 하는지** 보여 줬다. 허드슨 고등학교 복도를 거닐 때마다 나는 절대 저 완벽한 머리와 깨끗한 피부, 그리고 근육질의 복부와 천하무적의 자신감을 보유한 운동선수 놈 중 하나가 될 수 없으리라는 것을 확인할 수 있었다. 절대 바스티안이나 오트, 또는 타리크가 될 수 없었다. 대신 내게는 이것이 있었다. 이것! 이것이라고! 오, 신이시여! 하필 **이것!**

다 끝났을 때, 내가 만든 난장판을 내려다볼 여유가 생겼을 때, 내 정신이 다시금 현실로 퍼뜩 돌아왔을 때, 내 삐걱거리는 의자가 너무 큰 소리를 내어 엄마를 깨우는 바람에 엄마가 내 방문 앞에 서서 나를 실망스러운 눈초리로 바라보고 있다는 사실을 깨달았을 때, 그 상황이 너무도 끔찍하게 다가오자 나는 울기 일보 직전이었다. 좆나 배가 고팠기 때문에, 엄마의 마음을 산산조각

냈기 때문에, 내가 역겨웠기 때문에, 누나 때문에, 타리크 때문에…… 인생 그 자체 때문에 그랬다.

나는 일어섰다. 욕정은 일시적으로 충족됐으며 굶주림이 다시 찾아왔다. 내 주변 시야에서 검은 별들이 피어났다가 사라졌다. 다리가 후들거렸다. 방 안이 점차 침침해졌다.

드디어 그 일이 벌어지고 있어. 나는 생각했다. 내가 탈피하고 있어. 물질계를 벗어나고 있어. 이 흉측한 몸에 속박되지 않은 유령이 되고 있어.

나는 죽어 가고 있어.

하지만 내 몸은 건강했다. 지금 여기 이 순간을 꽉 잡으면서 현상과 맞서 싸웠다. 내 장기를 다시금 찌르고 또 찔렀다. 이번에는 너무도 예리한 복통이 찾아와 몸을 웅크렸다.

거의 앞이 안 보이는 상태에서 넘어질 것 같은 걸음걸이로 통로를 지났다. 엄마는 어느 순간 소파에서 일어나 침대로 간 모양이었다. 사방이 어둠이었다. 하지만 빛이 필요하지는 않았다. 나는 어둠 속에서 길을 찾는 법을 알고 있었다. 닌자처럼 고요하게 집 안을 누볐다.

냉장고 문을 열자 빛이 앞을 가렸다. 밝고 깨끗하고 새하얀 빛이었다. 안에는 은박 포일로 덮인 캐서롤 냄비들과 쿠키 통, 그리고 움푹한 유리그릇들이 구깃구깃한 경치를 이루고 있었다. 너무도 다양한 사람들이 지나치게 많이 가져다준 음식이었다. 음식은 사랑이다. 이렇게나 많은 사람으로부터! 그들은 엄마를 사랑하고 마야 누나를 사랑했으며 우리를 도우려고 했다. 그래서 그들이 아는 유일한 방식으로 우리를 돕기 위해 음식을 만들어 준 것이었다. 나는 토하고 싶었다.

너무나 많은 음식이 있었다. 내가 좋아하는 메뉴의 음식도 넘쳐났다. 하지만 거기서 내가 바라는 것은 오직 하나뿐이었다. 오직 한 가지 음식만이 내 기분을 개선시킬 수 있었다. 그 한 가지는 절대로 대체 불가능했다.

열린 냉장고를 앞에 두고 바닥에 널브러져 앉은 채 울먹이며, 나는 참치 샌드위치를 입안으로 욱여넣었다. 그것은 곧 동나 버렸다.

법칙 #4

〈단식 병법〉에 숙달된 전사는 신체가 대망의 적인 동시에 훌륭한 적수라는 것을 잘 알고 있어. 신체를 존중해 주고 그것의 반응에 귀를 기울여. 언제나 너와 네 신체가 서로 충돌하는 것은 아니야. 식욕에는 맞서 싸워야 하지만 공포에는 귀를 기울여야 해. 두려움은 보통 너와 신체의 이해관계가 일치할 때 발생하니까. 다시 말하지만 두려움이야말로 네가 귀를 기울여야 할 대상이야. 죽지 않기야말로 너와 네 신체가 공유하는 목표라고.

뭐, 일반적으로는 그래. 자세한 이야기는 나중에 다루자고.

2일 차,

총 칼로리: 500

다음 날, 나는 짓썹은 참치로 만들어진 구속복으로 꽉 포박된 상태였다.

날 선 감각이 무뎌졌다. 샌드위치가 내 콧구멍을 막고 귀를 메우고 눈에 바셀린을 바른 것이다. 지저분한 학교 복도가 나를 막아섰다. 게다가 누군가 나서서 복도를 전부 투명 마시멜로로 가득 채운 모양이었다. 마시멜로들은 두껍게 부풀어 오르는 뭉게구름을 이뤘다. 그리고 나는 슬로모션으로 그것들 사이를 걸었다. 뭉개져 늘어지는 낮은 소리가 들려왔다. 트로피 진열장 안의 트로피들이 나를 놀려 댔다. 마구 웃어 대며 속삭였다. **이게 정상적인 남자애들과 여자애들이 하는 일이다. 얘네들은 상을 타와. 너는 창피한 존재일 뿐이야. 수치의 근원이라고.**

그래도 복통은 멈췄다. 싸움에서 승리한 몸은 느긋하게 기대앉아 내 상황을 고소해할 여유가 있었다.

나는 내가 한 짓을 깨닫자마자 그 많은 샌드위치를 전부 토해 낼까 고민했다. 하지만 그것만큼은 넘지 말아야 할 선이었다. 스스로 토하게 만들기 시작하면 문제가 있는 것이었다. 내가 절대로 억지 토는 하지 않을 인간이라는 말은 아니다. 고등학교 1학년 시절, 체육 시간에 자행되는 괴롭힘 덕분에 나는 〈선생님 속이 안 좋아요 화장실 가도 돼요?〉 기술에 통달했다. 그 기술을 실행하고 나면 손가락으로 목구멍을 정확히 찌르는 기술을 콤보로 펼쳤다. 그러고 나서 양호실로 직행해 내가 수업에 참여하지 않아도 된다는 허가를 따냈다.

그런 식으로 나와 양호 선생님은 좋은 친구가 되었다.

하지만 나는 나를 안다. 일단 먹고 전부 토해 내는 버릇을 시작하는 날로 나는 끝이었다. 그 짓을 식사 때마다 하다간 일주일 안에 죽을 것이다.

그래서 실수할 때면, 억지로 나 자신이 그 책임을 지도록 강제했다.

나는 나 자신을 오롯이 통제했다.

봤지? 내가 섭식 장애 아니라고 하지 않았나!

참치 사건 때문에 하루 전체가 슬로모션으로 진행되는 악몽이었다. 몽유병 증상 같은 코마 상태에서도 두려움만큼은 예리하게 느껴졌다. 지속적이고 시시하며 언급할 가치조차 거의 없는 두려움 말이다.

수업 시작 전에 바깥에서 녹슨 벤치에 앉아 있는 새끼들, 복도에 있는 새끼들, 우리 반에 있는 새끼들에 대한 두려움이었다. 그들은 내가 원하는 놈들이자 내가 두려워하는 놈들이었다.

참치 때문에 정신이 몽롱해진 상태에서는 더 이상 안전한 길을 찾아다니지 못했다. 그래서 언제든 내게 공격이 들어올 수 있는 상황이었다. 언어적 폭력이든 물리적 폭력이든, 별반 차이가 없었다. 나뭇가지나 돌멩이로는 상처를 입을지언정 말로는 상처를 입지 않는다는 개소리…… 인간의 몸뚱이를 가져 본 사람이라면 그것이 개뻥이라는 것을 모를 수 없다.

나는 차라리 물리적인 폭력을 선호한다. 물리적 폭행에 대한 두려움은 폭행 그 자체보다 더 끔찍하다고 볼 수도 있겠다. 그러니 일단 머리로 철제 로커를 들이받게 된 순간, 또는 팔이 샌드백으로 변한 순간, 더는 내가 그 일이 벌어질지 말지 걱정하지 않아도 된다. 폭행이 끝난다. 게다가 언어적 폭력은 덜 떨어지고 표현력이 조악한 허드슨 고등학교의 두꺼비 같은 남자 새끼들에게 당할 때조차 그 말이 며칠씩 머릿속에서 맴도는 뭔가가 있다. 조용한 순간마다 불현듯 침습하는 면이 있다. 내 심장을 두근대게 하고, 내 뇌가 **이렇게 명백히 사람 취급도 못 받으면서 살아야 하는 이유가 있나?**라는 개소리를 짖어 대게 만든다.

여러분, 자살 성향일 뿐이라고요. 어서 지나가세요. 여기에 구경거리는 없습니다.

하루가 극히 고통스러운 속도로 지나갔다. 나는 매초가 지날 때마다 똑딱이는 소리를 들었다. 모든 반에 비치된 1950년대식 흉측한 시계의 소리였다. 거대한 시곗바늘들이 멀리서 들려오는 북소리처럼 멍한 상태의 나를 두드러 내는 기분이었다. 내 점심은 탈지 우유였다. 그런데 그것조차 너무 진하고 역겹게 느껴졌다. 고등학교 1학년 때 생물 시간에 배웠던 내용을 머릿속으로 되뇌며 그것을 마셨다. **우유는 유지방 응고체들이 수계 유액 속에 떠 있는 용액이다.** 역겹다. 그래서 그것을 반쯤 남긴 채로 버렸다.

지금쯤 아마도 당신은 이런 생각을 하고 있을 것이다. 잠깐, 맷, 너 정말 그렇게 친구가 없어? 너한테도 **누군가**는 있을 것 아니야.

그래, 맞다. 나도 있다. 아니, 정확히 말하자면 있었다. 대릴 스태프키가 있었다. 우리 집 길가를 따라가다 보면 마구잡이로 펼쳐진 이동 주택 주차장이 나오는데, 대릴은 그곳에 사는 가족의 막내아들이었다. 만화책과 비디오 게임에 중독된 괴짜 친구였다. 나만큼이나 답 없는 놈이었다. 우리는 여름마다 모든 순간을 함께 보냈다. 대개는 우리 집 지하에서 플레이스테이션과 내 노트북 컴퓨터를 돌아가며 즐겼다. 점점 더 말도 안 되는 허구의 캐릭터끼리 비교하면서 둘이 싸우면 누가 이길지에 대해 밤새도록 키보드 배틀을 벌이기도 했다.

그런데 6월에, 학년이 끝나자마자 대릴의 아빠가 도축장에서 실직해, 그의 가족은 짐을 싸서 캐너조해리로 이사했다. 여기서 그곳까지는 한 시간 반밖에 안 걸린다. 하지만 그곳이 슈퍼맨의 고향, 크립톤 행성이라고 해도 상황은 별반 다르지 않았을 것이다.

왜냐하면 대릴이 전화를 안 했다. 대릴은 편지도 안 썼다. 때로는 매우 길고 때로는 매우 짧은 내 메시지에 이따금 크게 웃거나 고개를 절레절레 흔드는 이모티콘만 보내고 제대로 된 답장은 안 했다. 어쩌다 한 번씩 내 사진 하나에 〈좋아요〉를 눌러 줬다. 최소한의 반응만 보이는 것이었다. 자신의 절친에게 등을 돌리는 개새끼만큼은 되고 싶지 않았던 모양이다.

하지만 나는 대릴의 사진들을 확인했다. 그래서 무슨 일이 벌어지고 있는지 간파했다. 대릴은 새로운 동네에서 다른 사람이 되었다. 그는 이제 대학생 급이 되었다. 야구와 파티와 맥주와 여자애들로 바쁜 나날을 보내고 있었다.

대릴은 글쎄, 자기 자신이기를 멈춘 것 같았다. 사람들은 흔히 그러지 않는가. 그가 나를 버렸다고 해서 그에게 화가 난 것은 아니었다. 도리어 그가 자기 자신을 버렸다는 사실에 화가 났다.

대릴이 사라졌어도 내게는 친구 비슷한 존재들이 있었다. 아마도 그들은 지인 정도로 분류될 수 있을 것이다. 사람들, 대개는 여자애들로, 내 농담에 웃어 주고 나와 수업 시간에 노트 필기를 공유하며 그들이 하는 농담에 나도 웃게 되는 애들이었다. 또한 우리가 학교 건물을 나서자마자 그들의 세상에서 내 존재는 씻은 듯 사라지는 애들이었다. 그것도 괜찮았다. 그들 또한 내 세상에서 씻은 듯 사라졌으니까.

어찌어찌해서 오늘 하루도 별 큰일 없이 보냈다. 도니 벨이 수학 시간에 내 옆구리에 주먹을 날렸다. 다른 누군가는 복도를 지나는 동안 내 뒤에서 기침하는 척하며 **호모 새끼**라고 놀렸다. 그것들은 으레 고등학교에서 만연한 일이었다. 크게 보면 증오를 평가하는 척도상에서는 아주 미미하게 치부될 일들이었다. 천천히, 참치로 인해 희미하게 느껴지던 둔감함이 사그라지면서 굶주림이 되돌아왔다.

그 후 오후 늦게, 저 멀리서 천둥 치는 소리가 들렸다. 내게는 큰일이었다. 10분 뒤, 비가 세차게 쏟아지기 시작했다.

호우는 곧 내가 집으로 걸어서 돌아가지 못한다는 것을 의미했다. 그럼 버스를 타야 했다. 이는 또한 버스를 타기 위해 **대기해야** 한다는 말이었다. 그러면 애들로 바글거리는 카페테리아에서 버스들이 들어오고 떠나는 것을 지켜보며 30분에서 40여 분간 내 버스가 오기를 기다려야 했다.

오트는 최소한 내가 기다리지 않아도 되게끔 배려해 줬다. 앞은 자리에서 떨며 언제 공격이 들어올까 조마조마해할 시간을 주지 않았다. 내가 카페테리아에 도착하자마자 그가 외쳤다.

「이런 젠장, 바스티안, 너 봤어?」

「아니, 뭐 말이야?」

「야, 맷이 네 뒤태를 제대로 감상하며 침 흘리고 있었어.」

「말도 안 돼.」 바스티안이 최선을 다해 분개하는 내숭쟁이 흉내를 내며 숨을 헉 쉬었다. 내 속에 두려움이 자리하기 시작했다.

「야, 진짜라고! 너 쟤가 저래도 그냥 두고 볼 거야?」

그들은 시간을 끌며 내가 상황을 받아들이고 움찔할 시간을 줬다. 서로의 가슴을 주먹으로 남자답게 쳐주며 꽤나 진부한 준비 의식도 마쳤다.

머릿속에서 나는 「엑스맨」의 매그니토였다. 양팔을 뻗어 카페테리아의 강철 뼈대를 느끼고 그 건물 전체를 허공으로 들어 올리며 금속 식탁들끼리 충돌시키고 그것을 오트에게 날려 그를 포도알처럼 터뜨리고 있었다. 아니면 나는 「에일리언」 시리즈의 리플리였다. 기관총형 유탄 발사기를 들고 당당히 서서 퀸 에일리언을 내려다보며 전혀 두려움을 느끼지 못하고 있었다.

하지만 솔직히 말해, 나는 정말 두려웠다. 그렇게 겁에 질린 채 그 자리에 서 있었다. 나는 두려움에 젖어 들고 있었다. 두려움이 내 속에 스며드는 기분을 느꼈다. 두려움은 참치로 인해 멍해진 정신의 마지막 가닥을 잡아 냈다. 두려움은 긍정적이었다.

어쩌다 그런 생각을 하게 됐는지 모르겠다. 그 순간에 나를 구해 준 그 갑작스러운 깨달음 말이다. 내 뇌가 이 새끼들에게 쓸

무기를…… 그러니까 아무 무기라도 찾기 위해 다급히 어둠 속을 더듬었다. 그리고 마침내 하나를 찾아냈다.

굶주림. 지난번 아침에 내가 오트를 모욕하게끔 도와준 거의 초능력에 가까웠던 직감을 떠올리며 생각했다.

날 선 공허감에 집중해. 그것을 받아들여.

오트와 눈이 마주쳤다. 나는 그를 노려봤다. 굶주림은 내장 속에서부터 울부짖는 짐승이었다. 그것이 내 감각을 키웠다. 그리고 나는 그것을 더욱 극대화시킬 수 있다는 것을 감으로 알았다. 숨을 들이마셨다. 오트의 냄새를 맡을 수 있었다. 그가 과하게 바른 데오도란트와 3일 연속 입고 온 그의 팬티에서 나는 악취만이 아니었다. 〈그〉를 맡을 수 있었다.

그리고 나는 깨달았다. 그는 내가 무너지기를 기대하고 있어. 도망치거나 울기를 말이지.

내가 아무 반응도 안 보이면 오트를 불안하게 만들 수 있어.

그러던 중, 거기에 더해 또 다른 뭔가를 깨달았다. 그의 눈이 어쩐지 내 눈을 피하고 있었다.

타리크처럼 말이다.

그래서 나는 마야 누나를 떠올리게 되었다. 굶주림이 내게 보내던 신호는 분노로 확장되었다. 나는 오트에게로 한 걸음 다가갔다.

내가 말했다. 「오트, 너 기분 나쁘라고 말하는 건 아닌데, 분명 저세상 어딘가에 네 뒤태라도 보고 침 흘리고 싶어 할 절박한 누군가가 있을 거야.」

오트가 내게 주먹을 날렸다. 이번 상황은 지난번에 내가 그를 너무 간사하게 모욕해서 그가 바로 알아듣지 못했던 때와 달랐다. 이번만큼은 그도 내 말의 속내를 정확히 간파하고 있었다. 그가 주먹을 천천히 들어 올렸다. 그리고 그것을 날리기 일보 직전, 나는 어쩐지 그의 표정에서 그 공격이 날아올 정확한 궤도를 읽을 수 있었다.

주먹을 피할 수도 있었다. 그만큼 주먹의 동선이 정확하게 보였다. 하지만 나는 그러지 않았다. 그의 손마디 뼈가 내 입술을 쳤다. 그것도 입술이 터지도록 세게 말이다.

고통이 정상처럼 느껴졌다. 나는 크게 웃었다.

나는 피 맛을 봤다. 그래서 오트의 신발을 정확히 노려 피를 뱉어 냈다. 조준 능력도 갑자기 훨씬 좋아졌다. 오트가 다음 공격을 위해 그의 주먹을 뒤로 빼자 바스티안이 저지했다. 바스티안은 오트가 주먹을 내릴 때까지 그의 팔을 움직이지 못하도록 쥐었다.

「야, 내버려 둬.」바스티안이 말했다. 그의 지배적인 말투는 남들의 복종에 익숙했다.

이 모든 상황에서 타리크의 관심은 핸드폰에 고정돼 있었다. 그의 얼굴에 미소 비슷한 뭔가가 얼핏 보인 것 같기도 했다. 하지만 타리크의 흥미를 끈 것이 내 피였을까, 내가 오트에게 모욕을 준 일이었을까? 그것은 알 수 없는 부분이었다.

법칙 #5

우리 몸은 희한한 방식들로 자신의 굶주림을 표현하곤 해. 어떤 방식은 직설적이기도 하고. 음식에 대한 굶주림은 네 배 속에서 시작되지. 성에 대한 굶주림은 네 다리 사이에서 시작되고. 또 어떤 표현 방식들은 좀 은근해. 너도 모르는 사이 이상한 곳에서 은밀히 나타나기도 한다고. 예를 들어 우리 아빠에 대한 갈망과 같은 굶주림이 그래. 아빠가 누군지 알고 싶고, 아빠를 만나고 싶고, 아빠의 목소리를 전화상으로라도 듣고 싶은 그런 마음 말이야. 아빠에 대한 굶주림은 내 팔 안쪽에서 시작되더라고.

2일 차,
진행 중⋯⋯

우리 아빠는 랍스터잡이 배를 탄다.

아빠는 유대인으로 태어났고, 불교를 믿는다.

이 두 가지만큼은 아빠에 대해 확실히 알고 있다. 엄마가 내게 알려 준 것들이다. 다른 사항들도 유추할 수는 있다. 예를 들어 **내 밝은 빨간 머리는 아빠로부터 물려받았을 것이라는 점**, 또는 **아빠가 별로 좋은 사람이 아닐 것이라는 점** 말이다. 하지만 아빠의 종교와 직업에 대해서만큼은 내가 의심할 필요 없는 사실이다.

랍스터잡이 배에 대한 이야기는 어렸을 때, 왜 우리에게 아빠가 없는지 물었을 때, 엄마가 해준 거였다. 나머지 한 가지는 엄마가 내게 6개월 전에 알려 줬다. 내가 잭 케루악의 『다르마 행려』 한 권을 장롱 밑바닥에서 발견했을 때였다. 「그건 네 아빠의 것이란다……. 그 책 덕분에 그가 불교로 개종했어.」

나는 손무의 『손자병법』 한 권도 발견했다. 그 책에 대해서는 엄마도 아는 바가 없었다.

나도 아빠에 대해 물어보면 안 된다는 것을 안다. 그것이 민감한 주제라는 것도 안다. 정확히 왜 그런지는 모르지만.

그것은 엄마가 두 번 얘기하지 않는 수많은 주제 중 하나였다. 마야 누나의 펑크 록 음반에 너무 욕이 난무하니 누나가 그것을 내게 틀어 주지 못하게 하는 이야기와 마찬가지였다. 엄마는 나를 성인 세계의 끔찍함으로부터 보호해 줘야 하는 어린애라고 생각한다. 왜냐하면 엄마는 어린애들의 세계에도 그 나름의 끔찍함이 있다는 사실을, 그리고 청소년의 세상에는 어른과 아이라는 두 세계의 끔찍함이 공존한다는 사실을 잊었기 때문이다.

「얘야, 안녕.」 엄마가 퇴근하고 집에 와서 인사했다.

「안녕.」 나는 부엌 식탁 앞에 앉아 사면을 모두 덮은 어두운 플라스틱 패널의 가짜 나무 무늬를 일부러 관찰하며 인사했다.

엄마가 내 정수리에 뽀뽀를 한 뒤 냉장고를 뒤졌다. 엄마의 손에서 돼지 피 냄새가 났다. 도축장의 담배 냄새와 돼지 잡내가 났다. 나는 눈을 감고 엄마의 냄새를 들이마셨다. 거구의 살육자, 세 개 도시에 존재하는 모든 돼지의 악몽이자 육중한 악마가 우리 엄마였다.

엄마의 스웨터에 그려진 아기 토끼의 웃는 얼굴도 나를 속이지 못했다. 엄마는 무시무시한 자연의 힘 그 자체였다.

굶주림은 너를 더 강하게, 더 똑똑하게 만든다.

굶주림은 네게⋯⋯ 음⋯⋯ **힘**을 준다. 그거 있잖아? **능력치**.

이제 보이는 것들이 있었다. 원래는 보지 못해야 하는 것들 말이다. 그것들은 안개 속에서 비치는 불빛처럼 흐릿했다. 하지만 존재했다. 그리고 곧 나는 그것들을 선명하게 볼 수 있게 될 것이다.

엄마는 비밀을 잘 간직하지만 내게서 더 이상 그것들을 감추지는 못할 것이다.

「네가 사는 세상에서는 무슨 일이 있었니?」 엄마가 건너편에 앉으며 농담조로 말했다. 엄마의 무거운 몸뚱이가 왕좌에 자리하는 지친 왕처럼 의자를 차지했다.

「별일 없었어. 일은 어땠는데?」

「힘들었지. 할당이 다시 내려왔거든.」엄마가 대답했다.

「엄마, 혹시 마야 누나에게 무슨 일이 있는지 알아?」나는 용기가 사라져 실패하기 전에 얼른 물었다. 「누나가 엄마에게만 알려 줬는데 내게는 안 알려 주는 얘기는 없냐고.」

엄마가 한숨을 쉬더니 일어서서 커피 머신으로 향했다. 그러고는 그 자리에 잠시 서서 커피 한 잔 내릴 힘이 자신에게 남아 있는지 고민했다. 그런 뒤 엄마는 도로 자리에 앉았다. 「애야, 나도 몰라.」

「왜 경찰에 신고하지 않아? 보통 텔레비전 쇼에서 청소년이 가출하면 그렇게들 하잖아. 만일⋯⋯.」나는 이 무섭고도 끔찍한 문장을 끝맺기 전에 마른침을 삼켰다. 「누나가 다쳤으면 어떡해? 누군가가 누나를 다치게 했으면 어떡해?」

엄마가 인상을 썼다. 「인생은 텔레비전 쇼가 아니야. 그리고 네 누나는 정말 힘든 시기를 보내고 있단다. 설불리 법적인 대응을 했다간 네 누나가 더 다칠 수도 있어. 네 누나가 마약을 하고 있다고는 **생각하지** 않지만⋯⋯ 너도 알잖니. 애들이 하는 그 수많은 실험 있잖아. 만약 경찰이 네 누나를 발견하고 결국 걔를 체포하면 어쩌니? 그러면 네 누나는 전과범이 되잖아. 감옥에 가야 할지도 모르고. 내 주변에서 너무 많은 사람이⋯⋯.」

엄마가 말을 멈추고는 길게 탄식했다.

「네 누나에게서 정기적으로 연락이 오기만 하면 걔가 죽거나 코마에 빠지지 않았다는 것쯤은 알 수 있어. 그러니 네 누나가 이 문제를 스스로 해결할 기회를 줘볼 거야.」

「왜 누나가 힘든 시기를 보내고 있는 건데? 대체 뭐 때문에?」
엄마가 지친 기색으로 고개를 뒤로 젖혔다. **이 얘기는 이제 하지 마**
라는 신호였다. 전 같았으면 엄마는 내가 마야 누나에게 뭔가 끔
찍한 일이 벌어졌을지도 모른다고 할 때부터 방어적으로 말을
쏘았다. 엄마가 그것에 대해 화를 내지 않는다는 것은 무슨 의미
일까? 엄마가 그 가능성을 더욱 심각하게 받아들이고 있다는 말
일까? 아니면 엄마는 내가 모르는 뭔가를 알고 있는 것일까? 나
는 엄마의 얼굴을 빤히 들여다봤다. 그 균일한 주름살들을, 아픔
을, 내가 풀지 못하는 비밀을, 내가 알아듣지 못하는 언어로 된
이야기를 말이다. 천천히, 지친 기색으로 엄마는 하나로 묶고 있
던 긴 갈색 머리를 풀었다.

나는 일어서서 커피 머신 쪽으로 갔다. 내가 무슨 짓을 하고 있
는지 정확히 인지하고 있지는 못했다. 하지만 곧 커피 머신에서
꾸르륵 소리가 나면서 김이 나오고 있었다. 그래서 내가 얼추 그
기계에 대한 감을 잡았다는 것을 확신할 수 있었다. 엄마는 그 과
정에서 정신이 멍해졌거나 선잠이 든 모양이었다. 왜냐하면 내
가 엄마 앞에 커피잔을 내려놓자 엄마가 놀라워하며 크게 웃었
기 때문이다.

「고맙다, 애야.」 엄마가 말하며 내 작은 손을 그녀의 거대한 손
하나로 감쌌다. 그러다가 나머지 손으로도 감싸고는 그렇게 꼭
쥐고 있었다.

나는 부엌을 둘러봤다. 그곳에는 음식들이 넘쳐 났다. 냉장고,
캐비닛, 찬장…… 모든 곳에서 나를 부르고 있었다. 하지만 이제

나도 더 강해졌다. 두통을 일으키는 이 굶주림과 싸울 수 있을 정도로 강해져 있었다. 특히나 내 능력치를 향상시키기 일보 직전이라는 감이 오는 이 순간에는 더더욱 그랬다.

「손톱이 왜 이래?」 엄마가 내 손을 들어 올리며 물었다. 내 손가락의 상한 끝부분들이 드러났다.

「아무것도 아니야.」 하지만 나는 손을 엄마의 손에서 빼지 않았다.

한참 뒤, 엄마가 입을 열었다. 「조금 있으면 저녁 준비할게.」 엄마의 목소리가 달랐다. 흔들렸다. 아슬아슬했다. 전에는 엄마에게 아슬아슬한 면이 있을 거라고 생각도 못 해봤다. 나는 엄마의 이마에 뽀뽀를 남긴 뒤 도망쳤다.

나가는 길에 몰래 금기인 엄마의 커피를 살짝 한 모금 먹어 봤다. 별로 맛이 있지는 않았다. 내가 다음에 내리는 커피는 훨씬 맛있을 것이다.

방으로 돌아가는 길에 한동안 마야 누나의 방 앞에 멈춰 서 있었다. 그러고는 방에 귀를 기울였다.

나는 방 사이 벽에 귀를 대고 누나가 기타로 연주하는 노래를 엿듣곤 했다. 욕이 섞여 있었기 때문에 누나가 내 앞에서는 연주하지 않는 곡들이었다. 하지만 나도 알았다. 누나가 그러는 진짜 이유는 음악에 너무 사적인 내용이 담겨 있었기 때문이라는 걸. 누나는 언제나 기타 앰프에 헤드폰을 꽂아 놨다. 그래서 내가 들을 수 있는 것이라고는 기타 줄이 튕기는 소리뿐이었다. 하지만 이제는 그것조차 듣지 못했다.

나는 문을 열었다. 누나의 책상으로 다가가서 서랍 하나를 열었다.

마야 누나가 **염탐하지 마, 이 더러운 새끼야**라며 내게 소리치던 추억이 밀려왔다. 결국 나는 서랍을 쾅 닫았다. 얼굴이 붉어진 상태로 도망쳤다.

내 방에 들어서자 나 자신이 나를 마중하고 있었다. 문 앞에도 서 있고 내 건너편의 전신 거울 안에도 서 있었다. 눈은 거대하고 턱은 너무 크고 피부는 표현할 수 없을 정도로 징그러웠다. 놀이동산 도깨비 집에서 나온 괴물이 나를 놀리기 위해 배달된 것 같은 모습이었다. 나는 창문을 열고 그 거울 앞의 바닥에 앉았다. 10월의 바람이 길 잃은 개처럼 달려 들어와 내 발목을 휘감았다.

양손으로 라디에이터를 움켜쥐었다. 팔이 아팠다.

랍스터잡이 배라. 랍스터잡이 배에서 일하는 남자들은 힘이 셌다. 그들의 팔은 근육으로 두껍고 털이 무성했다. 그들의 가슴은 넓고 웅장했다. 그들은 큰 소리로 웃었고 위스키를 마셨다. 그들은 패싸움을 했다. 그들은 풋볼 경기 관람을 즐겼다. 우리 아빠는 그 기상천외하고 낯선 세상에 속한 사람이었다. 나는 전혀 일원이기를 주장할 수 없을 수컷들만의 세계였다.

나는 전신 거울 위에 청바지를 걸치고 후드 티도 걸었다. 거울이 쓰러지지 않게 조심하며 최대한 많은 옷을 덮었다.

창밖을 바라보며 아빠에 대한 정교한 이야기들을 지어낸 지는 꽤 오래되었다. 길거리를 응시하며 아빠를 마법처럼 나타나게 만드는 일에 온 힘을 집중하곤 했다. 그럴 때면 창틀을 짚은 손마디 뼈는 하얗게 질리고 이마는 나의 바람을 담아 한껏 일그러졌다. 자갈 위를 지나는 트럭 소리가 들리는지 귀를 기울이고…… 기도하며…….

나는 더 이상 그 절박하고 멍청한 아이가 아니었다.

그래도 여전히…….

나는 『손자병법』을 읽었다. 내용에 대한 메모도 했다. 싸우고 승리하는 방법에 대해 많은 것을 배웠다.

『다르마 행려』는 세 번이나 읽었다. 누군가가 허드슨 고등학교 도서관에서 빌려 간 잭 케루악의 다른 책도 반납되기를 침착하게 기다렸다. 『길 위에서』라는 책이었다. 그 제목도 아빠의 취향다웠다.

그리고 나도 살짝…… 불교로 개종할까 고민하는 중인 것 같다.

법칙 #6

모든 슈퍼히어로와 모든 선택받은 자는 각성한 존재로 진화하는 힘겹고 고통스러운 과정을 거치지. 모든 관련 문헌의 내용이 일치해. 아무 만화나 영화 마니아를 잡고 물어봐. 영웅들은 반박의 여지가 없는 증거를 눈앞에 두고도 자신들을 의심한다고. 그들은 약하고 무력한 사람들, 다른 점이라면 그것이 뭐든 증오하고 두려워하는 사람들, 인간의 초능력이 존재하지 않는다고 주장하는 사람들의 말을 들으며 평생 살았어. 그래서 그 말을 믿는 거야.

〈단식 병법〉을 연구하는 전사는 고통과 혼란의 시기를 거칠 거야. 의심. 두려움. 이것은 정상적이지. 너는 자신에게 세상과 다른 일련의 규칙들이 적용된다는 사실을 배워 가고 있는 중이야.

3일 차,
총 칼로리: 약 500

학교까지 걸어가는 과정은 그냥저냥 그랬다. 아침은 추웠고 바람이 불지 않았다. 도축장의 악취가 평상시보다 조금 더 심하게 느껴졌지만, 멈춰 서서 그것에 대해 고민할 정도로 심각하지는 않았다.

허드슨 고등학교 안에 발을 내딛자마자 뭔가 달라졌다는 사실을 깨달았다.

그 공간에서 **미친 듯이 악취가 났다**. 평상시보다 훨씬, 훨씬 심하게 말이다. 곰팡이와 썩은 고기가 로커 속을 가득 채우고 있는 것 같았다. 모든 교실의 자리마다 덜 닦인 궁둥이 냄새가 수십 년간 쌓인 악취를 풍겼다. 심지어 나는 학교 건너편에서 체육관의 냄새까지 맡을 수 있었다. 무생물이었던 그 건물은 뚝뚝 떨어지는 땀과 피폐하게 곪아 버린 두려움 속에서 아우성을 치며 살아났다. 카페테리아에서는 물에 불어 버린 브로콜리와 햄버거 패티 덩어리들, 그리고 조리사들이 머리에 쓰는 지저분한 헤어네트의 악취가 넘쳐 났다.

1교시 수학 시간에 나는 충격받은 상태로 교실을 둘러봤다. 잡지 모델 같은 미소 어린 소년 소녀들이 엄청난 악취를 풍기며 다녔기 때문이다. 남자애들은 사각팬티 자체가 걸어다니는 잔혹 행위였다. 여자애들은 담배 냄새로 절어 있었다. 나는 누가 물려받은 옷을 입었는지, 그리고 그것들이 몇 차례나 물려 내려왔는지 알 수 있었다.

어디를 가든 냄새가 홍수처럼 물밀어 왔다. 그래서 내가 그 속에서 익사하리라는 확신이 들기 시작했다. 수업 중간중간에 곧 토할 것 같아 화장실로 뛰쳐나갔다. 하지만 화장실 안의 냄새가 너무 지독해 그 문 앞에서 멈춰 서버렸다. 그것은 백여 명의 병색이 완연한 소년들이 저녁을 먹고 소화해 낸 결과물이었다. 그리고 최하품이며 늪처럼 썩어 빠진 마리화나를 고급스럽게 취급하는 거래소의 알싸함이었다.

팔꿈치가 구부러지는 부분 안쪽에 코를 박은 채 허둥지둥 교실로 돌아가던 중에 두 여자애와 부딪칠 뻔했다. 태초부터 둘이 가장 친했다는 리건과 지넌이었다. 그리고 나는 곧바로 지넌이 바로 그날 아침에 리건의 남자 친구와 구강 접촉이 있었다는 것을 알 수 있었다.

두려움은 내가 중심을 못 잡게 만들었다. 대체 무슨 일이 벌어지고 있는지 알고 싶은 마음이 절박했다. 내가 맞았나, 아니면 단순히 미쳐 가고 있나? 이것을 판단할 만한 증거를 미친 듯이 찾고 싶었다. 코가 내게 사실이라고 알려 주는 정보들이 믿을 만한지 시험해야 했다.

「오, 어이, 지넌, 오늘 아침에 너를 버스에서 보지 못했는데.」

「맞아.」 지넌이 대답하는 동안 그녀는 온몸으로 당황했다. 그녀가 당황하는 태도에서 오줌 싼 개의 냄새가 풍겼다. 「차를 얻어 타고 왔어.」

「누구 차였는데?」 리건이 물었다. 그 이상은 들을 필요도 없었다. 나는 핸드폰을 귀에 대며 전화를 받는 척했다. 「여보세요?」 그러면서 속으로 울부짖으며 다급히 자리를 떴다. 그 순간, 정신 이상이나 망상이라고 생각하는 것이 차라리 받아들이기 더 쉬웠을 것이다. 정말 이 현상이 벌어지고 있단 말인가? 내가······ 저들의 냄새를 맡으며 새로운 정보를 얻을 수 있게 됐단 말인가?

「이 현상이 멈췄으면 좋겠어.」 내가 들릴 정도로 크게 속삭였다.

하지만 아무도 듣고 있지 않았다. 아무도 나를 도와줄 수 없었다.

법칙 #7

우리는 우리의 코 그 자체야.

후각은 기억과 가장 긴밀하게 관련된 감각이지. 생각을 가장 많이 불러일으키는 감각이야. 뇌가 가장 많이 일하게 만드는 감각이니까. 요즘 과학자들은 코가 진짜로 1조 개 이상의 독특한 냄새를 구분할 수 있다고 주장해. 그래서 코가 다른 어떤 감각 기관보다 훨씬 더 정교한 거야.

매일, 우리는 말도 못 하게 역겨운 것들을 뭉텅이로 들이켜. 지나치는 모든 사람 주위로 각자의 징그러운 잔해가 늪을 이루며 떠다니니까. 피부 각질, 분변의 파편, 미세한 오물 등 말이야. 인간의 보잘것없는 감각들 덕분에 우리는 축복처럼 이 사실들을 알아채지 못하지. 우리가 그 감각들을 갈고 닦을 수 있다는 사실을 깨닫기 전까지는 말이야.

3일 차,
진행 중……

굶주림이 답이었다. 답이어야만 했다. 굶주림은 스위치를 켰으며 내 코를 극히 예민하게 만들었다.

나는 수업을 건너뛰었다. 그리고 도서관에 갔다. 위키피디아를 미친 듯이 뒤졌다. 코에 대해, 후각이라는 인간의 감각에 대해, 그것이 어떻게 작동하는지에 대해 알아냈다. 그리고 어떻게 후각을 조절할 수 있는지도 배웠다. 코를 팔꿈치 안쪽에 계속 박고 있었다. 올 풀린 스웨터와 그 밑에 자리한 창백한 살결의 냄새를 들이마셨다. 최소한 내게서 나는 악취는 낯익었다. 그래서 그것 때문에 내가 미쳐 버릴 가능성은 거의 없었다. 천천히, 공들이며, 감각을 개방했다. 나 자신이 이 너머에 있는 학교의 냄새를 맡게 내버려 뒀다. 도서관은 최소한 버퍼 역할을 해줬다. 책, 종이, 풀, 뜨거운 컴퓨터 플라스틱, 그리고 값싼 복사기 토너의 냄새는 따뜻하고 사람을 진정시키는 효과가 있었다. 점심시간이 가까워지자, 카페테리아라는 위험을 감수할 준비는 안 됐지만 다른 대책을 세울 수는 있었다.

숨을 참은 채, 나는 남자 로커 룸으로 질주했다. 샤워장 옆의 빨래 통에서 작은 수건들을 가져왔다. 수건마다 각기 다른 남자애의 땀내로 젖어 있었다.

나는 담배 피우는 놈들이 가는 곳인 옆문으로 향했다. 그곳의 경보 장치가 망가져 있어 벽돌로 그 문을 밀어서 열었다. 벽돌은 바로 이 목적을 위해 전략적으로 벽에 느슨하게 끼워져 있었다. 나는 밖으로 나가서 자리에 앉았다. 차가운 10월의 공기를 감사히 들이마셨다. 그런 뒤 첫 번째 수건을 코에 대고 냄새를 맡왔다.

면과 땀의 냄새를 맡을 수 있었다. 토하고 싶게 만드는 체취가 홍수처럼 밀려들어 왔다. 아까와 같은 악취로 이루어진 끔찍한 해일이었다.

나는 눈을 감았다. 나 자신이 적응하게 두었다. 온몸에서 뿜어져 나오는 굶주림이라는 내장기의 운동에 굳건히 집중했다. 그런 식으로 숨을 열 번이나 들이마셨다. 굶주림은 피해야 하고 지겨워해야 하는 대상이라는 평생의 가르침을 그렇게 버렸다. 굶주림은 내 친구다. **아니, 어쩌면 굶주림이 내 친구일지도 모른다.** 다시 냄새를 맡았다. 더욱 깊이 맡았다. 내 코가 그 일을 하게 내버려 두었다. 그 혐오스러운 조각들이 뒤섞인 스튜 속을 자세히 살피도록 시간을 주었다. 그래서 뭔가 찾을 수 있게…… 뭐를 찾았다고?

그러다가 발견한 것이 있었다. 그것이 뭔지는 정확히 몰랐다. 모양인지 유령인지도 몰랐다. 외곽선이 빛나 보이는 것 같았다. 사람이었다. 마법을 이용해 냄새로 불러온 이였다.

나는 더욱 깊이 숨을 들이켰다. 그리고 후각에 대해 내가 알고 있다고 생각했던 모든 정보를 버렸다. 내 코가 무슨 일을 할 수 있는지에 대해서 말이다. 나는 내 좁은 시야를 버렸다. 내 부족한 상상력도 버렸다. 내 코가 이런 일을 하리라고…… 초월적인 능력을 보일 수 있으리라고 믿지 못하던 내 생각을 버렸다.

다시금 숨을 들이마셨다. 그러고는 또다시 그렇게 했다. 뇌에 홍수가 난 기분이었다. 정확히 말하자면 이미지로 그런 것이 아니라 인상들로 그렇게 했다. 유령들, 추억들, 이것저것들 말이다.

「걔는 가난해.」 내가 내 측은한 출입구와 저 너머에 자리한 빈 축구 경기장을 향해 속삭였다. 「그는 백인이야. 그의 옷인 것 같은 냄새가 나. 이 수건으로 닦기 전에 그가 입었던 티셔츠의 냄새야. 티셔츠가 오래됐어. 그의 것이 되기 전에 그의 형 거였어.」

나는 욕심을 부리며 그 냄새를 들이마셨다. 거기에 너무도 많은 정보가 있었어! 어떻게 나는 냄새가 이토록 복잡할 수 있다는 사실을 이전까지 한 번도 깨닫지 못했을까? 냄새가 얼마나 많은 정보를 품고 다니는지를? 얼마나 많은 종류의 조각들로 구성되어 있는지를? 그리고 그 얽힌 냄새들을 풀어 주고 실마리마다 분석해서 그 원천을 발견하는 일이 얼마나 쉬운지를?

「윌 러트키.」 마침내 내가 의도했던 것보다 큰 소리로 외쳤다.

나는 입 위로 한 손을 후딱 덮었다. 여전히 나는 혼자였다. 그리고 지나치게 거만해지기 직전에, 쉬운 케이스로 도전하게 됐음을 스스로 인정했다. 윌 러트키는 꽤나 강하고 독특한 체취를 갖고 있었다.

다시 도서관으로 돌아갔다. 후각이 어떤 기전으로 이루어지는지에 대한 책을 읽었다. 냄새가 어떻게 비강을 감싸는 점막 속으로 녹아들어 뇌로 정보를 전달하는 수용체에 감지되는지 말이다.

나는 배고픔이라는 감각이 나를 이끄는 대로 따라갔다.

대부분의 학교 버스가 떠난 다음, 건물을 폐쇄하기 전에 이상한 교실들을 들렀다. 목공실도 가보고 미술 재료실에도 들렀다.

교실에 들어갈 때마다 눈을 감은 채 불을 끄고 공간의 형태에 집중했다. 숨을 들이마셨다. 어둠 속에서도 나 자신이 그곳을 느끼게, 그릴 수 있게 만들었다.

대기에 몰아치는 정보로 빽빽하게 채워져 전류가 흐르는 것 같았다. 교실 안의 냄새들이 머릿속에 그림을 그려 줬다. 나는 시각을 놓아 버렸다. 그러자 느껴졌다. 금속과 나무와 흘러넘치려는 재떨이들…… 콘크리트 벽과 차가운 시멘트 바닥이…….

나는 걸었다. 목 뒤의 솜털이 전기에 감전된 듯 일어섰다. 아찔한 감각이 배 속에서부터 퍼졌다. 공포와 뒤섞인 희열이었다.

이건 잘못됐어. 나 자신을 타일렀다. **이건 진짜 잘못된 거야.**

「애프터스쿨 스페셜」에서는 매번 같은 소리를 했다. 너 자신을 굶기는 일은 잘못됐다고 말이다.

하지만 그렇게 하면 정말 기분이 째졌다.

인터넷에 떠도는 말에 의하면 남자보다 여자가 후각적으로 더 예민하다고 했다. 과학자들이 낸 가설들도 있었다. 배우자를 고르고 배란을 하며 아이를 양육하는 것 등의 이유가 있었다. 하지만 마야 누나를 떠올리자 알 수 있었다. 세상이 여자에게 더 위험하기 때문에 그런 것이었다. 여자들은 포식자들을 감지할 줄 알아야 했다. 왜냐하면 그들이 단연코 피식자이기 때문이다.

나는 벽을 들이받았다. 그것도 아주 세게.

내가 너무 자만해졌던 것이다. 내가 터득한 내용에 정신이 팔렸던 것이다. 기사들과 분석된 내용들이 내 머릿속에서 뱅글뱅글 돌았다.

세상에서 가장 예민한 감각도 뇌가 자꾸 방해하면 무용지물이 된다. 그리고 내 뇌도 방해를 했다. 그것도 상당히 많이. 내게는 음…… 일종의 **능력**이 있었다. 굶주림을 통해 봉인이 해제된 능력이었다. 내가 연마해야 하는 부분은 정신을 차리고 집중하는 능력이었다. 모든 방해 요소를 무시하고 내 감각들이 알려 주는 정보에, 굶주림이 내게 보여 주는 것들에 집중하는 능력을 개발해야 했다.

그런데 굶주림이 이 능력의 시발이 맞나? 만약 다른 요인이라면 어쩌지? 능력은 다양한 방면에서 기인할 수 있다. 슈퍼맨은 태양 에너지를 흡수하면서 자신의 능력을 얻었다. 삼손은 그의 머리카락 덕분에 힘이 셌다. 워터벤더[6]들은 달의 주기에 따라 강해졌다.

나는 카페테리아로 향했다. 점심시간 후 그곳을 청소하는 관리인과 황홀하도록 깨끗한 락스 냄새를 제외하면 이제는 빈 곳이었다. 나는 자판기로 가서 허니번 하나를 사 먹었다. 그것은 대개의 고등학교 카페테리아에서 구할 수 있는 5백 칼로리 대의 음식 중 가장 쉽게 살찌는 것이었다.

나는 허니번을 먹었다.

그리고 기다렸다.

내가 상상한 것일까, 아니면 진짜 냄새가 사그라든 것일까? 나는 훨씬 쉽게 숨을 들이마셨다가 뱉었다. 천천히 내 가슴을 짓누르던 무게가 줄어드는 것을 느꼈다. 어쩌면 그냥 락스의 작용일

6 「아바타: 아앙의 전설」에 등장하는 캐릭터.

지도 모르겠다. 락스 냄새 말고는 아무것도 맡아지지 않았다. 나는 카페테리아를 벗어나 복도를 거닐었다. 그냥 발이 이끄는 대로 걸었다……

그러다가 밴드 연습을 막 끝낸 리건과 지닌을 발견했다.

리건은 자신의 로커 앞에 있었고 지닌은 그녀 옆에 서 있었다. 그들 사이에 뭔가가 바뀌어 있었다. 누구든 그것을 알아챌 수 있었다. 하지만 그들은 미소를 짓고 얘기를 나누고 있었다. 그들이 곧 대면하게 될 갈등의 대서사시는 아직 수면 위로 올라오지 않은 상태였다.

「안녕, 리건. 안녕, 지닌.」 내가 그들 옆에 멈춰 서며 인사했다.

「안녕.」 그들도 인사했다. 그 와중에 지닌은 나를 죽일 듯이 빤히 쳐다보더니 최고로 가짜 티가 나는 미소를 지어 보였다.

나는 그들에게 한 걸음 다가갔다. 심호흡을 했다. 그러고는 미소를 지었다.

왜냐하면 지닌이 반경 두 블록 거리에 있는 모든 사람이 알아봐 주기를 바라고 뿌린 〈핑크〉 향수를 제외하면 아무 냄새도 맡을 수 없었기 때문이다.

법칙 #8

대부분의 사람은 몸이 어느 정도까지 자신을 지배하는지 깨닫지 못해. 그들은 도축장 우리 안의 돼지들처럼 살아. 자신들의 신체적 신호를 따르며, 그들을 사슬로 묶어 놓은 배신자 괴물에 대해, 그 괴물이 어떻게 그들을 다치게 하고 어떻게 그들을 실망시킬지에 대해 요행히도 무지한 채로 말이지. 일단 네 몸과 자신이 진정으로 얼마나 적대적인 관계인지 깨닫게 되면 너는 네 동료보다 훨씬 진보한 상태에 이를 수 있어.

그럼에도 불구하고…….

우리의 적이야말로 최고의 스승이라고 달라이 라마가 말했지. 너의 적을 존중하기 시작하면 적과의 관계에는 오직 증오와 폭력만이 존재할 수 있다고 선언했을 때보다 훨씬 많은 것을 배울 수 있어. 〈단식 병법〉을 배우는 사람은 자신들과 전쟁을 벌이고 있는 몸에서 많은 것을 배울 수 있어. 그래서 몸에 귀를 기울이지. 몸을 이해하려고 해. 그렇게 해야만 몸이 가진 잠재성을 최대로 끌어 올리도록 강제할 수 있어.

4일 차,

총 칼로리: 약 1000

집에 돌아와서 내가 배운 바에 대해 고심하고는 깨달았다. 나에게는 임무가 필요했다. 집중할 수 있는 과제, 그러니까 숙제가 필요했다.

나는 대상을 골라 그들의 냄새를 익힌 뒤 그들을 따라다녀야 했다. 내 후각만 이용해서 말이다.

그들이 내게서 벗어나게 내버려 둘 것이다. 그들이 얼마나 멀리까지 가야 내가 그들의 체취를 감지하지 못하게 되는지 보기 위해서였다. 그런 다음 거리를 점차 늘리는 것에 집중할 것이다. 향수를 지나치게 많이 뿌린 여자애들과 악취 나는 남자애들, 막힌 변기들과 해부된 개구리들, 그리고 계단통의 흡연자들로 꽉 채워진 학교에서 단 하나의 냄새를 선별해 내는 일에 집중해야 했다.

나 자신에게 그 임무를 주자 미소가 지어졌다. 심지어 만화 속 악당처럼 〈완벽해〉라고 외치기까지 했다. 왜냐하면 내가 누구를 스토킹할지 정확히 알고 있었기 때문이다.

타리크. 축구 스타. 매일 학교가 끝나면 체력 단련실에서 그에 합당한 몸을 뽐내며 있는 그. 최근에 하나가 추가되었다. 그것은 전반적으로 말쑥한 운동선수 이미지와 상반되는 그의 왼쪽 콧구멍 피어싱이었다. 그는 재능을 타고난 선수이자 열정적이고 승부욕이 너무나 강해, 팀 동료들마저 두려워하는 선수였다.

타리크는 바스티안 및 오트와 초등학교 2학년 때부터 가장 친한 친구 사이였다. 그들은 불가분한 3인조로, 점차 더 자극적인 잔혹 행위를 벌이도록 서로를 자극했다. 타리크가 나머지 둘의 하찮은 폭력 행위에 무관심을 보인다고 해서 그가 그들보다 나은 것은 아니었다. 게다가 그들이 단지 여자애들을 울려 보려고 못생겼다고 놀릴 수 있다면…… 그것도 남들이 다 보는 공공장소에서 말이지…… 비밀리에는 얼마나 많은 잔학 행위를 함께 벌였겠는가?

혹시 마야 누나도 그들의 그런 행위 중 하나에 휘말린 것 아닐까?

하루가 끝나 갈 무렵, 타리크를 발견했다. 그는 팔짱을 낀 채로 토할 것처럼 역겨운 초록빛 로커 사물함 두 줄 사이에 서 있었다. 그렇게 신호등을 보고 있었다. 그의 표정은 읽을 수 없었다. 누군가를 기다리고 있는 것일까? 망한 시험에 대해 곱씹고 있는 것일까? 미래의 희생양을 물색하고 있는 것일까? 아무것도 알 수 없었다. 그는 동상 같았다. 암호였다. 나는 그의 가까이에 멈춰 섰다. 공기의 냄새를 맡았다. 내가 빨아들일 수 있는 모든 것을 빨아들였다. 빈속이 격렬하게 뒤틀리는 것을 무시하기 위해 엄청 노력했다.

소나무. 휘발유. 트럭 후방 거울에 걸린 바닐라향 방향제. 화장실에 있는 독한 체리향 손비누. 그런데 그 모든 냄새의 기저에는…….

「맷.」 타리크가 나를 보자 인사했다.

「오, 안녕, 타리크.」 나는 뒤늦게 응답했다. 타리크의 기분이 불편해질 정도로 내가 충분히 뜸 들였기를 바랄 뿐이었다.

「어떻게 지내?」

나는 평소와 다름없이 어깨를 으쓱했다. 「뭐, 최악의 상황은 아니지.」

우리 누나만큼 최악은 아니라고. 네가 누나에게 한 짓이 있으니까. 그게 뭐였든 간에 말이지.

타리크가 미소를 지었다. 언제나 그렇듯, 그는 나와 눈 마주치기를 거부했다. 그리고 아무 말도 안 했다.

타리크의 냄새를 맡았다. 내 코가 눈앞의 남자애를 후각적으로 한 꺼풀씩 벗기게 놔뒀다. 그러자 어느새 그를 전보다 훨씬 덜 무서워하는 나 자신을 발견했다. 타리크가 뭐였든 간에, 남을 괴롭히는 자든 괴물이든 절대 범접할 수 없는 슈퍼스타 운동선수든 간에, 그는 인간이었다. 그를 두려워할 이유는 없었다. 특히나 그에게 다가가서 마야 누나에게 무슨 일이 벌어졌는지 훨씬 자세히 캐낼 수 있는 상황이니 더욱 그랬다.

「이번 주말에 파티가 있다고 들었는데.」 나는 빠르게 머리를 굴리며 타리크 곁으로 다가가서 말했다. 「내일. 해변의 모래 언덕 아래에서. 너 갈 거야?」

「고민 중이야.」 타리크가 아주 희미하게 미소를 지으며 대답했다. 「너는?」

「나는 가려고.」

「예상외의 대답인데.」 타리크가 말했다. 「네 취향일 거라고는 생각하지 않았거든.」

「내 취향은 아니지. 나는 사실 마약 단속반 짭새거든.」내가 진지한 표정으로 농담을 했다. 「나는 마흔 살인데 청소년 마약 거래범들을 잡으려고 고등학교에 잠입해서 수사 중이야.」

타리크가 코웃음을 쳤다. 「그럼 이 파티야말로 네가 꼭 들어야겠네.」그가 멈칫했다. 「내가 너를 데리러 갈 수도 있는데.」그가 말했다. 그의 미소가 눈에 띄게 짙어졌다.

저 미소야말로 내게 이런저런 반응을 일으켰다. 저 아름다운 이 하며, 저 비대칭적이면서도 완벽한 보조개 하며…… 무릎의 힘이 빠졌다. 목표물이 너무 곱상해도 복수하기가 어려웠다.

무조건 기억해. 그가 저 미소를 마야 누나에게도 썼다고.

「그래. 내일 7시쯤 우리 집에서 한 블록 떨어진 자리에 있을 테니 태우러 와줘.」내가 타리크에게 집 주소를 알려 줬다.

물론 그가 이미 우리 집 주소를 안다는 사실을 알고 있었다. 왜냐하면 모두가 누나를 마지막으로 본 날 밤에 그가 누나를 그곳에서 태워 갔기 때문이다.

「그렇게 할게.」타리크가 응답했다.

참 뻔뻔하네. 당신은 아마 이렇게 생각하고 있을 것이다. **놈이 꽤나 자만하고, 꽤나 악랄하거나 꽤나 멍청하지 않고서야 저럴 수 없지 않나? 한 여자애를 대상으로 자신이 끔찍한 짓을 저지르거나 자신의 친한 친구 중 한 명이 악행을 저질렀다며! 그런데 그 여자애의 남동생과 친하게 지내다니.**

물론 내가 타리크와 함께 그의 차에 타겠다고 동의한 일도 꽤나 자만하고 멍청한 선택이었다. 하지만 나는 자만하고 멍청한 놈이 맞다.

나는 더 많이 알고 싶었다. 아직까지는 타리크를 범인으로 몰아가기 위한 제대로 된 근거가 하나도 없었다. 다만 누나가 자취를 감춘 이래 내 존재가 타리크와 오트를 심히 불편하게 만들었다는 사실만은 명백했다.

물론 마야 누나는 거친 애들 무리와 어울렸다. 하지만 그들은 우리처럼 빈곤한 애들이었다. 우리처럼 그들도 차를 구입할 여력이 안 되었다. 하지만 소문대로라면 타리크에게는 그의 부유한 아빠가 사준 새 트럭이 있었다. 그리고 명백히 마야 누나와 가까이 지내고 싶어 했다.

마야 누나가 타리크와 전화하는 내용을 엿들었다. 그날 밤이었다. 마야 누나에게 따라가고 싶다고 조르러다 누나의 말투에 어린 다급함에 멈췄다. 그때, 다급함과 함께 훨씬 어두운 뭔가도 있었다.

누나와 나는 각자가 타리크를 얼마나 원하는지를 놓고 공감하고는 했다. 그러던 중에 나는 공개적으로 내게는 그와 잘될 가능성이 전혀 없으며 온 마음을 다해 누나를 응원한다고 알렸다. 타리크가 누나에게 문자를 보내기 시작하고 전화를 하기 시작하고 누나를 차로 데리고 가서 어울리기 시작할 때였다.

열다섯 살이던 해 여름에 거실에서 공포 영화를 보다가 마야 누나에게 들켰다. 엄마가 초과 근무를 하고 있지 않았다면 내가 보는 것을 절대로 허락하지 않았을 영화였다. 그래서 나는 단연코 망했다고 생각했다. 왜냐하면 마야 누나는 엄마보다도 융통성 없이 엄하게 굴기를 즐겼기 때문이다. 하지만 정말 놀랍게도 누나는 전자레인지로 조리한 팝콘 한 그릇을 들고 내게 다가오더니 그것을 건넸다. 내가 그것을 향해 손을 뻗자 누나가 그릇을 다시 가져갔다. 그제야 나는 고개를 들고 누나를 봤다. 그러자 누나가 내 눈을 직시했다. 내 영혼을 제대로 꿰뚫어 보는 것 같았다. 그러고는 누나가 입을 열었다. 「그냥 네가 알았으면 해서 말하는 건데, 나는 네가 동성애자인 걸 알아. 그리고 나는 그게 우라지게 멋지다고 생각해. 왜냐하면 이성애자 남자애들은 **최악이거든**. 그리고 네가 아마 이 문제에 대해 어느 누구와도 얘기를 나눌 준비가 안 됐을 거라고 생각해. 나도 아무에게도 말하지 않을 거야. 하지만 이것 하나만은 알았으면 해. 언제든, 뭐에 대해서든 내게 와서 얘기해도 된다고.」

그 얘기를 듣자 나는 뚜껑이 열린 채 누나에게 소리를 쳤다. 이성애자인 척하는 동성애자의 지극히 고전적인 방어적 과민 반응이었다. 그리고 그길로 내 방으로 들어가 울고는 누나와 이틀을 이야기하지 않았다. 그러다가 그 모든 일이 지나간 뒤 누나에게로 가서 물었다. 「**아무개** ― 여기에는 그 주에 내가 반한 애의 이름을 넣으면 된다 ― 있잖아? 내가 그놈과 잘될 가능성이 있을까?」

그리고 그 순간 이후 우리는 함께 남자 이야기를 질릴 때까지 해댔다. 같이 『코스모』나 『세븐틴』 같은 잡지에 나오는 〈그가 과연 너를 좋아하고 있을까?〉와 같은 퀴즈 기사를 읽기도 했다. 우리가 좋아하는 남자애들의 페이스북 사진을 들쑤시며 그들이 셔츠를 벗거나 땀을 흘렸거나 섹시하게 미소 짓는 모습이 있을지도 모를 여름방학 기간의 사진들을 검색했다.

이 지구상에서 내게 나답게 살고 나인 것에 자부심을 가지라고 말해 주는 사람은 누나밖에 없었다.

그러다가 타리크가 누나와 친구가 되었다. 그리고 누나가 방어벽을 내리게 만들고, 누나에게 상처를 줬다. 타리크가 누나를 죽이거나 누나에게 부상을 입히지는 않았다. 하지만 그가 한 행동이 뭐든 간에 그것의 심리적인 영향력이 지대해서 누나가 사랑하던 모든 것을 버리고 허드슨 밖으로 훌쩍 떠나 버리게 되었다.

이제 나도 타리크에게 똑같이 갚아 줄 것이다.

법칙 #9

몸은 짐승이야. 짐승들은 언제나 무엇을 해야 하는지 알지. 짐승들은 잠을 자고, 짝짓기를 하고 사냥을 하고 식량을 먹어. 또 위험으로부터 도망치거나 죽기도 하지. 인간들은 달라. 인간들은 머뭇거려. 인간들은 수만 가지 미친 이유를 들며 고등학교와 같은 위험한 장소에 머물러 있기로 선택하기도 해. 그러니 너의 몸은 자신이 감당하지 못할 상황에 자주 갇히게 되는 거야. 그리고 그럴 때면 너의 몸은 그런 선택을 한 자신의 주인에게 심한 보복을 하며 후회를 낳기도 하지.

5일 차,
총 칼로리: 약 1000

마야 누나에게서 이메일이 왔다.

안녕, 맷. 나는 잘 지내고 있어. 엄마에게는 내가 월요일에 전화해 보도록 노력하겠다고 전해 줘.

그 이상의 내용은 없었다. 나는 컴퓨터를 향해 매우 큰 소리를 냈다. 아마도 욕이었을 것이다.

그런 뒤 답장을 썼다. 계속 쓰고 또 썼다.

누나가 보고 싶어.

누나, 어디 있어? 누나가 프로비던스에 갔다고 한 건 아는데 그 말을 믿을 수가 있어야지.

이메일을 보내는 중간마다 새로 고침 버튼을 백 번쯤 클릭하며 간절히 응답을 기다렸다.

언제 집에 돌아올 거야?

누나가 학교 등등을 빠져서 엄마가 진짜 화 많이 났어.

무슨 일이 있었던 거잖아. 무슨 일이 있었는지 알려 줘. 누가 누나에게 상처를 줬어?

내 생각에는 누군가 누나에게 상처를 준 것 같아. 그래서 누나가 일종의 피비린내 나는 복수극을 꾸미고 있을 거라고 생각해. 나도 누나를 돕고 싶어.

누나가 나를 믿었으면 좋겠어. 무슨 일이 벌어지고 있는지 내게 알려 줬으면 좋겠어.

침묵만이 누나의 유일한 응답이었다.

침묵은 누나의 무기였다. 누나는 사람들 때문에 상처를 받거나 화가 났을 때 절대로 엄마처럼 목청이 커지거나 나처럼 못되고 건방지지 않았다. 침묵은 누나가 저항하는 방식이었다. 그것은 수동적이거나 무력함에서 기인한 태도가 아니었다. 차갑고 잔혹해서 상대의 기를 죽여 버리는 칼날이었다. 그것은 엄마의 분노나 내 적대감보다 훨씬 오래 지속됐으며 매번 우리가 누나에게 용서를 빌게 만들 정도로 지극히 강력한 수완이었다.

다만 이제 누나의 무기가 빗나갔다. 누나 자신을 향한 그것은 누나가 자신의 고향과 지지자들을 버리고 아무도 가늠할 수 없는 종류의 위험 속으로 뛰어들게 만들었다.

나는 엄마를 위해 전화기에 메모 하나를 붙여 놨다. 그런 뒤 자정까지 깨어 있었다. 그때 엄마가 차를 주차하는 소리가 들렸다. 내가 문을 열자 현관 앞에서 담배를 피우던 엄마가 깜짝 놀랐다.

「안녕, 맷!」 엄마가 담배를 등 뒤에 숨기며 인사했다. 「아직 안 자고 뭐 했어?」

「나도 담배 한 대 피워도 돼?」 내가 물었다.

「당연히 안 되지, 바보야.」 엄마는 내 예상대로 대답했다. 하지만 나는 엄마가 담배를 어디에 숨겨 두는지 알았다. 그리고 담배 피우기는 내가 어차피 언젠가 터득하게 될 기술 중 하나였다. 마야 누나와 나는 누나가 열네 살이고 내가 열세 살일 때 엄마의 담배를 피워 봤다. 당시 나는 토했다. 누나는 그러지 않았다.

타리크도 담배를 피웠다. 담배를 피우면 내가 타리크의 삶 속에 녹아들기가 더 수월해질지도 몰랐다. 그래야 내가 그의 삶을 파괴할 수 있을 테니까.

「엄마 탓이 아니야.」 나는 말했다. 이런 얘기를 엄마에게 하려면 상당한 용기가 필요했다. 그래서 용기를 잃기 전에 얼른 뱉은 것이었다. 「마야 누나에게 벌어진 일은 엄마 탓이 아니라고.」

엄마가 인상을 썼다. 그러고는 엄마의 담배를 내려다봤다. 나는 이제 잔소리가 시작될 거라고 생각했다. 아마 엄마의 손에 남아나지 않을 것이다. 대신, 엄마는 인상을 더욱 썼다. 그러다가 풀어졌다. 눈물바다를 이루며…….

「내 탓이 맞아.」 엄마가 내게서 고개를 돌리며 속삭였다. 「어떻게 보면 나 때문인 것이 확실해.」

뭔가가 있었다. 양심의 가책? 단순한 슬픔? 엄마가 내게 알려 주지 않는 비밀?

나는 상기되었다. 처음에는 기쁨과 뿌듯함 때문이었고, 그다음에는 수치심 때문이었다. **내가 엄마를 울렸다니.** 나는 엄마의 어깨에 손을 올렸다.

하지만 멈출 수가 없었다. 왜냐하면 내게 갑자기 답을 구할 능력이 주어졌기 때문이다.

「엄마는 나 없을 때 누나와 연락한 적 있어?」

「한 번, 어쩌면 두 번쯤. 네가 학교에 가고 나는 야간 근무를 하고 와서 잠을 자고 있을 때 네 누나가 전화를 했었어.」

「엄마에게는 뭐라고 했는데? 내게 알려 주지 않는 것이 뭔데?」

「얘야, 별로 중요한 이야기는 아니란다. 너도 알잖니. 네가 알아 둬야 할 이야기였다면 엄마가 어련히 알려 줬을까.」

엄마는 거짓말을 하고 있었다. 나는 그것을 감지할 수 있었다. 엄마가 **알아 둬야 할**이라는 말을 할 때 목소리의 높낮이가 살짝

혼들렸다. 너무나 작은 변화라서, 글쎄, 초능력을 가진 사람이 아니라면 절대 감지하지 못할 정도였다.

나는 현관 계단의 차가운 돌바닥에 주저앉았다. 「나는 왜 엄마가 더 속상해하지 않는지 모르겠어.」 내가 속삭였다.

「세상에, 애, 너는 내가 속상해하지 않는다고 생각하니?」 그때 엄마의 목소리에서 지친 기색이 느껴졌다. 그것은 내가 두려워하던 비명 난무한 분노 폭발 모드를 겪는 것보다 더 마음이 아팠다. 「내가 **겁에 질려 있다**는 생각이 안 들었어? 내가 잠도 제대로 못 들 정도라는 것이 안 보였니? 그것도 매일 밤? 심지어 내가 수면제를 먹으러 침대 밖으로 기어 나가지도 못할 정도로 피곤할 때도 그러는데?」

나는 귀를 기울였다. 엄마가 내뱉는 단어들과 그 사이의 여운에 집중했다. 나는 엄마의 목소리 높낮이를 추적해 보려고 노력했다. 내가 귀를 더 열심히 기울일수록 뭔가 들린다는 생각이 들었다. 엄마가 내뱉는 단어들의 음색. 특정한 감정에 대한 진동. 귀가 먹먹하고 둔하게 느껴졌다. 동시에 정보의 홍수에 빠져들기 일보 직전이라 머리가 빙빙 도는 기분이었다. 누군가 느끼는 감정을 들을 수 있는 능력이라. 심지어 당사자가 단어를 고르며 그것을 숨기려고 할 때도 감지될 정도라니. 속이 꾸르륵거렸다. 나는 아주 찰나 동안 미소를 지었다. 허기는 진짜였다. 굶주림이…… 이 모든 것을 유발하고 있었다. 나도 거의 믿기지 않을 정도인 이 기이하고도 기적 같은 상황에 내 머릿속이 기쁨으로, 두려움으로 휙휙 돌고 있었다.

엄마는 자신의 몸을 플라스틱 접이식 의자에 털썩 뉘었다. 그러고는 한 손으로 얼굴을 가렸다. 곧 나머지 한 손도 마찬가지 자세가 되었다. 엄마가 그렇게나 고통스러워하는 모습을 보고 있자니 내 마음의 고통도 측정할 수 없을 정도로 어마어마하게 커졌다.

「그래서 우리가 어떻게 하면 돼?」 내가 물었다. 속삭이는 것조차 아팠다.

「누나가 돌아올 때를 대비해 이곳을 지켜야지.」

나는 지금보다 더 엄마를 걱정시키고 싶지 않았다. 내가 원하는 질문들을 엄마에게 물었다간 엄마의 머리에 나쁜 생각을 심어 놓을지도 몰랐다. 하지만 엄마가 뭔가 알면서 내게 알려 주지 않았다면 나는 그 위험을 감수해야 했다. 「나는 누군가 누나에게 상처를 줄까 봐 걱정돼.」 내가 말했다. 「어쩌면 그래서 누나가 떠난 것일지도 모르잖아. 그것 때문에 누나가 여전히 떠나 있는 것일지도 모르고.」

엄마가 양손을 내렸다. 그리고 나를 한참 동안 뚫어지게 쳐다보다가 마침내 입을 뗐다. 「어쩌다 그런 생각이 든 거니?」 그런데 그 말을 할 때, 엄마의 목소리는 날 것 그대로였으며 매우 연약하게 들렸다. 엄마는 화장을 거의 안 했다. 엄마의 얇고 여린 피부 너머에 있는 핏줄들이 보였다. 엄마가 씻을 때 쓰는 도축장 비누의 냄새도 맡을 수 있었다.

불시에 수치심이 몰아쳤다. 나는 내 이기적인 마음에 휘둘려 행동했다. 그래서 이제 엄마가 속상해하고 있었다. 어떻게 이런 말을 엄마에게 하겠는가. 내 생각에는 타리크와 오트, 그리고 어쩌면 바스티안이 무슨 짓을 한 것 같은데? 왜냐하면 타리크가 마야 누나에게 관심 많았거든. 그리고 누나가 사라지고 나자 타리크나 그의 똘마니들이 하나같이 나를 똑바로 쳐다보지 못해.「아무것도 아니야.」

엄마가 나를 바라보며 인상을 찌푸렸다. 그리고 담배가 다 타들어 갈 때까지 아주 깊고 길게 빨아들였다. 그러는 내내 내 눈을 직시하고 있었다. 이번에는 엄마가 상대의 말을 믿지 못할 차례였다.

「마야는 **아파하고** 있단다.」 엄마가 말했다.「그 정도까지는 내가 알지. 나도 어떻게 해야 이 상황을 개선할 수 있을지 모르겠구나. 하지만 우리가 남의 싸움을 대신 처리해 줄 수 있는 것은 아니란다.」

무슨 개 같은 헛소리야. 나는 그렇게 생각했지만 그것을 입 밖으로 내뱉지는 않았다. 내 양손이, 내 배 속이 힘에 의해 진동하고 있었다.

내가 마야 누나의 싸움을 싸워 줄게.

내가 마야 누나의 적들을 물리칠 거야.

누나를 위해서라면 내가 그 모든 일을 할게.

엄마가 잠든 사이, 나는 마야 누나의 방으로 몰래 숨어들었다. 누나가 개인 공간을 침범했다고 내게 반복적으로 주먹질할지도 모른다는 두려움이 사라질 때까지 나는 두 눈을 질끈 감았다. 그리고 방 안의 냄새를 들이마셨다. 모든 평범한 향취들에 집중했다. 누나의 립밤과 헤어용품들, 누나의 지저분한 옷가지와 트라이던트 껌의 냄새였다. 일단 **방**의 냄새에 익숙해지자 **누나**의 냄새에 집중할 수 있었다. 조금 있다 보니 내 코로 누나를 거의 그릴 수 있을 지경에 이르렀다. 누나가 마지막으로 이 방에 머물렀던 당시 움직였던 동선을 따라서 그릴 수 있을 것 같았다. 나는 머릿속을 맴도는 그 기억을 따라갔다. 누나가 책꽂이로 가던 모습을……. 그리고 내 손가락으로 책들을 한 권씩 빠짐없이 쓸어 봤다. 그러다가 책 한 권 앞에서 행동을 멈췄다. 『핑크빛 펑크: 남자들의 하위 문화 속에서 여성성으로 저항하기』라는 책이었다.

그것이 가능한 일일까? 내가 정말 내 감각들이 알려 주는 정보들을 이미 인지하고 있었던 것일까? 마야 누나는 마지막으로 이 방을 나서기 전에 이곳에서 멈춰 있었다.

나는 그 책을 들었다. 마야 누나는 그 책을 손에 쥐고 열어 봤었다.

나는 그것을 열었다. 그리고 발견했다. 책 뒤쪽의 두 장 사이에 꽂혀 있는 그것을. 누나의 핸드폰 유심 칩이었다. 추적되기를 원치 않았다면 그것을 버렸을 것이다. 하지만 누나는 여전히 그녀의 핸드폰을 쓰고 싶었던 것이다.

유심 칩을 내 핸드폰에 꽂으면 내가 사람들에게 문자와 전화를 하면서 누나가 한 것으로 착각하게 만들 수 있었다.

내 위장이 승리감에 취해 꾸르륵거렸다.

나는 그들을 동정했다. 내가 대적하게 될 모든 사람을, 누나에게 상처를 준 놈들을, 비밀을 갖고 있는 놈들을 말이다. 남녀를 불문하고 모든 어른은, 그리고 애들도 전부 조악한 감각을 보유하고 있었다. 그것은 하찮은 범인(凡人)들의 능력치였다.

그들은 나처럼 이 능력을 획득하지 못했다.

법칙 #10

인간의 청각은 복잡한 역학적 과정의 결과물이지. 굶주림의 기술을 익히고 있는 학도가 그 과정을 이해한다면 자신의 능력을 기하급수적으로 확장할 수 있게 돼.

귀는 진동을 감지해. 귀의 바깥 부분은 음파를 외이도로 모아 줘. 그러면 음파가 고막을 치고 중이도로 넘어가지. 거기에서 다시 일련의 복잡한 구조물들을 거치며 역학적 자극이 신경학적인 신호로 전환돼. 그래서 결론적으로 청신경을 통해 정보를 뇌간으로 보내. 거기에서 그것은 여타 신호들과 함께 취합되면서 뇌의 여러 부분을 거쳐 여과되고, 그래서 네가 개 짖는 소리와 아줌마가 노래 부르는 소리의 차이나 네가 아는 언어와 모르는 언어의 차이를 구별할 수 있게 되는 거야.

6~7일 차,
하루 평균 섭취 칼로리: 약 900

최고 능력자 슈퍼 악당, 엑스맨의 적이자 돌연변이 브라더후드의 지도자였던 매그니토도 나처럼 유대인이었다. 그는 유대인 강제 수용소에서 온 가족을 잃었으며 돌연변이 초능력인 금속을 제어하는 능력 덕분에 가까스로 살아남았다. 그는 자신에게 너무도 심한 상처를 준 세상을 상대로 보복하는 일에 평생을 바쳤다. 엑스맨의 지도자인 자비에 교수는 돌연변이를 받아들이지 않는 세상에서 자신들이 받아들여지기만을 바랐을 뿐이다. 하지만 매그니토는 자신들을 받아 주지 않는 세상을 불태워 재만 남기고 싶어 했다.

대릴과 나는 수시로 매그니토 대 자비에 교수에 대한 논쟁을 했었다. 아앙 대 주코, 도나텔로 대 라파엘에 대해서도 마찬가지였다.[7] 대릴은 언제나 평화주의자 쪽 입장이었다. 그는 슈퍼맨을 좋아했다. 반면 나는 슈퍼맨이라는 캐릭터가 눈물 나도록 지루했다. 거의 언제나 천하무적인 사람만큼 흥미롭지 않은 사람은 없지 않은가?

진정으로 강한 사람들은 강하게 태어난 사람들이 아니다. 약자로 사는 것이 어떤지 알기에 더 강해질 이유가 있는 사람들이다. 아파 본 사람들이다. 자신이 사랑하는 존재들을 빼앗겨 본 사람들이다. 무언가를 위해 싸울 이유가 있는 사람들이다.

복수를 원하는 사람들이다.

나는 눈을 감고 조회 종이 울리기 15분 전 시끄러운 복도에 앉아 귀를 기울였다. 허기를 받아들이며 고개를 한쪽으로 기울였

7 각각 「엑스맨」, 「아바타: 아앙의 전설」, 「닌자 거북이」의 캐릭터들.

다가 다른 쪽으로 기울여 봤다. 어젯밤에 청각의 생리와 역학에 대해 공부해 놓은 상태였다.

소리는 냄새와 비슷하다. 그것들은 너무도 많은 정보를 보유하고 있어 대부분의 사람은 거기에서 대체 무엇에 초점을 맞춰야 할지 모른다.

고등학교 복도는 인간의 언어에 숨겨진 별도의 정보를 찾아내는 일에서 언제나 꽤 괜찮은 실험실이었다. 청소년들은 드라마틱하다. 그들은 과장한다. 매사에 너무 과하게 임한다. 내가 고개를 살짝 돌리기만 해도 어떤 여자애가 싸움에 휘말렸다고 거짓말하는 상황(「그런데 그 여자애는 그 남자애가 거기에 있었던 게 천만다행이었지. 내가 애들을 데려간 상태였거든. 걔 없었으면 그 여자애는 지금쯤 숨도 못 쉬고 있을걸…….」)에서 누군가가 거짓 소문을 퍼뜨리는 상황(「걔네 형이 흑인을 패고는 대학교에서 감옥 갔대…….」)으로, 또 누군가가 진짜 소문을 퍼뜨리는 상황(「걔가 걔네 엄마에게 자신이 임신했다고 말했대. 그랬더니 걔네 엄마가 그 애를 전학시켜 주기로 했다던데. 그런데 걔가 진짜 임신한 것은 아니었대. 임신했을 가능성이 티끌만큼도 없…….」)으로 전환되었다.

가만히 듣고 있으면 정확히 어디에서 소리가 나오는지 알 수 있다. 가만히 듣고 있으면 고체 장벽을 뚫고 지나는 음파들을 감지할 수 있다. 말의 음파는 발화자의 감정에 의해 형태가 형성된다. 그래서 능력을 가진 청자라면 그런 감정을 들을 수 있다. 누군가가 거짓말을 하고 있거나 슬프거나 뭔가 끔찍한 짓을 저지르기 일보 직전임을 알 수 있다.

아니, 사실, 내가 그런 것을 알아낼 수 있다는 말이다.

훈련 몽타주는 수많은 영화 장르에서 핵심적으로 활용되는 기법이다. 〈시간이 많이 흘러 우리의 영웅은 자신이 무능함을 벗어던질 때까지 정말 지겨운 훈련을 반복하고 또 반복했다.〉 이런 얘기를 쉽게 푸는 방법이다. 주인공이 같은 행동을 반복하는 장면들, 이상한 전자 음악에 맞춰 겁나게 두들겨 맞는 모습들을 말하는 것이다. 당신도 내가 무슨 얘기를 하고 있는지 알 것이다. 브라이드와 파이메이의 관계, 늪에서의 요다와 루크의 관계,[8] 「쿵푸팬더」 시리즈, 모든 「엑스맨」 시리즈 영화의 내용 등······.

그러니 그냥 여기서도 훈련 몽타주가 이루어지고 있다고 상상해 보라. 내가 청각이 어떤 식으로 작동되는지 공부하고, 다양한 청각 인지 방법을 시도하는 모습을······. 그것도 일반인의 범주를 넘어서는 방식들로 말이다. 게다가 고집스럽게 뒤도 안 돌아보며 끈기 있게 시도를 거듭하는데 끊임없이 틀리고, 틀리고, 또 틀린다.

그러던 순간, 아주 완벽하게 **맞아떨어졌다.**

벽에 귀를 대고 옆 교실에서 들려오는 말소리를 파악하게 된 뒤, 나는 그 옆 교실의 소리도 똑같이 성공하고 두 교실 떨어진 곳의 소리도 간파해 버렸다.

점심시간에 혼돈 속에서 학교를 누비고 다니며 저 멀리 있는

---

8 브라이드와 파이메이는 영화 「킬 빌」, 루크와 요다는 「스타워즈」 시리즈에 등장하는 주인공과 그 스승.

내 사물함 로커 안에서 들려오는 노랫소리에 귀를 기울인 뒤 곡명을 맞혔는지 확인해 봤다. 일종의 청력 검사였다.

물리 교실에서 차갑게 노출된 파이프 관에 귀를 대고는 건물 건너편에서 들려오는 음파들을 금속이 얼마나 쉽게 전달하는지 느껴 보았다.

건물의 설계 방식을 따라 이리저리 집중할 곳을 바꿔 가며 각양각색의 교실 열댓 곳 중 아무 데나 하나를 정해 그곳의 소리를 선별적으로 들었다.

어둑한 집에서 손뼉을 치며 반향 정위를 사용해 보려 했다. 그래서 음파가 사물에서 튕겨져 나오는 방식에 귀를 기울여 빛 한 점 안 드는 곳의 〈형태 보기〉를 시도했지만 실패했다.

인터넷상에서 로드아일랜드주, 프로비던스 인근의 모든 녹음실 전화번호를 검색했다. 그리고 그 번호들로 하나도 빠짐없이 전화했다. 그들 중 어느 한 곳도 현재 그곳에서 〈디스트로이 올 몬스터스!〉라는 이름의 밴드가 녹음 중인지 여부를 확인해 주지 못했다.

음식을 가지고도 실험했다. 샌드위치 하나만 먹으며 하루를 버텨 봤다. 그래서 얼마나 더 명쾌하게 소리를 들을 수 있는지 확인했다. 샌드위치 반 개만 먹고 하루를 버텨 봤다. 그 차이를 느껴 봤다.

영화 속 몽타주 장면들은 성공과 깨달음으로 끝난다. 아니, 최소한 기준 잣대가 엄청 높은 스승으로부터 마지못해 미소라도 받지 않는가. 과정을 완수했다는 미약한 인정 말이다. 내 상황은 영화 속 몽타주가 아니었다. 이것은 새벽에 우리 집 뒤편의 숲속에 앉아 추위로 몸을 떨며 우라지게 겁에 질린 내 모습으로 끝났다.

집중과 인내는 여전히 내가 노력을 들여야 하는 덕목이었다. 나는 내 욕구를, 내게 필요한 것들과 원하는 것들을 버리는 방법을 배워야 했다. 그저 존재만 하는 방법을 터득해야 했다. 귀를 기울여라. 들어라. 기다려라. 배워라. 내 감각들로부터 최대한 많은 정보를 흡수하면서 동시에 내 뇌에서 오는 정보들을 차단하라.

듣기란 혼돈 속에서 의미를 찾는 과정을 의미했다. 잡소리를 무시하고 필요한 정보만을 받아들여야 했다. 진정으로 우주의 수많은 소리를 들으려면 내 생각을 잠재워야 했다.

그래서 나는 명상을 하기로 했다. 내 존재에 대한 감각을 지우는 일에 집중했다. 우주의 소리를 담는 그릇이 되기로 했다. **들어라.** 귀를 제대로 기울여라. 나는 다시 밖으로 나가 바닥에 주저앉은 채로 눈을 감았다.

인터넷에서 이런 것에 대한 사이트 몇 군데를 들어가 본 적이 있었다. 불교에 관한 사이트들과 힌두교에 관한 내용들, 전부 정신 집중을 요하는 명상에 관한 것들이었다. 어떻게 생각을 비우는지에 대해서 말이다. 다만 생각을 비우는 일이야말로 진짜 진짜 진짜 힘들었다. 〈정신을 완벽히 통제하는 일은 바람을 통제하는 것만큼이나 어려운 일이다.〉 아르주나는 『바가바드기타』에서 그렇게 말했다. 그는 정말 핵심을 잘 짚었다. 현자와 수도승들은 평생에 걸쳐 명상법을 터득한다.

그래서 나는 단순히 숨 쉬는 것부터 시작했다. 그리고 귀를 기울였다.

내 위장의 소리가 들렸다. 바람의 소리도 들렸다. 바람은 풀 사이로 스사삭 통과하고 우리 집 지붕 위에서 휘파람을 불고 나뭇가지 사이에서 노래했다. 나는 바람의 소리를 따라갔다. 그것은 인근에 흩어져 있는 이동 주택 주차장과 곧 허물어질 것 같은 작은 집들 사이를 스쳤다. 망으로 된 문이 철컹거리고 텔레비전들이 꽥꽥대는 소리도 들렸다. 그리고 또 들렸다. 수천 대의 텔레비전에서 불륜을 저지른 남자들이 맹세하는 소리, 아기들이 우는 소리, 얼음 위로 술을 따르는 소리, 개들이 꿈을 꾸는 소리 등이⋯⋯.

하지만 바람이 너무 빨리 이동하고 있었다. 공간을 질주하면서 나도 덩달아 데려가고 있었다. 내 감각을 사방으로 펼치게 만들었다. 나를 거대한 그물로 만들었다. 그래서 소리를 흡수하게 만들었다. 수십, 수만 킬로미터 거리에 펼쳐진 웃음소리, 울음소리, 그릇이 깨지는 소리, 문이 쾅 닫히는 소리가 들렸다. 덕분에 예전의 추억이 떠올랐다. 내가 어렸을 때, 바다에서 헤엄치고 있는데 너무 멀리 나온 것을 갑자기 깨달은 적이 있었다. 발이 바닥에 닿지 않았다. 그래서 아주 깊고 어둑한 물이 나를 집어삼키려고 기다리고 있다는 사실을 깨달았다.

나는 숨을 몰아쉬었다. 공기를 넘기려고 했다. 살려고 노력했다. 그리고 팔다리를 마구 휘저었다.

나는 오트의 소리를 들었다. 그의 아빠 소리를 들었다. 그의 목소리가 굵직하고 털이 많은 사람의 것 같고 무서웠다. 그것은 자신보다 약한 자들에게 화풀이할 작정을 한 불행해진 남자의 소리였다.

걔네들은 네 친구가 아니야, 이 등신아. 너도 곧 깨달을 거야. 네가 진짜 세상에 나갔을 때 그들이 어떻게 너를 외면할지 알게 될 거라고. 지금을 충분히 즐겨라. 졸업만 하면 개떡 같은 직장 하나 외에는 아무것도 남지 않을 테니까. 그것도 네게 운이 따라 줬을 때의 얘기야.

오트는 훌쩍이기만 했다. 나는 현장에서 떨어졌다. 오트에게 동정 따위를 느끼지 않기 위해 최선을 다했다.

엄마의 상사인 바스티안의 아빠가 엄마에게 이번 주 할당을 채우지 못하고 있으니 초과 근무가 인정되지 않을 거라고 탓하는 소리가 들렸다. 그의 목소리는 감정이 없고 침착했다. **이게 규칙이라서 나도 어쩔 수 없어**식의 이성적인 말투로 엄마에게 이번 달 월세를 내지 못할 수도 있다는 이유를 설명했다. 그것을 듣고 있는 나는 도축장에서 수많은 돼지에게 하듯 그의 피부도 벗겨서 뼈와 분리해 버리고 싶은 충동이 일었다.

격분한 채 나는 집중의 끈을 놓았다. 그래서 그나마 쥐고 있던 쥐꼬리만큼의 통제력도 잃어버렸다.

나는 도축장에서 동물들이 지르는 비명 소리를 들었다. 그들의 비명을 들으니 곧바로 그들의 고통 일부에 아주 깊숙이 공감해 버렸다.

나는 목이 아플 때까지 비명을 질렀다.

그것에서 떨어져 보려고 했다. 내 귀를 닫았다. 내 몸으로 돌아오려고 했다. 내 정신은 비눗방울이었다. 그래서 곧 터져 버릴지도 몰랐다.

배 속이 뒤틀렸다. 고통에 정신이 다시 맑아졌다. 나는 내 신체보다 강했다. 내 허기가 그 증거였다.

나는 숨을 쉬었다. 귀를 기울였다. 소리가 나를 지나가게 내버려 뒀다. 무슨 일이 벌어질지 걱정하기를 그만뒀다. 돼지들과 그들의 고통, 그들의 비명으로부터 거리를 뒀다. 주먹에 쥐고 있던 뜨거운 석탄 조각을 놓듯이 그 감각을 빠르게 끊었다. 나 자신의 존재감을 지우는 일에 집중했다. 책에서 안내하듯이 말이다. 그리고 감탄했다. 세상이 얼마나 넓은지, 세상에 소리가 얼마나 가득한지, 땅이 얼마나 차갑고 딱딱한지, 내가 얼마나 많은 능력을 활용할 수 있는지 말이다. 그리고 또 감탄했다. 나를 내 몸, 문제들, 나라는 불행한 존재 그 자체와 연결해 주는 현실의 끈을 끊기가 얼마나 쉬운가! 그래서 그냥 존재하기를 그만두기도 너무 쉬웠다.

그 깨달음에 소름이 돋았다. 그것은 실제로 자살하는 것보다 너무 쉬운 방법이었다. 덜 고통스럽고 뒤치다꺼리도 더 적었다. 연습만 하면 그냥…… 이대로 두둥실 날아가 버릴 수 있을 것이다.

나는 이 명상이란 기술에 제대로 임해 보기로 했다.

법칙 #11

어느 슈퍼히어로도, 선택받은 자도, 재능이 피어나려는 마녀나 반신반인도, 특수한 사연으로 바꿔치기당한 아이도 안전한 길로만 가서는 능력이 향상되지 않아. 언젠가는 무조건 스스로 위험한 상황에 들어가야 해. 네가 너를 시험해야 해. 네가 뭐라도 얻기 위해선 가진 모든 것을 잃을 위험을 감수해야 해.

8일 차,
총 칼로리: 약 1000

타리크가 나를 데리러 오기 두 시간 전에, 엄마가 낮잠을 자는 사이, 나는 엄마 가방에서 핸드폰을 훔쳐 내 방으로 갖고 들어왔다. 아주 사양이 낮은 물건이었다. 낡고 둔탁했다. 하지만 내 상황에서는 그게 더 이득이었다. 이것이 성능 좋은 스마트폰이었다면 내가 펼치려는 사기극에 장애가 될지도 모르기 때문이었다.

나는 엄마의 유심 칩을 마야 누나의 유심 칩으로 바꿨다. 그리고 타리크에게 문자 메시지를 보냈다. 그러면 타리크에게는 누나가 보낸 메시지로 보일 것이었다.

다 말할 거야.

거의 곧바로 엄마의 핸드폰이 내 손안에서 진동했다. 발신자가 〈타리크〉로 떴다. 나는 빨간 버튼을 누르며 전화를 거절했다.

문자가 왔다.

제발 그러지 말아 줘.

나는 하고 싶은 말이 너무 많았다. 하지만 입술을 질끈 깨물고는 침묵을 고수했다.

타리크에게서 두 번째 문자가 왔다. 그러면 내 인생이 망가질 거야.

이 말에 나는 미소를 지으며 생각했다. **마치 네가 누나의 인생을 망친 것처럼 말이지?**

두 번째 전화가 왔다. 나는 그것을 다시 거절했다. 그러고는 5분 뒤, 타리크가 문자를 보내왔다. 왜 내게 그런 짓을 하겠다는 거야? 우리는 서로 많은 것을 나눴잖아.

그렇군. **뭔가** 있긴 했다는 건데……. 나는 그것이 **뭔지** 몰랐다. 그래서 다음 말을 매우, **매우** 신중히 골라야 했다. 왜냐하면 한 번만 잘못해도 타리크가 의심하며 내 꿍꿍이를 눈치챌 것이기 때문이었다.

사람들이 알아야 해. 내가 문자를 보냈다.

그러자 타리크에게서 반응이 왔다. 네가 화났다는 것은 나도 알아. 하지만 그렇다고 해서 네가 내게 상처를 줘도 된다는 것은 아니야. 대체 무슨 일이 벌어지고 있는 거야? 같이 얘기 좀 하면 안 돼? 내가 계속 전화했는데…….

분노로 나는 엄마의 핸드폰에서 유심 칩을 뽑아 버렸다. **그렇다고 해서 네가 내게 상처를 줘도 된다는 것은 아니야.** 자기는 거리낌 없이 **마야 누나**에게 상처를 줘도 되는데 **누나**가 보복하려고 하니…… 뭐? 규칙 위반이라도 한다고 생각하는 거야?

나는 다시 마야 누나의 유심 칩을 꽂아 넣은 뒤 누나의 밴드 동료들을 검색해 그들의 번호를 메모해 뒀다. 그런 뒤, 다시 유심 칩을 뽑아 내 포르노 USB를 두는 자리에 숨겨 두고 핸드폰은 엄마 가방 안에 도로 갖다 놨다. 그러고는 마침내 밖으로 나섰다.

허기와 분노가 내 안에서 비명을 지르며 속을 찢었다. 그것들은 회오리치며 내 위벽을 갈가리 베어 버리는 칼날이었다. 내장 속의 발전기가 분노를 연료 삼아 극한으로 돌았다. 그 파생 전력이 내 몸을 반으로 갈라 열어젖힐 것 같은 위협이 느껴졌다.

나는 진정해야 했다. 몇 초 안에 그놈의 차가 나를 태우러 올 테니까.

당연히 그 차종은 잘난 픽업트럭이었다. 당연히 그것은 새것이었고 빨간색이었고 타리크에게 지나치게 컸으며 타이어 주변마다 반원의 불꽃 문양이 장식돼 있었다. 당연히 타리크는 음울하고 걱정스러운, 아주 딱딱한 표정으로 트럭을 몰았다. 마치 그 행위가 그의 남자다움을 시험하는 과정이거나 금방이라도 황소가 그를 들이받을 것처럼 말이다. 하지만 그가 트럭을 갓길에 세우고 주차 상태로 기어를 변경하자 그의 미소가 환상적으로 피어났다.

「어이, 맷.」 내가 트럭으로 다가가서 차 문을 열자 타리크가 인사했다. 나는 그에게 우리 집에서 한 블록 떨어진 곳에서 만나자고 했었다. 그에게는 내가 나가는 것을 엄마에게 들키지 않기 위해서라고 말했지만, 실상은 그에게 우리 집을 보여 주기 싫어서였다. 언제든 허물어져 버릴 것 같은 집의 뼈대 하며 잔디가 안 깎인 상태로 낙엽이 8센티미터가량 쌓여 있는 그 실태를 말이다.

타리크가 마야 누나를 태우러 왔을 때는 아마도 밤중이었을 것이다. 그때는 그가 우리 집을 보지 못했을 것이다.

「안녕.」 나도 인사하며 일단 차에 탄 뒤 문을 닫기 위해 수차례 시도했으나 실패했다.

「아주 세게 닫아야 해.」 타리크의 손이 내 몸 앞을 지나치며 손잡이를 잡더니 남자답게 당겨 문을 억지로 닫았다.

내 감각들이 세차게 발동했다. 차 안에서는 **타리크**의 냄새가 진동했다. 마치 실컷 입었던 축구용 반바지 한 벌이 좌석 밑에 몇 주간 방치된 것 같은 냄새였다. 그것은 너무도 개인적인 체취라서 나는 전기에 감전되는 기분이 들었다.

「너 혹시 통금 시간 있어?」 어딘가에 정신이 팔려 보이는 타리크가 물었다.

그는 계속해서 자신의 핸드폰을 쳐다봤다. 아까의 문자 메시지들이 그에게 파장을 줬다는 것에는 일말의 여지가 없어 보였다.

「내가 외출했다는 사실을 아무도 모를 때는 없지.」내가 대답했다.

타리크가 웃었다. **누나**가 이 차에 탔을 때도 그는 똑같은 질문을 했을까? **누나**도 조수석 문을 닫는 데 어려움을 겪었을까? 나는 내 발을 내려다봤다. 펑크 록 전단지들과 팸플릿들이 바닥에 어질러져 있었다. 〈체계를 타파하라〉, 하나는 그렇게 촉구했고, 또 하나에는 〈신은 사람들이 네게 예의를 강요하기 위해 내뱉는 거짓말이다〉라고 쓰여 있었다.

「네가 펑크 음악에 관심 있는 줄 몰랐는데.」나는 마야 누나를 떠올리며 말했다.

「아주 최근에 생긴 관심사야. 완전 좋아해. 노래가 정말…… 분노로 가득하거든.」

「네가 분노할 일도 있어?」내가 물었다. 「다들 너를 좋아하잖아.」

타리크가 웃음을 터뜨렸다. 하지만 기분 좋은 뉘앙스의 웃음이 아니었다. 「그렇다고 해서 내게 기분 나쁜 일이 없다는 건 아니잖아.」

그제야 나는 겁낼 필요가 있다는 생각이 들었다. 만일 타리크가 마야 누나를 해했다면 그는 나를 해하는 일에 일말의 고민도 안 할 것이다. 그리고 내가 그에게 보낸 문자들 때문에 그는 걱정으로 예민해진 상태였다. 사람은 짐승과 마찬가지로 두려움을 느낄 때 자신의 가장 흉흉한 성향을 보이기 마련이다.

그래서 나는 공격하려던 기세를 한 풀 꺾고 하려던 말을 삼켰
다. 네 아빠는 멋진 픽업트럭도 새로 사줄 수 있잖아, 그런 아빠를 둔 놈
에게는 불만을 품을 자격이 없어라는 빈정거림 말이다. 내 입은 침
묵으로 일관했다. 타리크가 차의 시동을 켰고, 우리는 출발했다.
라디오 소리가 침묵을 대신했다.

몇 블록 지나자 타리크가 입을 열었다. 「너는 한 번도 이런 파
티에 관심을 보인 적 없잖아. 어쩌다가 이번 파티에 참석하겠다
는 생각이 든 거야?」 그가 물으면서 미소를 지었다. 조심스러운
미소였다.

「그냥, 왜 다들 이런 것에 난리인가 확인해 보고 싶더라고.」

「그래, 뭐, 그렇다면 실망할 마음의 준비를 해둬. 나도 이번 파
티에는 참석하지 말까 한참 고민하다가…….」

타리크가 말하다 말았다. 하지만 나는 그 뒤 내용이 대충 무슨
얘기일지 알 것 같았다.

트럭의 조수석에 앉아서 보니 처절하고 더럽고 쓰레기로 너저
분한 우리 동네 길거리가 특히 더 한심해 보였다. 시야가 높아지
니 제3자의 시각으로 그곳이 달리 보였다. 하지만 타리크의 눈
에 이곳이 어떻게 비칠지 예상돼서 더 그렇게 보인 것도 분명 있
었다. 타리크의 생각은 대충 이런 식이었을 것이다. **이곳은 어려
운 사람들이 사는 동네야. 채석장과 지퍼 공장과 도축장에서 일하는 근
로자들, 내가 쉽게 벗겨 먹을 수 있는 사람들, 내가 해를 가하고 전혀 책
임지지 않아도 될 여자애들이 사는 곳…….**

「담배 있어?」 내가 묻는 동안 타리크는 어두운 길 한 자락의

갓길에 차를 세웠다. 그 주위로 차들이 몰려 있었다. 멀리서 음악이 쿵쾅거렸다. 나는 그쪽으로 고개를 돌렸다. 많은 사람의 소리 속으로 깊이 파고들며 겹겹이 뒤섞인 수많은 대화 내용에 집중하기 위해서였다.

「맷, 오늘 밤에는 의외의 모습을 많이 보이는데.」 타리크가 바지 뒷주머니에서 담뱃갑을 꺼내며 말했다. 그런 뒤, 내 쪽으로 몸을 기울여 앞 좌석의 글러브 박스를 열었다. 거기에서 성냥 한 갑과 허드슨 고등학교 도서관 소유의 『길 위에서』가 튀어나왔다.

「너였어?」 내가 물었다. 「나 그 책이 반납되기를 기다리고 있었는데. **네가 빌려 간 거였어?**」

타리크가 고개를 끄덕이며 자기 쪽 창밖을 바라봤다. 「잭 케루악. 네가 그 작가의 책을 읽는 것을 봤거든.」 그가 말했다. 「재밌어 보이더라고.」

나는 책의 첫 문장을 읽고 소름이 돋았다. 이 모든 것이 그냥 너무 이상했다. 나는 책을 다시 돌려놨다.

타리크가 내게 담배 한 대를 건네줬다. 그리고 자신도 한 개비를 입에 물고는 성냥으로 불을 붙이더니 그 성냥을 내게 건넸다. 자기 혐오감이라는 안개에 최면이 걸린 채 나는 그의 손이 일련의 동작들 속에서 우아하게 날아다니는 모습을 지켜봤다. 나도 담배에 불을 붙였다. 그러고 나서 우리는 뒤로 돌아 비명처럼 들리는 소리 쪽으로 걸어갔다.

「타리크!」 우리가 담청색 비닐 외장재와 비싼 조경을 갖춘 저택으로 다가가는 동안 우렁찬 고함 소리가 들려왔다. 축구팀 전체가 앞으로 나와 있었다. 그래서 순간 나는 당황했다. 타리크가 양을 도축장으로 끌고 가듯 나를 데려온 것이라고 확신했다. 그들은 내 몸 위로 뛰어올라 나를 두드려 패고 양팔을 부러뜨리고 내 얼굴이 곤죽이 될 때까지 발길질하려고 기다리고 있었다. 하지만 한 차례 냄새를 맡고는 그들이 무해하다는 것을 깨달았다. 그들은 술에 취했으며 즐거워했고, 관심과 에너지가 열댓 가지에 흩어져 있었다. 술을 더 구하는 일, 몇몇 여자애와 자는 일에 정신이 팔려 있었다. 또 몇몇은 다른 누군가에게 품었던 불만을 떠올리며 그 얼간이가 오늘 밤에 나타나면 폭력 좀 행사해야 할지도 모르겠다는 생각을 하고 있었다.

담배 연기가 내 안을 생생하게 긁으며 목구멍을 태우고 폐에 차올랐다. 이 새로운 고통이 배 속의 통증에 가 있던 신경을 분산시켰다. 나는 나 자신을 향해 미소를 지었다.

타리크는 그의 축구팀 동료들과 우애를 과시하는 포옹과 악수들을 하며 인사를 나눴다. 「너네도 맷 다 알지?」 그가 말하자 몇은 고개를 끄덕였고 몇은 시선을 내렸으며 몇은 취한 상태로 자신들의 플라스틱 맥주잔을 들어 올리며 과장된 환영 인사를 했다.

나는 그들의 냄새를 맡았다. 그리고 그들에게 귀를 기울였다. 이제 그들에게 훨씬 깊숙이 침투할 수 있었다. 술 취한 놈들은 자기 생각을 감추지 않았다. 나는 내 감각에 집중했다. 그러자 단어들이 듬성듬성 들려왔다. 그들의 생각일지도 모를 말들이었다.

이 호모 새끼, 여기는 왜 온 거야?

이 새끼도 우리 학교 다니는 거 맞아?

맥주가 더 필요한데 안으로 들어가고 싶지는 않네.

이게 진짜일까? 내가 정말로 사람들의 생각을 읽을 수 있는 것일까?

정말 그렇다면 나는 이 능력을 제대로 활용할 생각이었다. 나는 바스티안과 오트에게 깊이 집중했다. 하지만 그들은 나를 보자마자 고개를 돌렸다. 바스티안은 최소한 눈을 깜빡이며 불편한 감정을 억누르고 미소를 짓는 악당다운 지성을 보였다. 「맷, 잘 지냈어?」

「뭐, 그닥.」

그들은 나를 싫어했다. 그래서 경계하는 중이었다. 그들이 어느 정도 취하고 어느 정도 흥분된 정신 상태였음에도 그들의 생각을 전혀 읽을 수 없었다.

나는 주변을 둘러봤다.

한 번도 고등학교 파티에 참석해 본 적이 없었다. 초등학교 5학년 무렵부터 애들이 나를 초대하지 않았다. 사람들이 나를 호모 새끼라고 부르기 시작한 것도 그때쯤부터였다. 어떻게 알게 됐는지 모르겠다. 당시에는 나조차 모르고 있던 사실인데.

좌우간, 이것을 그렇게도 두려워한 것은 내 과오였다. 나는 언제나 이런 파티를 술과 마약과 섹스와 폭력이 뒤섞인 광란의 현장일 거라고 상상했다. 그리고 술과 마약이 확실히 자주 보였기에 모두 마취된 소처럼 광분한 모양새였다. 나는 언제나 모든 잘생긴 운동선수의 허울 밑에 나를 향한 증오가 도사리고 있을 거라고 생각해 왔다. 그러나 대부분 무관심이 증오를 대신하고 있었다. 그리고 내가 언제나 술과 함께 연관 지어 생각하던 폭력 대신 대개 그냥 멍청하게 희희낙락거리는 활기가 자리하고 있었다. 나는 그 자리에 서 있었다. 담배까지 피우고 있으니 이 분위기에 거의 녹아든 것 같은 기분이 들었다.

「어서 들어가자.」 타리크가 말했다. 「먹을 것 좀 챙겨 줄게.」

저택 안에서 나는 눈을 감고 냄새를 맡았다. 그러자 즉시 나와 같은 학년인 그리프라는 남자애의 집이라는 사실, 그의 부모님은 집에 안 계시다는 사실을 간파할 수 있었다. 타리크와 내가 그곳을 지나가는 동안, 박제된 숫사슴 머리 두 대와 악어 한 마리가 우리를 지켜봤다.

「배고파?」 부엌에 다다르자 타리크가 물었다. 나는 거의 웃음을 터뜨릴 뻔했다. 그곳의 모든 공간이 음식으로 뒤덮여 있었다. 건강에 유해할 정도로 많은 양의, 기름진 감자 칩과 양념 소스, 냉동 프렌치프라이를 쪄서 빵가루까지 묻힌 흉물 애피타이저들, 마트에서 구매해 동전처럼 쌓아 올린 쿠키들, 설탕 가득한 탄산음료들, 그 모든 것이 내 몸을 향해 신호를 보냈다. 그 감각은 깨진 유리 조각처럼 날카롭고도 아렸다. 나는 담배를 마지막으로 길게 빨아들였다. 그렇게 그 고통이 무뎌지자 나는 아쉬워하며 담뱃불을 껐다.

「별로.」 내가 대답했다.

타리크가 미소를 지었다. 외로운 미소였다. 마음을 열고 상대를 신뢰하는 미소였다. 그럼에도 불구하고 나는 그의 생각을 읽을 수 없었다. 의심할 여지없이 그도 그의 주변인들에게 뭔가를 숨기기에 귀재임이 틀림없었다.

하지만 한편으로 그것은 나도 마찬가지였다. 「가서 같이 맥주나 마시자.」 그가 말했다.

나는 타리크를 따라 밖으로 나갔다. 길고 잔디가 죽어 있는 경사진 앞마당을 지나 낄낄거리는 연놈들의 무리를 뚫고 갔다. 나는 긴장했다. 모든 근육이 어떻게든 받을지도 모를 공격을 대비하고 있었다.

나는 영화 「새」 속의 장면들을 떠올렸다. 아무런 이유도 없이 새들이 악랄하고 공격적이기를 멈추고는 인간을 파괴하려던 집착 대신 무해한 무관심만 보이며 그냥 여기저기 서 있던 장면이 있었다. 어쩌면 나는 안전할지도 모른다……. 일단 당분간은 말이다.

일단 죽을지도 모른다는 걱정에서 벗어나자 모든 것이 들려오기 시작했다. 듬성듬성 들리는 대화 내용들, 거의 무의미에 가까운 단어들……. 그러나 나는 그보다 훨씬 많은 것을 감지하고 있었다.

「그래서 내가 우리 팀을 위해 나섰지…….」

「내가 아는 건 소문이 있었다는 것뿐…….」

「나는 그냥 그 자리에 서 있었어. 너무 충격을 받은 상태라 믿기지 않더라고. 그년이 그런 말을 했다는 사실이…….」

그 말들의 저변에서 나는 행복감과 두려움과 불안함을 감지했다. 나는 미미한 쇼크 상태에 빠진 채 한 사람씩 돌아가며 쳐다봤다. 그리고 숨을 들이마셨다. 태미 라도니아가 임신했다는 것과 피트 섬스키가 애아빠라는 사실을 알았다. 그리고 그 사실을 애엄마는 알지만 애아빠는 모른다는 것도 알았다.

나는 다른 사람들이 감지하지 못하는 것들을 감지했다. 다른 사람들이 인지하지 못하는 것들을 보고, 듣고, 냄새 맡을 수 있었다.

어쩌다 보니 「스파이더맨」의 빌어먹을 피터 파커가 된 모양이었다.

어쩌다 보니 내게…… 이것을 대체 어떻게 표현해야 할까? 내게 **초능력**이 생겼다.

나는 타리크를 따라 모닥불로 다가섰다. 불꽃이 어둠 속에서 아주 높고 밝게 타오르고 있었다. 나는 약간 거리를 두며 타리크의 뒤를 따랐다. 그의 어깨는 정말 넓었다. 그의 앞에서 타오르는 불꽃이 그의 어깨를 역광으로 비춰 왔다. 그의 팔도 스웨터를 정말 보기 좋게 채웠다. 주차된 지프차에서 애달프고 신경을 거슬리게 만드는 팝송이 터져 나왔다. 타리크가 내게 맥주 한 잔 따라 주는 것을 내버려 뒀다. 하지만 그것을 마시지는 않기로 결정했다. 타리크는 자신의 잔도 채우더니 그것을 한 모금 마시고는 시선을 들었다.

「저 병 좀 건네줘.」 타리크가 지나치게 큰 소리로 외쳤다. 병 유리에 반사된 모닥불빛과 함께 기쁨과 안도감이 그의 주변 공기를 채웠다. 누군가가 웃으며 가까이 다가오더니 타리크의 맥주 안에 데킬라를 부어 버렸다.

「더…….」 타리크가 웃음을 터뜨리며 외쳤다. 「더…….」 심지어

잔이 흘러넘치는 바람에 손가락이 젖었는데도 그렇게 말했다. 그는 한 모금을 오래도록 길게 흡입했다.

나는 타리크에게 한 걸음 다가가서 그의 냄새를 들이마셨다. 제대로 들이마셨다. 모든 표면적인 냄새를 뒤로하고, 그가 지나온 세상의 악취도 무시하고…… 그의 냄새, 그의 신체의 겉껍질 냄새도 보내 버렸다. 땀내와 머리 냄새와 침 냄새까지 전부. 그리고 마침내 발견했다.

외로움이었다.

타리크는 참담하고도 압도적인 외로움을 내뿜고 있었다. 맥도날드 맥모닝을 공원에서 홀로 먹을 때의 냄새, 동료 무리의 가장자리에 오래도록 서 있을 때의 냄새, 그리고 그의 친구 중 그를 진정으로 아는 애가 하나도 없다는 쓸쓸함이 지닌 냄새였다. 부모의 신경을 거스르려고 타리크와 연애를 하지만 그가 누구인지는 관심도 없는 여자 친구들, 그의 중동인다운 이름과 외모에 증오와 의심 섞인 태도로 반응하는 불특정 다수의 낯선 이들이 그에게 남긴 여운이었다.

외로움.

그 냄새가 너무도 강한 나머지 나는 중심을 살짝 잃었다. 찰나의 순간, 집중이 흐트러졌다. 분노와 증오가 가라앉으며 동정심으로 변했다.

얘는 불행하구나. 나는 생각했다.

그러다가 곧 생각을 고쳐먹었다. **그래서 어쩌라고.** 나는 나 자신에게 그렇게 말했다. **그렇다고 다른 사람들에게 해를 끼칠 권리가 있**

는 것은 아니잖아. 그렇다고 해서 그가 남들에게 준 상처가 줄거나 무마되지는 않아.

나는 한 걸음 다가가며 조상 대대로 유전되는 일종의 포식자 기질을 발동시켰다. 그 음울한 생명체는 외로움이 뭔지 정확하게 알고 있다. 그것은 약점이었다. 친구를 만들고 싶어 하는 타리크의 마음은 간절했다. 그의 몸이 그의 진심을 누설한 것이었다.

내가 그의 친구가 되어 줄 수는 있었다. 나는 그와 충분히 친밀해져 그가 자신의 외로움을, 자신의 고통을, 그리고…… 그 외 다른 무언가까지 털어놓을 정도로 안전함을 느끼게 해줄 수 있었다.

비밀이라. 그것은 뭔가 심히 거대하고 어두운 존재였다. 그것이 우리 사이의 공간을 물들이자 내 옆의 타리크는 한밤의 소용돌이가 되었다.

다만 나는 이미 네 비밀을 알고 있어. 아니…… 거의 다 간파했어. 그러니 내가 그것을 완전히 알아내게 되면, 네가 한 짓이 뭐였는지 내가 정확히 알게 되면 그 무엇도 너를 구하지 못할 거야.

타리크는 바스티안과 오트 옆에 서 있었다. 두 사람 다 여전히 내 쪽을 쳐다보지 않기 위해 최선을 다하는 중이었다. 그러다가 문득, 나는 깨달았다…….

타리크가 이들 중 가장 연대감이 약한 애였어. 무슨 일이 있었든 간에 내가 진실을 캐낼 수 있는 상대도, 내가 저 셋 모두를 파멸시키는 일에 도움을 줄 상대도 타리크뿐이야.

안에서는 몇몇 남자애와 여자애가 포커를 치고 있었다. 나는 그들 옆에 자리 잡고는 그들의 표정을 살폈다. 그들이 느끼는 감정들을 가늠하고 그들이 어떻게 그것을 숨기려고 하는지, 그리고 그 과정을 어떻게 실패하는지 확인했다.

「나도 한 판 끼워 줄래?」 나는 확신 없이 물었다. 그것이 사람들이 진짜로 쓰는 표현인지도 모르겠다.

여기서 내가 유용한 조언 하나를 남긴다. 평생 포커를 한 번도 쳐본 적이 없더라도, 게임의 규칙을 전혀 모르더라도, 네가 사람들의 생각을 말 그대로 읽을 수 있다면 포커를 기꺼이 잘 칠 수 있다. 그렇게 해서 나도 소액권 지폐로 1백 달러를 벌었고, 나를 한 번도 본 적 없지만 내게 약간의 경외 섞인 감탄을 하는 축구 선수들과 애들의 무리가 서서히 붙어났다.

그 무리 중에 바스티안도 있었다. 그는 게임 중간중간 내 등을 손바닥으로 찰싹 치면서 〈이 새끼 짱인데!〉라며 감탄했다. 그리고 오트도 내가 유난히 거액을 따낸 판 뒤로 끙 소리를 냈다. 그로부터 들려온 가장 상냥한 소리였다.

「배고파?」 타리크가 물었다. 그는 한 시간쯤 전에도 내게 같은 질문을 했는데, 보아하니 그때 내가 했던 대답을 잊은 모양이었다. 이미 그의 눈빛이 이상하고 음울했다. 표정도 멍하게 풀려 있었다. 술이 그를 다른 존재로 만들어 버리고 있었다. 뭔가 실수하는, 그리고 내가 교묘히 조종할 수 있는 존재로 말이다. 그는 몸을 수그려 누군가가 모닥불 위에서 고기를 요리할 때 쓰던 프라이팬을 집어 들었다. 술과 불빛의 작용으로 그는 악랄하고 잔혹하고 거대해 보였다.

「음, 응.」나는 대답했다. 내가 그의 신뢰를 얻기를 바란다면 부정적인 대답보다는 긍정의 대답이 확실히 나을 것이다. 나는 손을 뻗어 소시지 하나를 잡았다. 녹아내릴 정도로 뜨거운 돼지기름에 손끝을 데었다. 돼지기름은 그대로 흘러내려 내 손바닥 안으로 고였다. 타리크가 보지 않을 때를 틈타 소시지를 일부러 땅에 떨어뜨렸다. 그러고는 무의미하게 죽은 돼지를 위해 작은 사과의 기도를 속삭였다.

법칙 #12

모든 신체는 고유한 존재야. 눈송이처럼 말이야. 어느 신체도 네 것과 완전히 같지는 않아. 수천 년에 걸쳐 신체들 간의 자잘한 차이점이 모여 유전적 성향을 이루고 종 간의 차별화를 이뤘어. 진화지. 그러니 다음번에 네가 어떤 지방 덩어리나 웃기게 생긴 엄지손가락을 저주할 때면, 또는 사회에서 금기시하는 성적 기호를 추구할 때면 이 점을 유념해. 네 차별성 때문에 불행하게 느껴질 수도 있지만, 바로 그 점이 너를 남들보다 뛰어난 존재로 만들어 줄지도 모르니까.

9일 차,
총 칼로리: 약 1000

잠에서 깨어나자 승리감 따위는 사라진 상태였다. 오직 슬픔만 남아 있었다. 그리고 허기도 느껴졌다. 누나에게 벌어진 일에 대한 슬픔, 그리고 열린 마음과 절박함까지 보이던 타리크의 미소에 대한 슬픔이었다. 내가 결국 타리크에게 벌일 일에 대한 슬픔이었다. 복수는 꼭 이뤄져야 했다. 타리크는 괴물이었다. 하지만 한편으로 사람이기도 했다.

복도로 내려와서 엄마가 나를 위해 만들어 놓은 푸짐한 아침 식사를 발견했다. 그것을 보니 행복에 가까운 기분이 느껴졌다. 바삭하게 구워 접시에 한껏 올려놓은 베이컨, 불 위에서 부글부글 끓고 있는 오트밀, 높이 쌓아 올린 팬케이크, 새로 뜯은 시리얼 박스…….

음식은 사랑이었다.

그리고 나는 생각했다. **음식은 실패의 원흉이다.**

나는 한동안 문 앞에 잠자코 서 있었다.

「나 커피 마셔도 돼?」 내가 들어서면서 물었다. 대략 10년간 나는 같은 질문을 해왔다. 그래서 엄마가 〈그럼, 우리 둘 다 마실 수 있을 정도로 충분히 내려 놨어〉라고 말했을 때, 내가 느낀 것은 충격 그 이상이었다.

그것은 굉장한 의미를, 뭔가 큰 의미를 내포한 말이었다. 마치 엄마가 나를 위해 야한 잡지나 담배 한 갑을 사준 것만큼이나 엄청난 말이었다. 하지만 내게 새 능력이 있음에도 불구하고 정확히 무슨 의도로 엄마가 그런 말을 했는지는 알아낼 수 없었다.

나는 자리에 앉았다. 엄마가 머그잔 하나와 숟가락, 우유, 그리고 설탕을 줬다. 나는 마지막 두 가지를 무시했다. 이 극도로 불쾌한 물질들은 칼로리만 채울 뿐이었다.

「너 전에 커피를 마셔 봤구나.」 내가 커피를 한 모금 길게 마신 뒤 미소를 짓자 엄마가 말했다.

「뭔 헛소리야. 엄마, 그럼 이 나이 되도록 안 마셔 봤겠어?」

엄마는 어깨를 으쓱였다. 그러고는 한숨을 쉬더니 건너편 자리에 앉았다. 어쩌면 엄마는 그날 아침, 그 순간에 드디어 나를 엄마가 금기하는 이런저런 다양한 짓을 전부 할 수 있는 현실 속의 사람으로 보게 됐을지도 모르겠다.

「먹어라.」 엄마가 접시들을 내 쪽으로 밀어 주며 권유했다. 그리고 나를 뚫어지게 바라봤다. 엄마의 눈빛이 내 눈을 파고들 것 같았다.

그리고 불현듯 가슴이 아파 왔다.

이 베이컨은 아마도 내가 어젯밤에 땅에 버렸던 소시지의 자매 돼지로 만들었을 것이다. 그것은 순수하게 짭조름한 지방질이었다. 그러므로 고려의 여지도 없이 먹을 수 없었다. 그래서 나는 내 접시에 팬케이크를 몇 장 올리고 시럽도 넉넉히 뿌렸다. 그것들도 먹을 생각이 전혀 없었다.

「그건 어때?」 엄마는 내가 어디든 가지고 다니는 꽤나 낡은 『다르마 행려』 책을 건드리며 물었다.

「그냥 그래.」 나는 엄마의 물음에 어떤 저의가 있을 거라는 점을 되새기며 대답했다. 어쩌면 엄마가 수용 가능한 한계 안에서 아빠에 관한 대화 비슷한 무언가를 하려는 것일지도 몰랐다. 그래서 이 주제를 아주 살짝 밀고 나갔다. 「그냥 어떤 놈들끼리 돌아다니며 나라를 둘러보고 어디에도 애착을 느끼지 않은 채 그냥 인생을 흘러가는 대로 사는 내용이던데.」

엄마가 코웃음을 치며 얼굴을 찌푸리더니 먼 곳을 쳐다봤다.

나는 팬케이크를 크게 한 조각 잘라 낸 뒤, 그것을 다시 작은 조각들로 잘라 나갔다. 「엄마는 이런 얘기가 별로인가 봐?」

「애착이 없다는 부분이 별로 좋게 들리지 않는구나.」 엄마가 말했다. 나는 엄마가 할 말을 신중히 고르고 있다는 것을 알 수 있었다. 「어떤 애착은 아름답기도 하단다.」

이때, 엄마가 내 손등을 살갑게 두드렸다. 역시 아빠와 아빠의 랍스터잡이 배에 관한 것이 맞았다. 그리고 내 고조된 시각으로 미루어 보건대 그 말은 거짓이거나 완곡한 표현이었다.

「애착이 없다면 삶에 무슨 의미가 있겠니?」 엄마가 물었다.

처음에는 나도 아무 말 안 했다. 내 팬케이크는 맨눈으로 확인할 수 없을 정도로 심하게 난도질되어 있었다.

엄마가 나를 지켜보고 있었다.

아직 엄마는 아무 말도 안 했다. 하지만 아무리 내가 먹는 행위 자체를 고통스럽게 여기더라도 뭔가는 먹어야 했다. 「잘 모르겠어, 엄마.」

삶은 복수였다. 삶은 나쁜 사람들을 아프게 만드는 과정이었다. 삶은 마야 누나였다.

「또 도로가 봉쇄됐어.」 엄마가 목 뒤를 문지르며 말했다. 언제나 엄마가 직장에 대해 이야기할 때면 그렇듯 엄마의 목소리에서 아픔이 묻어났다. 「세 대의 트럭 물량 주문 건이 취소됐어. 근로자 두 명이 또 잘릴 거라는 얘기지.」

엄마에 대해 알아 둬야 할 점이 있다. 엄마는 우리 마을을 사랑한다. 그리고 마을 구성원들도 사랑한다. 엄마가 함께 일하는 사람들, 엄마가 유년 시절부터 함께 커 온 사람들 말이다. 길가를 따라 바퀴 없이 녹슨 채 늘어져 있는 차량들과 지붕이 사라져 무너져 내리고 있는 집들도 사랑한다. 왜 그런지는 모르겠다. 엄마는 똑똑한 여자다. 이 동네의 수많은 인간이 그런 것처럼 시야가 좁고 증오로 가득 차 있지 않다. 그럼에도 불구하고 엄마는 구멍이 난 뒤틀린 고속 도로들을, 모두 뒤집어쓰고 있는 무지라는 행복의 이불을 사랑한다. 또 **우리는 이것으로 충분해**라는 착각에 사로잡혀 제정신이 아닌 멍청한 믿음까지도 사랑한다.

그리고 나는 어쩌다 뭔가를 깨달아 버렸다. 나 자신을 위해! 내 초인적 감각을 통해서가 아니라 내 온전한 정신으로 말이다.

내가 동성애자로 태어나지 않았다면 나도 이곳을 사랑했을지 모른다. 나는 이 무리에서 환영받았을 것이다. **우리 중 하나**라며 그들이 나에 대해 되뇌었을 것이다. 마치 공포 영화 「괴짜들」 속의 돌연변이들처럼 말이다. 그랬다면 나는 내 평생을 허드슨에서 행복하게 살았을 것이다. 이웃들과 같은 반 친구들이 품고 다니는, 자신들과 다른 모두를 향한 두려움과 분노와 증오심을 절대 볼 일이 없었을 것이다. 왜냐하면 나도 그런 두려움과 증오심을 그들과 공유했을 테니까. 나는 그것이 얼마나 심각한지 몰랐을 것이다. 마치 자기 자신의 집 냄새는 너무 친숙하기 때문에 맡을 수 없는 것과 비슷하게 말이다.

터무니없는 문장이 척추를 타고 올라와 소름이 돋았다. 그 문장은 곧 뇌로 진입해 충격과 두려움과 환희를 남겼다. 그리고 가까스로 입술 밖으로 터져 나올 뻔했다.

내가 동성애자라는 게 천만다행이네.

「학교는 어때?」 엄마가 머그잔에서 시선을 떼지 않은 채 물었다.

「별일 없어.」 내가 대답했다. 왜냐하면 내게 커피가 허락되든 안 되든, 나는 아직 오트가 지난주에 내 손 위로 로커 수납함 문을 세게 닫아 버렸던 사건이나 네이트 스미스가 나를 성폭행하겠다고 협박했던 일들에 대해 엄마에게 털어놓을 수 없었다. 엄마와 아직 그 단계에 이르지는 못했다.

「다행이네.」 엄마가 말하고는 일어서서 서랍 안의 무언가에 볼일이 있는 척했다. 우아하게 대화의 리듬에 맞춰 타이밍을 노리며 나는 날랜 동작을 펼쳤다. 포크로 긁은 자잘한 팬케이크 조각들이 내 무릎 위에 펼쳐 놓은 휴지 위로 떨어졌다. 그런 뒤 나는 그것을 양손으로 움켜쥐어 으깨 버린 뒤 책가방 안에 쏙 던져 넣었다. 그리하여 양손에 시럽 냄새를 풀풀 풍기며 학교로 갔다. 그러는 동안 나 자신에게 그 시럽을 한 번이라도 빨아먹는 것을 허락하지 않았다.

엄마는 걱정하고 있었다. 엄마의 말속 여운마다 숨어 있는 그 감정을 눈으로 보고, 냄새로 확인하고, 귀로 들을 수 있었다. 굳이 허기로 인한 초능력을 쓰지 않아도 그것은 명백했다. 그리고 아마 나도 먹지 않은 팬케이크 원자들을 처리하는 일에 내 생각의 반만큼도 자연스럽지 않았을 것이다.

그래도 나는 부스러기 하나 섭취하지 않고 그 자리를 탈피했다. 다음 싸움에 대해서는 닥쳤을 때 고민할 것이다.

학교 시간은 빠르고 수월하게 지나갔다. 그리고 저녁이 돼서도 고민은 여전히 그 자리에 있었다. 다만 더 커진 상태였다. 아니, 어쩌면 그때에서야 충분히 배가 고파져 그것의 진정한 모습을 알아볼 수 있었는지도 모르겠다. 엄마의 걱정은 엉킨 회오리였으며 천 개의 실을 엮어서 만든 태피스트리였다. 공장이 문 닫을지도 모른다거나 더 많은 친구가 직장에서 잘릴지도 모른다는 두려움, 엄마 본인이 해고당할지도 모른다는 두려움, 마을을 향한 엄마의 사랑과 미래에 대한 두려움, 나에 대해, 그리고 내가 겪는 일들에 대한 걱정, 마야 누나에게 무슨 일이 생겼을지도 모른다는 두려움 등이었다.

엄마와 나는 저녁 식사 중에 거의 말을 하지 않았다. 그리고 엄마가 보지 않을 때마다 나는 무릎 위에 열어 놓은 지퍼백 안에 음식 조각들을 던져 넣었다. 하지만 엄마가 말을 한 마디도 안 할 때조차 내게 들리는 내용은 너무나 많았다.

내 능력이 발현되고 나서 처음으로 이 능력에 회의가 들었다.

법칙 #13

숨쉬기는 신체와 정신을 결합하는 과정이야.

중국 전통 의학에서는 우리의 몸 안에서 순환하는 에너지를 〈기〉라고 부르지. 그것은 곧 숨을 의미해. 숨을 쉴 때마다 우리는 말 그대로 생명력을, 모든 살아 있는 존재를 지지해 주는 흐름을 빨아들이는 거야. 수준 높은 현자들은 공기 중에서 굉장한 힘과 영양을 끌어낼 수 있어. 그리고 공기에는 아무런 칼로리도 없지. 무술 달인들은 자신의 몸 안에 흐르는 기를 제어할 수 있다고 해. 게다가 치유나 공격을 위해 기를 체외로 뿜어낼 수도 있대.

10일 차,
총 칼로리: 약 1000

굶주림은 시간을 늘어뜨렸다. 깨닫지 못하는 사이 내 몸이 더욱 빨리 움직이게 했다. 내가 미치광이처럼 정신 나간 것 같은 모습을 보이게 만들었다. 그러는 와중에 내면에서의 나는 침착함이라는 비눗방울 속에서 차분히 앉아 있었다. 단어들이 두서없이 과다하게 튀어나왔다. 문장들이 뱉어지고 번복되고 뒤섞였다.

예전에 감자튀김 사건으로 인해 이미 깨달은 바가 있었다. 아주 잠시라도 집중이 흐트러지면 정신도 목표하는 바에서 멀어졌다. 그러면 신체의 근본적이고 육체적인 욕구들을 방어하기가 힘들었다. 보아하니 내 정신은 내 감각들과 더불어 더 강화될 필요가 있었다.

나는 학교에서 가만히 앉아 미동도 하지 않기를 시도했다. 학우들을, 그들이 우주에 딴죽을 걸기 위해 내뱉는 단어와 감정들을, 그들의 몸과 세탁하지 않은 옷과 팝콘처럼 대기 중에서 뻥뻥 터지는 그들의 악취 나는 호르몬을 무시했다. 이제 상상했던 것처럼 내가 범우주적 증오의 대상은 아니라는 사실을 깨달았다. 그들 중 대다수에게서 휘발유만큼이나 달달하고 무던한 무관심의 냄새가 맡아졌다. 그리고 실질적인 동성애 혐오자들의 증오가 전처럼 예리하게 다가오지 않았다. 돌돌 말려 압축된 그들의 폭력성과 들어 올린 그들의 주먹이 더는 두렵지 않았다.

대부분은 말이다.

전반적으로 나는 나 자신이 강해져서 나를 막을 자가 없는 기분이었다. 누구보다 우월했다. 초인이었다.

하지만 유독 이런 순간들이 여전히 찾아왔다. 누군가가 나를 빤히 구경하는 모습을 포착하고는 마음이 속으로 말려들었을 때와 같은 순간, 또 내가 예상치 못하게 어딘가에 비친 내 모습을 발견하고는 그 흉측함에 끔찍해서 숨이 턱 막히는 순간, 나 자신이 약해 빠져 망한 것 같은, 열등한 인간처럼 느껴지는 순간 등 말이다.

당신은 아마 궁금해하고 있을 것이다. 어떻게 그게 가능하지, 맷? 어떻게 초인적이면서도 동시에 열등한 인간일 수 있는 거야?

이런 역설이야말로 인간의 소프트웨어가 걸릴 수 있는 극도로 성가신 바이러스다. 인간은 완전히 상반되는 관념을 동시에 품으면서도 그것들을 동시에 온전히 믿을 수 있다.

물론 나도 먹기는 했다. 자신을 완전히 굶길 수는 없지 않은가. 어쨌든 아직은 그랬다. 하지만 나는 매우 적게 먹었다. 그리고 매일 점점 더 적게 먹었다.

사람의 몸이 허기에 관한 일정한 역치를 지나 버리면 유일하게 집중할 수 있는 대상, 유일하게 떠오르는 생각은 바로 음식이다. 고통은 가장 기이한 곳에서 뜬금없이 출몰한다. 관절들이 뚜둑 소리로 비명을 지르는데 그것들의 비명이 음식 이름처럼 들린다. 진정으로 두려운 대상은 매우 적어진다. 왜냐하면 진정한, 최악의 적이 누구인지 깨달았기 때문이다. 그리고…… 지금부터 스포일러인데…… 그 적은 바로 나다.

몇 번이고 나는 날것의 피 흐르는 분홍색 살덩이를 입에서 뱉어 냈다. 생각 없이 손톱에서 물어뜯은 것이었다. 여기서 허기에 관해 알아 둬야 할 또 한 가지 중요한 부분이 등장한다. 허기는 자기 자신을 식인하는 약간의 정신 가출 상태로 몰아넣는 경향이 있다.

나는 앉았다. 그리고 귀를 기울였다. 냄새를 맡았다. 사람들은 나를 보고 알았을까? 내가 답 없는 겁쟁이에서 뭔가 이루 말할 수 없을 정도로 강력한 존재로 변신하고 있다는 사실을 말이다. 이제는 그들이, 내 동급생들이, 한때 나를 인정해 주기를 바랐던 사람들이, 내가 한때 두려워하던 증오심의 주인들이 거의 눈에 들어오지 않았다.

집에서 나는 계속해서 연구했다.

인터넷에서 극도로 한정된 자원을 토대로 발전한 문명들이 개발한 음식에 대해 읽었다. 그러다가 참파를 발견했다. 그것은 티베트식 구운 보리밀이었다. 산악족들의 음식이었다. 셰르파와 야크 목부들이 긴 여행을 떠날 때 챙기는 음식이었다. 최대 영양을 최소 공간에 비축한 것이다. 하루에 테이블스푼으로 열 숟가락을 먹으면 허기는 달랠 수 있다. 8백 칼로리 정도 되는 양이다. 그것으로 몸은 계속 살 수 있다. 나는 참파를 허드슨으로 배송해 주는 온라인 사이트를 발견했다. 그래서 엄마의 신용 카드로 10파운드짜리 두 팩을 주문했다.

나는 클릭질을 하며 위키피디아에서 포르노 사이트로 넘어갔다. 그렇게 초인적 몸뚱이들이 비틀리고 흔들리고 아무거나 쥐는 모습을 감상했다. 조각 같고 남자다운 얼굴들이 고통과 열락으로 굳어 버린 모습들이었다. 무시당해 성이 난 내 위장이 너무도 강하게 죄어들어 숨을 헉 들이쉬었다. 주위로 온통 허공에 검은 별들이 반짝였다. 뇌세포가 죽어 가며 남긴 나선형의 은하들이었다.

나는 일어섰다가 쓰러졌다.

오래도록 정신을 잃은 것 같지는 않다. 정말로 정신을 잃었다면 말이다.

인간의 몸은 먹지 않고도 30일을 버틸 수 있다. 나는 나 자신에게 그렇게 되뇌었다.

나는 괜찮다.

나는 괜찮다.

법칙 #14

네 몸이 얼마나 야만적인 짐승인지 상기하려면, 또는 어느 때고 네가 야생 동물과 쇠사슬로 묶여 있다는 사실에 의문이 든다면, 그냥 누군가에게 상처를 줘봐. 그것도 깊은 상처로 말이야. 그러고 나서 네 몸이 어떤 기분을 느끼는지 보라고.

11일 차,
총 칼로리: 약 800

한 가지를 고안해 냈다.

음식 자위. 나는 그것을 그렇게 불렀다. 치즈버거나 피자, 또는 캐츠킬에 있는 라 콘차 도로 식당에서 서빙하는 해물 〈프라 디아볼로〉의 뜨끈하고 깊은 맛을 입으로 음미하는 상상을 했다. 그것도 최대한 자세하게 상황을 그려 가며 말이다.

물론 전부 환상이었다.

이것을 하고 나면 실제 자위를 했을 때보다 주변이 확실히 깔끔했다. 하지만 결과적으로 비등하게 더러워진 기분이 들었다.

양손으로 프렌치프라이를 주먹 가득 쥐어 입안으로 욱여넣었다. 튀김 기계에서 방금 나온 것이어서 손가락과 혀를 데었다. 소금이 슬로모션으로 눈이 내리듯 떨어졌다. 패스트푸드 피클을 손 한가득 퍼서 입에 넣었다. 뜨끈하고 축축하게 뿜어져 나온 머스터드가 얼굴 전체로 뿌려졌다. 데어리 퀸 아이스크림 가게용 아이스크림 분사구에 직접 입을 댄 채 아이스크림을 빨아먹었다. 로어워런 거리에 위치한 피자 핏 식당에서 피자 한 판을 산 뒤 거기에서 치즈만 골라 먹었다. 왜냐하면 이것을 만들 때 무슨 치즈를 쓰는지, 아니면 치즈에 무슨 처리를 한 건지 모르겠지만 피자 핏의 치즈는 황홀함 그 자체이기 때문이다.

나는 피자를 더 많이 사서 그것들을 먹었다. 내 음식 결핍증에는 한도가 없었다. 나는 피자 한 판을 통째로 돌돌 말아서 다섯 번의 초인적인 입으로 나눠 먹었다. 거의 씹지 않다시피 했다. 그러다…….

배를 강타하는 강한 타격에 현실로 돌아왔다. 체육 시간, 피구 중이었다. 내가 토하지 않으려고 용쓰는 모습을 보며 남자애들이 낄낄거리고 있었다.

「개자식아, 걔 좀 내버려 둬.」 나를 향해 공을 던진 놈이 누군지는 모르겠지만 타리크가 그 새끼를 향해 외쳤다. 허드슨 고등학교는 규모가 작았다. 빌어먹게 운 좋은 나는 타리크를 비롯해 축구팀원 여덟 명과 체육 시간에 같은 반이었다. 타리크는 이미

공에 맞은 상태라서 피구 경기장 외곽선 밖에 쭈그리고 앉아 있었다.

집중력 저하는 섭식 장애에서 흔히 보이는 증상이었다. 그렇게 인터넷에서 얘기했다.

섭식 장애를 앓고 있는 것은 아니었지만 음식을 먹고 있지는 않았다. 그러니 섭식 장애와 같은 원칙이 내게도 적용되었다.

집중력이란 인간이 행하는 것이었다. 집중한다는 의미는 다량의 정보를 머릿속에 잘 정돈해 놓으려고 하는 것이었다. 우리의 몸이 굶주리고 있을 때는 복잡한 정신적 활동을 이행할 정도로 인내심을 갖지 못한다. 몸은 그저 우리가 뭔가 사냥해서 먹어 버리기를 바랄 뿐이었다.

공격성이 발동했다. 정신이 깨어났다. 각기 다른 부분들이 불이 켜지며 함께 잘 맞물려 돌아가기 시작했다. 그전에는 전혀 이해되지 않던 정보들이 갑자기 명확해졌다. 물리, 스포츠, 인류 사회 등, 깨어난 정신은 그 모든 것을 완벽히 익힐 수 있었다.

나는 손쉽게 허공의 공을 낚아챘다.

「잘 잡았어!」 우리 팀원 중 누군가가 외쳤다. 그의 말투에 충격이 묻어나 있었다. 나는 잠시 공을 손에 들고 있었다. 공의 무게를 느꼈다. 공을 돌려 가며 한껏 해진 표면의 모든 불완전한 부분을 분석했다.

「어서 던져라.」 코치 선생님이 고함을 쳤다. 그들이, 그 악랄한 남자 놈들이, 피에 굶주린 털 없는 유인원들이, 폭력 가해자들이, 짐승들이 나를 응시했다. 그들은 예민한 힘줄들로 이루어진 취약한 막대형 타워였다. 죽어 가는 나약한 세포 더미들이었다.

나는 팔의, 그리고 다리의 근육들을 움직였다. 엉덩이와 무릎과 어깨를 회전시켰다. 나는 무시무시한 기계였다. 내 신체의 원리를 터득한 상태였다. 그리고 내 적들의 신체 원리도 터득했다. 어떻게 전에는 이것을 몰랐을까? 나는 이 기계로 뭐든 할 수 있었다.

어떤 놈이 웃었다.

오트의 입이 호모 새끼라는 단어를 발음하는 모양이었다. 하지만 아무런 소리도 나지 않았다.

어떻게 하면 오트에게 상처를 줄 수 있는지 보였다.

나는 한 팔을 앞으로 내밀면서 다른 팔을 뒤로 당겼다. 주먹을 날리는 것 같은 날렵한 동작이었다. 그 상태로 오트를 향해 공을 던졌다. 공이 너무 빠르고 강하게 그의 장기를 강타했다. 그가 공을 막거나 피할 새가 없었다…….

……그리고 번개처럼 빠르게 공이 오트의 배에서 튕겨 나와 내 손으로 곧장 돌아왔다.

물리학이었다. 간단했다.

오트가 고통으로 우렁차게 신음했다.

「말도 안 돼.」 바스티안이 탄성을 질렀다. 나는 가속을 붙이기 위해 앞으로 작게 한 걸음 내디딘 뒤 바스티안에게도 같은 재주를 부렸다. 공이 그의 명치를 강타하자 그가 고음의 비명을 내질렀다. 그 소리가 귀에 상당히 만족스럽게 들렸다.

던지고 — 맞추고 — 다시 내 손안으로 튕겨 들어오고…….

또 다른 남자애가 자신의 배를 쥐며 몸을 한껏 웅크렸다.

물리학은 무슨 복잡하고 가설이 다분한 과학이 아니었다. 그
것은 현실적이었고 대략적이었으며 실용적이었다. 단순 논리였
다. 중력과 무게와 표면의 각도를 활용한 요지부동의 냉철한 방
정식이었다. 몸은 머리가 절대 따라갈 수 없는 방식으로 물리를
이해했다.

나는 우라질 매그니토가 된 것 같은 기분이었다.

이런 날이 올 줄 알았어. 나는 생각했다. **이제 심판의 시간이 도래
했다.**

허기는 내가 이 세상에서 살아남을 수 있는 일종의 괴물이 되
어 가도록 도와주고 있었다.

여섯 번에 걸친 날랜 공 던지기로 나는 상대 팀 전체를 무력화
시켰다. 상대의 반사 신경이 공을 막아 낼 정도로 좋아 보일 때는
조금씩 동작을 응용하며 그들의 무릎이나 가랑이나 머리를 노렸
다. 그들 중 한 명이 결국 바닥에 쓰러졌다. 울면서 말이다.

더 나아가, 나는 남에게 너무도 많은 고통을 안겨 준, 또는 **언젠
가는** 안겨 줄 놈들에게 고통을 야기하는 즐거움을 누리고 싶었
다. 단지 그 목적만을 위해 나는 우리 쪽 팀원들까지 전부 탈락시
켰다.

그래, 인정한다. 당신의 말이 옳다. 아마도 지나친 감이 없지
않았을 것이다. 어쩌면 걔들 **모두가** 남을 괴롭히는 놈은 아니었
을지도 모른다. 하지만 그들을 다 쓰러뜨리는 과정이 그냥 지나
치게 기분이…… **째졌다.**

코치 선생님이 호루라기를 불었다. 분노와 충격이 담긴 길고 날 선 소리였다. 소리가 끝나기 전에 나는 피구공으로 호루라기를 맞혔다. 호루라기는 선생님의 입안으로 푹 들어가 그의 목구멍을 반쯤 찔렀다. 선생님이 기침을 하며 호루라기를 토해 냈다. 모두가 나를 뚫어지게 쳐다봤다.

나는 교무실로 향하는 내내 스스로에게 미소를 지었다. 나 자신이 뿌듯했다.

나는 생애 처음으로 정학을 당한 것이다.

법칙 #15

손무는 말했어. 〈사람들이 기대하는 바에 맞춰 그들에게 접근하라. 그러면 사람들은 상황이 자신의 추정대로 흘러간다고 생각하며 안심한다. 고로 예상 가능한 반응을 보이게 된다. 그들의 정신이 다른 곳에 팔려 있는 동안 우리는 결정적인 순간을 기다린다. 그 순간이야말로 그들이 절대 예상하지 못하는 것이다.〉

기원전 5세기의 중국 병술 중 얼마나 많은 부분이 21세기 미국 고등학교 환경에도 적용 가능한지, 알면 알수록 놀라울 따름이야.

12일 차,
총 칼로리: 약 800

나는 한참을 만끽했다. 당시 반 아이들을 공격하며 치솟던 아드레날린과 희열을 말이다. 그때의 순간이 머릿속에서 계속 되풀이되었다. 그럴 때마다 다시금 혈관을 타고 행복감이 빠르게 뻗쳤다. 다시 그 상황 그대로 해보라고 하면 죽었다 깨어나도 못할 것이다. 어쩐지 그때는 내가 오토파일럿 모드로 들어서서 평소의 내게는 단연코 부족한 힘과 지식을 갖게 되었다. 아무튼 그 상황은 진짜로 벌어진 일이었다. 그리고 목격자도 있었다. 그것이 중요했다.

내 승리로 끝난 전설적인 피구 게임은 금요일에 벌어졌다. 그러니 이틀간의 정학은 그다음 월요일부터 시작된다는 말이었다. 즉 4일간의 주말이 이어질 예정이었다. 불현듯 학교의 처벌을 받는 것이 꽤나 멋지다는 생각이 들었다.

토요일 아침에 전화기가 울렸다.

「어이, 맷.」 타리크가 말했다. 「뭐 해?」

독자들은 의문이 들지도 모르겠다. 왜 타리크가 갑자기 내 친구가 되고 싶어 하는가? 걔는 인싸 중의 인싸고 나는 **아닌데**, 대체 왜? 그리고 나는 무능한 동성애자고 걔는 여자애들과 노닥거리기를 좋아하는 스포츠 스타인데? 그런 그가 대체 왜 내게 주말에 전화해서 뭐 하냐고 물을까?

내게는 여러 가설이 있었다. 그중 가장 설득력 있어 보이는 것을 나열해 본다.

1. 타리크가 사교 생활에 숨 막히도록 바삐 임하다 보니 공허함을 느꼈다. 타리크를 수식할 부정적인 단어는 많지만 〈멍청

함〉만은 거기에 포함되지 않았다. 타리크는 멍청한 친구들이 좆나 많은 똑똑한 남학생이었다. 그의 축구팀원들과 그들이 어울리는 인간들이 문학이나 정치나 최신 경향에 대해 토론을 벌이는 데 의욕적인 부류는 아니었다. 그나마 타리크의 친구 중 가장 나은 놈이 바스티안이었다. 바스티안의 지성에는 상상력이 결핍되어 있고 예술과 문화 및 여타 모든 감정과 관여된 주제들을 기피하는 경향이 있었다. 어쩌면 타리크는 자신과 동등한 지성을 보유한 친구를 원했는지도 모르겠다. 그래서 나를 찾은 것이다. 그렇다고 내가 매우 똑똑하다는 말은 아니다. 하지만 인기 없는 놈은 똑똑할 거라고 타리크가 착각했을 수도 있다. 그런 오해를 하는 사람으로 그가 처음은 아닐 테니까 말이다.

2. 타리크는 책을 좋아했다. 나도 책을 좋아했다. 우리 학교의 다른 어느 누구도 책을 좋아하지 않았다. 그래서…….

3. 타리크가 양심의 가책을 느꼈다. 영화와 책에서 항상 얘기하지 않는가? 범인들은 자백하고 싶은 압박에 시달리고, 처벌 하나 없이 풀려난 도둑과 살인자들은 언제나 자신의 양심에 쫓겨 속죄하고 싶어 하며, 심지어 속죄하는 방식 때문에 붙잡히는 일도 흔하다고 말이다. 그러니 타리크가 **내가 마야에게 뭔가 끔찍한 짓을 저질렀어, 어쩌면 내가 그녀의 불쌍하고 못생기고 덜떨어진 남동생과 친구로 지내면 내 업보를 덜 수 있지 않을까?**라고 자신에게 명확히 말하지 않았더라도, 어쩌면 그가 자신을 이쪽으로 모는 일종의 충동을 느꼈을지도 모른다. 내게 동정심을 가지라고 말이다. 그렇게 해서라도 그가 마야 누나에게 준 아픔에 대해 속죄하

려는 시도일 수 있었다.

4. 타리크는 초예민해진 감각들이 내게 안겨 준 전문가급 조종 능력 앞에서 속수무책인 피해자였다.

5. 타리크는 내가 생각했던 것보다 훨씬 심각한 소시오패스 괴물이었다. 그래서 누나의 경계심을 낮춰 그녀를 망친 뒤 다음 목표 대상을 나로 정한 것이다.

6. 위의 보기 중에는 해당 사항이 없다.

7. 타리크 본인조차 진정으로 이해하지 못할 섬뜩하고 지저분하며 복잡한 방식으로 위의 보기 중 여럿이 뒤섞인 상황이다.

그래서 나는 미소를 지으며 대답했다. 「주말 일정은 딱히 없는데.」 그리고 아주 잠시 뜸을 들였다가 말을 이었다. 「왜?」

「펑크 록 공연을 보러 도시로 나갈까 생각 중이거든.」 타리크가 말했다. 그의 말투와 바람의 울림을 통해 그가 그의 트럭에 홀로 앉아 있다는 것을 알 수 있었다. 「같이 갈래?」

「물론이지.」 나는 고민 없이, 가는 것을 엄마가 허락해 줄까 고려하지 않고 주저 없이 대답했다. 왜냐하면 나의 적과 단둘이 있을 기회를 잡는 것 이상으로 중요한 일은 없었기 때문이다. 나는 기쁨에 겨워하며 미소를 지었다.

불쌍하고 애처로운 외로움쟁이, 타리크. 그는 알아서 자신을 내 도살장으로 끌고 오는 어린양이었다.

타리크가 손에 맥주를 들었을 때 그의 눈빛이 환해지던 것이 떠올랐다. 아마 대부분의 고등학교 운동부 놈에 비해 그가 그리 큰 허점을 지닌 것은 아닐 것이다. 그래도 허점은 허점이었다. 내가 이용할 수 있는 부분이었다. 냄새를 좇으며 집 전체를 뒤지다가 마침내 스카치위스키 한 병을 발견했다. 그것은 너무도 잘 숨겨져 있었다. 그래서 잠시 멈칫하고 의문을 품게 됐다…….

나는 엄마가 술 한 방울도 입에 대는 모습을 못 봤다.

그런 엄마의 습관이 의아하기는 했다……. 나는 술병을 책가방 안에 챙겼다.

법칙 #16

인생은 고통의 연속이야. 고통을 인정하고 감내해. 그러면 너는 네 주변의 모든 이보다 더 강해질 거야. 왜냐하면 다른 이들은 고통과 싸우는 동안 너는 고통의 흐름을 타며 몸 맡기는 방법을 배웠을 테니까.

13일 차,
총 칼로리: 약 800

이 법칙들은 내가 만든 것이 아니다. 대부분은 말이다. 나는 여러 법칙을 여기저기서 따왔다. 그리고 또 어떤 것은 내가 습득하고 개정해서 업데이트시켰다.

몇 가지 법칙이 세워지기 전에, 어쩌면 내가 불교 신자일지도 모르겠다는 생각을 했다. 하지만 나는 불교 신자가 된다는 것이 진정으로 어떤 의미를 지니는지 잘 모른다. 인터넷에 불교에 대해 많은 정보가 깔려 있긴 하지만 그것들을 제대로 이해하기는 어려웠다. 불교는 종교라기보다 철학이자 삶의 한 방식이다. 불교는 물질적이지 않은 태도에 관한 것이다. 내적인 안식과 깨달음을 찾는 길에 대한 것이다. 그러니 불교는 내가 좋아하는 구약 성서의 진짜 재미있는 이야기들, 그러니까 불과 역병과 악한 이들이 벌을 받는 종류의 이야기들과 결이 완전히 달랐다.

그리고 불교에 네 가지 고귀한 가르침이 있다는 것을 알고는 있지만, 내가 진정으로 중요하게 생각하는 것은 첫 번째 가르침뿐이다.

인생은 고통이다.

이것, 바로 이 구절 하나만으로도 나를 불교 신자로 만들거나 불교 신자가 되고 싶어지게 만들기에 충분했다. 왜냐하면 이 구절만큼은 사실임을 이미 알고 있었기 때문이다.

당시 토요일에, 앉아 있다, 기다리다, 집 안을 돌아다니다, 타리크가 언제 도착할까 고민하는 동안 그 구절이 특히 와닿았다. 그러면서 타리크의 트럭 타이어가 흙길을 짓이기는 소리가 들리기만을 기다리고 있었다.

왜냐하면 나는 마음을 정했기 때문이다. 이번 나들이에서 타리크를 심문하기 시작할 것이다. 직접적으로 하지는 않을 것이다. 일단 처음에는 말이다. 그냥 타리크의 입장을 가늠할 정도로만 적당히, 그가 바스티안과 오트와 마야 누나의 관계에 대해 제공할 만한 정보가 있는지 분위기만 살필 것이다.

침실 창문을 열고 머리를 밖으로 내민 뒤 눈까지 감았다. 단순히 **청각**에만 집중하기 위해서였다. 내 생각이 바람과 함께 흘러가게, 지나가는 모든 차량의 소리에 집중하게 됐다. 그리고 처음으로 차량마다 고유의 리듬 소리를 지니고 있다는 것을 깨달았다. 그것은 오로지 그 차량만의 것이었다. 엔진, 피스톤, 브레이크, 충격등과 함께, 금속과 플라스틱과 고무로 만들어졌는데 이름조차 모르는 각기 다른 수많은 부품이 함께 만들어 내는 소리였다.

그때 나는 타리크가 나를 위해 구워 준 CD를 수십여 차례 들은 뒤였다. 펑크 록은 소음도 그렇고 분노도 그렇고 참 무시무시했다. 하지만 매력적이기도 했다. 내가 어렸을 때 공포 영화에 빠져들었던 것과 같은 이유로 매력을 느꼈다. 내가 그 무시무시함을 경험하고도 살아남을 수 있으리라고, 그것을 통해 더욱 강해질 거라고 믿었기 때문이다. 이 곡들은 생생한 분노, 날것 그대로의 감정, 겁에 질린 신생아들의 울음소리와 격분한 어른의 고함소리를 뒤섞은 것 같은 하울링 그 자체였다. 듣고 있으면 겁이 났다. 하지만 동시에 노래들이 이해되었다.

분노야말로 내가 잘 이해하는 분야였다.

나는 분노를 두려워하면서 동시에 그것을 느꼈다.

그 곡들이 무엇에 관한 내용이냐고 물어본다면 나는 전혀 대답하지 못했을 것이다. 전반적으로 이해할 수 없다가 한 번씩 뜬금없이 말이 되는 가사들이 들렸다. 사랑, 거절당한 고백, 오랜 기간 무산된 법안과 그에 대항하는 인간 등에 관한 가사들이었다. 게다가 의도적으로 무시무시해 보이려는 거칠고 간결한 밴

드 이름들은 죽음, 쇠사슬, 섹스, 충돌, 청산가리 등의 단어들로
조합돼 있었다.

다섯 곡째 들으니 눈물이 나기 일보 직전이었다. 마치 전에는
한 번도 제대로 노래라는 것을 들어 본 적 없는 기분이었다. 제대
로 귀를 기울여 보지 않았던 것 같다. 굶주림의 힘이 내게 준 능
력 때문일까? 아니면 누구든 이 노래를 들으면 이런 기분을 느낄
까? 나는 눈을 감았다. 그리고 저 안, 가수의 머릿속으로, 울리는
스네어 드럼 속으로 들어갔다. 단 한 구절도 이해하지 못하지만
그들의 기분을 그대로 느끼고 있었다.

음악은 마법이었다. 타인의 감정을 느낄 수 있게 해줬다.

이것은 마야 누나가 듣던 노래들이었다. 누나가 질투 나도록
절대로 나와 공유하지 않으려 했던 노래들이었다. 누나는 욕설
이 등장하는 영화나 음악은 절대 내게 노출시키면 안 된다는 엄
마의 규칙을 강조하며 이 부분에 대해서만큼은 누나로서 자신에
게 부여되는 권한을 즐겼다. 지금 이 노래들을 들으니 누나와 같
은 감정을 공유할 수 있었다. 마치 누나와 연결된 기분이었다. 그
래서 너무도 행복했다.

트럭의 존재를 느끼기 전까지도 나는 음악을 감상하고 있었
다. 바람을 따라 회오리치는 화음들이 돌풍을 이루는 음악이었
다. 눈을 감고 그것이 내 안에서 부풀어 오르는 것을 느끼는 동안
그가 다가왔다.

「어이, 맷.」

「어이.」 나는 차에 타면서 인사했다. 「나도 데려가 줘서 고마

워. 무슨 일이야?」

타리크가 미소를 지었다. 「네가 피구 게임 중에 여럿을 해치운 사건은 기념할 만한 것 같아서. 너는 이제 전설이야.」

「전설이라고?」 나는 되물으며 속으로 그를 믿어야 하나 말아야 하나 전쟁을 치렀다.

「응, 모두가 그 얘기를 해. 애초에도 꽤나 굉장한 이야기였지. 그런데 그게 입소문을 타고 한없이 부풀더라. 네가 체육관의 모든 창문을 깨고 뇌진탕을 일으키고 허드슨 고등학교에서 영원히 피구를 금하게 만들었다고 하던데.」

「와.」 나는 감탄했다. 그러고는 당시 일에 대한 내 기억을 믿어도 될지 의문이 들었다. 생각해 보면 내게는 **초능력**이 있으니…….「그런데 진지하게 말이야…… 그때 맞았던 놈 중에 심하게 다친 애가 있었어?」

「아니. 그냥 자존심에 스크래치나 좀 생겼겠지.」

나는 놀랍게도 안심되었다. 「걔네들, 나한테 꽤나 화가 나 있겠네.」 내가 말했다.

「사실, 걔네는 감탄했어. 아무도 네가 그럴 수 있으리라고 생각하지 않았거든.」

또다시 뿌듯함이 빠르게 차올랐다. 나는 이 감정에 따르는 위험을 알 수 있었다. 왜 폭력배들이 남을 괴롭히는지 이해되었다.

「어쨌든,」 타리크가 말을 돌렸다. 「우리의 장거리 여행 기대돼?」

「기대돼.」 나는 대답했다. 「한 번도 뉴욕 시티에 가본 적이 없거든.」

「진짜? 어떻게 그럴 수가 있지? 그렇게 멀지도 않잖아!」

나는 어깨를 으쓱하며 진짜 이유는 밝히지 않기로 결심했다. 왜냐하면 우리 엄마는 일에 치여 우리 남매를 재미있는 곳에 데려갈 시간이 없었거든. 왜냐하면 우리에게는 그럴 돈이 없었거든. 왜냐하면 너와 다르게 우리 부모님은 내게 트럭을 사주고 내가 가고 싶은 곳이라면 어디든 아무 때나 갈 수 있도록 기름값을 대주지 못하거든.

토요일, 늦은 오후인데 이미 하늘이 어둑해지고 있었다. 나는 잠시 멈칫하다가 내 뒤로 차 문을 닫았다. 공기를 맡았다. 곧 찾아올 황혼의 시린 기운이 느껴졌다. 비도 올 것 같았다. 엄마는 일해야 했다. 엄마는 내가 맹세코 망치기로 결심한 남자애와 함께 차를 타는 것을 저지하지 못했다. 엄마는 내가 스카치위스키 병을 놓고 가게 만들지 못했다. 엄마는 내가 식사를 하게 만들지 못했다.

나는 무적이었다.

우리는 차를 타고 남쪽으로 달렸다. 가는 길에 복잡한 가락들이 불분명한 기타 디스토션 소리 위로 겹겹이 카펫처럼 쌓이는 펑크 록 음악을 들었다. 타리크는 온통 까만색 옷을 입은 상태였다. 그는 닌자처럼 강하고 우아해 보였다.

「우리는 포킵시까지 차로 갈 거야. 그런 다음 도시까지 기차를 타려고. 그러고 나서는 지하철을 타고 클럽까지 갈 거야. 괜찮겠어?」

「그럼.」 내가 대답했다.

음악 소리에 심장이 더욱 빠르게 두근거렸다. 어쩌다 이 음악을 이제야 알게 됐을까. 이 소리, 이 소음, 이 모든 비속한 말과 날것의 뻔뻔한 감정들을…… 이 음악은 백만 년이 지나도 라디오나 슈퍼마켓이나 사람들이 음악을 듣는 여타의 공공장소에서 절대 접하지 못할 것이었다. 이 음악의 세계가 어찌나 방대한지, 이 음악이라는 바다가! 나는 그대로 그 물속에 발목까지 담그고 서 있었다. 마야 누나도 이 바다에 있었다. 나와 같은 바닷속에 무릎까지 빠져 있었다.

「너는 원래 말수가 별로 없구나.」 타리크가 말했다. 「나는 네가 그냥 학교에 있는 그 모든 개자식들과 말 섞고 싶지 않아서 그런 줄 알았지.」

「그거야말로 사실이지.」 나는 대꾸하며 눈앞에서 세상이 어두워지는 광경을 지켜봤다. 「너는 그 개자식들과 잘만 얘기하던데.」

타리크가 고개를 끄덕였다. 「그게 상황이 복잡해. 나는 그놈들 중 대부분을 아주 어렸을 때부터 알고 지냈잖아. 걔네가 항상 그런 개자식들은 아니었거든.」

「그런데 지금은 개자식들이지.」

다시금 타리크가 고개를 끄덕였다. 「어쨌든, 몇몇은 확실히 그렇지. 가끔씩.」 나는 타리크를 관찰했다. 그의 옆모습, 그의 넓은 콧방울로 이어지는 콧등, 그의 엄마가 요리해 준 저녁 식사의 냄새, 내가 명명할 수 없는 향신료들, 내 혀로도 맛을 느낄 수 있을 것 같은 착각이 들 정도로 진하디진한 고기 요리 냄새…….

「바스티안과 오트처럼 말이야.」내가 말했다.

타리크가 크게 웃었다. 「걔네도 그렇게 나쁜 놈들은 아니야. 요주의 순간이 있긴 하지. 그때는 개자식들이지. 하지만 대개는 무해한 행동들이잖아.」

내 양 눈썹이 하늘 높이 치솟았다. 나는 수십여 종류의 방식으로 그의 말을 받아치고 싶었다. 하지만 그냥 전략적으로 나가기로 했다…… 중도를 지키면서 말이다. 「네가 위협을 느끼지 않는다고 해서 그 행동이 무조건 무해한 것은 아니지.」

「그건 그래.」

「그리고 어쨌든 나는 이런 생각이 들더라고. 사람들은 나뭇가지나 돌멩이 어쩌고 하면서 말로는 절대 상처를 받지 않는다고 개소리를 하잖아. 하지만 유치원에서 가장 먼저 깨닫는 것이 남의 말에 상처받을 수 있다는 거잖아. 게다가 남에게 말로 상처 입힐 수 있는 인간이라면 물리적 피해도 입힐 수 있지 않을까?」

타리크가 모르겠다는 투로 어깨를 으쓱했다. 나는 숨을 깊게 들이쉬었다. 하지만 그는 경계 태세로 진입한 상태였다. 그는 자신의 가장 가까운 친구들에 대해 말하기를 좋아하지 않았다.

나는 잠시 뜸을 들였다. 그러고는 직전의 논지를 밀고 나갔다. 「너는 그렇게 생각하지 않아?」

「나도 그렇다고 생각해.」

이미 가로등이 껌뻑대며 켜지고 있었다. 「그러면 걔네는 그럴 수 있을 거라고 생각해? 남에게 상처를 줄 법한 놈들일까?」

침묵. 먹통이었다. 타리크는 그 주제에 대해 한 마디도 더 하지 않았다. 일단 이 순간만큼은 말이다. 다른 방식으로 몰래 다시 접근해야 할 것 같았다. 스카치위스키가 도움이 될 것이다.

몇 킬로미터 지나서야 타리크가 입을 열었다. 「한편으로 나는 네가 부러워. 알아? 너는 이 모든 사람과의 연결고리에 휘둘리지 않아도 되잖아. 너는 너 자신의 모습이 아닌, 그들이 네게서 바라는 인간상이 돼야 한다는 **압박**을 느끼지 않잖아.」 그때, 그에게서 입질이 느껴졌다. 갈망의 폭주, 봉인 해제에 대한 욕망. 빙고. 나는 가방에 손을 넣고는 스카치위스키 병의 목 부분을 쥐었다. 그런데 그것을 꺼내려는데 뭔가가 나를 막았다.

저 냄새.

취하고 싶어 하는 냄새다. 술을 **절박하게** 갈망하는 냄새다.

나는 저 냄새를 평생 맡아 왔다. 내 마음에 깨달음이 찾아왔다. 반쯤은 소름 끼치는 의심이었고, 반쯤은 직감으로 확신하던 사실이었다. **우리 엄마는 알코올 의존자다.** 엄마는 내가 살아온 것보다 더 긴 시간 동안 그 부분을 억제해 왔다. 엄마가 몇 주 동안 술 생각을 한 번도 하지 않고 생활한 적도 있었다. 내가 보기에 엄마는 유대교 교리를 조금도 믿지 않았지만, 그럼에도 불구하고 엄마가 시너고그[9]에 그렇게 자주 다니는 이유가 그것이었다. 하지만 그래도 문제는 여전히 수면 아래에 존재했다. 마치 이 술병처럼, 숨겨진 상태로 말이다. 때로는 잊힌 채로 있었다. 하지만 **엄연히 존재했다.** 내가 어쩌다 이 부분을 놓쳤을까?

「이 노래 정말 좋다.」 내가 스테레오의 볼륨을 키우며 말했다.

9 유대교의 회당.

타리크가 미소 지으며 노래를 따라 불렀다. 나도 그랬다. 포킵시에 다다랐을 때쯤에는 내 온몸이 노래를 부르고 있었다. 우리는 정거장의 플랫폼에 서서 남쪽으로 가는 기차를 기다렸다. 서 있는 동안 우리 사이의 간격이 너무 가까웠다. 차가운 밤 기온과 대비되는 타리크의 열기가 느껴질 정도였다. 불빛이 다리에서 반짝이고 번쩍였다. 강은 바람과 물이 빠르게 흐르는 너른 통로였다. 차갑고 살아 있었다. 밤의 기류가 너무도 무겁게 느껴졌다. 그것에 짓눌려 터져 버릴 것 같은 기분이었다. 비어서 아프다고 아우성치는 내 위장도 노래를 불렀다. 매번 일어나는 경련과 발작은 확신이자 가사였다. **나는 살아 있다. 나는 어른이다. 내 삶은 내가 통제한다. 나는 무엇이든 할 수 있다.**

법칙 #17

규칙을 발견하는 것은 모든 동물이 선천적으로 타고나는 능력이야. 새와 해파리와 인간 모두 같은 방식으로 그것을 터득하지. 바로 현실이라는 혼돈 속에서 익숙한 것들을 찾아내는 방법이야. 그리고 규칙을 발견하는 인간의 정신적 능력은 지구상에서 가장 굉장해. 제대로만 활용한다면 이 능력으로 우리는 잡음의 바다에서 시그널을 잡아 낼 수 있지.

오직 가장 강하고 순수한 정신만이 신체를 통제할 수 있어. 하지만 어떤 사실들은 몸을 통해 터득될 수 있지. 굶주림의 기술을 독학하는 전사들은 몸이 주도권을 잡도록 놔두는 방법 또한 배우게 될 거야.

13일 차,
진행 중……

이것은 끔찍하고 무모하고 전혀 득이 안 되는 매우 좆 같은 계획이었다. 나는 그랜드센트럴 역의 플랫폼에 서는 순간 바로 그것을 깨달았다. 뉴욕 시티는 자신의 감각들을 통제하는 행위에 초보인 자들에게 그릇된 장소였다. 압도적인 악취 하며, 귀를 먹먹하게 만드는 소리들 하며, 5백만여 명의 사람이 자신의 분노와 슬픔에 목이 졸리며 짓눌리는 압박감을 풍겼다. 마치 고등학교에 등교한 첫날, 내가 내 능력을 각성하기 전의 압박감 같았다. 단, 그것을 만 배쯤 부풀린다면 말이다.

「꼭 붙어 다녀.」 타리크가 지시하며 나를 이끌고 정거장의 부산스러운 혼돈 속을 뚫고 지나갔다.

「너는 이 도시를 꽤 잘 아는구나.」 내가 말했다. 하지만 그는 듣지 못했다. 나도 내 목소리를 간신히 들을 정도였다.

타리크가, 이 잘생긴 괴물이 나를 계획적으로 해칠 생각이었다면 그는 손가락 하나 까딱하지 않아도 되었다. 그냥 이 무리 속으로 손쉽게 사라지며 나를 이 무시무시한 도심 속에 버려 내 운명을 하늘에 맡기기만 하면 됐다. 5분만 혼자 있어도 나는 분명 머리를 맞고 기절해 골목으로 끌려간 뒤 죽을 때까지 고문당할 것이었다. 그런 뒤 내 장기들이 부위별로 매매될지도 모를 일이었다. 나는 거리의 등과 택시를 흘깃 봤다. 버스가 내뿜는 배기가스와 타르 냄새를 맡았다. 하지만 타리크가 나를 반대쪽 방향으로 데리고 갔다. 내리막 통로를 따라가고 지하를 누비다 에스컬레이터를 타고 전철 정거장까지 내려갔다.

「이거 좆나 복잡하다.」 나는 전철 노선도의 뒤엉켜 있는 노선들을 바라보며 말했다.

「별거 아니야.」타리크가 잘생긴 손가락 두 개로 노선도를 짚으며 말했다. 「큰 그림을 생각하지 마. 현재 어디에 있는지와 어디로 갈 것인지만 생각해.」그가 잠시 멈칫했다. 「이거 생각해 보니 꽤 괜찮은 인생 조언인데. 돈은 안 받을게, 친구. 어쨌든, 우리가 있는 장소는 여기야. 보여?」

나는 봤다. 그랜드 센트럴 역. 초록색 선 하나가 보라색과 회색 선과 교차하고 있었다.

「그리고 우리가 갈 곳은 여기야.」

타리크는 다른 장소를 짚었다. 브루클린에 있는 베드퍼드 애비뉴였다.

「알았어.」나는 대꾸하며 노선도 쪽으로 더 가까이 다가섰다. 「그럼⋯⋯.」

「어떻게 거기로 가지?」

「전혀 모르겠는데.」내가 말했다.

「초록색 노선.」타리크가 그것을 자신의 손가락으로 따라 그리며 알려 줬다.

「L 전철로 가야 하네!」나는 유니언 스퀘어 역에서 노선들이 교차되는 것을 확인하며 외쳤다.

「잘했어!」타리크가 칭찬하며 내 어깨를 치더니 계속 잡았다. 「우리는 거기서 환승할 거야. 이제 너도 진짜 뉴요커 다 됐네.」

타리크는 내가 앞장서게 했다. 나는 우리가 가야 할 전철 정거장 플랫폼을 잘 찾아갔다. 우리가 타야 할 차량도 제대로 찾았다.

토요일 밤이어서 전철 칸마다 차려입은 남자와 여자들, 술 취한 새끼들, 약에 취한 놈들로 가득했다. 누군가가 아코디언을 연주했다. 나는 익사하기 일보 직전 기분이었다. 타리크에게서는 행복감이 뿜어져 나왔다. 나는 그것에 매달렸다. 나 자신을 그것으로 칭칭 둘렀다. 그것으로 그에게 나를 고정했다.

「자.」나는 은밀하게 타리크의 팔 밑으로 술병을 밀어 넣으며 말했다.

「맷!」타리크가 외치며 웃었다. 「내가 가장 좋아하는 친구는 이제 너야.」그는 대놓고 병나발을 불었다. 전혀 양심의 가책을 느끼지 않는 모양새였다.

「조심히 마셔!」내가 사납게 속삭였다.

「마약 단속반처럼 굴지 마, 맷.」

좌석에 앉아 있던 누군가가 웃음을 터뜨렸다. 우리는 수백 명의 인파 가운데에서 단둘이 함께 서 있었다. 타리크가 내게 술병을 돌려줬다. 나는 그것을 입에 대고는 고개를 뒤로 젖히면서 최대한 입술을 꾹 다물었다. 단 한 방울도 마시지 않기 위해서였다.

베드퍼드 애비뉴 역에 다다랐을 때, 타리크는 술기운이 올라오기 시작했다. 우리는 좀 걸어야 했다. 이미 타리크의 발이 조금씩 꼬이기 시작했다. 나는 냄새를 맡았다. 지난 한 시간 동안 우리가 서 있는 지점에서 반경 네 블록 거리 내 인도에 세 사람이 토했다. 3층 위의 불결하고 마리화나 냄새가 진동하는 아파트에서는 두 남자가 증오와 분노의 폭풍에 휩싸인 채 서로를 마구 잡고 주먹질하는 소리가 들렸다.

이 도시는 나를 망칠 것이다.

「여기가 공연을 관람하기에는 최고의 장소야.」타리크가 설명했다.「하지만 애들도 막 임대 계약이 끝났대. 그래서 오늘이 애네가 여기서 활동하는 마지막 밤이래. 굉장한 공연이 될 거야. 이 도시에서 좋은 자리는 이미 누가 다 채간 꼴이야.」

「우리 누나가 너를 짝사랑했어.」내가 화두를 던졌다. 간사하고 천재적으로 타이밍을 정확히 재서 그랬다기보다는 절박함에서 기인한 것이었다.

타리크가 걸음을 멈췄다.「네 누나는 멋진 사람이야.」그가 잠시 말을 신중히 고르다가 입을 뗐다.「네 누나에게 무슨 일이 있었는지 들었어. 너무 유감이야.」

우리는 계속 걸었다. 술은 그가 덜 신중하게 행동하도록 만들었다. 그는 생각과 감정들을 숨기는 일이 어설퍼졌다. **정확히 내 계획대로야.**「무슨 얘기를 들었는데?」내가 물었다.

타리크가 어깨를 으쓱했다.「너도 알잖아. 그냥 이것저것. 네 누나가 가출했다는 소식 말이야.」

「하지만 네가 마치 누나에게 별일 있는 것처럼 **우리 누나에게 무슨 일이 있었는지 들었다고** 했잖아. 가출이 엄밀히 말해 별일이냐?」

「그렇다고 가출이 별일 아닌 것은 아니잖아. 그렇지 않나?」

나는 이 논지를 더 밀고 나가지 않기로 했다. 일단 인내를 가져야 했다. 타리크가 나 대신 일하도록 만들어야 했다.

타리크는 십여 차례나 입을 열려다 멈추기를 반복했다. 무슨 하고 싶은 말이 있는 모양이었다. 「네 누나의 안부를 묻고 싶었어. 그런데 네가 누나에 대해 말하고 싶어 하지 않을 것 같았어.」

「왜 그렇게 단정 지었는데?」

「나였다면 그 얘기를 하고 싶지 않았을 거야. 하지만 너는 내가 아니지. 다른 사람들도 나처럼 생각할 거라고 단정하지 말았어야 하는데.」

「맞아, 그러면 안 됐어.」 내가 쏘아붙였다. 내 목소리가 얼음처럼 냉랭했다.

「이 얘기를 꺼내서 미안해.」 타리크가 사과했다.

「네가 꺼낸 거 아니야, 내가 꺼냈어.」

타리크가 웃음을 터뜨렸다. 「그럼 **네가** 이 얘기를 꺼내게 해서 미안해.」

나는 걸음을 멈췄다. 그를 밀어내는 위험을 감수할 수는 없었다. 그것은 그와 친해지기 위해 내가 들였던 모든 노고를 무용지물로 만드는 일이었다. 그래서 나도 웃기 시작했다.

「짜식, 그냥 장난친 거야.」 나는 그냥 그렇게 말했다. **짜식**이라고, 마치 내가 그 무리 중 한 놈인 것처럼, 마치 이 말버릇이 내게서 자연스럽게 나온 것처럼 말이다.

「내가 제대로 당했네.」

그런 식으로 클럽까지 갔다. 연기하며, 내 목표에 집중하며, 타리크에게 집중하며, 그가 내게서 원하는 모습을 보여 주며, 그가 너무도 바라는 똑똑한 친구가 되어 주며 걸었다.

타리크가 우리의 입장료 10달러를 내려고 했지만 나는 포커

게임에서 딴 돈을 꺼내 직접 우리 둘의 입장료를 지불했다. 우리는 돌아가는 계단을 따라 내려가다 천장이 낮고 지하실 냄새가 나는 방으로 들어섰다. 사람들이 과밀하고 벽마다 수십 년 치의 그라피티로 겹겹이 덮여 있는 방이었다. 성난 기타들이 다급한 드럼과 함께 말처럼 달리고 휘청거리는 베이스 파트가 그들을 따라가려고 안간힘을 쓰는 음악이 들렸다.

「어떻게 생각해?」타리크가 물었다. 침침한 불빛 아래에서 그의 두 눈이 반짝였다. 기분을 고양하는 술의 작용으로 그는 이미 호랑이처럼 미소를 짓고 있었다.

「미쳤는데.」내가 말했다.

정말로 환상적이었다. 또한 무시무시하기도 했다. 그것은 무정부주의였으며 해방이었다. 광란의 춤을 추고, 주먹과 팔꿈치들이 여기저기 날아다니며, 분노의 노래를 고래고래 소리치는 곳이었다. 전철이 몇 분마다 우리 지하실 옆의 터널을 지나며 우르릉거리면 우리는 뼛속까지 그 진동을 느껴야 했다.

저들도 나와 같은 세상을 향해 분노하고 있어. 나는 생각했다. 저들은 나를 받아들이고 있어. 나는 저들 중 하나야. 나는 앞으로 다가서서 그 자리를 거머쥐기만 하면 돼……

나는 무대 앞 춤추는 공간에 들어서려고 대여섯 번 시도했다. 처음 두 차례에서는 두려움이 엄습했다. 그래서 멈추고 뒤로 돌아갔다. 그다음부터는 그냥 서툴러서 못 들어갔다. 체육에 젬병이며 모든 신체 활동을 두려워하는 나란 놈이 바보같이 계속 발을 헛디뎌서였다. 다시, 그리고 또다시 나는 계속 사람들에게 치이다 가까스로 벗어났다.

지하실이 도움이 되었다. 두꺼운 석회 벽과 음악의 모든 울림이 도시의 자극적인 감각들로부터 나를 어느 정도 보호해 줬다. 하지만 나는 여전히 날것의, 벌거벗은, 세상의 아픔에 노출된 기분이었다. 나는 속이 안 좋았다. 외로웠다. 길을 잃은 것 같았다.

그러다 갑자기 배가 고팠다. 너무도 배가 고팠다. 내게 무슨 문제가 생긴 걸까? 바로 그때, 알 수 있었다. 확실히 **무슨** 문제가 있었다. 나는 눈을 감고 뭔가 안전한 것에 집중해 보려고 했다. 그러자 떠오르는 것은 엄마뿐이었다.

「엄마.」 나는 불가항력적으로 속삭였다. 그것은 악몽에 시달리는 아이의 무력한 울부짖음이었다. 그리고 어쩐지, 내가 아주 꼬맹이였을 때도 그랬듯이, 그냥 그렇게 엄마를 부르기만 해도 기분이 나아졌다.

핸드폰이 밤 11시 4분을 알렸다. 이 쿵쾅거림이 얼마나 더 지속될까?

「어서 와, 맷!」 타리크는 밀물과 썰물처럼 움직이는 흥분의 도가니에 우리 둘이 떠밀려 가까워질 때마다 주기적으로 불러 댔다.

「잠깐만!」 나는 외쳤다.

나는 정말 그냥 뒷자리에 기대앉아 감상만 해도 만족할 수 있었다. 흥분의 도가니 옆에 있기만 해도 나는 저들 중 하나였다. 나는 그들이 허공에 주먹을 내지르고 바닥을 치며 테스토스테론으로 인해 앞뒤 분간이 안 되는 상태에서 서로 부딪치는 광경을 지켜봤다. 땀범벅인 사지들이 땀범벅인 몸뚱이들을 감싸고 있었다.

그들을 지켜보고 있는데 그들 중 한 명과 눈이 마주쳤다. 그 애도 나를 지켜봤다. 그리고 미소를 지었다. 흩날리는 검은 머리와 여드름이 덮인 창백한 피부 때문에 엉망이지만 잘생긴 남자애였다. 그의 미소는 **우리는 같아**라고 말하고 있었다. 그의 미소에 나는 마음이 간질거리기 시작했다. 너무도 따뜻하고 기분 좋은 감각이라서, 그것을 믿으면 안 된다는 것을 알았다. 그가 내 쪽으로 한 걸음 다가왔다. 나는 당황해서 도로 혼돈의 공간으로 뛰어들었다.

당황하니 정신이 물러서며 몸이 주도권을 잡게 되었다. 무리와 함께 움직였다. 나는 바람에 나부끼는 하나의 잎사귀였다. 흘러가는 대로 세속적이고 성스러운 군중의 흐름을 타고 있었다. 마치 이교도의 의식처럼, 나는 들숨과 날숨을 쉬며 생명 에너지가 몸속으로 흐르는 기분을 느끼고, 날아다니는 팔과 발길질하는 다리의 무리와 뒤엉켰다.

냉혹하고 가차 없는 진실은 이랬다. **가끔씩은 몸에 주도권을 줘야 한다.**

공연이 끝난 뒤 전철역으로 걸어서 돌아가는데, 이제 나를 당황하게 만들 일이 더는 없으리라는 생각이 들었다. 몸이 열쇠였다. 몸과 화해를 하고 몸이 알아서 길을 찾게 놔둬야 했다. 몸이 불필요한 정보의 홍수 속에서 내가 진정으로 필요한 것들만 골라내게 해줘야 했다.

우리는 거대한 공동 주택 건물을 지났다. 수백 세대의 아파트였다. 한 쌍의 남녀가 테라스에 나와 싸우고 있었다. 여자의 분노에 내 콧구멍이 델 것 같았다. 두 층 아래에서는 노파가 이미 세 번 우린 티백 위로 뜨거운 물을 붓고 있었다.

나는 숨을 들이마셨다. 숨쉬기에 집중했다. 은유적으로 말해 그 모든 자극에 등을 돌렸다. 필요한 단 하나의 것에만 집중했다. 내가 이곳에 온 목적 말이다.

「잠시만 기다려 봐.」 내가 말했다.

타리크가 걸음을 멈췄다.

「담배 있어?」 내가 물었다.

타리크가 담배 하나에 불을 붙여서 내게 줬다. 그러고는 자신도 한 대 피웠다.

「너 괜찮아?」

「응.」 내가 말했다. 「더할 나위 없이 좋아. 너무 좋은 밤이라서 그냥 잠시 이 순간을 즐기고 싶어.」

타리크가 미소를 지었다. 이제 나는 나를 파괴하리라 위협하던 인상적인 감각들의 토네이도를 제어할 수 있게 되자 그대로 집까지 걸어갈 수도 있을 것 같았다. 그만큼 세상의 모습이 명확하고 차분했다.

심지어 내 쪽으로 미소를 짓던 소년에 대한 기억 덕분에 나 자신이 강력하고 힘이 세며 평소처럼 외로운 괴짜가 아니라 비밀 부족의 구성원인 것 같은 기분이 들었다. **나와 같은 부류의 사람들이 저 밖에 있어. 언젠가는 나도 그들과 합류할 준비가 될 거야.**

「나 그것 좀 더 줘.」 우리가 베드퍼드 애비뉴 역에서 L 노선의 전철을 기다리는 동안 타리크가 취한 채 술병을 찾아 내 몸을 살살 뒤지며 말했다. 그는 아까 지하실에서 땀을 많이 흘린 상태였다. 그래서 스카치위스키를 물처럼 마시고 있었다. 그는 내가 그것을 건넬 때 짓던 미소를 보지 못했다.

끝장내기 너무 쉽겠는데. 나는 깨달았다. 아주 조금만 움직여도 전철이 들어오는 동안 그의 몸을 선로 위로 밀어 버릴 수 있겠어.

하지만 나는 여전히 답을 구하고 있었다. 마야 누나에게 무슨 일이 있었는지 알아야 했다. 타리크가 무슨 짓을 했는지, 또는 그의 일당이 무슨 짓을 했는지 알아야 했다. 그러면 당연히 내 것이었던 복수를 할 수 있으리라.

그리고 나는 여전히 그 순간에, 내 발견에 너무 취해 있었다. 그 순간을 음미하고 싶었다. 그리고 타리크를 끝장내고 즐기는 순간이 왔을 때, 신경 쓰이는 일이 전혀 없었으면 좋겠다⋯⋯.

법칙 #18

네 몸은 다양한 굶주림의 차이를 구분하지 못해. 그냥 사랑에 반응하는 방식대로 증오에도 똑같이 반응하지. 그래서 렉스가 슈퍼맨에게 계속 집착하는 거야. 배트맨이 조커를 포기하지 못하는 이유도 똑같고.

그래서 모든 복수 이야기가 사랑 이야기와 구분되지 않는 거야.

13일 차,
종료

……그리고 어쩌면 나는 타리크의 끝을 보기까지 그리 오래 기다리지 않아도 될 것 같다.

「왜 이렇게 추운 거야아아아아아.」 아까 포킵시에서 타리크가 말했다. 아니, 그와 비슷한 말을 했다. 그는 자기 트럭의 잠금장치를 풀려고 했으나 번번이 실패하고 있었다. 그래서 나는 처음으로 그가 얼마나 취했는지, 그리고 우리가 얼마나 먼 길을 돌아가야 하는지 깨달았다. 굽이치는 도로들과 꼬여 있는 회전로들을 한 시간이나 타고 가야 했다. 그리고 타리크는 너무 취해서 우리를 살아 있는 상태로 집까지 데려다주기는커녕 말도 제대로 못 했다.

타리크가 차의 잠금장치를 풀었을 때, 나는 바로 차에 타지 않았다. 그의 열쇠를 뺏은 뒤 그가 호텔 방이나 그의 픽업트럭 침대에서 자며 취기를 없애게 만드는 것이 현명한 방법이었다. 왜냐하면 그가 운전하는 차에 타면 우리 둘 다 죽음으로 이어질 가능성이 너무나 컸기 때문이다.

하지만 내가 죽으면 어때서? 타리크를 없애 버리면 누나의 마음을 치유해 줄 것이다. 어쩌면 누나가 집으로 돌아오게 될지도 몰랐다. 내 죽음은 그냥 보너스였다. 나 때문에 어떤 방식으로든 겪게 될 엄마의 치욕을 덜어 주는 셈이 될 테니까.

자살 성향. 그 표현이 머릿속을 빠르게 지나갔다. 그것은 아주 지속적이고 간교한 개새끼였다. 그리고 꽤 기회주의자이기도 했다.

「맷, 너는 좋은 놈이야.」 타리크가 손과 이마를 운전대에 댄 상태로 말했다. 「다들 항상 네게 못되게 굴더라. 그러지 않았으면 좋겠는데.」

「더는 그러지 못할 거야.」 내가 말하자 타리크가 낄낄거렸다. 내 말투에 어린 악의를 놓쳤거나 그것이 웃긴 모양이었다.

「스카치 더 없어?」타리크가 트럭의 시동을 켜며 물었다.

「몇 방울밖에.」나는 말하며 그에게 술병을 건네줬다.

타리크는 그것을 깨끗이 빨아먹고는 창밖으로 던졌다. 「타리크, 쓰레기를 아무 데나 버리면 안 된다.」그가 억양 섞인 저음으로 말했다. 아버지의 말투를 흉내 낸 것이었다. 그러더니 크게 웃음을 터뜨렸다.

타리크는 포킵시의 고요한 도로를 편집증적으로 지나치게 주의하며 지났다. 하지만 일단 9번 고속 도로에 이르자 그는 달렸다. 트럭은 우리를 북쪽으로 빠르게 이동시키며 신음하고 덜컹거렸다. 허기 때문에 나는 볼 안쪽을 씹게 되었다. 그러다가 얼마 지나지 않아 피 맛을 봤다.

「나 취했어.」타리크가 말했다. 「지금 운전하면 안 되는데.」

「괜찮을 거야.」내가 말했다. 「넌 훌륭한 운전사니까.」

타리크가 경례를 표했다. 「감사합니다, 맷 씨. 당신도 훌륭한 탑승객이랍니다.」

타리크는 창문을 내렸다. 찬바람에 정신이 들까 싶어서 그랬는지도 모르겠다.

타리크의 아버지도 우리와 함께 그 차 안에 있었다. 타리크의 장난스러운 흉내 덕에 소환된 것이었다. 나는 타리크 아버지의 소리를 들을 수 있었다. 그분의 소리가 허공에서, 타리크의 머릿속에서 울리고 있었다. 그분의 존재감은 어둡고 무시무시했다. 어쩌면 내가 이것을 이용할 수 있을지도 모르겠다.

「네 아버지에 대해 말해 줘.」내가 외쳤다. 내 목소리는 울부짖

음이 되어 열린 창문으로 들어오는 찬바람의 굉음을 덮었다. 「아
버지는 무슨 일을 하셔?」

「크리스마스트리 농장을 운영해.」 타리크가 대답했다. 「주트
카우스키네 농장이라고, 스푸크 록 로드에 있는 거 알아?」

「나 거기에 백만 번은 가봤는데!」 내가 외쳤다. 「그런데 네 성
은 주트카우스키가 아니잖아.」

「아니지. 그는 농장 설립자야. 우리 아버지는 그 사람 밑에서
몇 년 일했는데, 주트카우스키 할아범이 은퇴할 때 우리 아버지
에게 농장을 팔았지. 그렇다고 농장 이름을 무라트네로 바꾸면
사람들이 낯설어할 것 같더래.」

우리는 너무 급하게 차를 돌렸다. 내 위장이 1초 동안 무중력
상태로 흔들렸다. 그런데 나는 그것이 좋았다. 그 두려움이, 그
두려움을 놓아 버리는 해방감이. 그리고 다음에 벌어질 일을 받
아들이는 기분이. 「너네 집, 일을 하는 데…… 종교적인 문제는
없는 거야?」

「없어. 그냥 알라신에게 이르지만 마.」

「이것 봐라.」 내가 놀렸다. 「너 이제 보니 이단에게 크리스마
스트리를 팔아먹은 돈으로 부자된 아랍인이었잖아.」

타리크가 웃었다. 하지만 그의 웃음소리가 슬펐다. 내 말의 어
느 부분 때문에 그가 슬퍼했는지는 도통 모르겠다. 나는 그의 아
버지에 대해 더욱 심도 있는 질문을 한 보따리나 준비하고 있었
다. 그것들을 던져 그를 흔들어 놓을 심사였다. 하지만 이제는 그
것들을 물을 마음이 하나도 들지 않았다. 그는 이미 행복에 취한

기분의 정점을 찍고는 빠르게 우울감에 빠지고 있었다. 나는 내 입안에서 느껴지는 피 맛을 음미하다가 그것을 막 삼키려던 중이었다. 갑자기 그 최소한의 영양 보충으로도 내 허기의 갈급함을 조금은 줄일 수 있을까 궁금해졌다.

피는 몇 칼로리나 될까?

나는 밤 속으로 피를 뱉어 냈다. 그러고는 뱀이 공격할 때만큼 빠르게 연이어 물었다. 「오트와 바스티안과 우리 누나 사이에 무슨 일이 있었던 거야?」

「무슨…… 일이라니?」 타리크가 되물었다. 그의 말투가 불안하게 늘어졌다.

「알잖아.」 내 원래 계획은 이야기를 만들어 내어 타리크를 말로 현혹하고 그를 속여 뭔가 스스로 홀리게 만드는 것이었다. 하지만 침묵이 훨씬 더 감질났다. 사람들은 불편한 침묵을 해소하기 위해 별의별 비밀을 다 털어놓기 마련이다.

타리크는 진짜로 혼란스러워 보였다.

「나도 잘 모르겠는데. 아무 일도 없었을 것 같은데.」

우리 밑의 도로가 흔들렸다. 마치 네 개의 타이어가 한 번에 땅에 전부 닿은 적이 없는 것 같았다. 차의 헤드라이트가 가파르게 깎여 있는 바윗면과 하루를 마감하고 폐점한 식당들을 비췄다. 다행히 시각이 늦어 도로는 비어 있었다. 사고가 나더라도 우리 외에는 다치는 사람이 없을 터였다.

타리크가 거짓말을 하는 것일까?

그는 취했고, 지쳤고, 방향 감각도 상실한 상태였다. 그의 속을 꿰뚫어 보는 일이 쉬워야 했다. 하지만 쉽지 않았다. 그렇다면 무슨 일이 있었든 간에 그는 정말 오트와 바스티안이 저지른 일에 대해 전혀 모른다는 말인가? 또는 정말 아무 일도 없었다는 말인가? 오직 타리크 본인만 이 일에 관여된 것일까?

「우리한테서 역한 냄새가 난다.」 타리크가 말했다.

「너나 그렇지.」 내가 반박했다. 「너는 몇 시간씩이나 미친 듯이 춤췄잖아. 나는 정말 조금밖에 안 췄어.」

타리크가 자신의 코로 숨을 깊게 들이마셨다. 「아니, 너한테서도 냄새 나. 그리고 내 생각에는 아마 우리가 죽을 것 같아.」 그가 말하며 낄낄댔다. 그가 사슴을 피하느라 핸들을 홱 돌린 이후였다. 알고 보니 그가 사슴인 줄 알았던 것은 낮게 내려온 나뭇가지였다.

「다들 죽어.」 내가 말했다.

갑자기 예리한 아픔이 느껴지는 바람에 나는 배 속의 오랜 통증으로부터 신경이 분산되었다. 손톱에서 또 피가 나고 있었다. 나도 모르는 사이 그것들을 물어뜯고 있었나 보다.

그런데 이 모든 기이한 상황에서 가장 기이한 것이 있었다.

허기, 복수심, 분노 다 제쳐 놓고, 기분이 좋았다. 이 트럭에 타고 있는 것이, 소위 타리크의 〈친구〉가 되는 것이, 함께 죽음을 향해 내달리는 상황이 말이다.

나는 이 여정이 끝나지 않았으면 좋겠다는 생각을 했다. 집으로 가기 싫었다. 트럭에서 나가기 싫었다. 내 침대라는 외로운 동굴 안으로 홀로 기어들어 가고 싶지 않았다. 나는 따뜻한 몸을 그의 몸에 대고 잠들고 싶었다.

이것을 깨닫고 나자 주변으로 허공에 검은 별들이 피어났다. 욕설을 뱉으며, 숨을 쉬며, 당황하지 않으려고 힘겹게 노력하며, 나는 손끝을 유리에 대고 눈을 감았다. 내 안에서 도는 에너지를 느꼈다. 폐가 차갑고 어둡고 끝없는 굴곡의 공간 속에서 기를 빨아들이는 것을 느꼈다. 목구멍으로 치고 올라오려는 자기혐오의 비명에 집중해서 그것을 억지로 손끝을 통해 방출했다.

나는 눈을 떴다. 그러고는 내 손을 다시 거둬들였다.

붉게 물들어 있고 내 손가락들이 누르고 있던 그의 차창에는, 내가 피를 흘리고 있던 그 창에는 다섯 개의 별 모양 실금이 미세하게 나 있었다.

법칙 #19

네 몸은 영원히 네가 사랑하는 사람들의 몸과 연결돼 있어. 그리고 그 연결고리들은 끔찍하고 예상 불가능한 방식으로 나타나기도 하지.

14일 차,
총 칼로리 : 약 1500

커피. 팬케이크. 분노.
그 냄새가 나를 깨워 침대 밖으로 끌어냈다.
어쩌다 보니 우리는 살아남았다. 우리를 보호한 것이 알라인지, 여호와인지, 보호받을 자격 없는 술 취한 청소년들을 품어 주는 내가 모르는 다른 신인지 잘 모르겠다. 어쨌든 우리는 죽지 않고 허드슨까지 돌아왔다. 이제 아침이었다. 그리고 엄마가 아래층에서 식탁 앞에 앉아 나를 기다리고 있었다.

이런 젠장. 나는 얼른 바지를 주워 입으며 생각했다. 엄마가 알아챘어. 내가 몰래 집 밖으로 나가 도시로 가서 지하실 춤 도가니 밑에 깔릴 뻔하고는 마침내 술 취한 운전사와 함께 차를 타고 9번 고속 도로를 시속 145킬로미터로 새벽 2시에 달렸다는 것을 알고 있어.

아니면 그냥 내가 학교에서 정학당한 것을 알아챘나?

나는 이를 닦고 트집 잡힐 만한 무한한 요소를 다 점검했다. 엄마는 하나도 빠짐없이 모두 확인할 것이 분명했다.

그러고는 내 망가진 위장의 예외 없는 후렴이 시작되었다. 다른 모든 것을 무색하게 만드는 고통이었다. 그것을 느끼며 나는 씩씩한 걸음으로 용감하게 부엌으로, 절대 건드리는 것조차 용납할 수 없는 음식으로 갔다. 그리고 구석을 돌기도 전에 보고야 말았다. 그것이 냉장고 한쪽 면에 여전히 있었다. 엄마의 마른 모습을 담은 사진 말이다. 아마 지금의 내 나이와 별반 차이 나지 않는 어린 여자였다. 통제력을 잃기 전의 엄마였다. 끔찍한 일들을 당하며 내 앞의 둥근 형태로 변하기 전의 엄마였다.

상관없었다. 엄마를 저렇게 만든 것이 뭐든, 내게도 닥칠 것이었다. 나는 반드시 그것을 통제할 **것이다**. 이제 초능력을 각성했으니, 그것에 휘둘리지 않을 것이다.

「좋은 아침이야.」 내가 인사했다. 엄마는 식탁 앞에 앉아 양손으로 얼굴을 감싸고 있었다. 엄마의 헝클어진 갈색 머리는 여전히 헤어네트의 모양을 유지하고 있었다. 엄마가 퇴근한 지 얼마 안 됐으며 아직 옷도 안 갈아입고 샤워도 안 했다는 의미였다. 내가 평상시에 앉는 자리 앞의 접시에는 불길할 정도로 높게 쌓아 올린 팬케이크가 있었다. 나는 커피 한 잔을 들었다.

「왜 커피를 블랙으로 마시니?」

나는 어깨를 으쓱했다. 「이게 더 맛있어서.」

「하프 앤드 하프[10]를 타서 먹어 봤어?」

「아니,」 내가 대답했다. 「근데…….」

「먹어 봐.」 엄마는 내게 하프 앤드 하프가 담긴 유리병을 건네며 권했다.

나는 그것을 빤히 바라봤다. 그 작은 유리병 안에서 걸쭉한 크림 같은 지방이 철벅거리는 모습을 확인했다. 「싫어, 안 먹을래.」

「그럴 줄 알았다.」 엄마가 말했다. 「앉아.」

나는 앉았다. 홀짝였다. 기다렸다.

엄마의 얼굴은 빨갛고 주름이 많았다. 엄마가 이렇게까지 나이 들어 보인 것은 처음이었다. 「맷, 나는 네가 걱정돼. 왜 먹지 않니?」

나는 마른침을 삼켰다. 들릴 정도로 소리가 컸다. 바보같이. 나는 **이런** 대화의 전개를 예상하지 못했다. 「먹고 있잖아.」

「좋아. 그럼 먹으렴.」 엄마가 말하며 포크로 내 팬케이크 탑을 찍었다. 「이거 다 먹어.」

「하지만 이거…… 이거 팬케이크가 열 장은 되겠는데.」 내가 무력하게 속삭였다.

「그럼 얼른 먹기 시작해야겠네.」

「엄마? 갑자기 왜 그러는 거야? 나는 이해가…….」

10 우유와 크림을 같은 양으로 섞어서 나온 제품.

「너 아파 보여. 네 모습을 확인하지도 못하니? 최근에 거울을 보긴 했어?」

「물론 내가…….」

이렇게 제안 3번이 등장했다. 팬케이크와 하프 앤드 하프에 연이어 말이다. 그것은 바로 거울이었다.

오, 안 돼. 이것은 간섭이었다.

엄마는 이 얘기를 꺼내기까지 고민을 많이 한 모양이었다. 그러니 내가 최소한으로 들어줄 수 있는 일은 거울 보기였다. 거울에서는 통통한 얼굴과 살이 두툼한 목을 자랑하는 존재가 나를 되돌아보고 있었다. 나를 사랑할 사람이 절대로 나타나지 않을 정도로 지나치게 큰 코가 보였다. 지나치게 큰 몸통이 보였다. 더나아가, 나는 찰스 디킨스의 『크리스마스 캐럴』에 등장하는 미래의 유령을 봤다.

볼이 부풀어 오르고, 턱이 엄마처럼 세 번이나 접힌 모습이 보였다. 내가 이 세상을 헤쳐 나가야 할 것을 생각하면 갑갑했다. 그 생각에 깨진 유리의 날카로운 조각들이 강한 회오리바람을 이루며 내 위장을 긁었다. 하지만 나는 그놈을 빤히 응시했다. 저 미래의 실패작을 말이다. 엄마도 바라봤다. 나는 미소를 지었다. 사실 울고 싶은 기분이었는데도 불구하고 말이다. 엄마의 기분이 나아지라고 그런 것이었다. 하지만 엄마 안에서는 아픔이 천둥처럼 터지며 진동하고 있었다. 그 소리는 오직 내게만 들렸다. 엄마가 무너지기 일보 직전이라는 사실을 알아챌 수 있는 사람은 나뿐이었다.

「엄마, 미안해.」나는 포크를 내려놨다. 「전혀 몰랐어.」

엄마가 일어섰다. 그러자 엄마의 종아리가 석고 부츠로 뒤덮여 있는 모습이 보였다.

「대체 무슨 일이 있었던 거야?」내가 비명을 질렀다. 「엄마, 어떻게 된 거야?」

「어젯밤, 직장에서 잠깐…… 좀 일이 있었어. 내가 망치를 휘두르는데…….」

돼지를 기절시킬 때 망치를 사용했다. 돼지를 죽이기 전에 말이다.

「……그러다가 딴생각을 했어. 망치가 빗나가서 내 다리를 쳤어. 시설의 의사 말로는 피로 골절이 생겼을 가능성이 살짝 있다네.」엄마가 웃었다. 하지만 방금 말들은 웃을 종류의 것이 아니었다. 망치는 돼지만큼이나 사람도 손쉽게 죽이거나 엄마의 다리뼈를 산산조각 낼 수 있는 흉기였다.

「엄마, 진짜 프로시네요.」내가 비꼬았다. 「대체 뭐 때문에 정신이 팔려 있었던 건데?」

이번에는 엄마가 딱딱한 눈빛으로 나를 돌아봤다. 「내 생애에서 가장 이상한 일이었지. 네가 나를 부르는 소리를 들은 것 같다는 생각이 들더라고. 네가 어릴 적에 악몽을 꿨을 때처럼 말이야. 마치 네가 나와 함께 그 도축장에 있는 것처럼 명확하게 들리더라고.」

나는 몸을 떨었다. 속이 차가워졌다. 「내가 엄마를 부르는 소리를 들었다고? 어젯밤에? 몇 시에?」

「밤 11시가 막 지났을 때였어.」엄마가 말했다. 「미친 소리처럼 들린다는 건 나도 알아. 하지만 정말 들었어. 아마도 내 정신이 오락가락했던 거겠지. 빌어먹을, 잠을 좀 자야 한다는 경고였을 거야. 하지만 그때…… 그냥 엄마라면 이런 걸 알 때가 있단다.」

내가 엄마를 텔레파시로 불렀다고? 그리고 엄마가 2백여 킬로미터 떨어진 곳에서 내 목소리를 들었다고?

눈물이 내 앞을 가렸다. 나는 의자에서 허둥지둥 일어나 엄마를 확 껴안았다.

「쉬이이이이.」엄마가 나를 달랬다. 내가 이미 울고 있었기 때문이다. 엄마의 머리에서 돼지 피 냄새가 났다. 그 냄새는 황홀했다.

「그게…….」

나는 몇 차례나 그 말을 했다. 그리고 매번 너무 심하게 우느라 그 뒤의 말을 전혀 이어 나가지 못했다. 엄마는 나를 안아 줬다. 그리고 이제는 내가 엄마보다 키가 큼에도 불구하고, 내가 더 이상 악몽에 시달리던 그 어린 꼬맹이가 아님에도 불구하고, 엄마는 태산 같은 여자로 나를 영원히 안전하게 지켜 줄 수 있는 존재였다.

「마야 누나 때문이야.」내가 마침내 울음을 터뜨리지 않고도 말할 수 있을 확신이 서자 대답했다.

「나도 안단다, 얘야.」

「나도 뭔가 하고 싶어. 누나를 도와주고 싶다고.」내가 덧붙였다.

「그럼 그렇게 해, 맷. 우리가 할 수 있는 거라고는 자리를 지키며 사랑하는 이들을……」

「아니야!」 내가 날카롭게 쏘아붙이며 엄마를 밀어냈다. 「씨발, 그건 개소리야! 나는 절대로 그 말을 받아들이지 못하겠어.」

「맷.」 엄마가 특유의 권위적인 말투로 나를 불렀다. 〈너 지금 떼쓰고 있다는 걸 너도 알잖니〉라는 식의 뉘앙스가 나를 더 화나게 했다.

「엄마는 뭔가 **알고** 있어.」 내가 확언했다. 「나는 그렇다고 확신해.」

「아니야, 애야.」 엄마가 말했다. 하지만 엄마는 오랜 교대 근무로 지친 상태였다. 엄마는 생각에 잠겼다. 엄마의 생생하고 혼란스러운 생각과 흘러넘치는 감정이 느껴졌다.

「엄마가 나한테 얘기 안 하는 게 있잖아.」 내가 말했다. 그러자 엄마는 고개를 돌렸다. 고민에 잠긴 모습이었다. 기억을 되짚어보고 있었다. 엄마가 내게 해준 이야기와 해주지 않은 이야기를, 사실인 내용과 그렇지 않은 내용을 분별하려 노력하고 있었다.

「네 누나는 잘 지내고 있단다, 맷.」 엄마가 마침내 입을 열었다.

「그렇지 않아! 왜 엄마는 누나를 위해 아무것도 안 하는……」

「그럼 **너는** 왜 그렇게 마야한테 나쁜 일이 생겼을 거라고 믿고 싶어 하는데?」

「나는……」

「왜 마야가 어쩌면 진짜 잘 지내고 있을지도 모른다는 가능성을 받아들이지 않으려는 거야?」

「왜냐하면 누나가 **떠났으니까!**」 나는 갈라진 목소리로 외쳤다. 눈앞이 잘 안 보였다. 그래서 도로 의자에 앉았다. 「왜냐하면 누나가 엄마를 떠났으니까. 나도 떠났고. 그렇게 떠나갔잖아. 누나는 그럴 사람이 아니야. 나쁜 일이 생긴 게 아니라면…….」

나는 폭주를 가까스로 멈췄다. 정말 엄마는 세상만사가 괜찮다고 믿고 있는 건가?

「우리가 할 수 있는 일이 뭔가 있을 거야.」 내가 덧붙였다. 「우리가 누나를 데리러 가야 해. 누나가 집으로 돌아오게 해야 해. 경찰을 불러야 해. 무슨 일이 있었는지 알아내야 해. **누군가** 분명 뭔 짓을 한 거야. 그놈은 죗값을 받아야 한다고.」

「인생이 항상 그렇게 돌아가는 건 아니란다, 맷.」 엄마가 나를 달랬다. 엄마의 슬픔이 묻어나는 그 말은 가슴 아플 정도로 명료했다. 그래서 그 순간, 나는 엄마가 사실을 말하고 있다는 것을 알 수 있었다. 그것은 엄마의 진실이었다. 하지만 이 진실은 애매하고 정확히 짚기가 어려웠다. 순간, 잡았던 진실이 내 손아귀를 빠져나갔다.

엄마는 마야 누나를 놓아주고 있었다. 누나를 통제하려던 마음을 버리고 있었다.

전에도 이런 적이 있었다. 엄마는 아빠를 놓아줬다. 그리고 엄마 자신도 놓아 버렸다.

나는 엄마를 위로할 것이다. 하지만 엄마와 같은 길을 걷지는 않을 것이다.

절대 그럴 일은 없다. 나는 팬케이크 한 장을 돌돌 말아 맨손으로 먹어 치웠다. 그리고 같은 방식으로 세 장을 더 먹어 치웠다. 다 먹었을 때쯤 나는 울음을 멈췄는데 엄마가 울기 시작했다.

그래서 나는 처음으로 이런 생각이 들었다. 어쩌면 정작 마음이 무너지고 있는 사람은 마야 누나가 아닐지도 모른다…….

법칙 #20

피부는 가장 큰 감각 기관이야. 피부는 촘촘히 감각 수용체로 뒤덮여 있어. 하지만 감각이 민감한 부위는 감각 수용체가 다른 곳보다 많아. 예를 들어 우리의 손끝 같은 경우에는 등보다 제곱 인치당 백 배 더 많은 수용체를 갖고 있대. 과학자들이 더는 〈촉각〉이라는 표현을 쓰지 않아. 그것이 그렇게 표현하기엔 너무 난순하다는 거지. 〈체성 감각계〉가 요새 새로 대두하는 표현이야. 왜냐하면 우리가 생각하는 〈촉각〉이라는 것은 사실상 환경에서 정보를 얻는 다양한 방식이 복잡하게 네트워크를 이룬 것이거든. 촉각은 우리가 갖고 있는 가장 복잡한 감각이자 가장 숙달하기 어려운 감각이야. 그리고 굉장한 해를 끼칠 잠재성도 가장 많이 갖고 있는 감각이지.

14일 차,
진행 중……

나는 남몰래 실험을 했다. 점심시간에 카페테리아에서 눈을 감은 채 신발을 벗고 발을 바닥에 댔다.

발바닥을 통해 **봤다**. 교실의 모양을, 그 너머에 있는 복도를, 학교 전체를 봤다. 지나가는 학생 무리를 봤다. 묵직한 애들과 날씬한 애들의 기운을 느꼈다. 운동선수들의 자신 있는 터벅거림과 부끄럼쟁이 여자애들의 섬세한 발걸음을 느꼈다.

화장실로 가서 맨손으로 금속 파이프 관을 잡았다. 손끝으로 느꼈다. 파이프 관으로 소리가 전달되었다. 진동은 음파였고 내 피부는 그것들을 내 귀만큼이나 능숙하게 해석할 수 있었다. 학교의 한쪽 끝에서 다른 쪽 끝까지, 꼭대기에서 바닥까지, 교실의 웅성거림과 여자 화장실의 수다 소리, 그리고 거대한 기계들의 쿵쿵거림과 윙윙거림이 느껴졌다.

그 감각을 더 밀어붙였다. 몸에 주도권을 온전히 넘기고 소리에 나를 맡겼다. 의식 범위가 파이프 관을 따라 넓어져, 지하로 들어가고 학교를 지나며, 들판 밑을 지나 그 너머에 있는 집들까지 펼쳐졌다. 텔레비전 소리와 언쟁을 벌이는 소리가 한층 낮춰진 상태로 들려왔다. 이웃들의 소리였다. 아직 그들의 말을 알아들을 수는 없었다. 하지만 이미 그 소리가 명확해지는 것이 느껴졌다. 언제든 원할 때면 마을 전체를 염탐할 수 있는 공동 전화선이 있는 셈이었다. 모든 건물마다 연결해 주는 배관 덕분이었다.

복도에 서서 주변으로 사람들이 세상 속을 누비는 움직임을 느꼈다. 사람들이 오고, 가고, 멈추고, 머무르는 과정에서 발생하는 극미한 공기압의 변화를 감지했다. 내 피부가 그 감각을 만끽하며 모든 정보를 빨아들였다. 세상 전체가 내 일부인 것 같은 느낌이었다.

나는 딴생각을 하기 시작했다. 훈련을 하던 중간부터 관심이 떨어져 버린 것이다. 음식이나 학교 숙제에 대한 생각을 했다. 두 가지 모두 굉장히 자기 학대적인 요소였다. 집중력이 점점 더 흔들렸다. 교실에서의 대화 맥락을 놓쳐 버리거나 시험 중간에 답안지 작성법을 잊어버리기 일쑤였다. 집에서는 『제인 에어』를 1백 페이지나 읽었는데 그 내용을 전혀 기억하지 못한 적도 있었다.

나는 무서워졌다. 나 자신이, 내가 되어 가는 존재가, 내가 멈출 수 없는 무언가에 대해서 말이다.

내 몸을 탐색하듯 샅샅이 살피기 시작했다. 티셔츠 하나만 제외하고는 옷을 다 벗고 손가락으로 몸의 각기 다른 지점들을 눌러 봤다. 경락도와 유튜브 비디오를 공부했다. 일단 신체가 어떤 방식으로 한데 어우러져 작동하는지 이해하고 나면 나 자신이나 다른 사람들의 경혈점들을 다룰 수 있다. 치유하거나 위해를 가하기 위한 목적으로 말이다.

하지만 경혈점 다루기는 사람들이 평생에 걸쳐 익히는 종류의 분야였다. 그래서 전문가가 아니면 자신의 몸을 심하게 엉망으로 만들 수도 있었다. 다섯 혈점을 건드려 심장을 폭파시키는 죽음의 손길은 내버려 두자. 굉장히 크게 잘못될 수 있는 평범한 기술도 흔했다. 내가 점차 익힌 기술은 손을 일시적으로 고통에 무감하게 만들면서 동시에 기능은 전혀 잃지 않는 것이었다. 그 기술을 시험할 때는 엄지에 라이터의 불꽃을 갖다 댔는데, 아무것도 느껴지지 않았다. 하지만 그러면서도 여전히 많은 실수를 저질렀다.

목 주변을 탐색할 때는 시간을 많이 들였다. 어쨌든 목 차크라가 진실을 다룬다고 하지 않는가. 그리고 어쩌면 적절한 경혈점을 자극해서 누군가 거짓을 말하지 못하게 만들 수 있을지도 몰랐다. 마치 원더우먼의 마법 올가미처럼 말이다. 어쩌면 내가 신경 하나를 살짝 건드려 타리크가 내게 모든 것을 고하도록 만들 수 있을지도 몰랐다.

그 기술은 성공하지 못했다. 내가 이룬 결과라고는 내 성대를 마비시키는 것뿐이었다. 그것이 너무 오래 지속되어 영구적 후유증으로 남을지도 모르겠다는 생각이 들었다. 나는 홀로 비명을 지르며 잠들기 일쑤였다. 소리 없는 비명들이었다.

거울 속 내 모습을 응시하며 오랜 시간을 보냈다. 벌거벗은 채로 거울 앞에 서서 일부러 억지로 내 눈앞의 고약한 광경을 견뎠다. 그 상태로 내 몸이라는 피아노의 자잘한 건반들을 찌르고 당기고 두드리며 간단한 음악을 연주했다. 올바른 일련의 혈점들을 건드려 내 숨과 피의 흐름을 멈추고 뇌를 터뜨리고 근육이 녹아내리게 하는 일이 얼마나 쉬울까 상상했다.

내 혈관을 따라 피가 흐르는 것을, 장기가 펌프질하고 수축하는 것을, 근육들이 내 뼈를 질질 끌어가는 것을 느꼈다.

그리고 토했다. 그것도 한 번 이상……. 왜냐하면 몸속은 꽤 역겨운 곳이기 때문이다. 놀랍다, 우리가 단 1초라도 살아 있기 위한 필수 조건으로 피와 내장과 찌꺼기로 이루어진 복합 시스템이 필요하다는 것이……. 감당하기 힘들다, 잘못될 수 있는 경우의 수가 너무나 많다는 것이……. 너무 많은 것을 알아도 위험했다.

법칙 #21

카페인은 중추 신경계를 자극하는 성분이야. 그리고 세상에서 가장 흔하게 섭취되는 정신 활성 물질이기도 하지. 카페인은 졸음을 유발하는 호르몬인 아데노신의 활동을 차단해. 하지만 그보다 우리의 목적에 가장 부합되는 부분은 지방을 에너지로 바꾸는 과정, 즉 지방 분해를 유도해서 인간의 신진대사를 빠르게 올려 줘. 하지만 사람들은 각자 카페인에 다르게 반응하지. 그래서 〈단식 병법〉을 배우는 사람은 다양한 카페인 섭취량을 실험해 어느 정도가 심장의 두근거림과 불안증을 유발하는지 확인해야 해……. 그리고 그보다 조금 못 미치는 양에서 카페인 활용을 멈춰야겠지.

몸이 뭔가 원할 때가 바로 가장 취약한 순간이야. 만약 누군가가 네 욕구를 인지하고 있다면 그 사람은 네게 다양한 방식으로 상처를 줄 수 있거든.

15일 차,
총 칼로리: 약 800

월요일은 내가 정학당한 첫날이었다. 그날 정오에 핸드폰이 울렸다. 이메일이 온 것이다.

마야 누나에게서 온 이메일이었다.

나는 메일을 클릭해서 열었다. 심장은 이미 두근거리고 있었다. 내가 누나에게 보낸 백만 개의 메시지…… 그러니까 두 단어짜리 메시지부터 영원히 끝나지 않을 정도로 길고 긴 메시지까지…… 그것들에 대해 누나가 어떤 길고 상세한 답변을 남겼을지 무한정 상상이 되었다. 내 끝없는 질문들에 마침내 답을 구하게 된 것이다. 그 생각을 하면서 발견했다. 짤막한 한 줄, 그리고 작은 링크 하나.

어이, 맷, 네 취향일지 모를 음악 좀 보낸다.

링크는 나를 클라우드 저장 사이트로 연결해 주더니 폴더 하나가 가득해지도록 노래들을 다운로드시켜 줬다.

「진심 이러기야?」 나는 괴롭게 투덜거렸다.

노래들이 다운로드되는 과정을 지켜보며 나는 십여 개의 분노 어린 문장을 타자로 쳤다 지우기를 반복했다. 마야 누나를 욕했다. 누나를 이기적이라고 불렀다. 누나에게 돌아오라고 요구했다. 누나를 떠나게 만든 요인(또는 사람)에 대해 알려 달라고 빌었다. 하지만 나는 당연하게도 그 말들을 하나도 보내지 못했다.

곡들은 펑크 록 장르의 클래식이었다. 〈클래시〉 또는 〈데드 케네디스〉의 오래된 곡이었다. 그리고 이 곡들 속에 비밀과 힌트들이 담겨 있다면 그것들은 내가 발견할 수 없을 정도로 너무 깊숙이 숨겨져 있었다. 마지막 트랙만 의미가 있었다. 그것은 「블랙

커피」라는 곡이었는데, 마야 누나의 밴드인 〈디스트로이 올 몬스터스!〉의 곡이었다.

그 곡은 정말 좋았다. 누나의 목소리는 거칠고 비타협적이었다. 멜로디 라인은 복잡했으며 드럼 소리는 무자비했다. 곡을 선보이는 방식은 전문적이었지만 날것 그대로의 느낌이었다. 그렇게 이 밴드가 최소한 어느 정도 실전 경험이 있음을 증명하고 있었다. 그러니 어쩌면 밴드의 녹음에 관한 얘기는 완전히 근거 없는 뻥은 아니었나 보다. 코러스는 소름이 돋을 정도였다. 연호하다 비명으로 이어지는 그것은 힐난으로 가득했으며 압도적이었다.

진실은 불타오르네

마치 블랙커피처럼

씁쓸하고 강하고 저렴하네

「와, 씨발.」 나는 빈방에 대고 외쳤다. 「우리 누나 록 스타감이잖아.」

별것은 아니었다. 그래도 의미는 있었다. 누나의 분노가 내게 음식이 되어 줬다. 내 배를 채워 줬다. 나 자신의 분노에 무게와 중량을 달아 줬다.

내가 그 곡을 열다섯 번째 듣고 있을 때쯤, 초인종이 울렸다. 엄마는 이미 일을 나간 상태였다.

여호와의 증인들이겠지. 나는 생각했다. 왜냐하면 선거 기간을 제외하면 우리 현관을 두드리는 사람은 그들이 거의 유일했기 때문이다. 나는 복도를 뛰어 내려갔다. 〈그들을 데리고 장난치는

178

놀이〉를 즐길 가능성에 기분이 들떠 있었다.

너네는 유대인들에게 우호적이야?

동성애에 대한 너네 교회의 입장은 어때?

그 교회는 내가 남자 애인을 만나기에 좋은 곳일까?

아마 당신도 이제 내 머리가 지나치게 커지고 있다는 점을 눈치챘을 것이다.

이런! 우리 현관 앞에 나를 그들의 무리로 몰아넣으려는 절실한 목회자는 없었다. 그냥 약간 긴장한 것 같은 타리크뿐이었다.

「어이.」내가 문을 열며 인사했다.

날이 추웠다. 나는 타리크를 집 안으로 초대하고 싶었다. 그것이 우호적인 행동이었다. 하지만 그랬다간 그가 우리 집을 보게 될 것이었다. 우리 집의 작은 규모와 어질러진 잡동사니를 보고 타버린 저녁거리의 악취를 맡을 것이었다.

「어이, 맷.」

「너는 왜 학교에 안 있고?」내가 물었다. 「나는 정학당했잖아. 네 핑계는 뭐야?」

「오늘 땡땡이치기로 했어.」타리크가 대답했다. 「내가 이런 짓을 처음 해본다는 것이 믿겨?」

「사실, 전혀 믿기지 **않는데.**」내가 대꾸했다. 「우리 학교 졸업반의 대표 불량 학생이 너잖아?」

「그건 내가 백인이 아니라는 이유만으로 사람들이 하는 얘기야.」그가 말했다.

「거기에 코 피어싱도 한몫했지. 또 평상시의 **빌어먹을 이 사회,**

규칙들은 다 갖다 버려! 식의 태도도 큰 도움이 됐고!」

타리크가 낄낄거렸다. 「모두 인정. 그럼 너는 오늘 이처럼 힘들게 얻은 자유를 어떻게 쓰고 싶은데?」 타리크가 물었다. 「네가 원하는 것이라면 뭐든 하자. 네 생일은 언제야?」

「2월.」 내가 대답했다.

「그럼 이걸 내가 주는 늦은 생일 선물로 생각해.」 타리크가 말했다.

「커피,」 내가 응답했다. 「나는 오늘을 커피로 시작하고 싶어.」

던킨 도너츠였다. 타리크가 우리를 위해 라지 사이즈 블랙커피 두 잔을 시켜 줬다. 게다가 각각 에스프레소를 투 샷씩 추가한 상태였다.

알고 보니 에스프레소라는 것은 정부의 규제를 단단히 받아야 하는 대상으로 보였다. 왜냐하면 그 쓰레기는 향정신성 물질의 정의 그대로였기 때문이다.

「그럼 이제 어디로 갈까?」 타리크가 말하며 운전석에서 뒤로 기댔다. 그는 수염을 깎아야 하는 상황이었다. 까칠한 수염들이 햇볕에 반사되니 그가 빛나 보였다. 「오래된 지퍼 공장에 가서 창문들을 깨도 되고, 올버니로 가서 라스트 베스티지 음반 가게에 들러 음반을 사도 되고……」

나는 아래의 길을 양쪽으로 응시했다. 어느 쪽으로 가든 우리를 기다릴 모든 모험이 상상되었다. 누군가와 함께 활동을 즐겨 본 지가 너무 오래되었다. 그래서 이 상황이 기분 좋았다. 또 기분이 좋다는 사실 때문에 화가 나기도 했다. 왜냐하면 내 친구는 내 적이기도 했기 때문이다. 그 모든 길이, 삶을 살고 일하고 고통받고 놀고 죽은 모든 사람이 내 시야를 막 지나쳤다. 우리가 택할 수 있는 모든 길이라. 나는 거름망이 된 기분이었다. 세상의 모든 즐거움과 고통이 지나는 깔때기가 된 것 같았다. 나는 울고 싶었다.

내가 정신을 팔며 긴 침묵을 지키는 사이, 타리크가 내 앞으로 손을 뻗어 글러브 박스에서 뭔가를 꺼냈다.

「이거 들어 봐.」 타리크가 말하며 그것을 내게 읽어 줬다. 「**내가 하고 싶은 것은 오로지 밤중에 몰래 나가 어디론가 사라지고, 나라 전역에서 모든 사람이 뭐 하는지 확인하러 떠나는 것이었다. 너는 이런 기분이 든 적 없어?**」

타리크는 『길 위에서』의 표지를 들어 보였다. 그래서 나는 아빠가 떠올랐다. 밤중에 몰래 나가 어디론가 사라지고 나라 전역에서 모든 사람이 뭐 하고 사는지 확인한 아빠가…….

「나는 케루악이 아닌걸. 사람들을 보고 싶지는 않은데. 나는 너네 크리스마스트리 농장에 가보고 싶어.」 내가 말했다. 「나는 예수님의 나무들로 이루어진 숲속에서 사라지고 싶어.」

「유대교인과 무슬림이 크리스마스 나라에 있기라.」 타리크가 말했다.

나는 고개를 끄덕였다. 그러자 타리크가 운전을 했다.

「너는 잭 케루악이 좋아?」 내가 물었다.

「그 작가가 좆나 좋아. 마치 그가 글 쓰는 방식이 내 감정 그 자체 같아. 그가 세상을 보는 시각은 또 어떻고. 세상에 얼마나 많은 아름다움과 슬픔이 있는지, 그리고 삶이 진정 우리에게 주려는 가르침을 얼마나 많은 다른 사람이 만류해서 우리가 경험하지 못하게 되는지. 너는 생각해 본 적 있어?」

물론 나도 생각해 봤다. 하지만 아무 말도 안 했다.

타리크의 〈진지한 운전자〉 표정이 잠시 미소를 지으며 풀어졌다. 그가 뭔가 기억하거나 상상한 모양이었다. 나는 눈을 감고 심호흡을 했다. 그의 생각들을 후각이나 청각으로 확인해 보려는 것이었다. 하지만 거의 아무 정보도 얻지 못했다. 타리크에게는 너무 많은 벽이 있었다. 우리 사이에는 비밀이 있었다. 그 뭔가가 그에게 크나큰 두려움을 주어 다른 모든 것을 압도하고 있었다.

나는 타리크를 뉴욕 시티에서 죽이기 직전까지 갔었다. 하지만 죽이지는 않았다. 그리고 이제 그 이유를 알 수 있었다. 나는 그의 행동들에 대한 자백이 필요했다. 그 세부 정보들이 필요했다. 그것이 아무리 끔찍할지라도, 아무리 마음 아플지라도 말이다. 그래야 마야 누나가 회복하는 것을 도울 수 있었다.

배 속에 에스프레소 투 샷을 숨기고 있는 거대한 양의 커피를 담고 침묵을 지키자니 힘들었다. 하지만 나는 용케 해냈다. 타리크의 불편과 혼란이 느껴졌다. 우리는 도로를 벗어나 흙길을 달리다가 빈 주차장에서 차를 멈췄다. 「〈예수님의 나무 나라〉다.」 타리크가 말했다.

우리는 트럭에서 나왔다.

우리 밑으로 언덕의 능선이 넓고 얕은 골짜기까지 이어졌다. 그리고 골짜기에는 소나무들이 행군하는 군사들처럼 반듯하게 줄지어 자라고 있었다. 내 눈앞에서 그것들은 작은 새싹에서 우람한 나무로 자라났다. 마치 나무의 성장 과정을 플립 북으로 보는 것 같은 현상이었다. 나는 그 자리에 서서 감탄했다. 허기로 제정신이 아닌 뇌는 이 단순한 순간 외 모든 것을 잊었다. 나는 눈을 감았다. 그러자 내가 사슴이었고 늑대였고 곰이었다. 숲속에 서서 겨울이 다가오는 기운을 느꼈다. 발밑의 흙 기운도 느꼈다. 그러면서 나 자신이 살았다 죽는 모든 것의 일부라는 사실을 알게 되었다.

「우리가 겨울에 베는 나무의 개수만큼 봄에 나무를 심어.」 타리크가 설명했다. 「저 조그만 것들은 우리가 올봄에 막 심은 것들이야. 저 밑에서 자라는 것들 있지…… 걔네는 우리보다 나이가 많아. 어떤 나무들은 우리 아빠보다도 나이가 많아. 어떻게 보면 좀 아름답지 않아?」

「그래.」 내가 동의했다.

「담배 줄까?」

「응, 부탁해.」

내가 타리크의 지포 라이터를 가지고 몇 차례 허둥거리자 타리크가 대신 불을 붙여 줬다.

「나는 우리 아빠를 제대로 알 기회가 없었어.」 나는 말하면서 담배를 한 모금 빨아들였다. 달콤쌉쌀한 죽음과 재의 맛이 났다.

타리크가 급격히 고개를 돌렸다. 나는 마야 누나가 혹시 그에게 우리 아빠에 대해 말했는지 궁금해졌다. 랍스터잡이 배에 대해서도 말이다. 나는 타리크와 누나가 함께하던 시간에 둘이 무슨 얘기를 했는지 알고 싶었다. 타리크가 때를 기다리며 직접 누나에게 상처를 줬거나 오트나 바스티안 앞으로 누나를 데려가 상처를 받게 만들기 전에 말이다.

「어쩌면 그건 이 세상에서 있을 수 있는 최악의 일은 아닐지도 몰라.」타리크가 말했다.

「아닐지도 모른다고?」

「그래.」타리크가 덧붙였다. 「최소한 너를 네가 아닌 다른 누군가로 만들려는 사람은 없는 셈이잖아.」

나 자신을 제외하면 없지. 나는 생각했다.

「네 아버지가 너를 때릴 때도 있어?」내가 물었다. 타리크가 인상을 썼다. 그러고는 입을 열었다가 다시 닫았다.

「미안해.」내가 사과했다. 진심이었다. 「괜한 질문을 했네. 선을 넘으면 안 되는 거였는데.」

타리크가 웃음을 터뜨렸다. 「그런데 있지, 그 정도 넘는 건 상관없어. 게다가 어쨌든 아버지는 내가 아버지보다 키가 커졌을 때쯤 때리는 일을 거의 멈췄어. 내가 체력 단련실에서 너무 많은 시간을 보내기 시작해, 아버지가 시리아에서 내 또래였을 때, 멍청한 마초 군인이었을 때와 외모가 비슷해졌을 즈음부터 말이야. 하지만 그게 최악인 거지. 마치 아버지가 나와의 게임에서 이미 승리한 것 같은 기분이거든. 아버지는 이미 나를 아버지가 원하는 상으로 만들어 버렸어. 아버지는 내 머리에 박혀 있어. 그래서 나라는 존재에서 어디까지가 진짜 나고 어디까지가 아버지의 영향으로 만들어진 부분인지조차 구분이 안 돼.」

「아예 아버지가 없는 것과 개떡 같은 아버지라도 있는 것 중 어느 쪽이 인간을 더 망칠까? 모르겠네.」 내가 반응했다.

타리크가 웃었다. 「자신이 얼마나 망가졌는지 확인할 수 있는 일종의 검사가 있다면 좋을 텐데. 그럼 우리 둘 다 그걸 받고 둘 중 누가 더 망가져 있는지 알 것 아니야. 그것으로 네 질문에 대한 대답도 얻고.」

나는 짧게 웃음을 끝냈다. 다시 본론으로 돌아갈 때였다. 그를 망가뜨리는 일 말이다. 「진짜 가혹한 상황에 놓인 것은 우리 누나지. 여자애들이 인생에서 아버지상 없이 자라나면 그것 때문에 사랑 관계도 온통 망가진다고 하잖아. 믿어도 되는 남자와 믿으면 안 되는 남자를 절대 구별하지 못한대. 어쨌든 모든 토크쇼 개새끼들이 하는 말은 그렇더라.」

「어쩌면 어떤 사람들의 경우에는 정말 그럴지도 모르지. 하지만 모두에게 그렇지는 않아.」 타리크가 반박했다.

「하지만 누나의 경우에는 사실이라고 생각해.」 내가 말했다.

타리크의 눈이 아주 살짝 커졌다.

「마야가…… 네게 말했어?」

나는 어깨를 으쓱했다. 바닥을, 내 발을 내려다봤다. 내 머릿속의 카드 묶음을 섞으며 내가 도박을 걸 수 있는 또 한 장의 카드가 있는지 가늠했다. 「어느 정도.」

타리크가 고개를 끄덕였다. 「나를 따라와.」

우리는 나무들 사이로 걸어 들어갔다. 우리가 가는 동안 주변의 나무들이 점점 커졌다. 마치 무슨 동화 속에 있는 기분이었다.

우리는 한동안 걷고, 얘기하고, 담배를 피우고, 숨 쉬고, 살아 있기를 만끽했다. 곧 규칙적으로 심어진 나무들의 줄이 끊어졌다. 그리고 우리는 진짜 숲속에 들어온 상태였다. 태곳적부터 자란 그것들은 아마도 캐나다까지, 그리고 캐나다를 관통해 북쪽으로는 나무들이 더 자라지 않는 마지노선까지 뻗어 있을 것이다. 나는 신발을 벗고, 발가락으로 흙 속을 파고들고, 우리가 걷고 있는 땅의 뿌리들과 기반암들과 엄청난 날것 그대로의 흙을 느끼고 싶었다. 그러고 싶은 욕구가 너무도 간절했다.

나는 솔잎 몇 개를 주웠다. 그리고 눈을 감은 채 숨을 쉬었다. 내 주변으로 생기가 밀도 있게 회오리치고, 소나무들 주변에서 묶이고 휘감기는 것을 느꼈다. 여기에 생명이 있었다. 여기에 힘이 있었다. 여기에 세상 전체를 만들 때 사용된 근본 에너지가 있었다. 그리고 그것은 나만 보고, 제어하고, 점화시킬 수 있었다…….

나는 손가락을 튕겼다. 마치 손가락으로 딱 소리를 낼 때처럼 정확하게 손가락 사이에 충분한 압력을 준 채 속도를 내어 아주 간신히 마찰을 일으켰다…….

솔잎들에 불이 붙고 타닥거리며 타다가 불꽃을 피우며 내 손에서 떨어져 나갔다. 그리고 땅에 닿기 전에 불타 없어졌다.

「방금 뭐 한 거야?」 타리크가 물었다.

나는 남은 불씨를 발로 짓이겨 껐다.

「그냥 손가락으로 딱 소리를 내봤어.」 내가 말했다.

「나도 네 누나와 몇 차례 어울렸어.」 타리크가 그루터기 위에 자리를 잡으며 말했다.

이거다. 자백이었다. 타리크는 내 심장과 숨이 모두 멈춘 소리를 당연히 듣지 못했다. 그래서 그는 계속 말을 이었다. 「마야와 내가 친구였던 적은 한 번도 없었어. 하지만 어느 날 학교가 끝나고 마야가 내게 다가오더니 자신에게 담배를 팔지 않겠냐고 하더라고.」

그건 누나가 흥미를 느끼는 사람들과 대화를 시작하려고 할 때마다 하는 말이었다. 누나는 내게 자신의 모든 기술을 가르쳐주곤 했다. **언젠가 너도 네가 진정 너 자신일 수 있는 곳에서 살게 될 거야. 그러니 너도 어떤 절차로 작업을 거는지 알아야겠지.** 마야 누나는 내게 그렇게 말했다.

「물론 나는 마야에게 담배 한 대를 공짜로 줬지. 그러고는 너도 알다시피 그냥 어쩌다 한 번씩 얘기를 나누게 됐어. 나를 펑크록의 세계로 이끈 사람이 바로 마야야.」

「다음 얘기는 내가 맞혀 볼게.」 내가 제안했다. 「코 피어싱 얘기지?」

타리크가 웃었다. 「마야가 내게 권한 거였어. 〈스타 워즈〉의 기이한 제다이 정신 교란술로 말이지.」

「우리 누나가 사람을 굉장히 잘 다루긴 하지, 좋은 방식으로.」 내가 호응했다.

그 뒷말은 삼켰다. **나도 그렇고, 나쁜 방식으로.**

무슨 말을 할까 고민하는 시간이 길었다. 선택지들을 비교하며 냉정을 유지하려고 했는데 결국 그것은 내게 불가능하다는 것을 깨달았다. 「둘이 무슨 얘기를 했는데?」

「사실, 네 얘기였어. 마야는 너를 위해서라면 뭐든 할 애야.」

「나도 알아.」 내가 속삭였다. 내 눈에 눈물이 어찌나 빠르게 차올라 흘러넘치던지. 그 상황이 끔찍하게 창피했다. 「아니, 최소한 안다고 생각했지.」

타리크가 내게 손을 뻗었다. 즉흥적이고 무계획적인 행동이었다. 어쨌든 우리는 타인의 감정에 반응하도록 프로그래밍된 원시인들 아닌가. 그래서 내 우는 모습이 타리크의 내면에 묻혀 있던 포유류의 공감 본능을 자극한 모양이었다. 「맷……..」

그러자 보였다. 타리크의 내장 속에서 손톱을 세우고 기어올라 그의 목구멍에서 꿈틀대는 비밀이. 타리크가 아무에게도 공유할 수 없었던 이야기, 그의 삶 전체를 살아 있는 지옥으로 만든 치욕과 양심의 가책, 고백을 할 필요성이었다. 경찰에 관한 드라마나 미스터리 소설에 등장하는 너무도 많은 범인처럼……..

나는 그 진실이 떠오르는 것이 보였다.

「어이!」 누군가가 우리를 향해 외쳤다. 거대하고 멍청한 누군가였다. 그는 코끼리처럼 나무들을 마구 밟으며 걸어왔다. 하지만 어느 코끼리도 맞붙을 수 없을 정도의 자만을 풍기고 있었다.

「어이, 오트.」 나와 타리크가 서 있는 공터로 그가 비틀거리며 나타나자 내가 인사했다. 그를 마지막으로 봤을 때, 그는 피구 공을 고환에 맞고는 바닥에 주저앉은 채 여섯 종류의 붉은빛으로 얼굴을 물들인 상태였다. 나는 고개를 돌리고는 눈에 맺힌 눈물을 최대한 몰래 닦아 냈다.

「맷.」오트는 나를 최대한 안 보려고 하면서 내게 아는 척했다. 그는 내가 이곳에 있는 것을 발견하고는 놀라움과 불만을 보이고 있었다. 나는 그를 빤히 쳐다봤다. 넓고 거친 광대뼈와 살이 두툼하고 두꺼운 목으로 시선을 옮기다 그의 눈을 감히 직시했다. 나는 그의 생각을 읽을 수 없었다. 그가 무엇을 느끼고 있는지 전혀 가늠이 되지 않았다. 그렇다. 분노가 있었다. 하지만 혼란도 있었다. 두려움과 불확실성도 보였다. 그것은 누군가에 대해 새로운 면을 발견했을 때 느끼는 감정들이었다. 「오늘 너 학교에서 안 보이던데, 타리크.」

「그래, 뭐.」타리크가 어깨를 으쓱하고는 더는 아무 말 안 했다. 나는 걱정스러움이 감지되었다. 어쩌면 그는 수치도 느끼고 있을지 모르겠다. 그리고 〈단식 병법〉으로 한껏 고양된 내 훌륭한 새 정신은 그 정보들을 연결 지었다.

타리크는 익히 알려진 지진아인 맷과 자신이 어울리는 모습을 보고 오트가 뭐라고 생각할지 걱정되는 거야.

타리크는 오트가 다른 사람들에게 뭐라고 할지 걱정되는 거야. 그는 다른 사람들이 어떤 결론을 내릴지 걱정되는 거야.

「놈들도 항상 여기에 들르거든.」타리크가 내게 해명했다. 「축구팀 말이야. 여기는 술에 취하고 약을 하기에 좋은 장소거든.」

오트가 물었다. 「맷, 너도 약을 해?」

후드 티 주머니에서 오트가 비닐백을 꺼내더니 내 옆의 바닥에 주저앉았다.

「아니.」나는 살벌할 정도로 진지한 표정으로 말했다. 「나는 인생에 취하거든.」

그런 뒤, 나는 웃었다. 그들도 웃었다. 그들은 내 혐오 어린 표정을 알아채지 못했다.

이미 세 차례 약을 빨고 미소를 짓기 시작한 오트가 말했다. 「지난번 피구할 때 너 움직임 좋던데. 대체 언제부터 그런 닌자가 된 거야?」

나는 어깨를 으쓱했다.

「한 일주일 전에는 너 여자애처럼 공 던졌잖아.」

「입 닥쳐, 오트.」 타리크가 말했다.

「뭐?」 오트가 타리크의 공격에 진심으로 놀라 눈이 커다래지며 탄성을 질렀다. 「사실이잖아! 그렇지, 맷?」

「어느 정도는 사실이지.」 내가 웃으며 동의했다. 왜냐하면 멍청한 오트가 방금 뒷걸음치다 내 비밀을 알아냈기 때문이다. 그는 모든 것을 눈치챈 상태였다. 점차 강해지는 내 능력을 감지한 것이었다.

오트는 마리화나를 피우고 타리크와 나는 담배를 태웠다. 그런데 일단 마약에 벽이 살짝 허물어졌을 때도 오트는 나를 경계했다. 나는 내 쪽을 겨냥하며 번뜩이는 적대적 시선들을 몇 차례 알아챘다. 불편함의 파편들이었다. 물론 나는 왜 그런지 알았다. 하지만 그것을 어떻게 파헤쳐야 할지 몰랐다. 애초에 했던 판단이 맞았다. 진실을 끌어낼 수 있는 대상은 타리크였다. 왜냐하면 타리크도 내게 뭔가 바라기 때문이었다. 그것이 우정일까? 인정일까? 용서일까?

우리는 도로 소나무 숲을 통과했다. 그곳은 타리크 아버지의 제국, 타리크 가족의 재산이었다. 타리크는 자백하고 싶은 마음이 간절해 보였다. 나는 그에게 그렇게 하라고 설득하는 일에 거의 성공했다. 그리고 내가 필요한 정보를 일단 얻게 되면 이곳 전체를 불태워 재로 만들기는 아주 쉬울 것이다.

법칙 #22

인터넷은 섭식 장애를 가진 사람들에게 아주 훌륭한 곳이야. 그곳의 수많은 사이트와 포럼에는 우리가 지구상에서 자취를 감추기 전까지 섭식 장애를 숨길 수 있게 돕는 모든 팁과 기술이 즐비하거든.

그 말인즉슨, 인터넷은 섭식 장애가 있는 사람들에게 최악의 장소라는 얘기야.

16~18일 차,
하루 평균 섭취 칼로리: 약 600

정학당한 둘째 날은 뭔가 매우 특별한 것을 의미했다. 바로 엄마와 하루 동안 알찬 시간을 보낼 수 있다는 뜻이었다. 우연히도 엄마가 하루 전체를 휴가받은 날과 일치했다. 엄마가 휴가를 받는 것은 최고로 드문 일이었다.

「공장에 도는 말에 의하면 네가 스무 명을 살해하고 교장 선생님에게 알아서 뭐지라고 했다는데.」엄마가 그날 아침에 나를 깨우며 말했다.

「거짓과 비방이야.」내가 눈을 문지르며 말했다. 「내가 최소 쉰 명은 살해했거든.」

「내가 이런 게으름뱅이를 키웠다니 믿기지가 않네.」엄마가 말했다. 「이제 옷 갈아입으렴.」

「이게 뭐야,」나는 잠자고 났을 때의 구취로 입안이 텁텁한 채 투덜거렸다. 「학교 가려고 기상할 때보다 이른 시간이잖아. 나는 오늘 학교에 안 간다고!」

「잠꾸러기야, 방학이 아니라 정학이란다.」엄마가 블라인드를 냉큼 걷어 올리며 말했다. 「옷 갈아입어.」

허기는 안개이자 모든 것을 뒤덮는 회색 이불이었다. 허기가 나를 추위와 고요라는 포근한 이불로 감싸 안았다. 눈을 가려 내가 평상시에 과한 스트레스를 받으며 높은 경계 태세에 들어서게 만드는 위험과 두려움의 대상들을 보지 못하게 했다. 그래도 안전을 기하기 위해 나는 테이블스푼 두 순가락 분량의 참파를 먹었다. 평상시의 아침 할당량이었다.

아래층에 다다랐을 때 뭔가가 달라져 있었다. 허공에 교란이 있었다. 메아리가 있었다.

음악이었다. 녹음된 음악이 아닌 진짜 음악이었다.

내가 이제 과거의 소리까지 들을 수 있게 된 것일까?

「엄마가 마야 누나의 기타를 치고 있었어?」내가 물었다.

「세상에, 얘야, 너 그거 들었니? 네가 자는 줄 알았지. 게다가 그 빌어먹을 앰프도 안 틀고 연주했는데.」

「엄마, 기타도 칠 줄 알았어?」 나는 그렇게 말할 뿐이었다. 내게 **과거의 소리를 들을 수 있는** 능력이 생겼을 가능성과 내가 엄마에 대해 저런 중요한 점도 전혀 몰랐다는 사실 중 어느 쪽이 더 황당한지 모르겠다.

「네가 이 뚱뚱이 아줌마에 대해 아직 모르는 점이 많단다.」 엄마가 말했다. 「엄마도 한때 너희 둘처럼 꿈과 희망을 품었었지.」

「엄마도 록 스타가 되고 싶었어?」

엄마는 얄팍하고 신랄한 미소를 지어 보였다. 「나는 작곡을 했어. 그리고 그 곡들을 사람들에게 연주해 주겠다는 미친 생각을 했었지.」 그러더니 엄마는 손을 펄럭이며 전혀 도움이 안 되고 반갑지도 않은 추억들을 저 멀리 날렸다. 「그런데 겨울이 오고 있어. 그리고 오늘은 화요일이야. 그 말은 곧 구세군 중고품 가게에서 50퍼센트 할인을 한다는 얘기지. 그러니 쇼핑 가자.」

일단 중고품 가게에 도착하자 나는 정보의 황홀함 속에서 재킷과 바지들을 만지작거렸다. 그렇게 모든 옷의 과거 삶을 단편적으로 살폈다. 연인 관계였던 남자와 여자가 다툰 후 여자가 기증한 셔츠가 있었다. 남자가 다음 날 일하러 간 사이, 여자가 그 남자의 다른 모든 옷과 함께 기증한 것이었다. 코트 하나에서는 그것이 10년간 보관되었던 옷장의 좀약 청소기 냄새가 났다. 술집에서 담배 연기와 바 앞자리의 인조 가죽을 견디며 밤을 지새웠던 청바지도 있었다. 노인이 죽을 때 입었던 잠옷 바지도 보였다. 마약 중독자가 감옥에 가기 전까지 즐겨 쓰던 모자도 있었다. 그리고 그 모든 옷의 삶 속에서 나는 엄마를, 엄마가 살아 보지 못했던 삶을 떠올렸다.

「네가 원하는 거 아무거나 골라 봐.」 엄마가 말했다. 「나를 돈 주머니 여사라고 부르렴. 단, 화요일에만, 그리고 여기서만.」 지난밤, 나는 섭식 장애를 지지하는 인터넷 사이트에서 너무 오랜 시간을 보냈다. 그 내용을 읽고 토할 것 같은 기분이 들었다. 그리고 그 불쌍하고 애처로우며 고통받고 있는 영혼들을 동정했다. 하지만 동시에 사이트의 내용을 방대한 메모로 남겨 놓기도 했다.

예를 들어 헐렁한 옷들 같은 팁을 말이다. 안에 몸을 숨길 수 있는 크고 통이 넓은 옷을 사야 한다. 그렇게 하면 아무도 엄마처럼 내가 얼마나 말랐는지 지적하지 못한다. 아무도 그 모든 천 밑의 상황을 파악하지 못한다. 그래서 나는 오버사이즈 스웨터 등을 무겁게 들고 계산대 앞에서 엄마와 만났다. 엄마는 내가 적극적으로 쇼핑에 임한 것을 확인하고는 굉장히 기뻐했다. 〈내가 싫어하는 것들〉 목록에서 〈치과에 가기〉보다 딱 한 순위 앞에 자리한 것이 언제나 〈옷 쇼핑하기〉였기에 더 그랬다.

「이것들은 거대한데.」 엄마가 나만 한 아이 열 명도 들어갈 수 있을 정도로 큰 후드 스웨트 셔츠 하나를 들어 보이며 말했다.

「요새 유행이야.」

「스키니진과 딱 붙는 티셔츠가 유행 아니었어?」

「아씨, 그게 **언제** 얘기야.」 내가 말했다. 「나는 현재의 유행에서 한발 앞서는 사람이라고.」

「너 진짜 웃기는 애인 건 알지?」

나는 고개를 끄덕였다. 「그럼. 나 원래 웃겨.」

차 안에서 엄마는 다리를 부둥켜안고 움찔하며 통증이 가라앉을 때까지 3분을 족히 기다렸다.

「미안해.」 내가 말했다. 「왠지 나 때문에 엄마가 아픈 것 같아.」

「쉬이이이.」 엄마가 그 〈미친〉 생각을 부정하기 위해 손을 마구 흔들었다.

「윗선에서 엄마에게 휴가를 전혀 안 준다는 게 진짜 말이 안돼.」 나는 말했다. 「엄마가 제대로 회복할 수 있게 최소한 일주일은 쉬게 해줘야지.」

「권유는 받았어.」 엄마가 말하며 차의 기어를 운전 모드로 놓았다. 엄마의 얼굴에는 〈이 대화를 더는 안 하고 싶다〉는 표정이 역력했다. 「하지만 곧 해고당할 사람이 많을 거야. 그리고 나는 여자니까 다른 사람들보다 더 열심히 일해야지.」

「그거 진짜 좆같은 현실이네.」 내가 투덜거렸다.

「맞아.」 엄마도 동의했다. 「정말 그래. 우리가 볼링 치러 간 지도 백만 년은 지난 것 같다. 너와 네 누나가 정말 좋아했는데. 채텀 볼링장에 갈래?」

「엄마 다리가 그런데 어떻게 볼링을 치려고.」 내가 말했다.

「너 치는 거 보면 되지. 종이봉투에 담겨 나오던 튀긴 치킨 스틱도 사 주고. 너 그거 정말 좋아했잖아.」

나는 우리가 함께했던 모든 일을 떠올렸다. 우리가 어렸을 때

학교 쉬는 날이면 엄마의 주머니 사정에 무리가 안 가는 〈가족 활동〉을 했다. 맥도날드, 백화점, 프렌들리네 식당 등, 전부 음식과 관련 있는 활동이었다. 음식은 우리가 관계를 쌓고 이야기를 나누는 방식이었다.

「우리 선착장에 가자.」 내가 제안했다. 「가서 오리에게 먹이나 주자.」

우리는 주유소에서 팝콘을 사고 허드슨강의 가장자리에 주차했다. 하지만 오리는 보이지 않았다.

「정말 춥다.」 엄마가 벤치에 앉으며 말했다. 「너무 늦가을에 왔다.」

엄마는 옥수수알 몇 개를 물속에 던지고 몇 개는 먹었다. 나도 옥수수알 한두 개를 집어 먹었다. 북쪽에 왔던 비로 강물이 차오른 상태였다. 그래서 물살을 따라 부유물들이 무작위로 떠내려 왔다. 햇살 속에서 세상 밖에 나온 엄마를 보니 이제껏 내가 생각했던 것보다 새삼 나이가 들어 보였다. 엄마의 칙칙한 갈색 머리는 잘라야 하는 상황이었고 창백한 피부에는 전에 못 보던 주름들이 있었다. 엄마는 마을에 사는 모든 돼지에게 공포의 대상이었다. 누나와 나를 이 세상으로 데려와 (비교적) 성숙한 상태가 될 때까지 안전하게 키워 준 용감한 전사였다. 그럼에도 불구하고 세상의 큰 그림 속에서 엄마는 사실 강을 따라 무력하게 남쪽으로 떠내려가는 부유물 조각과 다를 바가 없었다. 우리 모두가 그랬다.

「엄마는 아빠를 사랑했어?」

엄마는 숨을 들이켰다. 엄마가 평소처럼 좀 더 안전한 주제로 내 관심사를 돌리기로 결정하는 지극히 평범한 순간이었다. 그래서 엄마가 보인 다음 반응에 나는 놀랐다.

「사랑했지.」

「그렇구나.」 나는 대답했다. 「그랬다니 기분이 좋아.」

엄마가 한숨을 내쉬었다. 「네 아빠와 나는 잘 안 맞았어. 누구의 잘못도 아니지. 누군가를 정말 좋아하면서 동시에 정말 싫어할 수도 있는 거란다.」

「어떤 때는 나도 그런 것 같아.」 나는 타리크를 떠올리며 말했다.

엄마가 나를 바라봤다. 그리고 손을 뻗어 내 어깨를 잡았다.

나는 새로 얻은 초능력을 엄마에게 쓰지 않기 위해 정말 노력해야 했다. 그랬다간 엄마의 사적인 영역을 침범하는 잘못된 행동을 한 기분이 들 것 같았다. 그것은 우리 각자의 자연스러운 역할에 방해가 될 수도 있었다. 하지만 그 순간, 나는 엄마가 어떤 감정을 느끼고 있는지 알게 되었다. 어쩌면 엄마의 표정에서 알게 된 것일 수도 있고, 어쩌면 서로를 사랑하고 잘 아는 두 사람 간의 단순한 텔레파시를 통해서 알게 된 것일지도 모르겠다. 엄마는 나를 바라봤다. 그리고 엄마는 깨달았다. 내가 사람이라는 것을, 엄마가 알지 못하는, 알 수 없는 아픔과 마음의 상처와 고뇌에 대해 배워 가고 있다는 것을, 내 안에 엄마와 전혀 관계없는 세계 하나를 온전히 품고 있다는 것을 말이다.

「누군가가 마야 누나에게 상처를 줬어, 엄마.」

엄마가 한숨을 쉬었다. 「마야는 정말 힘든 시기를 보내고 있단다. 나를 믿어 봐. 네 누나가 뭘 겪고 있는지 나도 안단다. 너는 아직 이해하기 힘들겠지. 왜냐하면 걔는 네 누나고 너는 네 누나를 우상화하니까. 하지만 마야는 정말 어려운 문제들을 극복해 나가고 있단다.」

「그건 사실이 아니야. 누나는 괜찮았어……. 그러다 누나가 가 버렸단 말이야.」

「네 누나는 자신이 백 퍼센트 인생에 확신이 있는 것처럼 행동했어. 하지만 그렇다고 해서 괜찮았다는 뜻은 아니야. 내가 네 누나 나이였을 때는…….」 그리고 이 대목에서 엄마가 잠시 말을 멈추고, 인상을 쓰며 속으로 입장 조율을 했다. 「네 누나 나이 때 나도 가출했었어.」

「뭐라고?」 나는 엄마의 얼굴을 빤히 쳐다보고는 되물었다. 그러면서도 엄마를 너무 자세히 관찰하거나 수면 밑의 진의를 들춰내려고 하지 않았다. 「왜?」

「그게 복잡해. 수많은 이유가 있었어. 그래서 네가 이걸 이해했으면 해. 사람은 꼭 하나의 끔찍한 이유 때문에 그러는 것이 아닐 때도 있어. 때로는 수만 가지의 자잘한 이유 때문에 그러기도하지.

너도 믿어 주렴. 네 누나는 잘 지내고 있을 거야. 그래서 내가 이 모든 것을 네게 지금 말해 주는 거고. 네 누나가 무슨 일을 겪고 있든, 얼마나 심한 고통을 느끼고 있든, 네 누나는 그걸 극복할 거야. 이것만큼은 너도 믿어 줄 수 있지?」

나는 대답하려고 노력했다. 하지만 아무 소리도 안 나왔다.

「나도 괜찮게 풀렸잖아. 그렇지 않아?」

「최고지.」 나는 속삭이며 엄마의 어깨에 내 머리를 기댔다.

「오, 애야.」 엄마가 말하며 내 머리를 쓰다듬었다.

우리의 마지막 대화와는 다르게 나는 슬프지 않았다. 나는 울고 싶지 않았다. 분노하고 고함을 지르고 뭐든 불태워 버리고 싶었다. 복수를 하고 싶었다. 이제는 단지 누나만을 위해서가 아니었다. 마음이 바다와 같은 (게다가 작곡을 하던) 엄마를 껍질만 남은 인간으로 바꾼 이 세상을 향해서였다. 너무 가혹해서, 한 사람이 그것으로 도피할 수 있는 유일한 방법이 자신이 알던 모든 것으로부터 도망치는 것뿐이었던 세상을 향해서였다.

수많은 훌륭한 빌런의 동기도 복수심이었다.

어쩌면 내가 그렇게 변하고 있는지도 모르겠다. 악당이 되고 있나 보다.

「너 머리 좀 잘라야겠다.」 엄마가 마침내 화제를 바꿨다.

「**엄마**야말로 머리 좀 잘라야겠어.」

「인정. 같이 머리 자르러 가자.」

우리는 그렇게 했다. 다섯 살 때부터 꾸준히 내 머리를 잘라 주던 남자 미용사를 찾아갔다. 다만, 이제 나는 그 남자가 이성애자인 척하는 동성애자라는 사실을 확신할 수 있었다. 그것이 초능력 덕분인지, 〈게이더〉[11] 능력이 내게도 막 피어났기 때문인지는 모르겠다. 확연하게도 게이끼리 서로를 알아보는 감, 즉 〈게이

11 게이와 레이더를 합친 신조어.

더〉는 진짜로 존재했다. 그것은 우리 인간 중 가장 평범한 자도 가질 수 있는 초능력이었다. 그리고 미용사가 일을 마치자 그와 엄마가 내 뒤에 있는 거울 안에서 나를 향해 미소를 지었다. 헤어스타일도 내가 사춘기에 들어설 때부터 꾸준히 하던 것이었다. 나는 혼란스럽고 당황한 상태로 거울 속의 나를 바라봤다. 왜냐하면 이 남자애는 내가 아니었다. 이 헤어스타일은 어떤 깨끗하고 예의 바른 평범한 사람의 표상 같은 것이었다. 나는 절대 그런 사람이 아니었다. 이 헤어스타일은 가면이었다. 우리의 실제 모습보다 우리가 더 낫거나 성공적이거나 더 멋지거나 그냥 덜 이질적인 사람인 척, 남들을 속이는 변장이었다. 그리고 이것을 깨달으니 비명을 지르며 거울을 산산이 깨뜨려 버리고 싶어졌다. 그런 욕구를 굉장히 힘들게 참아 냈다. 왜냐하면 허기가 한참 진전돼 나는 거의 항상 내 몸과 전쟁하는 상태였기 때문이다.

그 모든 상황이 나를 〈시각〉에 집중하게 만들었다.

시각은 한계가 가장 뚜렷한 감각이었다. 우리가 지나치게 의존하는 감각이기도 했다. 그리고 우리가 가장 속이기 쉬운 감각이었다. 시각은 가장 인간적인 감각이었다. 인간이 만든 기호와 신호와 단어와 패션의 세계를 헤쳐 나가도록 도와주는 감각이었다. 우리는 여타 감각보다 눈을 최우선으로 믿도록 훈련받았다. 하지만 그것은 개뻥이다. 겉모습에 속을 수 있다. 시각을 다른 감각들에 예속시켜야 한다. 그렇지 않으면 착각에 빠지게 된다.

그날 저녁, 나는 사진들을 넘겼다. 처음에는 천천히, 그다음에는 빠르게 넘겼다. 그런 뒤, 사진 내용에 대해 나 자신을 시험했다. 간단한 문제들이었다. 10번 사진에 있던 사람은 남자였나 여자였나? 22번 사진에는 얼마나 많은 흑인이 있었나? 그런 다음에는 더 어려운 문제를 냈다. 무리에 몇 명의 사람이 있었나? 글씨로 가득하던 그 페이지에서 어떤 단어의 철자가 틀렸나?

정학 기간이 끝나고 학교로 돌아가서 나는 주변 사람들의 보디랭귀지에 관심을 기울였다. 누군가가 거짓말하거나 회피하거나 과장하거나 주의를 딴 데로 돌리기 직전에 그것을 탄로 나게 만드는 표현이나 미세한 몸동작이 있는지 살폈다. 나는 트로피 진열장 안의 트로피를 빠르게 훑고는 트로피에 새겨진 이름과 연도들을 외워 큰 소리로 말했다. 사람들을 몇 시간이고 관찰해, 보디랭귀지와 미래의 행동 사이 연관성을 배웠다. 그러다 어느덧 누군가가 앞으로 무슨 행동을 할 것인지 약간씩 예측할 수 있는 경지에 이르렀다. **사람들이 행동하기 전에 말이다.**

나는 학교 복도에서 타리크와 바스티안과 오트와 최대한 많은 시간을 보냈다. 지금에 와서는 바스티안과 오트도 어쩔 수 없이 나를 인류 중 하나로 받아들이기 시작했다. 나는 그들의 표정을 관찰했다. 그들의 턱이 움직이고 눈썹이 경련하는 방식을 지켜봤다. 나는 수면 바로 밑에 감춰 둔 비밀의 형태와 함께 그들이 나를 바라보는 조심스러운 방식을 알아챌 수 있었다.

하지만 그 비밀들이 뭔지 알아낼 정도까지 실력이 받쳐 주지는 않았다. 아직은 부족했다.

식사 시간마다 이제 엄마는 말했다. 「맷, 너도 먹어야지.」

「먹을 거야.」 나는 대답만 하고 먹지는 않았다. 그러기에는 경지가 코앞이었다.

그럴 때마다 매번 엄마의 눈빛이 너무도 낯익었다. 그것은 피구했을 때, 반아이들이 나를 비로소 두려움의 대상으로 인지했을 때, 그놈들이 보이던 눈빛과 똑같았다.

법칙 #23

죽어 가는 인간의 뇌는 자신에게 열댓 가지 이상의 신경 화학 물질을 퍼부어. 그것은 몸의 나머지 부위들이 알아서 자신을 살리도록 절박하게 자극하는 과정이지. 이 신경 화학 물질에는 쾌락을 느끼게 해주는 도파민과 더 긴장하게 만드는 노르에피네프린도 포함되어 있어. 근사 체험 및 죽음을 넘나드는 경험을 하고 살아남은 사람들이 소위 보고하기를 눈앞에서 인생이 주마등처럼 스친다고 하지. 과학자들은 그것을 신경 화학 물질의 홍수가 불러온 결과로 해석한대. 하지만 〈단식 병법〉 고수는 여기서 인과가 바뀌었다는 사실을 알아챌 수 있어. 그런 경험들은 진짜야. 몸에서 자유로이 벗어나기 일보 직전인 인간의 정신은 다른 현실들과 맞닥뜨리게 되며 불가능한 것을 보게 되고 불가해한 행동을 성취하잖아. 그것들이 신경 화학 물질의 방출을 유도하는 거야. 그것들은 신경 화학 물질에 의한 결과가 아니라고.

19일 차,

총 칼로리 : 0

허기는 늑대 떼였다. 지저분하고 딱지투성이인 털 사이로 수척한 갈비뼈가 드러난 늑대들, 보이는 그림자마다 그것을 향해 송곳니를 드러내는 늑대들 말이다. 그것들이 굶주려서 미치광이처럼 내 혈관을 타고 뛰어다녔다.

허기는 자정이 넘으면 나를 침대 밖으로 끌어냈다. 젖은 수건의 물기를 짜내듯 내 위장을 배배 틀었다. 야만적인 발톱들이 피부 속으로 파고들어 나를 꼭두각시로 만들었다. 옷을 입어라. 양말을 벗어라. 복도를 따라 내려가라. 문밖을 나서라. 한밤중에 떠돌아다녀라.

「와.」 내가 큰 소리로 내뱉었을지도 모르겠다. 검은 꽃들이 내 주변으로 허공에서 은은히 빛났다. 부풀어 올라 먹구름들이 되었다. 내 시야를 한꺼번에 가려 버리겠다고 위협했다. 나는 이 세상과의 연결고리가 엉성하게, 미약하게 느껴졌다. 마치 언제든 내가 정신을 잃고 정신이 신체에서 떨어져 나갈 것 같은 기분이었다.

하지만 해답은 저 바깥에 있었다. 내게 필요한 정보는 저 밤중에 있었다. 그리고 허기는 내가 그것을 찾으러 가도록 나를 견인했다. 이제 11월 중순이었다. 발밑의 땅은 얼어 있었다. **맨발이라니! 내가 대체 왜 이러는 거지? 아, 맞다. 뇌에서 상식을 담당하는 부분**

이 굶주림이라는 거대하고 무자비한 짐승에 의해 바닥에 내리꽂혀 있지. 공기가 너무도 차고 깨끗해서 마치 마약을 한껏 마시는 기분이었다. 실력을 향상시키는 스테로이드를 들이마시는 것 같았다. 우주의 힘을 날것 그대로 빨아들이고 있었다. 야밤이 내 속에서 박동했다. 나는 규칙을 어기고 있었다. 아무도 나를 막을 수 없었다. 어떤 규칙도 나를 속박하지 못했다. 규칙이란 자신들의 능력을 지나치게 두려워한 나머지 그것을 자신의 것으로 인정하지 못한 사람들, 그래서 다른 모든 이도 무력하게 있기를 바라는 사람들이 만든 것이었다. 경찰, 학교 선생님들, 신, 대통령 등……

이 마을이 죽어 가고 있어.

이제 나는 그 사실을 후각으로 맡을 수 있었다. 마을은 마치 책꽂이 뒤에서 썩어 가는 죽은 쥐 같았다. 다른 사람들이 아무도 그것을 깨닫지 못했다는 사실이 당혹스러웠다. 덧문이 내려진 공장들에서는 하수구 같은 악취가 났다. 깡그리 비어 버린 쇼핑몰들에서는 썩은 과일 같은 냄새가 났다. 어떻게 사람들이 여기서 일상을 보냈지? 이런 썩어 들어가는 시체 더미 속에서?

나는 모든 것을 봤다. 인과 관계의 복잡한 사슬들, 우리에게 붙잡힌 거미줄들, 가뭄이 든 달들과 성치 않은 수확, 5개 주를 넘나들며 사업을 벌이는 법인들과 지구 반대편에서 벌어지는 전쟁들을……

도축장이 폐업할 거야. 2주 안에. 수백 명이 직장을 잃을 거야.

조각들이 하나로 맞춰지는 광경을 확인하니 소름이 돋았다. 내 몸 전체로 닭살이 돋는 것처럼 이 기이하고도 새로운 통찰력이 뻗어 나가고 있었다.

중심가의 맘앤드팝[12] 가게들이 하나둘 차례로 문을 닫고 있었다. 나는 발뒤꿈치로 흙 속을 파고들며 그 자리에 새로 지어질 건물들을 느껴 봤다. 그것들은 거대한 상자들, 거대한 무덤들이었다.

나는 뛰었다. 바람이 나와 함께 달렸다. 나를 들어 올렸다. 나무들을 잡아당겼다. 점점 더 빨리 달릴수록 바람도 신음 소리를 점점 더 크게 내질렀다.

나는 늑대처럼 울부짖었다. 고개를 뒤로 젖히고는 최대한 큰 소리로 울부짖었다. 한 블록 아래에서 개가 짖으며 내게 응답했다.

나는 다시 울부짖었다.

고요히, 가볍게, 눈이 내리기 시작했다.

「우연일 뿐이야.」 나는 속삭였다. 그러면서도 속으로 노래하듯 생각했다. **나는 눈이 내리게 만들 수 있다. 나는 별들을 하나씩 차례대로 꺼뜨릴 수 있다. 나는 시공간 자체를 통제할 수 있다!**

하지만 안 되었다. 이런 식의 능력은 지속 가능하지 않았다. 사실, 이 능력을 발휘하며 살아남기가 어려울지도 모르겠다.

몇 시간이나 달렸나 보다. 허드슨에 존재하는 모든 창 밑에 서서 소리를 듣고, 냄새를 맡고, 규칙을 발견하며, 모두가 사실 얼마나 무력한지 이해했을지도 모르겠다. 눈이 점점 더 빠르게 내렸다. 발이 화끈거렸다. 나는 언제라도 내가 허공으로 발을 디뎌

12 *mom-and-pop*. 주로 가족끼리 운영하는 소규모 자영업.

날아오를 것 같은 기분이었다.

그러다가 순간, 한꺼번에 그 능력이 사라졌다.

「제발.」 나는 애원했다. 하지만 세상은 그런 나를 신경 쓰지 않았다. 허기는 늑대 무리였다. 자신들 중 하나를 공격하기 시작했다. 내 위장을 발톱으로 할퀴고 찢고 있었다. 허기는 세상이 돌게 만들었다.

「마야 누나.」 나는 삐죽빼죽하게 회오리치는 눈보라 속에서 속삭였다. 눈송이들이 입안을 채웠다. 얼굴을 쪼았다. 바람이 비웃음을 터뜨렸다.

어쩌다 보니, 나는 비틀거리며 집으로 돌아갔다. 어쩌다 보니, 부엌에 가 있었다. 선반 위와 냉장고 안에 있는 음식들을 빤히 쳐다봤다. 그리고 깨달았다. 내가 저 음식을 먹을 수 있더라도 그것만으로 충분하지 않다는 것을. 허기가 너무 많이 진전돼 있었다. 배 속의 통증이 너무 예리해져 있었다.

「엄마.」 나는 엄마가 잠들어 있는 소파 앞에 서서 속삭였다.

「맷? 왜 그러니, 애야?」 내 시야 전체로 검은 꽃들이 피어났다. 그러다가 곧 아무것도 보이지 않게 되었다.

법칙 #24

몸이 주장하는 바가 꼭 유일한 사실은 아니야.

∞일 차,
시공간 밖 어딘가에서 잠시 정지

「네가 이기적으로 구는 거야.」 마야 누나가 어떤 남자애의 뒷
주머니 모양으로 구겨져 있는 말보로 담뱃갑에서 한 개비를 꺼
내 가며 공격했다.

「내가 언제 그랬다고.」 나는 그렇게 말하고는 주위를 둘러봤
다. 「우리 어디에 있는 거지?」

우리는 물 위에 떠 있는 길게 휜 나무 위에 앉아 있었다. 해변
이었다. 맨발이었다. 차가운 파도가 우리 발 주위로 쳤다가 사그
라졌다. 두꺼운 안개가 사방을 가리고 있어 조금 떨어진 곳도 보
이지 않았다.

「여기가 프로비던스야?」

마야 누나가 어깨를 으쓱였다. 「비슷해.」

「우리가 언제…… 우리가 어쩌다…….」 나는 답답해하며 내 양손을 바라봤다. 옷도 확인했다. 아무런 단서도 찾지 못했다. 「나는 여기로 온 기억이 없는데.」

「여기로 직접 **올** 수는 없어. 그냥…… 여기로 떨어지게 되는 거지.」

「오.」 나는 대답하면서 모든 것을 떠올렸다. 굶주린 채 맨발로 거리를 뛰어다니던 일, 엄마를 깨운 일, 엄마 눈에서 두려움과 걱정을 읽은 일, 병원으로 이송되던 일……. 「꿈속이구나.」

마야 누나가 어깨를 으쓱였다. 「아마도. 하지만 그렇다고 해서 이게 허상이라는 뜻은 아니지.」

「당연히 허상이지.」 나는 반박했다. 슬픔이 목구멍을 장악하자 두 눈이 축축해졌다. 「누나와 얘기할 수 있어서 얼마나 기뻤는데. 누나가 다시 우리 곁으로 돌아온 게 얼마나 좋았는데. 하지만 너는 누나가 아니잖아. 너는 그냥 내 무의식의 일부잖아.」

마야 누나가 표정을 찌푸렸다. 「그거참 무례한 말이네.」

그 표정이 너무나 완벽해서 진짜 누나 같았다. 그래서 나는 흔들렸다. 의문을 가졌다. **정말 누나면 어쩌지? 진짜 누나인가?**

누나가 지평선을 뚫어지게 바라봤다. 나를 보지 않았다. 풀어 헤친 누나의 머리카락이 바람에 휘날렸다. 누나는 타리크를 만나러 갔던 날 밤에 입었던 옷 그대로였다. 얇은 올리브색 카디건, 거칠게 찢어진 청바지, 〈DESTROY ALL MONSTERS!〉라는 타이포그래피와 함께 펑크 록 모스라[13]가 그려진 티셔츠 차림이었다. 참고로 티셔츠는 누나가 직접 제작한 것이었다. 파도가 점점 높아졌다. 이제 우리 무릎까지 적시고 있었다. 「내가 정말 네누나라면 내게 뭐라고 하고 싶은데?」 누나가 물었다.

「무슨 일이 있었냐고 물었겠지.」

「너한테 알려 주고 싶지 않다고 한다면? 또는 너와 전혀 상관없는 일이라고 한다면? 아니면 내가 잘 지내고 있다고 한다면? 그때는 정말 뭐라고 할 건데?」

조금 뒤에야 나는 대답했다. 「나도 모르겠어.」

「어쩌면 그게 이 문제의 일부일지도 모르겠네.」

나는 돌멩이 하나를 주워 물속으로 던졌다. 물리의 법칙이 이 특정한 꿈속에서 잘 적용되고 있는 모양이었다. 「알았어. 이 문제에 대해 더 얘기해 줘.」

「내가 뭐라고 하든 무슨 의미가 있겠어? 나는 그냥 네 무의식의 일부인걸.」

파도가 반원을 그리며 더 크게 쳤다. 내 배까지 적셨다. 물이 씁쓸하고 차가웠다. 소금기가 나를 문질러 댔다.

「너는 지금 남의 싸움을 대신 이겨 주려 하고 있어.」 마야 누나가 말했다. 그러고는 몸을 떨더니 무릎을 가슴 쪽으로 끌어안았다. 「하지만 너는 절대 그들이 어떤 감정을 느끼는지, 또는 어떻게 아파하고 있는지 진정으로 이해하지 못할 거야. 그러니 어떻게 이 미션을 성공시키겠어?」

13 괴수 영화 「모스라」에 등장하는 나방 형태의 괴물.

「그래도 시도는 해봐야지.」내가 말했다. 「뭐라도 해야 하니까.」

「너는 너 자신이 누군지 이해해야 해.」누나가 말했다. 그러고는 나를 돌아봤다. 어떻게 알았는지는 묻지 마라. 그런데 그냥 그 눈을 보자 나는 그녀가 누나라는 것을 알 수 있었다. 실제로, 진짜 마야 누나였다. 어째서인지는 모르겠지만, 그녀는 누나의 영 또는 누나의 혼 또는 누나의 무의식이었다. 누나가 마지막으로 담배를 빨아들인 뒤 남은 꽁초를 바닷속으로 튕겨 버렸다. 「남의 전쟁에서 싸워 주려고 하다간 네가 사상자 중 한 명이 되고 말 거야. 내 말을 믿어. 내가 힘들게 배운 사실이니까.」

「그게 무슨 말이야?」내가 물었다. 누나는 대답하지 않았다. 나는 다시 질문을 했다. 더 크게, 이제는 고함을 쳤다. 하지만 파도가 들이치고 있었다. 나머지 파도들보다 더 높게 쳤다. 그러더니 우리 둘 위로 무너져 내렸다. 우리는 물살을 따라 물속으로 끌려 들어갔다가 떠내려갔다.

법칙 #25

네 몸을 돌보지 않으면 다른 누군가가 대신 돌봐 줄지도 몰라.

20일 차,
총 칼로리: 약 2000

작은 마을의 응급실에서 새벽 3시에 보이는 광경들이다.

팔에 쇠스랑이 꽂혀 있는 남자가 있다.

교도소 수감자가 정신을 잃은 채 피를 흘리며 이동식 침대로 실려 왔다. 그는 침대에 묶인 채 무장 교도관들의 감시를 받고 있다.

발달 장애가 있는 남자가 응급차에 실려 왔다. 그는 자신의 다리 통증에 대해 고래고래 울부짖는다. 그의 엄마가 그에게 목소리를 낮추라고 지시하면 그때만 사과하고는 다시 울부짖는다. 그는 단어와 비명 사이 어중간한 소리를 내고 있다.

남자애가 두루마리 휴지 한 롤 전부를 써서 흥건하게 피가 흐르는 엄지를 칭칭 감았다.

꾀죄죄한 손을 자랑하는 10대 남자애와 여자애가 눈을 잽싸게 움직이며 불안한 눈빛을 보였다. 그들은 뇌진탕을 겪은 자신들의 친구가 진료받기를 기다리고 있었다. 나 외에는 아무도 안 보고 있을 때 남자 화장실로 숨어든 둘은 190초 후 크나큰 미소를 지으며 다시 나타났다. 섹스나 마약만이 짓게 할 법한 미소다.

웃기게 생긴 남자애 하나가 정신을 제대로 잃은 상태로 심각한 영양실조 증상을 보였다. 그는 음식을 위장관으로 직접 보내기 위한 콧줄 튜브를 끼고 있었다.

나는 병원으로 실려 오는 동안 정신을 어느 정도 차렸다. 그래서 예진해 주는 의사에게 내가 식중독에 걸린 것 같다고 말했다. 학교에서 친구와 치킨 샌드위치를 나눠 먹은 이후 계속 토했으며 샌드위치를 같이 먹었던 친구도 아팠다고 말이다. 그 의사나 우리 엄마가 그 거짓부렁을 한 마디라도 믿었는지 확인할 정도로 정신이 또렷하지는 못했다. 다만 나는 조마조마하지 않은 마음으로 거짓말을 뱉을 수 있었다. 그 정도로 정신이 나가 버린 상태였다. 나는 그 사실에 신이라는 신 모두에게 고마움을 표했다. 그리고 대기실에서 엄마와 함께 기다렸다. 계속 정신이 들었다 나갔다 했다. 그래도 내가 마야 누나를 만났던 꿈속의 해변으로 돌아가지는 않았다.

「어이!」 간호사가 또 다른 수감자에게 고함쳤다. 「거기서 손가락 빼! 내가 너 지켜보고 있어!」

그 후, 나는 잠시 정신이 나가 있었다.

다시 정신이 들었을 때, 나는 방 안에 있었다. 진정제가 투여된 상태로 정신이 반쯤은 들어오고 반쯤은 나가 있는 상태였다.

목구멍 안으로 콧줄 튜브 하나가 꽂혀 있었다. 기계가 유동식을 내 안으로 펌프질해서 보냈다. 감각들이 무뎌져 갔다. 과학적으로 조제된 고영양의 진득한 내용물이 배 속에서 부글부글 거품을 만들면서 내 초능력들이 사라지고 있었다. 목구멍이 죄어 왔다. 나는 기침을 했다. 헛구역질을 했다. 심히 당황했다. 튜브를 잡아 빼버리고 싶었지만 손이 내 의지에 반응하지 않았다. 그러다가 곧 다시 정신을 잃었다.

「맷?」 정신이 다시 돌아오자 한 여자가 물었다. 콧줄 튜브가 사라졌다. 내장 깊숙이 느껴지던 고통도 사라졌다. 내 초인적 감각들도…… 사라졌다. 나는 진통제와 진정제라는, 질식시킬 것 같은 두꺼운 구름 위에 떠 있었다.

「몇 시예요?」 내가 물었다.

「내 이름은 카슈탄이란다. 어쩌다 여기까지 오게 됐는지 네 이야기를 조금 해주겠니?」

의사는 무테안경을 끼고 있었다. 작은 직사각형 유리알이 기민하면서도 상냥한 눈을 덮고 있었다. 짧게 자른 검은 머리카락들과 흰 머리카락들이 그녀의 머리에서 영역 싸움을 벌이고 있었다. 지금 봐서는 둘이 무승부 같았다. 그녀는 학교 선생님 같은 인상이었다. 「물론이죠.」 나는 대답하면서 일어나 앉아 보려고 시도했다. 하지만 5초 후 결국 포기하고 말았다. 근육들이 원래도 꽤 엉성한 축에 속했지만, 이제는 완전 무용지물이 되어 버린 모양이었다. 「저는 온종일 토하고 있었어요. 아마도 식중독이었 겠죠. 제 생각에는 상한 치킨 샌드위치를 먹은 것 같아요.」

「그럼 이런 일이 있었던 건 처음이니?」

내가 고개를 끄덕였다.

그녀는 상대에게 화난 선생님 같아 보였다.

「네 어머니 말씀으로는 최근에 아팠던 적이 없다는데. 유의미 한 시간 동안 무인도에 갇혀 있었던 적도 없고……. 그러니 네게 진짜로 무슨 일이 벌어지고 있는지 말해 주지 않으련?」

「그게 무슨 말이에요?」 나는 순진무구하게 물었다.

「네 온몸이 영양실조 증상을 보이고 있어. 어머니께서 걱정하 고 있잖니. 어머니 말씀으로는 집에 음식이 충분한데도 네가 안 먹기로 선택한 것이라던데, 왜 그러는 거지?」

나는 어깨를 으쓱했다. 「저는 훈련 중이에요. 봄에 학교 육상 경기 팀에 지원하고 싶거든요.」

놀랍도다. 초능력이 부재한 상황에서도 뇌가 떠올릴 수 있는 핑곗거리란!

「학교 대표 팀에서도 시체를 받아 주지는 않는단다.」 의사가 말했다. 그녀는 상냥하지만 필요할 때는 상냥하지 않을 수도 있 는 선생님처럼 보였다. 서류철에서 그녀가 사진 한 묶음을 꺼냈 다. 「네 몸과 가장 가까워 보이는 사진 하나를 골라 보렴.」

상의를 탈의한 남자들 사진이었다. 강제 수용소급으로 말라비 틀어진 놈부터 너무 뚱뚱해서 다큐멘터리를 찍을 정도의 놈까지 다양했다.

똑똑한 여자다, 이 의사 선생님은.

「이거요.」내가 말하며 말도 안 되는 뚱뚱보 사진 대신 상당히 평균적으로 보이는 사진 한 장을 골라냈다. 그 사진 속의 남자는 뚱뚱하지도 날씬하지도 않았다.

의사는 예리한 눈으로 사진을 확인하고는 나를 확인했다. 그러더니 내게 다른 질문을 엄청 많이 물어봤다. 음식과 내 몸에 관한 질문들이었다. 다만 나는 의사의 의도를 이미 간파한 상태였다. 나는 의사가 무엇을 노리며 이 질문들을 하는지 알 수 있었다. 그래서 내게 불리하게 작용할지도 모를 얘기는 전혀 하지 않았다. 학교에서 나를 보냈던 정신과 의사와의 경험에서 이미 깨달은 바가 있었다. 내게 **자살 성향**과 같은 신나는 표현을 가르쳐 준 사람 말이다.

너는 섭취 칼로리를 계산하니?

음식들을 작은 조각으로 자르니?

특정 부류의 음식, 예를 들어 탄수화물이나 튀긴 음식 등을 완전히 피하니?

음식을 먹고 죄책감을 느낀 적이 있니?

남들이 네게 음식을 먹으라고 압박 주는 느낌을 받아 본 적이 있니?

식사하고 일부러 토한 적이 있니?

또래 집단에서 다른 애들보다 네 외모가 뒤떨어진다고 생각하니?

매일매일 일상 속에서 네 삶이 통제 밖이라는 생각이 드니?

아니요, 아니요, 아니요 아니요 아니요, 아니요 아니요, 그리고 아니요.

그렇게 계속되었다. 한 시간 동안이나 말이다.

「너 동성애자니?」그녀가 마침내 물었다.

「선생님이 제게 그런 질문을 해도 되나요?」

「수많은 게이와 레즈비언 청소년들은 네 나이에 또래 이성애자들에 비해 훨씬 힘든 시기를 보낸단다. 특히나 긍정적인 연애나 성적 관계를 경험할 기회가 없을 때는 더더욱 그렇지. 사람은 자신이 원하는 대상이 자신을 똑같이 신체적으로 욕망해 주는 상황에서 충족감을 느끼기 마련이야. 그런데 그런 경험이 거의 없으면 자신의 신체를 불만족스러워하게 되거든. 이런 식의 사고방식이 조금이라도 공감되지 않니?」

맞아요. 맞아요. 맞아요.

「아니요.」

의사는 고개를 끄덕이고는 서류철을 치우더니 허리를 펴고 앉았다. 그녀는 특정 학생의 외벽을 뚫지 못한다고 결론 내린 선생님 같았다. 고집과 멍청한 태도로 다져진 외벽 말이다. 「나는 네 영양 결핍 상황의 저변에 심리적 요인들이 있을지도 몰라서 걱정된단다. 그리고 내 생각에는 네가 심리 상담사와 함께 이 문제를 다루는 것이 좋겠어. 알다시피 네가 미성년자라서 우리에게는 어머니의 동의하에 너를 강제로 치료 프로그램에 참여시킬 권한이 있단다. 어머니께서도 네 태도와 건강이 개선되지 않으면 그렇게 할 마음의 준비를 하신 상태고. 상황 파악이 됐지?」그녀가 일어서서 손을 내밀었다. 우리는 악수를 했다. 나는 방금 만났으며 다시는 볼 일이 없을 이 여자를 실망시킨 것이 왜 이렇게 마음에 걸릴까?

「네 어머니에게 몇몇 심리 상담사의 정보를 드렸단다. 그들에게 연락해서 질문도 해보고 어느 분이 너와 잘 맞는 선생님인지 네가 골라도 돼. 그들과의 치료는 전부 네 어머니의 의료 보험이 적용되거든.」

나는 그녀를 따라 대기실로 돌아갔다. 거기서 엄마는 손에 머리를 파묻은 상태로 기다리고 있었다. 얼핏 보이는 엄마의 얼굴이 벌겠다. 엄마가 이렇게 작아 보인 적은 없었던 것 같았다. 나는 걸음을 멈췄다. 억지로 콧줄 튜브가 무자비하게 꽂혔을 때처럼 목구멍이 죄어 왔다. 그리고 생각했다. **나는 내가 동성애자라서 엄마의 마음을 아프게 할까 봐 걱정했는데, 대신 이런 식으로 엄마의 마음을 무너뜨렸네.**

법칙 #26

깨물어서 안 아픈 손가락이 없듯 끝까지 밝혀지지 않을 비밀
도 없어.

21일 차,
총 칼로리: 약 2000

「타리크가 누구니?」 내가 그날 오후 늦게 깨어나서 부엌으로
비틀거리며 들어서자 엄마가 물었다.

「그게 무슨 얘기야?」 나는 여전히 비틀거리는 상태로 물었다.
엄마 입에서 그의 이름이 나오니 화가 났다. **엄마가 놈을 신경 쓰
고 놈의 이름을 입에 담다니. 그럴 가치도 없는 새끼야.** 나는 그렇게
생각했다.

「타리크라는 애가 네게 음성 메시지를 네 개나 남겼어.」 엄마
가 말했다. 「많이 걱정하는 목소리던데.」

「학교 친구야.」내가 설명했다.

단어 하나를 뱉을 때마다 나는 노력해야 했다. 낮잠에서 막 깼을 때의 비몽사몽한 느낌을 백 배 곱한 만큼이나 정신이 없었다. **왜 불이 다 꺼져 있지? 나는 생각했다.** 그러고는 또 생각했다. **누군가가 일어나서 불을 켜야 할 텐데.** 그 후에 또 생각했다. **내가 일어나서 불을 켜야겠다.** 그런 다음에 또 생각했다. **하지만 잠깐, 진짜로! 대체 왜 불이 꺼져 있지?**

「이미 소문이 돈 모양이네.」엄마가 말했다.「사람들의 입방아에 올랐나 봐. 빌어먹게 작은 동네 같으니라고. 응급실에서 참견하기 좋아하는 사람 한 명이 떠들기 시작하면…….」

엄마는 지하실 문 앞으로 가서 그 자리에 몇 초간 서 있었다.

「엄마, 왜 아직도 여기에 있어?」내가 물었다.「오늘 오후에 일해야 하는 것 아니었어?」

「오늘 근무 시간이 단축됐어.」엄마가 말했다.「병원에서 돌아왔을 때 연락을 받았어.」

「아.」나는 반응하며 엄마에게서 시선을 피했다. 엄마를 봤다간 〈근무 시간 단축〉이 의미하는 바를 깨달을지도 몰라 두려웠기 때문이다.

「우리는 대화를 좀 할 필요가 있어.」엄마가 말했다.「너에 대해서. 병원에서 너에 대해 의사들이 알려 준 얘기에 대해서 말이야.」

「알았어.」나는 순응했다.「지금?」

「금방 갔다 올게.」엄마는 나를 보지도 않고 말하며 계단을 따라 지하실로 내려갔다.

나는 마실 커피를 내렸다. 졸음과 포만감 때문에 멍청해진 기분이었다. 늪에 빠진 것 같았다. 최대한 빨리 카페인을 빨아들였다. 하지만 그것으로는 간에 기별도 안 갔다. 내 아래에서, 엄마는 욕하고 낑낑대며 상자들을 뜯고 무거운 짐들을 옮겼다.

스카치위스키를 찾고 있는 것일까?

엄마에게 술이 필요하다고 해도 나는 엄마를 탓할 수 없었다. 나도 그 갈증을 맡아 본 적이 있었다. 엄마가 내 평생토록 억제해 온 알코올 의존증 말이다. 그리고 초능력이 없어도 지금쯤이면 엄마가 꽤 술이 고플 것이라는 사실을 알아내기란 어렵지 않았다.

졸음이 오고 배가 부르니 내 몸은 파업 상태였다. 감각들도 단절되었다. 내게는 정신만이 남아 있었다. 어쩌면 그게 그리 나쁜 상황은 아닐지도 모르겠다. 어쩌면 내가 실수를 했고 내 감각들이 나를 구해 주리라 생각했는지도 모르겠다. 허기가 내 문제들을 해결해 주리라 기대했는지도 모르겠다.

「미안하다, 애야. 나 가봐야겠어.」 엄마가 나타나더니 사과했다. 「근무 시간이 한 시간 있다가 시작돼. 그리고 그전에 볼일을 좀 봐야 하거든. 우리 나중에 얘기하자.」

「무슨 볼일?」

「장도 봐야 하고 약국도 들러야 해.」 엄마가 과장되게 말했다. 그것은 거짓말일 가능성이 크다는 신호였으며 내가 아주 잘 아는 신호였다. 내가 자주 써먹던 방법이기 때문이다. 그만큼 엄마는 이 상황에서 벗어날 필요성을 심각하게 느끼고 있었다. 그만큼 내가 엄마에게 깊은 상처를 주어 엄마가 도망치고 있는 것이었다. 「너 뭐 필요한 거 있니?」

「아니. 엄마, 사랑해.」

「나도 사랑한다, 맷.」

나는 어둠 속에 앉아 있었다. 내 미션에 대해 생각해 봤다. 누나에 대해, 타리크에 대해. 어쩌면 꿈일지도 모르고, 어쩌면 진짜 마야 누나일지도 모를 존재가 말했었다. **너는 남의 싸움을 대신 이겨 주려 하고 있어.**

이 모든 간교한 행동, 타리크와 친구가 되고 타리크를 교묘히 조정하려 하고, 타리크에게서 억지로 자백을 끌어내려고 하는…… 그 모든 행동 중 누나에게 도움이 될 것은 없었다. 누나에게 필요한 것은 빠르고 확실한 징의였다. 내 능력이 다시 키워지려면 며칠 걸릴 텐데, 누나는 그 시간을 기다리지 못할 터였다.

나는 타리크에게 전화를 걸었다.

「맷?」 타리크가 응답했다. 기뻐하는 밝은 목소리였다.

「어이.」

「어이! 너 괜찮아?」

「난 괜찮아.」 내가 대답했다. 「무슨 일이 있었는지 들었어?」

「오트의 사촌이 여자 친구와 함께 응급실에 있었대. 그 여자 친구 오빠가 메스암페타민 부작용으로 계단에서 굴러 머리를 심하게 부딪혔대. 걔가 거기서 너를 봤다던데. 너 기절해 있었다더라.」

있을 법한 이야기였다. 오트에게는 사촌이 많았으니까. 「소문의 방앗간이 이번에는 나한테 뭐가 잘못됐다고 그래?」

「그런 식이 아니야. 소문의 방앗간 따위는 없었어. 걔가 오트에게 말했고, 오트가 내게 말한 거야. 정말 그랬어? ……너 지금도 안 좋아?」

「30분 있다가 소나무 숲에서 만나자.」 내가 말했다. 「나무가 가장 큰 곳에서. 거기서 다 얘기해 줄게.」

「내가 차로 태우러 갈까?」

「나는 자전거를 타고 갈게.」

「아, 신이시여! 맷! 곧 어두워질 거야. 그냥 내 차……」

「함부로 신의 이름을 들먹이지 마라. 내 순진한 귀 다칠라.」

「유대교인이 헛소리하네.」

「이슬람교인이 헛소리하네.」

우리는 전화를 끊었다. 타리크는 나를 걱정했었다.

좆 까라 해.

나는 소금 통과 냉장고 자석들, 그리고 우편물 더미를 집어 들었다. 전에는 사건들이 고리를 이어 나가며 끊이지 않는 것을 통으로 이해할 수 있었다. 모든 사물의 기나긴 역사가 보였다. 하지만 이제 평범한 내 감각들은 그냥 말 그대로…… 보기만 했다. 이런 식인 것도 뭔가 위로가 되긴 했다.

나는 자전거에 올라타고 23번 도로로 페달을 밟아 서쪽으로 향했다. 가는 길에 편의점에 들러 휘발유 약 2리터를 샀다. 그것을 책가방에 쑤셔 넣은 뒤 오래된 학교 과제 종이들로 그 위를 덮었다.

그가 자백하기를 기다린다고! 퍽이나, 그를 속여 어떻게 해보겠다고! 나는 내가 아는 내용을 가지고 타리크와 대면할 것이다. 그에게 진실을 말할 것이다. 그의 얼굴에 대고 죄를 물을 것이다. 그에게 그의 죄목 중 어느 하나라도 부인할 수 있을 깜냥이 있는지 보겠다. 허공에서 불을 뿜지 못하면 어때? 나는 그냥 일상의 도구들만으로도 그의 아버지 사업을 불태워 버릴 수 있는데.

내가 소나무 숲에 도착했을 때는 황혼이 되기 직전이었다. 나무들은 탑처럼 위에서 나를 비추는 검은 그림자였다. 내 무능한 몸과 내가 이곳에서 하려고 하는 정신 나간 미션을 비웃는 괴물들이었다.

네가 우리를 파괴할 수 있다고 생각해? 우리는 네 할아버지가 바다를 건너와 이쪽 땅에 첫발을 내디딜 때부터 이곳에 있었어. 우리는 네 뼈가 흙 속에서 우리의 뿌리와 하나가 될 때까지 여기 있을 거야.

하지만 그것은 내가 하는 말들이었다. 내 정신이, 내 두려움이 하는 말들이었다. 나는 자전거를 배수로에 버리고 나무 아래 앉아서 기다렸다. 나무 기둥들을 휘발유로 적셔 놓아 내가 할 말을 마치자마자 성냥만 떨어뜨리면 되게끔 준비해 놓을까 고민했다. 하지만 타리크와 동등한 관계로 대화를 해보고 싶기도 했다.

싸우게 된다면…… 아마도 싸우게 될 것이다…… 나는 끝이었다. 무자비한 폭행자들은 대면당하는 것을 좋아하지 않았다. 그리고 타리크는 힘이 세고 키도 컸다. 반면 나는 그런 체격과 전혀 거리가 멀었다. 내 감각들이 무뎌진 상태에서는 공격이 날아오는 것을 감지하지 못할 것이다. 주먹이 나를 향해 슬로모션으로 날아와도 피하지 못할 것이다. 하지만 타리크가 한껏 패든, 내 늑골을 부러뜨리든, 나를 다시 병원으로 보내 버리든 뭔 상관인가? 승리만 거머쥐면 된다. 나는 진실을 얻을 것이고, 타리크가 말라비틀어지고 시들어 사라지는 광경을 지켜볼 것이다. 타리크가 나를 죽이지만 않는다면 나는 언제고 그의 숲을 불태워 버릴 것이다.

그리고 타리크가 기어코 나를 죽인다면 나는 죽을 것이다. 그리고 그는 감옥에 갈 것이다.

그런 상황이야말로 서로 득을 보는 것 아니겠는가!

「맷!」 타리크가 불렀다. 그의 목소리가 짙어지는 어둠 속에서 울려 퍼졌다. 검은 형태가 어둠 속에서 움직였다.

「네가 당연히 나보다 먼저 도착해 있을 거라고 생각했는데.」 내가 그를 향해 외쳤다.

「아버지와 일이 있었어.」 타리크가 밝은 곳으로 들어서며 해명했다. 그는 이 이야기에 뒤 내용이 많다는 표정을 지었지만 다른 말은 하지 않았다. 그가 멈칫했다. 갑자기 창피해하는 것처럼 보였다.

다리가 후들거렸다. 심장이 펑크 록 드럼 롤처럼 박동했다. 결전의 순간이 왔다. 타리크를 파괴할 순간이 시작되었다. 나는 입을 열었지만 다음에 어떻게 행동해야 할지 가늠이 되지 않았다.

「너 괜찮아?」 타리크가 속삭였다.

「물론이지. 나는…….」

타리크가 확신 없이 한 발을 앞으로 내디뎠다. 「걱정 많이 했어.」

그리고 다시 그것이 나타났다. 너무도 크고 묵직해 내 감각들이 거의 완전히 사라진 상태에서도 맡아질 것만 같은 그것 말이다. 비밀이다. 내가 알아낼까 봐 타리크가 두려워하던 바로 그것이다.

그러니 어쩌면 내가 타리크를 재촉하지 않아도 될지 모르겠다. 어쩌면 그가 알아서 자백할지도 모르겠다. 어쩌면 우주가 그것을 신의 섭리대로 내게 전해 줄지도 모르겠다. 마침내 내가 타리크와 맞설 수 있을 정도로 강해진 것, 드디어 가면을 벗고 타리크와 대면할 준비가 된 것에 대한 보상으로 말이다.

「너에게 해줄 말이 있어.」 내가 운을 뗐다.

「아니야.」 타리크가 말했다. 「아니야.」

타리크가 한 발, 두 발, 세 발 앞으로 내디뎠다. 그가 양손을 내 볼에 붙이고는 내 얼굴을 그의 쪽으로 당겼다. 그의 입술이 벌어졌다. 그렇게 타리크가 내 입술을 훔쳤다.

법칙 #27

너의 가장 큰 적은 네 생각만큼 네게 위해를 가하지 못해.

21일 차,
진행 중……

인정한다. 방금 말한 법칙은 내가 석가모니의 말을 도용한 것이다.

그냥 인터넷에서 자주 보는 흔한 상황이다. 작은 마을에서만 살아 본 온실 속의 멍청한 화초가 어떤 굉장히 복잡한 개념을 익히려는 상황인 것이다. 그 법칙은 여기저기 갖다 붙이기에 있어 보이는데 조금도 이해는 안 되면서 머릿속에 박혀 버리는 그런 구절 중 하나다. 그렇게 지뢰처럼 머릿속에 도사리고 있던 그것은 누군가 또는 무언가가 걸리기만을 기다린다. 그래서 폭탄이 폭발하고 우리도 산산조각 나게끔 말이다.

「미안해.」타리크가 말하며 자신의 입술을 떼었다. 그러고는 덧붙였다.「아니, 사실 미안하지 않아.」

타리크의 눈이 몇 센티미터 떨어진 곳에서 내 눈을 파고들었다. 그의 눈빛은 석양처럼 살아 있었다. 바람이 나뭇가지들 사이로 속삭이며 내게 숨 쉬는 것을 잊지 말라고 알려 줬다.

「뭐라고 말 좀 해봐.」타리크가 말했다. 그의 목소리는 부드럽고 허스키했다.

「나는…….」

할 말은 무진장 많았다.

이해가 안 되는데.

이게 그 비밀일 리 없잖아.

이거였어? 네가…… 동성애자라는 거였어?

아니야, 비밀은 네가 괴물이라는 거잖아. 네가 우리 누나에게 상처를 줬다는 거잖아.

그래야만 해.

나는 너를 증오하는 데 너무 많은 에너지를 소모했단 말이야.

내가 너를 증오할 이유가 없다면, 여태까지 다 뭘 위한 거였지?

「나 중학교 3학년 때부터 이러고 싶었다는 거, 너 알아?」

「뭘?」내가 물었다.

타리크가 인상을 찌푸렸다.「너에게 키스하는 거.」

그 말에…… 설명 불가능하게, 비이성적이게도, 짜증 나게도……나는 낄낄거렸다.「중학교 3학년 때부터? 그때 어쩌다 그랬는데? 내가 하루도 빠짐없이 입고 다니던 그 얼룩진 파란색 추리닝이 특별히 섹시해 보이기라도 했던 거야?」

타리크가 웃음을 터뜨렸다. 「그 추리닝 상의 기억난다. 그런데 아니야. 그것 때문은 아니었어.」

우리는 서로를 빤히 쳐다봤다. 나는 두 눈을 감고 타리크의 냄새를 맡았다. 내 정신의 눈이 인지하는 타리크의 이미지를 보고 싶어서였다. 넓은 콧방울, 뒤로 넘긴 윤기 나는 풍성한 검은 머리, 보조개가 들어가는 미소…….. 타리크는 내가 갖는 건 고사하고 이 지구상에 존재하기에도 너무 완벽했다. 너무 아름다웠다.

「너는 그러지 않…… 너는 한 번도…… 그런데 너 여자 친구도 몇 번 사귀었잖아!」

타리크가 고개를 저었다. 어깨를 으쓱했다. 그는 탐스럽게 슬퍼 보였다.

「그럼…….」

「그냥 해야 할 일들을 한 거지. 내 친구들에게는? 심지어 우리 **아버지**에게는? 나는 그걸 숨겨야 하지. 내게는 선택권이 없어. 하지만 너는? 너는 너 자신답게 살잖아. 그리고 절대 다른 사람인 척하지 않잖아.」

나는 여리고 뾰족한 솔잎들 뒤로 앉았다. 타리크도 나를 따라 앉았다.

「나는 평생 내가 누군지 숨기며 살아온 기분인데.」

「그래도 뭐, 나는 네가 정말 어떤 사람인지 아니까.」 타리크가 속삭였다.

나는 눈을 감았다. 숨을 쉬었다.

갑자기 세상이 이렇게나 밝아질 수 있다니! 밤이 이렇게나 시원하고 쾌적할 수 있다니! 일단 증오라는 무거운 짐을 벗어던지니 마음이 너무나 가벼웠다.

나는 정말 멍청했다. 내가 보고 싶고 배우고 싶고 냄새 맡고 싶고 느끼고 싶은 것에 너무 집중했던 나머지 정작…… 모든 것을 놓치고 있었던 것이다.

나는 타리크의 치부, 그의 비밀을 감지했다. 하지만 눈앞이 너무 가려진 나머지 그것의 진정한 성격을 파악하지 못하고 있었다. 분노에 휩싸여 나는 그것을, 폭력과 음모의 증거로 여겼다. 내 감각들은 예리했지만 내 반역적이고 무지했던 생각의 지시를 받을 수밖에 없었다.

그 모든 시간 동안 나는 내 몸을 적이라고 믿었다. 하지만 정작 진짜 적은 언제나 내 생각이었던 것이다.

「뭐라고 말 좀 해봐.」 타리크가 말했다. 그는 고백했다는 사실에 환희를 느끼다가, 그것이 서서히 사그라지고 있었다. 비밀을 공유했다는 안도감이 나의 반응에 대한 걱정과 두려움에 밀려나고 있었다.

한때 나는 타리크가 마음고생하게 만드는 것을 즐겼다. 그에게 두려움과 불편함과 혼란스러움을 일부러 안겨 줬다. 하지만 지금 그의 두려움은 지켜보기에 아팠다. 피 튀기는 복수에 대한 갈망을 태워 없애 버리는 불꽃처럼 아팠다.

나는 앞으로 몸을 수그렸다. 그러고는 타리크에게 키스를 했다. 입술을 다문 채 가볍게, 동화책에 등장할 법한 키스를 그의 입술에 남겼다. 마법에 걸린 공주님을 깨울 법한 키스였다.

「나 가지고 장난치지 마.」 타리크가 심각하게 말했다.

「절대 안 그러지.」

타리크가 웃음을 터뜨렸다. 그것은 너무도 황홀한 소리였다. 그는 바닥에 자신의 몸을 늘인 채 나를 그의 곁으로 당겼다. 우리는 그 자리에 누워 있었다. 차가운 대지와 떨어진 솔잎으로 이루어진 부드러운 카펫 위에 등을 대고 서로 옆에 꼭 붙어 있었다. 그리고 위를 봤다. 소나무로 뒤덮인 검은 산봉우리들 사이로 별들이 반짝이기 시작했다. 세상은 차갑고 어두운 곳이었다. 이 세상에서 유일하게 따뜻한 것은 타리크의 몸뿐이었다. 하지만 그것으로 충분했다.

그래도 의문이 들었다. 내가 뭔 짓을 해도 의문들이 거품처럼 일었다. 왜 우리 누나는 가출한 그날 밤에 너와 만났을까? 누나에게 어떤 일이 있었는지 너는 얼마나 알고 있을까? 내가 누나인 척하며 네게 문자 보냈을 때 누나가 아무에게도 말하지 않기를 바라던 네 이야기는 대체 뭐였을까?

타리크도 의문은 있었다. 「그래서 너는 대체 왜 병원에 있었던 거야?」

「식중독. 상한 닭고기를 먹었지. 지금은 다 나았어.」

「너 맹세해?」

「세 번도 맹세해.」

「우리 그냥…… 여기서 영원히 안 떠나면 안 될까?」 타리크가 물었다.

「나도 똑같은 얘기를 하려고 했는데.」내가 말했다.

그리고 바로 그때, 분노란 사라질 때도 질긴 놈이기에, 또 하나의 목소리가 내 머리 뒤편에서 위협적으로 속삭였다.

네가 우리 누나에게 상처를 주지 않았다면 대체 누가 그랬단 말인데?

법칙 #28

마음과 정신은 정말 변덕스러운 존재야. 한 사람을 향한 강한 감정이 새롭게 생겨날 때면 그것 때문에 다른 사람을 향하던 감정을 잊기도 해.

22일 차,
총 칼로리: 약 2700

충격적이었다. 마음이 부르는 노래가 「제발 신이시여, 오늘 내가 공격받지 않게 해주세요」이거나 「이 모든 인간이 다 죽어 버렸으면 좋겠어」 같은 곡이 아닐 때, 고등학교가 이렇게나 덜 끔찍하게 느껴질 수 있다는 점이 말이다. 곡이 단조에서 장조로 바뀌고 소리 없이 립싱크하는 가사가 이제껏 미발매된 「아름다운 소년이 나를 사랑한다는데?」라는 곡으로 변하니 학교가 이렇게까지 긍정적으로 느껴지다니!

나는 하루 종일 타리크를 보지 못했다. 하지만 그는 나와 함께 있었다. 눈을 깜빡일 때마다 그의 잔상을 봤다. 내 망막에 새겨진 윤곽 같은 것이었다. 그리고 입술을 핥을 때면 아직도 그의 입술 맛이 느껴졌다. 극도로 지루한 미적분이나 미국 남북 전쟁 등의 내용이 내 앞에서 늘어지게 쏟아질 때면 정신이 한 번씩 딴생각을 했는데, 그때마다 타리크가 입었던 스웨터의 머스크 냄새를 맡았다. 누군가가 대략 내 방향으로 뭔가 투덜거릴 때면 타리크의 따뜻하고 달콤한 숨결이 귓가에 속삭였다. **그들은 잊어버려. 그들은 우리에게 아무런 힘도 행사할 수 없어.**

8교시에 타리크가 내게 문자를 보냈다. 집에 갈 때 태워 줄까? 3시에 주차장에서 만나.

그래! 나는 그렇게 답장을 보냈다.

그럼에도 불구하고 내가 타리크의 트럭 문을 쾅 닫고 내 좌석의 안전띠를 맨 다음 그가 〈어이〉라고 말했을 때 느낀 감정은 두려움이었다. 게다가 몸이 떨려 왔다.

「진짜 너랑 키스하고 싶어 미치겠다.」

타리크의 손이 내 손을 발견하고는 강하게 쥐었다. 「사람들이 우리를 볼지도 모르는 곳에서는 하지 말자.」

입술이 욕구불만으로 타오르는 느낌이 들었지만, 나는 고개를 끄덕였다.

「집으로 데려다줄까?」 타리크의 엄지가 내 손바닥 안으로 파고들었다. 그렇게 비밀의 버튼이 눌러지면 나는 침 흘리는 멍청이로 변했다. 「아니면 우리…… 그러지 말까?」

「말자.」나는 속삭였다.

「나는 배고픈데.」타리크가 말했다.「너는?」

그리고 타리크가 그 질문을 하자 나는 크게 당황했다. 나도 그렇다는 사실을, 내가 진짜로 음식을 **원하고 있다**는 사실을, 그리고 내가 그와 음식을 먹고 싶어 한다는 사실을 깨달았기 때문이다. 나는 우리 냉장고 앞에 무릎을 꿇고 앉아 엄마와 누나를 사랑하기에 걱정하는 이웃과 친구들이 가져온 요리들을 바라본 적이 있었다. **음식은 사랑이야.** 그때 그렇게 배웠다.

「맥도날드.」내가 말했다.「맥도날드로 데려다줘.」

「넵, 알겠습니다.」타리크가 말했다.

「우리 엄마는 절대 여기 음식을 사 먹지 못하게 해.」내가 말했다. 우리는 이미 10분 전부터 무릎 위에 드라이브스루 패스트푸드를 한가득 올리고 페어뷰 플라자 스트립몰 주차장 뒤편에 주차한 상태였다.「엄마 말로는 너무 먼 곳에서 도축한 고기는 믿을 만하지 못하대.」

「어머니가 현명한 분이시네.」타리크가 프렌치프라이를 한 움큼 입에 쑤셔 넣으며 말했다.「이것들은 몸에 엄청 안 좋잖아.」

「하지만 정말, 정말 맛있지.」

나는 먹었다. 먹는 것이 너무 좋았다. 그리고 타리크가 먹는 모습을 지켜보는 것도 너무 좋았다. 타리크가 프렌치프라이 세 개를 베어 물어 그것들이 자신의 입에서 튀어나오게 했다. 그러고는 그의 트럭 좌석 자리 옆으로 몸을 수그리며 내 얼굴을 향해 그것들을 들이밀었다.

「아씨, 더러워.」 나는 그렇게 말하면서도 그가 주는 프렌치프라이 꼭지들을 베어 물었다. 우리의 이가 서로 부딪쳤다. 우리는 씹고 삼키고 웃고 키스를 했다. 내가 그의 얼굴을 만지자 까칠하게 자란 그의 수염이 간지러웠다. 손가락이 감전되는 기분이었다. 그가 팔을 뻗어 내 어깨를 감싸며 나를 더 꼭 끌어안았다. 그가 허리를 펴고 앉아 운전대를 다시 잡았을 때쯤에는 내 가랑이 사이로 텐트가 두드러지게 솟아올라 있었다. 나는 그 부위를 음식 포장 봉투로 숨길 수 있다는 사실에 감사했다.

「그럼 이걸 어떻게 풀어 가야 할까?」 타리크가 트럭의 기어를 다시 운전 모드로 돌리며 물었다.

「뭐를 어떻게 푼다는 거야?」 내가 물었다. 물론…… 타리크의 딱딱하고 거리가 느껴지는 말투에서 나는 그가 어떤 얘기를 꺼내려는지 짐작할 수 있었다.

「우리. 너와 나 말이야.」

「그게 무슨 말이야?」

타리크가 자신의 기름기 묻은 손끝을 바라봤다. 「아무에게도 들키면 안 돼. 만약 우리 아버지가 알게 되면 나를 번개처럼 집 밖으로 내쫓을 거야…….」 그는 주차장에서 차를 빼고는 어둠이 모여드는 곳으로 빠르게 달려갔다.

「물론이지.」 나는 긍정했다. 왜냐하면 나도 이미 알고 있지 않았던가? 현실이 내 환상과 같을 수는 없다는 것을, 세상은 우리가 허드슨 고등학교 복도에서 함께 손잡는 것을 받아들일 준비가 안 됐다는 것을, 그리고 이 관계에서 타리크가 나보다 더 많은 위험을 감수하고 있다는 것을. 「물론 네 아버지께서 너를 집 밖으로 내쫓으면 우리 집에 와서 살아도 되긴 해.」

「그런 상황이 오면 사실, 나는 병원에 입원해 있겠지.」 타리크가 말했다. 그의 목소리가 갈라져 나왔다. 「왜냐하면 아버지가 나를 겨우겨우 숨만 붙어 있을 정도로 팬 뒤일 테니까.」

「누구든 너를 다치게 하는 자는 백만 조각으로 부러뜨려 놓을 거야.」

타리크가 웃음을 터뜨렸다. 하지만 내 말은 농담도 과장도 아니었다. 타리크는 내가 무슨 짓까지 할 수 있는지 전혀 모르고 있었다. 그리고 내가 어떤 감정을 느끼는지…… 내가 어떤 사람인지…… 그가 내게 어떤 사람인지…….

「나도 너를 이해시킬 수 없다는 걸 알아.」 타리크가 말했다. 「너는 나와 달라. 게다가 네 어머니와 누나는 너를 있는 그대로 사랑하잖아. 그리고 다른 사람들은 신경도 안 쓰지. 하지만 나는 그러지 못해.」

「알았어.」 나는 엄청난 행복감이 아주 살짝 줄어드는 것을 느끼며 수긍했다. 나는 바보같이 내가 타리크의 남자 친구가 되면 또래 집단에 인정받을 수 있을 거라고 상상했다. 그와 함께라면 내가 수치라는 그림자에서 벗어날 수 있을 거라고 말이다. 하지만 그것은 철없는 환상이었다. 「은밀하고 어두운 비밀을 내가 지켜 줄게. 네 친구들도 절대 의심하지 못할 거야.」

타리크가 고개를 끄덕였다. 「내가 미안해. 나는 그냥 아직 공개할 준비가…….」 타리크가 몸서리를 쳤다. 그리고 나는 저 몸서리를 알았다. 내가 오랫동안 느끼며 살았던 두려움이었다. 그리고 동성애자임을 인정하는 일에 대한 공포였다. 그것은 심지어 자기 자신에게도 인정하기가 무서운 일이었다. 대체 그는 어떻게 알았을까? 그리고 또 나는 어떻게 알았을까? 입 밖으로 그 말을 내뱉자마자 문 하나가 닫히면서, 그때까지 매일을 보내던 삶과 전혀 딴판인 다른 삶으로 걸어 들어가게 된다는 사실을……

타리크가 우리 집 쪽으로 향했다. 엄마는 내가 전날 밤 들어왔을 때 집에 없었다. 부엌 달력에 연필로 표기된 엄마의 주간 일정에 따르면 당시 엄마의 근무 시간이 내가 도착한 시각보다 두 시간 전에 끝났어야 했다. 어쩌면 엄마는 장 보러 갔을지도 모르지. 나는 생각했다. 아니면 추가 근무에 배정됐는지도 모르고. 하지만 그런 일이 있을 때면 엄마는 내가 걱정하지 않도록 언제나 문자를 보내 줬다.

그리고 이곳에 와서야, 지금에야, 나는 그 기억을 떠올리고는 **엄마가 술집에 갔을까** 추측하면서 깨달았다. 오늘 하루 종일 단 한 번도 마야 누나에 대한 생각을 하지 않았다는 걸.

「잠깐, 강으로 데려가 줘.」 내가 말했다. 「너에게 물어봐야 할 것이 있거든.」

법칙 #29

신이든, 엄마든, 나든, 마호메트든, 『코스모폴리탄』 잡지든…… 누구의 법칙서도 너에게 딱 맞는 것은 없어. 아무도 답을 갖고 있지 않을 거야. 조만간 그들이 답해 줄 수 없는 뭔가에 맞닥뜨릴 날이 올 거야.

아이일 때는 네게 주어진 규칙들을 따르지. 하지만 어른이 된다는 것은 너 스스로 삶을 파악한다는 의미야.

22일 차,

진행 중……

허드슨강에서 보는 석양은 아름답다. 캐츠킬산맥을 지나는 구름과 강을 따라 휘몰아치는 바람, 그리고 대기 중의 오염원들이 황혼 녘 하늘에서 하나의 황홀한 광경으로 어우러진다. 우리가 허드슨강의 갑판장에 도달했을 때쯤, 그곳은 19세기 풍경화 속의 광경 같았다. 차에 치인 짐승을 뜯어 먹으려고 자기네들끼리 싸우는 갈매기들과 값싼 배 위에서 더욱 값싼 맥주를 마시는 남자들을 제외하면 말이다.

「그래, 무슨 일인데?」 타리크가 물었다.

두려움에 그 질문이 계속 입술에 맴돌기만 했다. 일단 그 질문을 하면 이 불가능한 상황이라는 거품이, 내게는 과분한 행복이 터져 버릴 것 같은 두려움이었다.

우리 누나가 상처받은 밤에 무슨 일이 있었던 거야?

하지만 그 말이 입 밖으로 나오지 않았다. 나는 타리크가 그 얘기를 꺼내기를 바랐다. **타리크**가 먼저 그 화두를 던져 줬으면 싶었다. 그가 왜 너무도 오랫동안 잃어버린 퍼즐 한 조각에 집착하고 있었는지 설명해 줬으면 좋겠다. 나는 눈을 감고 그의 얼굴을 향해 고개를 기울였다. 최선을 다해 힘껏 그 문장을 머릿속으로 떠올렸다. 하지만 타리크는 단 한 마디도 하지 않았다.

배들 중 하나에서 술병이 깨졌다.

「우리 누나가 너를 만나러 갔었다는 건 알고 있어.」 나는 의혹이 도로 그 문장을 내 입속으로 처넣기 전에 최대한 말을 뱉어 버렸다. 「누나가 가출한 날 밤에 말이야.」

타리크가 움찔하고는 고개를 돌렸다.

「미안해 맷, 너에게 말했어야 하는데.」

나는 아무 말도 않고 그냥 기다렸다.

「마야가 내게 너희 집 근처로 자기를 데리러 와달라고 부탁했어.」

「왜 하필 너에게 그런 건데?」

「우리는 친구였고, 마야에게는 차편이 필요했는데 나한테 차가 있었으니까. 마야는 **별일 아니라고** 말했어. 네 엄마가 가지 못하게 하는 공연이 있다고 하더라고. 그래서 나도 승낙했지.」

「누나가 너를 짝사랑했어. 우리 둘 다 그랬지.」

타리크가 겸연쩍어하며 웃었다. 「그래. 뭐, 마야가 원하는 곳으로 데려다주는데 마야가 내게 사귀자고 하더라고. 그래서 나도 왜 그랬는지 모르겠는데 그럴 수 없다고 했어. 왜냐하면 나는 다른 누군가를 이미 사랑하고 있었으니까. 마야가 그게 누구냐고 묻더라고. 어느 누구에게도 얘기한 적 없는데, 마야에게는 그게 너라고 말했어.」

나는 아무 말도 안 했다. 나는 눈을 감고 타리크의 목소리에서 느껴지는 미미한 떨림에 귀를 기울였다. 아주 살짝 달라지는 그의 냄새를 맡았다. 하지만 맥도날드 음식이 나를 엉망으로 만들어 놓고 있었다. 내 능력들이 사라진 상태였다.

내 목소리는 겨우 들릴 정도였다. 「누나가 그 말에 뭐라고 했는데?」

타리크가 멈칫했다. 「사실, 마야의 반응에 나도 좀 놀랐어. 나는 마야가 아무렇지 않을 줄 알았거든. 그래서 말한 거였고. 그런데 약간 화를 내기 시작하더라고. 아니, 어쩌면 화난 게 아닐 수도 있지만, 좀……」

「침묵했어?」

「맞아! 바로 그거야.」

「침묵은 마야 누나가 거의 모든 부정적인 감정을 다루는 방식이야. 누나의 방어 기제거든. 그런데 누나가 왜 네 말에 그렇게 기분이 상했는지 모르겠네. 누나는 동성애 혐오자가 아니거든. 누나가 내 커밍아웃을 근본적으로 도와주다시피 했는걸.」

단, 내가 생각했던 것만큼 타리크를 향한 누나의 짝사랑이 심각하지 않았다면, 누나가 정말 진심으로 타리크를 마음속 깊이 사랑하고 있지 않았다면 말이다.

이것으로 마야 누나의 번호로 타리크에게 〈내가 다 말할 거야〉라는 문자를 보냈을 때 그가 보였던 반응이 설명되었다.

마야 누나가 알고 있던 비밀, 누나가 세상에 공개하면 타리크의 삶이 망가질 그 비밀은 그가 누나에게 가한 끔찍한 상처 같은 것이 아니었다. 비밀은 그가 동성애자라는 것이었다.

하지만 여전히 모든 상황이 맞아떨어지지는 않았다. 짝사랑하던 대상에게 거절당했다고 가출하는 사람은 없다. 이 이야기에서 아직도 실마리가 빠져 있었다.

「이상해.」 타리크가 말했다. 「여자애들은 그런 종류의 일에 육감 같은 것이 있어. 걔들은 어쩐지 알더라고. 내가…… 소위 사귀던 몇몇 여자애…….」 타리크는 손가락으로 허공에 따옴표 모양을 그렸다. 「그들은 뭔가 이상하다는 것을 감지했어. 물론, 정확히 **타리크는 동성애자야**라고 생각하지는 않았을지도 몰라. 하지만 어느 정도는 알고 있었어.」

술 취한 백인 쓰레기 놈 중 한 명이 갈매기를 향해 술병을 던졌다. 갈매기들이 깍깍거리며 날아가자 술 취한 놈들이 웃었다. 그

두 사람의 소리가 소름 끼치게 갈매기들의 소리와 닮아 있었다. 물론 못생긴 새들은 다치지 않았다. 갈매기들은 수많은 혐오스러운 존재와 마찬가지로 거의 무적이나 마찬가지였으니까.

「우리 누나는 어디로 향하고 있었어?」내가 물었다. 「공연장은 아니었을 테고.」

「아니었지.」타리크가 대답했다. 「일단 우리가 고속 도로를 벗어나자 마야는 내게 20번 출구 바로 남쪽에 있는 휴게소에 데려가 달라고 하더라고.」

「왜?」

「마야는 내게 집으로 돌아가라고 했어. 돌아갈 차편은 미리 마련해 놨다면서 말이야. 그리고 사람들에게 어떤 얘기도 하지 않겠다는 약속을 하게 만들었어. 특히 네게 말하지 말라며.」타리크가 내 쪽으로 손을 뻗어 손가락으로 내 머리카락을 빗었다. 「나는 너에게 진짜, 진짜 말하고 싶었어. 내 말 꼭 믿어 줘.」

「알았어…… 하지만?」타리크가 내 손을 잡고는 축축해진 커다란 눈으로 내 얼굴을 바라봤다. 「네게 알려 줄 얘기가 또 있어. 네 누나에 대해.」

「말해 봐.」말하면서도 내 목소리는 갈라지기 일보 직전이었다.

법칙 #30

몸의 굶주림은 간단해. 정신이야말로 상황을 복잡하게 만들지. 사랑처럼 아주 기본적인 것을 가지고 거미줄을 치듯 이야기와 환상과 편견을 엮어 나가면서 말이야. 그러다 보면 어느덧 우리는 사랑 그 자체보다 그 이야기들을 더욱 갈망하게 되는 순간이 오기도 해.

22일 차,
진행 중……

몇 년간 내게는 수많은 아빠가 있었다. 성장 단계마다 상상의 남자가 있었던 것이다. 내게 망가진 DNA 유전자와 불꽃처럼 빨간 머리를 물려준 그 사람에 대해 수십여 가지의 각기 다른 신화를 그렸다.

지금, 여기서, 숨 쉴 타이밍을 놓치며 〈전〉에서 〈후〉로 넘어가려는 이 순간에 그것을 밝히는 것이 중요할 것 같아서 하는 말이다.

아빠 중 하나는 머나먼 땅에서 군림하는 왕이었다. 아니면 그의 왕좌와 생득권을 탐해 그를 살해하려고 하는 사악한 형제나 신하나 마녀로부터 숨는 망명자 신세일지도 몰랐다. 엄청난 부의 상속자로서 아빠의 명령에 충성하는 부대와 함께 그의 현명한 고문들이 여섯 살의 나를 찾아내 아빠의 왕좌 옆, 내 자리로 나를 복귀시켜 줄 것이었다.

또 다른 아빠 중 하나는 스포츠 스타였다. 공이나 팀플레이를 요하는 게임에서라면 모조리 마법 같은 재능을 보이는 사람이었으며 그 마법 같은 재능을 켜는 스위치가 내 안의 어딘가에도 있을 것이었다. 아빠는 돌아와서 아홉 살인 내 손을 잡고 그 스위치를 켜줄 것이었다. 그러고는 내 또래들이 잘하는 모든 활동에서 어떻게 탁월해질 수 있는지 가르쳐 줄 것이었다.

아빠는 부유했으며 시한부였고 엄마와 마야 누나와 열한 살의 내게 산처럼 쌓아 올릴 수 있을 만큼 돈을 남겨 줄 것이었다.

아빠는 악당이었다. 슈퍼맨의 악당, 렉스 루터 같은 비열하고 간사한 천재였는데, 우리에게서 모든 것을 훔쳐 갔다. 우리가 이 지경으로 살고 있는 것은 전부 아빠 때문이었다. 그리고 아빠는 장대한 전투에서 패하고 열세 살의 내게 돌아올 것이었다.

아빠는 예술가였다. 아름답고 섬세했으며 천부적인 재능을 타고난 사람이었다. 그래서 아빠가 내 삶의 일부가 될 일이 절대 없을지라도 그의 축복은 내 곁에, 내 안에, 내 유전적 생득권으로서 존재했다. 그리고 나는 내 DNA 유전자 안에 아빠가 숨겨 둔 보물들을 활용하기 위해 인고의 시간을 보낼 것이었다. 그리하여 환상적인 작품들을 만들어 내며 내 삶에, 그리고 내 작품을 감상하는 모든 이의 삶에 의미를 부여해 줄 것이었다.

하지만 그 많은 남자 중 진짜 우리 아빠는 없었다.

법칙 #31

〈단식 병법〉을 진정으로 숙달하는 경지에 가까워지면서 학도들은 섭식 장애가 단지 자해의 넓은 스펙트럼 중 일부일 뿐이라는 사실을 깨닫게 될 거야. 상처 내기, 중독되기, 자살성 사고. 이 모든 것은 네 힘을 강화하는 방식이야. 네가 약하지 않다는 것을 증명하는 방식이지. 너 자신을 파괴함으로써 네가 네 운명을 통제할 정도로 강하다는 것을 보이는 방식이야.

22일 차,
결론

「뭔데?」 내가 물었다.

타리크가 고개를 돌리며 내 손을 더 꽉 잡았다. 그는 여기를 떠나고 싶어 했다. 나와, 아파할지도 모를 내 마음과, 그의 인생 속 모든 어질러지고 들쭉날쭉한 문제로부터 탈피하고 싶어 했다.

그는 체력 단련실에 있고 싶어 했다. 차라리 강철과 같은 뭔가 단순한 물건을, 자신을 단련시키기만 하면 정복할 수 있는 무언가를 다루고 싶어 했다. 그는 뭔가를 주먹으로 치고 싶어 했다. 그는 모든 것에 주먹질하고 싶어 했다.

「나는 마야가 누구를 만나러 갔는지 알고 있어.」

말이 내 속에서 나오려다 말다 했다. 나는 고개를 돌려 내 쪽 창밖을 바라봤다. 밤이 강을 따라 밀려오는 광경을 지켜봤다. 강은 서쪽에서 흘러들어 와 내게서 모든 것을 앗아 가고 있었다. 그것은 영원히 진행되었다. 나는 창문을 내렸다.

「맷.」 타리크가 불렀다.

타리크가 그의 머릿속에서 다음 말을 하는 것이 들렸다. 그 말을 입 밖으로 내고 싶어 하지 않는 마음도 들렸다.

「마야는 네 아버지를 만나러 가는 중이었어.」

눈을 감은 채 나는 밤중에 호흡을 골라 보려고 했다. 바람의 냄새를 맡으려고, 우주의 소리를 들으려고 했다. 하지만 그러지 못했다. 타리크의 말에 가슴이 무거워졌다. 폐 기능이 무너졌다. 그래서 숨을 온전히 들이마시기가 불가능해졌다.

맥도날드 음식이 나를 망쳤다. 나는 초능력이 가장 필요한 순간에 무력했다.

「내가 맞혀 보지.」 내가 결국 입을 열었다. 말이 험하게 나왔지만 그것은 어쩔 수 없었다. 「누나가 그것도 내게 말하지 말라고 약속하게 한 거지?」

「이제 너 화났구나.」 타리크가 반응했다. 「미안해.」

「집으로 데려다줘.」내가 말했다.

「알았어.」타리크가 대답했다. 그러고는 곧…….「오, 젠장, 맷! 네 손가락들을 봐!」

나는 다시금 손톱을 씹고 있었다. 양쪽 새끼손가락에서 피가 흘러내리고 있었다.「별것 아니야.」

타리크는 단연코 별것 아니지 않다는 눈빛을 내게 쏘았다.

타리크가 차로 집까지 데려다줬다. 나는 트럭에서 내렸다. 차 문을 너무나 세게 닫아 버려 총을 쏜 것 같은 소리가 났다. 책가 방을 짊어지니 공기처럼 가벼웠다. 밤이 씁쓸하도록 추웠으나 나는 그것을 느끼지 못했다. 아무것도 느껴지지 않았다.

「맷.」타리크가 열린 창문 너머로 불렀다.

나는 계속해서 걸었다.

「잘 자.」타리크가 말했다.

나는 간신히 몸을 돌려세웠다. 하지만 미소를 짓는 것까지 성 공하지는 못했다. 말도 안 나왔다.

나는 그날 밤, 몇 시간을 연습했다. 연구했다. 프로비던스 펑크 록 공연 라인업들을 구글에서 검색했다. 마야 누나에게 이메일 을 보냈다. 다시 허기를 느껴 보려고 했다. 과거를 읽어 보려고 했다. 냄새로 미래를 맡아 보려고 했다. 들릴지도 모를 메아리에 귀를 기울였다. 하지만 아무것도 얻어지지 않았다.

자정이 훌쩍 넘어 약지가 욱신거리는 통증에 동작을 멈췄다. 그 손가락과 함께 다른 몇몇 손가락의 손톱을 거의 절반쯤 물어 뜯어 놓은 상태였다. 뒤늦게 그것들을 인지하니 고통이 느껴지기 시작했다.

나는 화장실로 가서 바닥에 앉아 파이프 관을 잡았다. 그것에 내가 볼 수 없는 것들을 보여 달라는 바람을 담았다. 하지만 집중이 되지 않았다.

나는 약지 손톱을 다시 물어뜯기 시작했다. 뼈다귀를 문 개처럼 그것을 당기고 찢었다. 마른 뼈다귀에 아주 조금 붙어 있는 마지막 살점을 뜯어내려는 굶주린 개처럼 말이다. 그러다가 곧……

……섬뜩하게 쩍 하고 찢어지는 소리와 함께, 피라냐에게 물린 것 같은 고통과 함께, 손톱 전체가 떨어져 나왔다. 나는 손톱을 찰나 동안 이 사이에 물고 있다가 뱉어 내며 비명을 질렀다. 그리고 수건을 잡아 한쪽 끝을 입에 처넣어 나오는 신음을 막아 버렸다. 수건의 다른 쪽 끝은 지혈하기 위해 상처 부위에 둘러맸다.

법칙 #32

네 통제하에 있는 것은 거의 없어. 부모님, 학교, 정부, 카르마의 끔찍한 결과들, 그리고 역사……. 이 모든 요인, 그리고 천여 가지 다른 요인까지 전부 너를 상대로 공모하고 있어. 그것들은 너에게 할 수 있는 일과 할 수 없는 일을 지시하지. 〈단식 병법〉의 진정한 열쇠는 이거야. 다른 어떤 것도 통제하에 있지 않을 때조차 네 몸만큼은 네가 통제할 수 있다는 거.

23일 차,
총 칼로리: 약 1100

나는 일어섰다. 장장 15초간은 모든 것이 괜찮은 기분이었다. 나는 네모 창 모양으로 햇살이 비치는 깨끗한 이불 위에 누워 있었다. 푹 쉰 기분이었다. 아무도 누나에게 상처를 주지 않았다. 내게는 남자 친구가 생겼다. 집이 다르게 느껴졌다. 엄마가 마련한 이 집은 미친 듯이 전투를 치르며 유지해 온 곳이었다.

그리고 곧, 나는 일어나 앉았다. 아래를 봤다. 배가 크게 두드러졌다. 창백한 지방질의 살결로 이루어진 장대한 파도가 허리선 아래로 떨어져 내린 모양새였다. 손가락에서는 여전히 프렌치프라이 기름 냄새가 났다.

배가 고팠다. 하지만 충분히 배가 고프지는 않았다.

이를 닦는 동안 거울 속의 소년이 나를 향해 미소를 지었다. 내 살덩이들을 비웃었다. 상완 아래쪽에서 살결이 떨리는 모습을, 닭처럼 삐쩍 말라 볼품없는 다리를 제대로 확인시켜 줬다.

타리크의 존재감이 잠시 유지되었다. 나는 그 기운을 만끽하며 복도를 지나 아침을 먹으러 갔다. 그것은 입술에 화끈거림으로 남아 있었다. 마치 여섯 살 때 욕을 배우고는 그것을 들어가는 모든 방에서 외치고 싶던 욕망을 참을 당시의 느낌과 비슷했다. 타리크의 존재감이 세상의 잣대를 바꿔 놨다. 추잡하고 불결한 이곳의 끔찍함을 덜어 줬다. 나는 쌓여 있는 우편물, 최대한 빨리 덤프트럭에 버릴 필요가 있어 보이는 쓰레기봉투들, 빨래 통으로 이중 역할을 하는 다른 쓰레기봉투들을 가볍게 지나쳤다. 부엌으로 이어지는 약한 등불을 따라갔다. 천장등의 전구 네 개 중 두 개가 몇 개월 동안 나가 있는 상태였다. 그런 뒤 엄마를 봤다. 그러자 타리크의 존재감조차 아픔을 없애 주지 못했다.

「맷.」 엄마가 부엌 식탁에서 너무도 빠르게 일어서며 외쳤다. 그래서 엄마가 잠들었다는 것을 알 수 있었다. 엄마의 붉은 얼굴에 피로가 가득했다. 엄마는 햇살에 눈을 찌푸렸다.

「엄마, 안녕. 일하러 나갔을 줄 알았는데.」

「오늘은 일 안 해.」

허공에서 특정 냄새가 났다.

스카치 냄새였다. 새 술병이 부엌 식탁 위에 열려 있었다. 그 옆에는 엄마가 나와 누나에게 초코 우유를 타주던, 〈오늘 네 엄마를 안아 줬니?〉라는 문구의 머그잔이 놓여 있었다.

그 광경에 나는 도로 현실로 곤두박질쳤다.

모든 기억이 떠올랐다.

타리크, 바스티안, 오트…… 그들 중 아무도 마야 누나에게 무슨 짓을 하지 않았다. 그냥 마야 누나가 떠난 것이었다.

마야 누나가 나를 떠났다. 누나가 우리를 떠났다. 누나가 나를 떠났다. 그 인간을 만나러.

나는 병을 빤히 쳐다봤다. 이 새로운 상황에 반응하는 방법은 두 가지였다. 무시하거나 무시하지 않거나 둘 중 하나였다. 엄마에게 문제를 지적하거나 술병을 못 본 척하는 것이었다.

어쩌면 더 나은 아들은 다른 방법을 쓸지도 모른다. 어쩌면 내가 더 강한 사람이라면, 다른 이들의 필요를 자신의 욕구보다 우선시할 수 있는 사람이라면, 나 자신에게 이렇게 말할지도 모른다. 어, 잠깐, 기다려 봐. 이건 나쁜 징조야. 그러니 무슨 일이 벌어지는 건지 확인해 봐야겠는데.

하지만 솔직히, 나는 좋은 아들이라면 어떤 행동을 취할지 말할 수 없다. 왜냐하면 나는 그런 좋은 아들이 아니기 때문이다. 그래서 도리어 싱크대로 가서 설거지를 시작했다. 엄마에게 엄마의 하루가 얼마나······ 〈괜찮았는지〉 물었다. 엄마가 내게도 같은 질문을 했을 때 나도 정말 진심을 담아서 〈괜찮았어〉라고 대답했다. 설거지를 끝낸 뒤 그 자리에 서 있었다.

「어제 저녁 식사는 어떻게 해결했니?」

「타리크와 같이 맥도날드에 갔어.」

그의 이름을 언급하니 내 마음속이 따뜻해졌다. 프렌치프라이처럼 뜨끈하고 풍요로운 느낌이 들었다.

「잘했네.」엄마가 말하더니 머리를 식탁에 기댔다. 나는 의자를 빼고 엄마 옆자리에 앉았다.

「최근에 밤 근무가 많네.」내가 운을 뗐다.

「오, 애야.」엄마는 고개를 들지 않은 채 말했다. 「여기서 더 심해질 거란다.」

「사업이 안 돼?」

「나도 뭔지 모르겠어.」엄마가 설명했다. 「회사와 관련된 뭐래. 축소하고 아웃소싱하고 해외로 업무를 위탁한다나. 그런 미친 상황들이야.」

「공장이 문 닫을 거래?」

엄마는 모르겠다는 투로 어깨를 으쓱했다. 식탁이 떨렸다. 「이 상황이 일주일만 더 진행돼도 나는 정규직 사원이 아니게 돼. 그리고 내가 정규직 사원이 아니면 **우리**······ 건강 보험 자격이 말소되겠지.」

나는 엄마의 팔에 손을 올렸다. 엄마의 손 하나가 내 손을 너무도 빠르고 세게 잡았다. 그 바람에 엄마의 아픔이, 엄마의 갈망이, 엄마의 갈급함이, 엄마의 슬픔이 그대로 전해졌다.

「엄마, 피곤해 보여.」내가 말했다.「침대로 데려가 줄게.」

「조금 있다가.」엄마가 말했다. 그러면서도 내가 엄마 방으로 안내하는 것은 허락했다. 엄마는 문 앞에 서서 불을 켰다. 엄마의 눈이 깜빡이더니 시야의 초점이 돌아왔다. 그리고 아주 찰나 동안 다시 〈우리 엄마〉였다. 〈움직이는 태산〉, 야성적으로 휘날리는 머리와 날카로운 시선의 우리 엄마. 엄마는 나를 엄마 쪽으로 끌어당기더니 내 이마에 뽀뽀를 해주고는 침대 안으로 기어들어 갔다.

「불을 꺼주렴.」엄마가 이미 반쯤 잠든 채 부탁했다.

나는 그 후로 한동안 부엌 식탁 앞에 앉아 있었다. 술병을 빤히 쳐다봤다. 그것을 배수구에 쏟아 버릴까 고민했다. 하지만 결국 그렇게 해봤자 이 상황에 도움이 되지 않을 거라는 결론을 냈다. 엄마에게 문제가 있다면 엄마는 또 술을 살 것이었다. 그리고 술을 버려 봤자, 진짜로 필요하지만 불편한 대화를 피할 정도로 심약한 애가 겁쟁이다운 행동을 한 꼴밖에 안 될 것이었다.

그래서 나는 대신, 엄마가 하던 행동을 했다. 그것은 우리 남매 중 하나가 병에 걸리거나 슬프거나 상처를 받았는데 엄마가 도울 수 있는 별다른 방법이 없을 때 하던 행동이었다.

나는 요리를 했다.

밀가루와 설탕과 버터와 달걀과 초콜릿 칩을 찾았다. 그리고 초콜릿 칩 포장지에 적힌 설명서대로 요리를 했다. 거품을 내고, 섞고, 기름칠한 팬에 숟가락으로 반죽을 올린 뒤 그것을 예열한 오븐에 집어넣었다. 제대로 된 인간처럼 말이다.

그것에서 나는 냄새는 사랑 같았다. 천국 같았다. 세상의 모든 좋은 것 같았다. 나는 그것들이 전부 먹고 싶어졌다.

이제 〈피 튀기는 복수의 미션〉을 진행할 필요가 없었다. 마야 누나를 찾아내 구할 필요가 없었다. 그런데 왜 나는 여전히 먹는 행위가 불편한 것일까?

왜냐하면 그녀가 여전히 저기에, 냉장고 한쪽 면에 붙어 있었기 때문이다. 날씬한 엄마 말이다.

왜냐하면 온 세상에서 내가 통제할 수 있는 존재는 단 하나뿐이었고, 그것은 내 몸이었기 때문이다. 게다가 내게 조금이라도 우리 가족을 도울 기회가 찾아온다면 허기로 고양된 내 감각들이 도로 필요하다는 사실은 말할 것도 없었다.

그래서 나는 쿠키들을 타파웨어 안에 다닥다닥 붙여 담은 뒤 엄마에게 하트가 그려진 메모를 남겼다. 그러고는 남은 반죽을 뜨거운 물에 흘려보냈다. 평소 같았더라면 그릇 벽면에 묻은 반죽을 손가락으로 긁어모아 깨끗하게 빨아먹었을 것이다. 하지만 상황이 더는 평소와 같지 않았다. 그리고 평소로 돌아갈 일은 절대 없었다.

나는 내 손을 뚫어지게 바라봤다. 여전히 버터와 설탕으로 반질거리고 있었다. 그래서 양손을 뜨거운 물로 씻었다. 이윽고 맛있는 것들이 내 손에서 녹아떨어지고 손가락들은 빨개졌다.

법칙 #33

네 몸은 쾌락보다 고통을 훨씬 잘 기억하지.

24일 차,

총 칼로리: 약 800

　나는 마른기침을 하고, 캑캑거리고, 헛구역질을 하며 침대에서 튀어나와 바닥으로 떨어졌다. 목구멍에 꽂았던 콧줄 튜브에 대한 유령 같은 기억 때문이었다. 내 몸은 도로 병원에 입원한 상태였다. 아니, 그렇게 믿었다. 약물로 절여져 무력하고 의지에 반해 영양 섭취를 강제당하는 상태였다.

　「얘야, 너 괜찮니?」 엄마가 물었지만 방문을 열지는 않았다.

　「멀쩡해.」 나는 손에 미지근한 가래를 한 움큼 토해 내며 대답했다. 「악몽을 꿨어.」

　「**진짜** 안 좋은 소리가 나던데.」 엄마는 그렇게 말하면서도 돌아갔다.

하루 종일 나는 허드슨 고등학교의 복도와 교실로 그 튜브의 기억을 데리고 다녔다. 그것은 불편하도록 간질거리는 감각이자 묵직한 동통(疼痛)이었다. 나는 피부에서 나는 냄새를 제어하는 일에 집중했다. 내 페로몬이 **위험, 접근하지 마시오**라는 메시지를 띄우게 만들었다. 나는 모두를 향해 조용히 분노하고 있었다.

나를 구석으로 몰아넣으려는 폭력배는 없었다. 나를 지적하는 선생님도 없었다. 역사 시간에는 진짜 수업 대신 스파르타인들에 관한 영화를 보게 되었다. 점심시간에 나는 참파 두 숟가락을 먹었다. 세 숟가락째는 먹지 않았다.

그런 뒤 페로몬 방어 장막을 도로 올리고 내 보호벽 안에서 홀로 지내고 있었다. 그런데 6교시와 7교시 사이에 타리크가 내 사물함 앞에 나를 몰아세워 놓고 너무도 환한 미소를 짓는 바람에 방어벽이 증발해 버렸다.

「어이, 거기.」 타리크가 축구용 셔츠를 입고 청바지 위로 두꺼운 줄무늬 양말을 신어 스포티한 분위기를 풍기며 불렀다.

「어이.」 나도 갈라지는 목소리로 인사했다.

「학교 끝나고 따로 할 일 있어?」

「네가 제안해 봐.」 내가 대답했다.

「올버니 아카데미에서 시합이 있어. 너도 같이 갔으면 좋겠는데.」

「학교 대표 팀 전용 버스 타고?」 내가 물었다. 「나는 팀원들 중 대부분을 증오한다고. 너도 알잖아. 게다가 그 감정은 피차 마찬가지야.」

「걔들은 내 **친구**라고.」 타리크가 설득하기 시작했다. 「걔네도 그렇게까지 끔찍하지는 않아. 너도 왔으면 좋겠어. 너도 그 무리에 끼였으면 좋겠어.」

나는 코를 찡그렸다.

「정말 그래도 되는 거 맞아? 선수가 아닌 학생이 그 버스를 타는 것 말이야.」

「아마도 안 되겠지.」 타리크가 인정했다. 「하지만 너와 내가 우리만의 규칙을 만들어 나가자고. 그래도 코치 선생님에게 허락을 받아 놓긴 했어. 네게 어떤 종이에다 사인하라고 할 거야. 주차장에서 3시에 만나.」

「그럴게.」 나는 대답하며 교실로 힘차게 걸어갔다. 그리고 그곳을 반쯤 지나고 나서야 깨달았다. 목구멍이 더는 아프지 않았다.

천하무적이 된 것 같은 그 기분은 내가 주차장에 도착할 때까지 유지되었다.

「저 새끼는 대체 왜 여기 있는 거야?」 내가 타리크를 따라 버스에 올라타자 오트가 말했다.

「애는 졸업 앨범에 들어갈 사진을 찍어 주러 왔어.」 타리크가 대답했다. 그리고 나는 그가 그렇게 능숙하게 거짓말하는 모습에 다시금 사랑에 빠져 허우적거렸다.

「카메라도 안 들고 있잖아.」 바스티안은 지적하면서도 어쨌든 내 등을 쳤다. 바스티안은 사람들의 등을 치는 것을 정말 좋아했다.

「핸드폰이 있잖아, 이 멍청아.」

버스에서 의약품 냄새가 희미하게 났다. 침이 유리창에 말라 있었다. 좌석은 짙은 녹색 플라스틱으로 된 것들이었으며 유성 마커로 구호들이 여기저기 난잡하게 낙서되어 있었다. 내게는 이런 상황에 대한 환상이 있었다. 대표 팀 버스를 타며 〈잘나가는 놈〉 중 한 명이 되는 것 말이다. 보통은 그런 판타지가 포르노로 끝나곤 했다. 「스킨십은 금지겠네.」 타리크와 함께 맨 뒷줄에 자리 잡자 내가 그에게 속삭였다.

타리크가 나를 주먹으로 쳤다. 아주 약하게.

「이건 미친 짓이야.」 내가 속삭였다. 「너는 이놈들이…… 뭔가 의심하게 될까 봐 무섭지 않아?」

타리크가 내 배를 팔꿈치로 찌르고는 팔꿈치를 치우지 않은 채 반대쪽 손으로 나를 간지럽혔다.

「나는 공포에 질려 있지.」 타리크가 마침내 말했다.

「지금 바로 일어서서 우리 사이에 대해 선언해 버릴까?」

「너는 **그러고도** 남을 놈이긴 하지.」 타리크가 내 허풍을 전혀 믿지 않는 행복한 표정으로 나를 봤다. 「하지만 안 돼. 나는 그냥 네가 여기에 있기를 바랐던 거야. 얘들은 나에게 형제 같은 존재야. 내가 얘들을 좋아하는 시간보다는 싫어하는 시간이 더 많더라도 말이지.」

가는 길은 끔찍하도록 지루했다. 터무니없는 농담들, 과장된 이야기들, 드문드문 기억해 낸 영화 줄거리들이 있었다. 허드슨

가을 특유의 적막함이 지나가는 광경을 지켜보며, 핸드폰 스피커로 형편없는 음악을 들으며, 열여덟 명의 라이벌이 페로몬을 뿜어 대 점차 진해지는 그 악취를 무시하기 위해 엄청 노력하며, 나는 타리크 곁에 있는 것을 즐겨 보려고 했다. 어쩌면 내가 어느 정도는 이 무리에 끼일 수 있을지도 모른다고 나를 설득했다.

나도 이 짓을 꽤 잘하고 있는데. 나는 그렇게 생각했다. 그러고 나서 쇼댁 근처 어딘가에 다다랐을 때, 바스티안이 어떤 남자애의 손에서 스니커즈 초콜릿 바를 쳐내 버렸다.

「이 새끼야, 너는 엉덩이가 터지려는데도 이걸 먹으려고 하냐!」 바스티안이 말하고는 초콜릿 바를 바닥에서 주운 뒤 자기 주머니에 챙겼다. 「지난번 경기에서 네가 너무 느려 터져서 두 번이나 공을 놓쳤잖아.」

그 후 나는 가는 내내 숨죽인 채로 시간을 보냈다.

올버니 근처에서 우리는 캐너조해리로 향하는 출구를 지났다. 그리고 나는 천 번째로 대릴이 떠올랐다. 이사를 가기만 한 것이 아니라 나를 버린 친구 말이다. 천 번째로 나는 그가 왜 그랬을까 고민해 봤다. 고민을 하니 위장이 아파 왔다.

나는 축구를 정말 싫어한다. 그 게임에 대해서는 설명하지 않겠다. 그래도 타리크는 멋져 보였다. 그의 긴 근육질 다리는 어느 누구보다 세차게 튀어 올랐으며 빠르게 공을 찼다. 나는 결국 90분간 그의 다리만 구경한 셈이었다.

허드슨 고등학교가 졌다. 이에 아무도 놀라지 않았다. 아니, 어쩌면 우리 학교 대표 팀의 반쯤은 예외였는지도 모르겠다. 그놈들은 자신들의 천부적인 능력치와 자신들이 살고 있는 세계에 대해 확연히 착각하고 있었다.

코치 선생님은 나를 로커 룸에 들어가지 못하게 했다. 그러는 편이 오히려 다행일지도 몰랐다. 그 안에서는 끔찍한 일들이 벌어졌을 것이고, 나는 그렇게나 많은 맨살을 바라보며 그 광경을 감당하지 못했을 것이다. 누군가는 내가 뚫어져라 감상하는 모습을 발견했을 것이다. 또는 내 바지 속에서 뭔 일이 벌어지는 것을 알아챘을지도 몰랐다. 그러면 나는 살해당했을 것이다.

그래서 그 이상하고도 화려한 건물의 복도를 바삐 돌아다녔다. 건물은 천장이 높았고, 신기하게도 눅눅한 감자튀김 냄새가 나지 않았다. 올버니 아카데미에서는 모든 것이 대리석으로 만들어져 있었다. 보아하니 심지어 옷을 잘 갖춰 입은 창백한 남자애들, 여자애들, 그리고 부모님들까지도 말이다. 그들은 내 쪽을 바라보며 인상을 쓰고 있었다.

올버니 아카데미는 비싼 사립 학교였다. 그리고 저들은 나를 있는 그대로 인식하고 있었다. 나는 다른 동네에서 온 가난하고 지저분한 학생이었으며, 그들이 학생 운동 경기 연맹의 규정을 관대히 따른 덕분에 내가 아카데미의 달콤한 공기를 맡아 볼 특권을 누린 셈이었다.

나는 그들을 무시했다. 이것은 허기로 초능력이 생기기 훨씬 전부터 내가 지녔던 닌자 급의 기술이었다. 산간 벽지에 위치한 고등학교를 다니는 동성애자 소년으로 살다 보면 한 가지 생존 스킬이 생기기 마련이었다. 그것은 개자식들의 태도에 개의치 않는 스킬이었다.

마침내 타리크가 돌아왔다. 그는 티트리 샴푸 냄새를 풍기며 지나치게 큰 체육복 상의를 입고 있었다. 그의 검은 머리에서 윤이 났다. 나머지 팀원들이 그의 뒤에 바짝 붙어 있었다.

바스티안이 모두에게 오렌지를 하나씩 나눠 줬다. 나에게까지 말이다.

「어디서 난 거야?」누군가가 물었다.

「복도에 누군가 두고 간 스포츠 가방에서 훔쳤어.」바스티안이 대답했다.

모두들 웃었다. 모두가 훔친 오렌지를 먹었다. 껍질을 깐 감귤류의 향기가 허공을 가득 메웠다. 그렇게 우리는 그 자리에 한 팀을 이루고 서서 한 치 앞도 모른 채 대기하고 있었다. 그때 올버니 아카데미 대표 팀이 등장했다.

「너희한테서 쇠똥 냄새가 난다.」활기 넘치는 무리 속에서 누군가가 외쳤다.

「쇠똥이라고? 에이, 내 생각에는 말똥인 것 같은데.」또 다른 목소리가 덧붙였다.

「아니야.」무리의 앞에 서 있던 마른 장작 같은 똘마니 놈이 말했다.「돼지 냄새야. 돼지 도축장이 허드슨에 있잖아. 그렇지 않나?」

내 주먹에 힘이 들어갔다.

「우리 아빠 말로는 그 도축장이 그곳에 남아 있는 유일한 것이라는데.」마른 장작 같은 놈이 코에서 흘러내리려는 안경테를 중지로 밀어 올리며 말을 이었다. 「새끼들아, 축구 실력이라도 개발해야지. 스포츠야말로 너희가 그곳에서 탈출할 수 있는 유일한 수단일 테니까.」

고함과 폭소가 뒤따라 들려오는 와중에 나는 내 피구 대학살 사건을 회상했다. 사람들에게 상처를 주는 즐거움이 떠올랐다. 그래서 충동적으로 앞으로 한 발 나서 마른 장작 같은 놈의 사적인 공간을 침입했다.

「이 말라비틀어진 괴짜는 대체 뭘 원하는 거지?」 놈이 물으며 내 눈을 직시했다.

거짓말은 하지 않겠다. **말라비틀어진 괴짜**라는 소리에 나는 기분이 좋았다.

나는 심호흡을 하고 놈의 냄새를 빨아들였다. 그것을 외웠다. 「원하는 건 없어.」 내가 말하며 손을 뻗어 그의 옷소매를 건드렸다. 「이 셔츠 좋아 보이네.」 뻗은 두 손가락으로 나는 놈의 팔에서 각기 다른 세 지점을 건드렸다. 경혈 점들을 자극한 것이었다.

놈이 내 손에서 자신의 팔을 거칠게 뿌리쳤다. 「떨어져, 씨발 새끼야.」

「오렌지 먹을래?」 내가 물으며 내 것을 그에게로 던졌다. 세게 던지지는 않았다. 그가 그것을 잡기 위해 팔을 뻗었다……. 그러더니 곧 비명을 질렀다.

내가 누른 지점들에서 경련이 일어나고 있었다. 놈의 뇌에서 나오는 신호들이 우회되어 다른 길로 흘러갔다. 그래서 그의 전완이 한쪽 방향으로 비틀리고 손목은 다른 쪽 방향으로 비틀렸다. 염좌에 이르기 바로 직전까지 인대들이 늘어나면서 혹독하고 갑작스러운 통증이 발생했다.

「거기, 친구, 괜찮아?」 내가 물었다.

그의 친구들이 가까이 다가왔다. 패싸움이라도 벌일 기세였다.

「상관 마.」 놈이 자신의 팔을 몸에 딱 붙여 지지하며 외쳤다. 자신에게 방금 무슨 일이 벌어졌는지 전혀 이해하지 못해 혼란스럽고 부끄러운 모양새였다. 「우리는 집에 갈 거야. 너희는 아무것도 없는 그 작고 빈곤한 동네의 개떡 같은 집들로 조심히 돌아가라고.」 놈은 자신의 패거리를 이끌고 떠났다.

바스티안이 나를 빤히 쳐다봤다. 「방금 대체 무슨 일이 벌어진 거야?」 그는 그리 적대적이지 않은 말투로 물었다.

「최근에 놈의 팔목이 부러졌던 모양이야.」 내가 설명했다. 「놈이 팔목을 거느리는 자세로 알겠더라고. 그래서 놈이 방심한 사이 꽤나 고통이 생기는 방식으로 팔목을 움직이게 만들 수 있을 것 같았어.」

「너 진짜 소름 끼치는 새끼다, 맷.」 바스티안이 감탄했다.

여기저기서 고개를 끄덕였다. 몇 놈은 동의하는 의미로 끙 소리를 내기도 했다. 나는 뿌듯하고 기뻤다. 하지만 이상하게도 지치는 기분이었다. 심장이 너무나 세차게 뛰고 있어 숨도 간신히 쉴 수밖에 없었다.

너 진짜 뭐라도 먹어야 해. 목소리 하나가 들려왔다. 하지만 나는 그 소리를 무시했다.

그런 목소리들을 무시하는 것은 〈단식 병법〉의 핵심이었다.

「우리 버스는 어디 있지?」 누군가가 창문을 두드리고 주차장을 지켜보며 물었다.

「좆나 화려한 이 학교에는 건물이 다섯 개나 있는데,」 다른 누군가가 말했다. 「주차장만 여덟 군데야. 운전사가 길을 잃은 것 같은데.」

나는 달콤한 풀 냄새를 따라가며 팀원들을 한 놈씩 살폈다.

「여기에 어떤 새끼가 마리화나를 가지고 있군.」 내가 말하고는 손가락으로 가리켰다. 「여기 서 있는 놈인데.」

침묵이 돌았다. 우스꽝스러운 표정들이 보였다.

「너희 둘 중 한 명이야.」 나는 정말 희미한 감으로만 추측하는 척하며 말했다. 하지만 사실 정확히 누가 얼마큼의 마약을 가지고 있으며 그것을 어디에 감춰 뒀는지까지 알고 있었다. 「냄새가 난단 말이지.」

「아, 씨발 놈아.」 대니라는 이름의 유해 보이는 놈이 말했다. 「코 좆나 좋다. 내가 갖고 있어. 왜? 너도 좀 피우려고? 너도 마리화나를 피우는 줄은 몰랐는데.」

「나는 안 피워.」 내가 말했다. 「아까 그놈의 로커 사물함에 마약을 넣은 뒤 짭새를 부르고 싶을 뿐이야.」

침묵이 돌더니 곧 누군가가 휘파람을 불었다. 「하드코어다.」

「좆나 사악해.」

대니가 미소를 지으며 자기 뒷주머니를 깊숙이 뒤졌다. 「씨발, 그런 숭고한 목적을 위해서라면 내 기꺼이 희생하지.」

「그 새끼 로커 사물함은 어떻게 찾을 건데?」

「개 이름은 윌슨 혼이야.」 타리크가 말했다. 「개들이랑 전에도 경기에서 붙어 본 적이 있었어.」

「로커 사물함에 이름이 붙어 있어.」 나는 거짓말을 했다. 왜냐하면 그들에게 그것을 냄새로 안다는 사실을 대체 어떻게 설명하겠는가? 「게다가 알파벳 순서대로 붙어 있더라고. 이 학교 시설이 그만큼 삐까번쩍해.」

「맷과 내가 바로 갔다 올게.」 타리크가 말했다.

「언제나 조용한 놈들이 사악한 천재더라.」 대니가 감탄하며 내 등을 치고는 마리화나 조인트[14] 세 개를 건네줬다.

우리는 어두워진 복도라는 미로 속으로 달려갔다. 내 코의 안내를 따랐다.

「너 교묘하다.」 타리크가 내 손을 잡으며 말했다. 우리는 속도를 줄이고 그렇게, 서로의 손을 잡고 기이한 학교의 어두운 복도들을 걸어다녔다. 나는 천하무적이 된 기분이었다.

「로커 사물함에 이름이 없는데.」 타리크가 말했다. 「너 어떻게 찾으……」

나는 타리크에게 키스를 했다. 그를 사물함에 밀어붙이며 진하고 갑작스럽게. 그리고 사물함 중 하나를 톡톡 쳤다. 「이거야. 여기서 놈의 냄새가 진동하고 있어.」

타리크가 고개를 돌리고는 코를 킁킁거리더니 어깨를 으쓱했다. 「정말? 야, 그거 진짜 초인적인 후각 능력인데. 너 정말 늑대

14 마리화나를 얇은 담배 종이로 감싼 것.

인간 아닌 건 확실해?」

「확실한 건 한 가지뿐이야.」 나는 말하며 타리크의 입에 좀 더 키스를 했다.

타리크는 우리의 위치를 한 바퀴 돌렸다. 그래서 내 등이 금속 로커 사물함의 문에 닿게 되었다. 타리크는 자신의 온몸을 내게 밀착시켜 왔다.

홀로, 침대 속에서나 내 컴퓨터 앞에서, 나는 가장 외설적이고도 정교한 판타지를 그려 보곤 했다. 니키 미나즈[15]도 낯뜨거워할 정도의 야성적이고 야만적인 교합들이었다. 하지만 타리크와 함께하니 두려워지고 소심해졌으며, 내가 너무도 원하는 것 자체가 무서워졌다.

「너는 너무 섹시해. 그거 알아?」 타리크가 말했다.

「뻥치지 마.」 나는 타리크의 목에 대고 웅얼거리며 그에게서 벗어나려고 했다. 「우리에게는 해야 할 일이 있어.」 그의 몸이 나를 꼭 안았다. 그는 뻗어 있는 내 손가락 관절들을 끌어가 윌슨 혼의 로커 사물함 윗부분에 난 통풍구 사이에 하나씩 차례대로 끼워 넣었다. 그리고 그의 나머지 손은 내 바지 뒷부분을 짚었다.

「하고 싶어?」 타리크가 속삭였다.

다른 무엇보다도 절실히. 나는 그렇게 생각하면서도 말했다. 「지금은 안 돼.」

「하자.」 타리크는 말하면서 한 손으로 자신의 벨트를 풀기 시작했다. 그러는 와중에 그의 나머지 손은 내 손목을 더욱 꽉 쥐

15 미국 래퍼.

었다.

「안 된다고.」 내가 더 세게 거절했다.

「알았어.」 타리크가 대답하고는 한 걸음 물러섰다. 그의 표정은 갑작스러운 분노로 굳어 있었다.

그때 난데없이 타리크가 내 옆의 로커 사물함을 주먹으로 쳤다. 나는 소리를 질렀다. 타리크가 움찔했다. 그리고 반대편 손으로 주먹을 쥐며 몇 차례 욕설을 내뱉었다.

「너 뭐 하는 거야?」 나는 가벼운 말투로 물었다. 하지만 내 마음은 겁에 질려 어두웠다. 「나 겁주려고 그런 거야?」

「아니.」 타리크가 말했다. 그의 표정이 낯설었다. 「미안해, 화난 대상은 네가 아니야.」

「그럼 다시는 그런 짓 하지 마.」 내가 속삭였다.

타리크는 고개를 끄덕였지만, 내 쪽을 바라보지 않았다. 그는 고개를 돌렸다. 우리가 왔던 방향을 바라보고 있었다. 그의 친구들이 기다리고 있는 방향이었다. 우리를 우리의 삶으로 다시 데려다줄 버스가 있는 방향이었다. 그쪽에서 비쳐 오는 불빛이 그의 옆모습을 밝혔다. 그의 긴 속눈썹, 자존심이 세 보이는 코, 갈망으로 벌어진 입술이 도드라졌다. 나는 그를 들이켰다. 그리고 냄새를 맡았다.

타리크는 모두가 알게 되기를 바라고 있어. 무엇보다 그는 이 모든 가식이 끝나기를 바라고 있어.

하지만 그 상황을 끔찍이도 두려워하고 있어.

우리는 구석을 돌기 직전까지 손을 잡은 채 천천히 걸어서 돌아갔다. 팀원들이 환호하며 우리를 맞아 줬다.

「오늘 금요일이지.」 우리가 그 끔찍한 건물에서 걸어 나오는 동안 바스티안이 말했다. 「일요일에 짭새들을 부르자. 그래야 우리를 의심하는 시선이 많지 않을 거야.」

공기가 쓸쓸하도록 차가우며 환상적이었다. 우리는 그렇게 서로 농담하고, 웃고, 우리의 숨결이 공기 중에 입김이 되는 모습을 지켜보고, 버스를 기다리며 서 있었다. 그들은 전부 끔찍한 인간이었고, 괴물이었다.

내 초능력은 내가 놈들의 무리에 소속되도록 도와줬다. 그리고 놈들 중 하나가 되니 정말 너무도 기분이 좋았다.

법칙 #34

행복감이란 가장 기만적인 감정이야. 행복할 때면 계속 행복하기만을 바랄 뿐이거든.

26일 차,
총 칼로리: 약 1300

「너는 김리를 제일 좋아할 거야.」 바스티안이 말했다. 그러자 타리크는 그것이 재치 있는 욕인 것처럼 〈우우우우우〉 하고 감탄했다. 어쩌면 정말 재치 있는 모욕이 맞을지도 몰랐다. 다만 나는 「반지의 제왕」 등장인물들에 대한 지식이 한스럽게도 짧았기에 제대로 판단할 수가 없었다.

우리는 타리크의 픽업트럭 트렁크에 앉아 있었다. 바스티안의 차가 우리 옆에 주차돼 있었다. 그것은 여전히 시동이 켜져 있어 헤드라이트 빛들이 거칠게 줄 세워진 소나무들 너머로 밝은 길

두 개를 그리고 있었다. 바스티안의 차 스테레오에서 쿵쿵거리는 클래식 록 음악이 흘러나오고 있었다. 얕고 속이 빈 곡들이었다. 하지만 박자가 괜찮고 분위기도 은은했다. 그래서 일주일 전이었다면 무진장 싫어했을 그 음악이 많이 거슬리지 않았다.

바스티안이 길게 한 차례 빨아들인 뒤 말아 놓은 조인트를 내게 권했다.

「맷은 인생에 취한대.」 오트가 비아냥거렸다.

「좆나 심오하네.」 바스티안이 비꼬며 그것을 대신 오트에게 건넸다. 「인생에 취하면 어떻게 되는데?」

「꽤 효과 좋아.」 나는 하늘을 가리키며 말했다. 「너네는 별에 대해 알고 있었어? 하늘에 **아무런 이유도 없이** 엄청 많은 밝은 점 있잖아? 그게 사람을 완전 몽롱하게 만든다니까.」

모두가 웃었다.

「레골라스 정도 되겠네.」 바스티안이 결론을 냈다. 「레골라스는 김리만큼 적들을 많이 무찌르지만 그것도 우아하고 재치 있게 하지.」

「트래브 형은 레골라스가 페어리라고 하던데.」 오트가 투덜거렸다.

「우리 형은 멍청이야.」 바스티안이 반박했다. 「레골라스가 **엘프**라는 건 다들 알잖아.」

「그 뜻의 페어리[16]가 아니야.」

「아.」

16 〈요정〉이라는 뜻과 함께 비속어로 〈남성 동성애자〉를 지칭하기도 한다.

침묵이 돌았다. 바스티안은 그 말에 뭐라고 반박할 수 없었다. 다시금 그는 자신의 부재한 형에게 한 방 먹은 꼴이었다. 「그럼 **레골라스**는 누구를 좋아하는데? 갈라드리엘?」

오트가 경건하게 속삭였다. 「아라고른.」 그러자 바스티안이 고개를 끄덕였다.

「아라고른이 누군데?」 내가 물었다.

「왕.」 바스티안이 대답했다. 그러자 영화 속 인물이 기억났다. 그 키 크고, 잘생기고, 용감하고, 강하고, 완벽하고, 성가신 놈⋯⋯. 위대한 전사이자 현명한 지휘관이자 완벽하게 지루한 인물이었다.

타리크가 신음을 내뱉으며 일어섰다. 「너네는 다 땅딸막한 못난이 호빗이라고. 그러니 당장 그 터무니없는 영화 얘기는 그만해.」

나는 오트와 바스티안이 건성으로 반박하는 말들을 무시했다. 그리고 내 비밀의 남자 친구에게 집중했다. 늦은 황혼 녘의 빛 속에서 바스티안의 차 헤드라이트를 후광 삼은 타리크의 짙은 머리와 한껏 찌푸린 표정을 감상했다. 타리크의 진회색 후드 스웨트 셔츠는 내가 아는 세상에서 가장 부드러운 물건이었다. 그의 큰 손 하며⋯⋯. 그는 양쪽 엄지를 바지의 벨트 구멍에 끼운 자세였다.

그리고 곧, 나는 트럭 안에서 내 옆에 있는 이 두 남자애에게 내 능력을 집중시켰다. 그들 사이의 연결점이, 두텁고 복잡한 관계의 끈들이 바스티안에게서 오트에게로, 그리고 오트에게서 도로 바스티안에게로 뻗어 있었다. 밝은 감정들과 어두운 감정들…… 심지어 어떤 감정들은 너무 이상하고 복잡해서 읽을 수조차 없었다. 하지만 또 어떤 감정들은 단순하고 있는 그대로 명백하게 두드러졌다. 오트는 똑똑하고 웃긴 친구 옆에 어울리기에 자신이 부족하다고 느꼈다. 바스티안은 자신이 대학 생활과 아버지의 특권으로 사게 될 원만한 삶을 위해 곧 외면하게 될 불쌍한 친구를 향해 양심의 가책과 동정을 느꼈다.

타리크는 트럭 짐칸에서 축구공을 꺼내더니 그것을 해키 색[17]처럼 가지고 놀기 시작했다. 그것을 위로 쭉 차올리고는 민첩한 발돋움과 다리놀림에 적절히 어깨와 가슴과 등을 활용하며 공을 계속 허공에 띄워 놓았다. 나는 그를 지켜봤다. 꼼짝할 수가 없었다. 공은 거의 보지도 않았다.

「나는 앞으로 뭘 기대하고 사는지 알아?」 오트가 물었다. 「그러니까 인생에서 말이야. 바로 술집 패싸움이야.」

「술집 패싸움이라고?」 타리크가 손바닥으로 공을 치고는 자기 뒷주머니에서 구부러진 담배 한 갑을 꺼내며 물었다.

「맞아!」 오트가 높고 행복하며 정신 나간 말투로 외쳤다. 「좆나 멋질 것 같지 않냐? 합법적으로 많은 사람과 함께 술에 취하고, 마음에 안 드는 걸 보면 가만있지 않을 수 있는 거지.」

「나는 전반적으로 말이지…….」 바스티안이 입을 열었다. 「맞지만 않고 사는 것도 꽤나 괜찮은 삶의 목표인 것 같아.」

17 발만 가지고 콩이 든 포대 자루를 바닥에 닿지 않도록 하면서 노는 게임에서 사용하는 물건.

「너는 한 번도 맞아 본 적이 없으니까 그렇게 말하는 거야.」타리크가 말하며 담배 두 대에 불을 붙이고는 그중 하나를 내게 건네줬다. 담배를 입에 물자 그의 입술의 축축함이 간접적으로 느껴졌다.

「그럴지도.」바스티안이 인정했다.

「잠깐, 뭐라고?」오트의 목소리가 충격을 받아 높아진 상태였다.

「뭘 그렇게 놀라?」바스티안이 되물었다.

「오, 이제 시작이네.」타리크가 한탄했다. 그는 도로 축구공을 가지고 놀기 시작했다. 그가 움직일 때마다 담배가 그의 입술 사이에서 튀어 올랐다.

「넌 한 번도 싸움에 휘말린 적 없어?」

「없는데.」바스티안이 대답했다.「그게 부끄러워해야 할 일이야?」

「한 번도 얼굴을 주먹으로 맞아 본 적 없어?」

「없어.」

오트가 울부짖으며 뛰어올라 타리크 옆에 섰다.「너 장난치는 거지? 뻥치는 거야, 그렇지? 이거 농담이지?」

「아니야. 뭐, 그래서 내가 남자답지 못하다는 거야? 내가 싸움에 휘말리기를 **고대하지** 않기 때문에?」

오트가 그의 가장 친한 친구를 빤히 바라봤다. 그의 입은 벌어져 있고 표정은 삐뚤어져 있었다. 생각을 표현하기에 그의 영어 구사력에 한계를 느끼고 있었다. 어쩌면 그 둘 사이의 격차가 정확히 얼마나 심하게 벌어져 있는지 이제야 확실히 인지하게 된 건지도 몰랐다. 둘이 얼마나 다른 존재인지 다시금 깨닫게 된 것이었다. 자신이 이 세상에서 가장 좋아하는 놈을 제대로 모르고 있다는 가능성에 대해 억지로 고뇌하게 된 것이었다.

아니면 그냥 방귀나 뀌고 있는 것일지도 몰랐다.

「내가 네 얼굴을 주먹으로 때릴 거야.」 오트가 선언했다.

바스티안이 웃음을 터뜨렸다. 「아니, 그러지 않을 거잖아.」

「정말 그럴 거야. 그래야만 해! 그 느낌을 모르면서 인생을 살 수는 없어. 이건 내가 너한테 인정을 베풀어 주는 거야.」

「장난 그만해.」

「아무도 장난하고 있지 않아.」 오트가 말하고는 싸우는 자세를 취했다.

「이런 씨발.」 바스티안이 욕을 뱉었다. 「너 정말 진심이야?」

「일어나.」

「안 일어날 거야.」

「마음대로 해.」 오트가 말하며 자신의 주먹을 뒤로 당겼다.

바스티안이 나와 타리크를 바라보며 미친 상황이라는 확인을 받고 싶어 했다. 아니면 우리 중 한 명이 개입해 주기를 바라는 것인지도 몰랐다. 나는 시선을 피했고 타리크는 〈잘들 해봐〉라고 말했다.

바스티안이 일어섰다. 「미안하다, 새끼야. 하지만 네가 내 얼굴을 치도록 내버려 두지는 않을 거야.」

「그렇다고 나를 막지도 못할걸. 그럼 이다음에 무슨 일이 벌어질까?」

둘은 서로 노려봤다. 내 눈앞에서 둘 사이의 관계가 깜빡였다. 허공에 갈등의 매듭이 만들어졌다. 둘을 연결하는 끈의 색이 변하고 있었다.

마침내 바스티안이 미소를 지었다. 「해봐.」 그가 말했다. 그리고 그 말이 끝나기도 전에 오트가 주먹으로 그의 입을 쳤다. 타격이 너무 세 바스티안은 뒤로 넘어가 트럭 짐칸에 반쯤 앉고 반쯤 누운 자세가 되었다.

「이거 기분 좆나 별로네.」 한참의 침묵 후에 바스티안이 입을 열었다. 그는 자신의 입을 손으로 누르고 있었다. 손을 떼자 그의 손바닥이 피로 축축해져 있었다.

「너도 기분 째지냐?」 타리크가 오트에게 물었으나 오트는 인상을 쓴 채 자신의 주먹을 내려다보며 아무 말도 안 했다. 타리크는 손가락 위에서 축구공을 돌렸다. 빠르게, 더 빠르게, 그러다가 곧 내게 아주 미약하고도 미약한 윙크를 몰래 날리고는 공을 위로 던져 올려 자신의 고개를 기울인 뒤 공을 볼로 잡았다. 그 위에서도 공은 계속해서 돌았다. 왜냐하면 당연히 타리크가 그렇게 만들었으니까. 그 후 타리크는 공을 트럭 짐칸에 던져 넣고는 그것을 따라 짐칸으로 뛰어올랐다. 오트도 뒤를 따랐다. 타리크는 뒤로 누워 하늘을 올려다봤다. 나는 그의 옆에 슬쩍 누워서 똑같이 했다. 나머지 두 놈도 우리 행동을 따라 했다.

「맷, 별들에 대한 네 말이 맞았네.」 바스티안이 양손을 머리 뒤에 괸 채 말했다. 「사람을 좆나 몽롱하게 만든다.」

우리는 그렇게 하늘을 올려다보며 누워 있었다. 우리 넷은……
친구일까?

대체 왜 나는 그토록 절박하게 그들이 누나에게 상처를 줬다
고 믿고 싶었을까? 왜냐하면 누나가 나를 버렸다는 사실을 인정
하는 것보다 누나에게 뭔가 끔찍한 일이 벌어졌다고 믿는 것이
덜 마음 아팠기 때문이다. 왜냐하면 〈피 튀기는 복수의 미션〉이
내게 목적의식을 줬기 때문이다. 내가 이 상황을 어떻게든 바꿀
수 있을 거라고 나 자신을 속일 수 있었기 때문이다.

「누구 별자리 아는 사람 있어?」 타리크가 물었다.

「저기 있는 게 북두칠성이야.」 내가 손으로 가리키며 대답했
다. 「그 이상은 나도 몰라.」

「옛날이었으면 우리도 알았을 텐데.」 타리크가 말했다. 「알아
야만 했겠지. 사냥꾼이나 전사가 되기 위해서, 아니면 방향을 찾
기 위해서…… 현대 사회가 우리를 망쳐 놨어. 우리 머리를 의미
없고 멍청한 지식으로 채워 놨어.」

「너는 다음 주 미적분 시험 망칠 거라서 그런 핑계를 대는 거
잖아.」 내가 그를 놀렸다.

「전혀 연관성이 없는 사실이야.」 타리크가 내게 발길질하며
말했다.

「별들을 보면 우리가 정말 작은 존재처럼 느껴지지 않아?」 바
스티안이 말했다. 벌써 입술이 부풀어 올라 그가 내뱉는 단어들
이 살짝 거칠게 발음되었다.

「사람들은 항상 그렇게 말하더라.」 오트가 반박했다. 「나는 그

게 이해가 안 돼. 별들을 보면 기분이…….」오트의 머릿속에서 기계 바퀴들이 도는 소리가 들렸다. 오트는 그의 생각이라는 거대한 태피스트리 전체를 그가 아는 빈약한 단어들로 집약하느라 고생하고 있었다. 「별들을 보면 내 존재가 **크**다고 느껴져. 우주에서 벌어진 거대한 사고처럼 말이야. 마치…… 내가 이 세상에 존재하게 될 가능성이 얼마나 있었겠어? 그러니까 있잖아, 만약 우리 부모님이 서로 못 만났다면, 만약 공룡들이 멸종되지 않았다면…… 우리는 이 자리에 있지 않았을 거잖아. 하지만 우리는 이렇게 존재하지. 그래서 밤에 별들을 올려다볼 기회도 갖는 거고. 우리가 별들을 감상해 주지 않는다면 누가 하겠어?」

「와, 오트.」타리크가 감탄했다. 「생각 외로 심오한 발언인데.」

「심오하다는 것은 생각이 깊다는 얘기란다, 오트.」바스티안이 말했다.

「나도 그 단어의 뜻 정도는 안다고.」오트가 발끈했다. 그러고는 곧, 1초 후에 웃으며 인정했다. 「사실, 전혀 몰랐어.」

타리크의 손가락들이 내 손가락을 찾았다. 별을 바라보며 우리의 손이 어둠 속에서 비밀리에 얽혔다. 그리고 오트의 말이 맞았다. 나는 강한 존재가 된 기분이었다. 나는 운 좋은 놈이었다. 이 자리에 있을 수 있으니까. 살아 있으니까. 이 세상에서 환상적인 것들에 감사할 수 있으니까. 세상의 흉측한 것들이 나를 갈가리 찢어발기더라도 나는 운 좋은 놈이었다.

법칙 #35

이게 가장 어려운 법칙이야. 나도 아직까지 계속해서 되새겨야 하는 법칙이지. 머리로는 받아들였지만 여전히 진정으로 믿지 못하는 법칙이기도 해.

네 몸은 그냥 존재할 뿐이야. 네 몸이 강하든 약하든 아름답든 흉측하든, 그 판단은 전부 네 머리가 하는 거야. 네 정신이 하는 거라고.

27일 차,
총 칼로리: 약 1600

너는 너무 섹시해.

학교가 끝나고 나는 타리크와 함께 체력 단련실로 갔다. 엄숙한 표정의 남자애 한 무리와 무섭도록 아름다운 여자애 한 명도 그곳에 함께 있었다. 그래서 나는 타리크가 운동복 상의와 짧은 반바지를 입고 로커 룸에서 나오자 그에게 뛰어오른 뒤 그를 동굴 어디론가 끌고 가고픈 충동을 억제해야 했다. 타리크의 기막힌 말들이 머릿속에서 메아리치며 모든 것을 폭로하겠다고 위협했다.

너는 너무 섹시해.

나는 타리크가 리프트를 드는 모습을 지켜봤다. 그의 목에서 핏줄이 섰다. 턱수염과 머리가 땀으로 번질거렸다. 복근과 가슴 근육이 쇠처럼 딱딱해졌다. 스파르타인들이 전투 중에 착용하던 갑옷만큼이나 강해졌다.

타리크는 정말로 내가 섹시하다고 믿고 있지는 않을 거야. 그가 이 혐오스럽고 무용지물인 지방 덩어리 몸뚱이를 보고도 신체적으로 끌릴 리 없어. 그가 거짓말한 것이 분명해. 그냥 나와 자고 싶었던 것일지도 몰라. 아니면 내기를 했던 걸까? 마치 영화 속에 자주 등장하는 이야기들의 게이 버전처럼 그의 운동부 친구들이 그에게 반의 괴짜나 모범생 또는 초능력 종교 광신도와 잠자리를 갖지 못할 거라고 내기를 한 것일까? 타리크는 세트 사이마다 내가 그를 쳐다보는 모습을 발견하고는 미소를 지었다. 나도 미소를 지었다. 그러고는 깨달았다. 의심의 그림자 너머로 이 관계는 진짜였다. **우리는 진짜였다.**

하지만 홀로 있을 때면 의심의 목소리들이 본격적으로 작업하기 일쑤였다. 나 자신이 얼마나 가치 없는 못생긴 구더기인지 되새기게 했다. 내가 얼마나 지저분하고 죄악이 많은 존재이며 사기나 배반만이 내 삶에서 유일하게 좋은 부분을 설명할 수 있다는 것을 되새겨 줬다. 타리크가 나를 집까지 데려다줬다. 「자,」

그가 운동 가방 안을 뒤지더니 내게 오렌지 하나를 건네줬다. 「올버니 아카데미에서 우리가 훔친 것 중 마지막으로 남은 하나야.」

「고맙다.」 나는 인사하며 그것을 내 코에 갖다 댔다. 오렌지에서 타리크의 냄새가 났다. 오렌지 같은 냄새도 났다.

타리크가 사라지자 나는 방으로 가서 침대에 앉았다. 그 자세로 아주 오래전에 옷으로 뒤덮어 놓은 전신 거울과 마주했다. 얼굴이 비칠 법한 자리를 빤히 바라봤다.

너는 너무 섹시해.

나는 그 메아리를 최대한 긍정적으로 활용해 보기로 결심했다. 내 마음이 바뀌기 전에 재빨리 일어서서 거울을 뒤덮고 있던 옷들을 전부 치웠다. 그리고 그 자리에서 발견한 남자애를 빤히 바라봤다. 커다란 비대칭 눈과 지나치게 큰 턱을 가진 소년 말이다. 나는 내 얼굴을 만졌다. 볼을 꼬집어 봤다. 입술을 엄지로 훑어봤다.

타리크가 보는 모습이 이걸까?

그런 다음 체육복 상의를 벗었다. 그리고 티셔츠도 벗었다. 바지도 벗었다. 그러고는 곰돌이 인형을 돌려 내 모습을 함께 품평하게 했다.

나는 양말과 속옷 차림으로 그 자리에 서서, 강제로 보게 만들었다. 내가 나 자신을 보게 만든 것이다.

기분이…… 괜찮았다. 아주 좋지는 않았지만 꽤 괜찮았다. 배는 여전히 부은 기분이 들고 커다랗게 보였으며, 허벅지는 여전히 흔들거리는 지방 덩어리였고, 종아리들은 닭다리만큼이나 말라 있었다. 이두박근을 부각시키기 위해 양팔을 구부리자 도리어 팔들이 나를 보고 비웃었다. 하지만 거울 속에서 확인해 본 소년은…… 흉측하지 않았다.

대체 무슨 일이 벌어진 것일까? 나는 물었다.

타리크가 마법이야. 나는 스스로에게 답했다.

컨디션이 좋을 때 이 짓을 그만두는 것이 좋겠다는 판단에 거울에서 물러나 옷을 챙겨 입었다. 불을 끄고 창문을 연 뒤, 그 자리에서 무릎을 꿇고 살이 아리도록 차가운 바람을 들이마셨다. 그렇게 집중했다.

복도 저 아래에서 와장창 소리가 났다. 뭔가 묵직한 것이 떨어지는 소리 같았다. 뭔가가 부러지는 소리 같기도 했다. 이미 과부하에 걸려 있던 심장이 박동할 박자를 놓치며 찰나 동안 멈췄다.

「엄마?」 나는 방문을 열며 외쳤다.

침묵이 돌았다. 다시 엄마를 부르고는 복도로 두 걸음 진입했다.

「나 괜찮아!」 엄마가 외쳤다. 「네 방에 있으렴. 알겠지, 애야?」

「무슨 일인데?」

「그냥 뭐에 걸려서 넘어졌어.」 엄마가 대답했다. 엄마의 발음이 뭉개져 있었다. 그게 잠기운 때문인지 아니면…… 뭔가 다른 것 때문인지는……. 「다 괜찮아. 그냥 다시 자렴. 알겠지?」

나는 그 자리에 서서 어떻게 해야 하나 고민했다. 그리고 나 자신에게 굉장히 부끄럽게도 엄마가 시키는 대로 했다.

내 초능력이 필요했다. 화장실로 들어가서 바닥에 앉았다. 그리고 세면대 밑을 짚으며 양손으로 파이프 관을 잡았다. 두 눈을 감고 진동에 귀를 기울였다. 파이프 관을 따라 내가 인지하는 영역을 넓혔다. 파이프 관이 깊숙이 파고들어 몇 킬로미터씩 뻗어나가는 차가운 흙 속을 느꼈다. 구리 관으로 된 우리 집의 수로가 철로 된 지역 수도 본관과 이어지는 마디 이음부가 느껴졌다. 그리고 수로가 또 누군가의 집으로 가지치기를 하며 돌아오고 그들의 지하실을 관통하며 화장실로 들어갔다. 나는 그것에 귀를 기울이고, 귀를 기울이고…….

하지만 내 촉각은 무뎠다. 그리고 내가 〈들을〉 수 있는 것은 원거리에 있는 기계음처럼 희미하게 웅웅거리는 소리뿐이었다. 파이프 관을 놓자 그것만큼이나 내 속도 텅 빈 것 같은 기분이 들었다.

행복감이 나를 무디게 만들었다. 감각들이 다시 예리해질 필요가 있었다.

나는 복도에 멈춰 서서 귀를 기울였다. 하지만 아무것도 들리지 않았다. 엄마가 죽어 가고 있었다. 엄마의 상황이 엄마를 죽이고 있었다. 엄마가 죽을병에 걸렸다고 해도 이보다 상황이 위급하지는 않을 것이었다.

만약 내가 누나를 구할 수 없다면…… 만약 내가 누나를 구해 줄 필요가 없다면…… 그렇다면 나는 엄마를 위해 초능력을 유지해야 했다. 나는 그냥 강해져야만 했다. 이 일은 내 안의 또 하나의 초능력을 예리하게 키우는 것으로 시작할 수 있겠다. 바로 인터넷 사용하기였다. 엄마가 일하는 도축장을 소유한 회사를 검색했다. 돼지 사육에 관한 세계적 동향에 대해서도 검색했다. 그러다가 알게 되었다. 웨스트필드 푸드사(社)는 중국 축산업계의 큰손에게 회사를 매각하려고 수단과 방법을 가리지 않고 있었다. 웨스트필드 푸드는 자산을 매각하면서 〈부채를 줄이는 중〉이라고 했다. 그들은 나라 전역에서 공장의 문을 닫고 있었다.

유용한 정보였다. 우리가 고등학교에서 배우는 내용들이 실제로 우리의 삶에 변화를 줄 수 있었다면 고등학교도 훨씬 잘 굴러갈 텐데 말이다.

나는 정신이 그 모든 정보를 소화하면서 과부하 모드로 돌입하는 것을 느꼈다. 혼돈 속에서 규칙들이 보이기 시작했다. 연결점들을 만들 수 있었고 문제를 이해할 수 있었다……. 하지만 내 능력은 여전히 너무도 굼떴다. 내가 식사를 허용하는 바람에 능력이 뭉개진 것이다. 만약 조금만 더 배고팠더라면 앞으로 무엇을 해야 할지 대낮만큼이나 명확히 보였을 텐데…….

법칙 #36

네가 갖고 태어난 몸이 어떻게 생겼느냐에 따라 너는 〈남자〉
또는 〈여자〉라고 표기된 상자 안에 분류돼. 그 상자는 기대와 충
족 요건, 요구 사항과 의무로 가득 채워져 있어. 상자에는 네가
〈이것〉은 좋아해도 되지만 〈저것〉은 좋아하면 안 된다고 되어 있
지. 또 〈이것〉은 입어도 되지만 〈저것〉은 입으면 안 된다고 하고.
그 상자가 너와 완벽하게 맞아떨어질지도 몰라. 그런 경우라면
만사가 괜찮겠지. 한편 그 상자가 너무 좁고 숨 막히며 끔찍한 것
들로 가득할지도 몰라. 그래서 너는 한순간이라도 그것들과 함
께 보내느니 차라리 죽어 버리고 싶은 기분이 들 수도 있어.

언제나 뭔가는 있을 거야. 어떤 끔찍한 것이 존재해서 네가 스
트레스를 너무 많이 받게 하고, 너를 불행하게 하며, 네 손에 쥔
통제권이 얼마나 미미한지 상기시켜 주지. 일단 네가 〈단식 병
법〉을 연습하기 시작했다면 계속해야 할 이유는 수천 가지일
거야.

28일 차,

총 칼로리: 약 1000

타리크는 공산주의자다.

그는 내게 이 사실을 아무렇지 않게 말했다. 깊고 어두운 비밀을 누군가에게 털어놓으며 그 사람이 그것을 별것 아니라고 여겨 주기를 바랄 때 취하는 태도였다. 우리는 타리크의 방에 있었다. 넓은 창문과 깨끗한 라이닝, 짙은 적갈색 나무 부자재로 꾸며진 넓고 여유로운 방이었다. 잘 정리된 그의 방에는 책과 최신 전자 제품들이 가득했으며 내 침실 전체만 한 옷장도 있었다. 그의 방 덕분에 나는 새로운 방식으로 우리 둘이 얼마나 다른 존재인지, 그에게 돈이 얼마나 많은지, 그리고 돈이 사람의 인상을 얼마나 크게 바꿀 수 있는지 다시금 뼈저리게 느꼈다. 타리크는 단 한 번도 누군가를 집으로 초대하기를 부끄러워하지 않았다. 또 절대로 일주일에 한 번 이상 같은 스웨터를 입고 등교하지 않았다. 내가 이곳에 도착하면서 만나 본 타리크의 어머니는 상냥하고 날씬하고 조용했으며, 보아하니 나만큼이나 자신의 아들에게 흠뻑 빠져 있는 분이었다. 그리고 무엇보다 일을 하지 않아도 되는 분이었다. 그녀는 무거운 망치를 힘겹게 다루거나 돼지를 도축하거나 매일 자신의 팔을 피에 적시지 않아도 되었다.

그럼에도 불구하고 타리크는 불의에 대해, 빈곤에 대해, 부유한 회사와 탐욕에 대해, 부유한 국가들이 빈곤한 국가들을 강탈

하는 일에 대해 매우 많은 관심을 가졌다. 그는 내게 『공산당 선언』 한 권과 『미국이 진정으로 원하는 것』이라는 책을 권했다. 우리는 그의 침대 뒤쪽 바닥에 놓인 커다란 빈백[18] 의자들에 앉아 정치와 항간의 소문과 우리의 희망과 꿈과 악몽에 대한 이야기를 나눴다. 펑크 록 음악을 감상했다. 타리크가 그의 천장에 붙여 놓은 징그럽고 외설적인 앨범 커버들을 구경했다. 그리고 비밀리에 서로를 포옹하며 키스했다. 몇 분마다 타리크는 동작을 멈추고 머리를 기울이며 어머니의 발소리가 들리는지 확인하곤 했다.

나는 타리크에게 걱정하지 말라고 말해 주고 싶었다. 그의 어머니는 거실에서 텔레비전을 보고 있으며 어머니가 일어서기라도 하면 내가 그 소리를 감지할 수 있을 거라고 알려 주고 싶었다. 내 청각이 굉장히 발달해 있다는 것을 그에게 간절히 알려 주고 싶었다……. 더불어 그것은 내가 나 자신을 굶겼기 때문에 얻은 능력이라는 것, 굶으면 내게 초능력이 생긴다는 것도 밝히고 싶었다.

나는 타리크에게 그런 이야기를 전혀 하지 않았다. 솔직히 말해 나는 거의 한 말이 없었다. 나는 그의 얘기에 귀를 기울였다. 고개를 끄덕였고, 적절한 타이밍에 동의해 주거나 분노를 표했다. 나는 집중하려고 노력했다. 손을 뻗어 그의 셔츠 위에 올려 뒀다. 그 자세로 손을 꾹 눌러 셔츠 밑의 근육질 배를 느껴 봤다. 하지만 나는 엄마에 대한 생각을 멈출 수가 없었다…… 누나에

18 천 안에 작은 충전재 알갱이를 채워 넣은 폭신한 의자.

대한 생각도…… 아빠에 대한 생각도 마찬가지였다……. 그리고 특히나 나 자신을 타리크와 비교할 때면 내가 얼마나 혐오스러운지에 대해서도 끊임없이 생각하게 되었다.

「네 손이 차.」 타리크가 내 손 한쪽을 들어 보이며 속삭였다.

「순환이 잘 안 돼.」 내가 대답했다. 그러면서도 **순환 장애는 수많은 섭식 장애 사례에서 발견되는 증상 중 하나**라는 설명을 덧붙이지는 않았다. 왜냐하면 전에도 누차 강조했듯…… 나는 섭식 장애에 해당하지 않으니까.

「이렇게까지 말하고 싶지는 않은데, 네 손톱도 징그럽게 생겼어.」

나는 어쩔 수 없다는 뉘앙스로 어깨를 으쓱했다. **손톱의 퇴화도 수많은 섭식 장애 사례에서 발견되는 증상 중 하나지.**

「흠.」

타리크는 모순적인 존재였다. 그는 내 기분을 나아지게 만들어 주면서 동시에 더 안 좋게 만들기도 했다. 나에 대한 그의 관심, 나에 대한 그의 욕망은 난생처음 나도 거의 사람이 된 것 같은 기분을 누리게 해줬다. 하지만 그를 바라볼 때면, 그를 만질 때면, 내 부족함을 전보다 더욱 예리하게 느끼기도 했다. 나는 생각했다. **이곳에는 그야말로 강하고 아름답고 완벽한 남자가 있어. 여기에는 네가 절대로 될 수 없는 존재가 있어.**

타리크에게서는 송진 같은 냄새가 났다. 12월이라고 하면 크리스마스트리 상인들에게 연중 가장 바쁜 시기였다. 그래서 타리크의 아버지는 하루에 열여덟 시간씩 일했다. 더불어 타리크도 나무를 운반하고, 톱질하고, 어디로 보나 야수 같은 건장하고 섹시한 사람의 매력을 자랑하며 다니는 일에 가능한 모든 시간을 할애했다.

지금은 숙제하는 시간이었다. 내가 방문한 빌미는, 엄밀히 따지면 같이 공부하기 위해서였다. 타리크의 아버지는 교육을, 능력을 개발하는 과정을 중시했다. 그래서 타리크가 쌓게 될 완벽한 교육 이력을 짜놓았으며 타리크가 그것을 바탕으로 사회적으로도, 사업적으로도 탄탄한 성공 가도를 달릴 수 있게 계획했다.

타리크의 아버지는 타리크가 믿는 모든 것의 반대를 신봉했다. 부자들은 더 나은 사람들이기에 부자였다. 가난한 자들은 질이 나쁘고, 돈을 낭비하고, 게으르기 때문에 가난했다. 사람이라면 응당 〈이런 식〉으로 행동해야 했으며 절대 〈저런 식〉으로 행동하면 안 되었다. 여자들은 무조건 순종해야 했다.

「네 어머니가 오고 계셔.」 나는 빈백 의자에 엉덩이를 붙인 채로 이동해 그의 의자에서 떨어졌다.

타리크가 고개를 기울이며 소리에 집중했다. 「아닌데, 엄마 안 오는데.」

「내 말을 믿어.」

5분이나 걸리긴 했지만 타리크의 어머니가 결국 왔다. 그녀는 접시를 들고 있었는데, 그 위에는 두 개의 이상한 쿠키가 아늑해 보일 정도로 바짝 붙어 있었다.

「와, 엄마, 고마워요.」 타리크가 인사하며 쿠키 하나를 냉큼 집어 갔다. 「이것들은 마아모울이라는 거야.」 타리크가 내게 설명했다. 「이 속에는 대추야자들이 채워져 있어. 우리 엄마는 과자도 정말 잘 구워.」

「고마워.」 나는 진심으로 인사했다. 한꺼번에 감동도 받고 마음이 움직여지고 두려움도 느끼는 상태였다. 마아모울은 말 그대로 버터와 속 빈 탄수화물, 악마 같은 설탕으로 반짝이고 있었다.

「너희 둘이 무슨 공부를 하고 있니?」 타리크의 어머니가 문 앞에 서서 물었다. 나는 거의 확신할 수 있었다. 그녀는 내가 마아모울을 한 입 베어 물고는 감탄과 행복과 감사의 마음을 표현하기를 기다리고 있었다. 나는 쿠키를 접시에서 집어 들었다. 내 위장은 그것을 원한다고 비명을 질렀다.

「역사요.」 타리크가 대답했다. 「나는 미국의 역사, 맷은 유럽의 역사를 공부하고 있어요.」

「너희 둘이 같은 반 아니었어?」

「애는 저보다 한 학년 아래예요.」 타리크가 설명했다. 「하지만 둘 다 이번 주에 시험을 봐요. 그래서 서로에게 퀴즈를 내주고 있어요.」

「아.」 타리크의 어머니가 수긍했다.

타리크의 쿠키는 이미 거의 없어진 상태였다. 그의 어머니는 5초, 10초, 15초를 더 기다렸다. 내 반응을 기다리고 있는 것이었다. 내가 쿠키를 크게 한 입 먹어 보고는 그것들이 얼마나 훌륭한지 칭찬하기를 기대하고 있었다. 그런 상황이 일어날 기색이 전혀 없자, 그녀가 말했다. 「그럼 더는 너희를 방해하지 않으마.」

「쿠키 감사해요, 무라트 아줌마!」

타리크의 어머니가 미소를 지으며 아주 살짝 고개를 숙였다. 그녀의 뒤로 문이 닫히자 타리크가 말했다. 「제2차 세계 대전 이후 노동 운동이 일어나면서 제조업 및 기타 산업이 너무 비싸졌지. 그래서 미국 회사들이 계속해서 전과 같이 터무니없이 많은 수익을 챙길 수 없게 됐어.」

「진짜 흥미롭네.」 내가 말하며 쿠키를 최대한 은밀하게 내려놓고는 내 빈백 의자를 엉덩이로 끌어 그의 의자 옆에 바짝 붙였다. 그리고 손을 그의 셔츠 밑으로 슬쩍 넣었다. 그가 내 차가운 손가락의 감촉에 움찔하는 모습을 지켜봤다. 타리크가 낄낄거렸다. 성인 남자에 가까운 몸이 내기에는 너무도 소년다운 소리였다. 그가 자리를 이동해 몸을 펴자 그의 온몸이 나를 뒤에서 감싼 자세가 되었다. 그 상태로 그가 내 목뒤에 키스를 남겼다.

타리크의 열기에 나는 녹았다. 그가 나를 건드리면 무시무시한 것들이 야기되었다. 그를 너무도 간절히 원하게 되어 그 욕망에 있는 그대로 겁을 먹었다. 홀로 어두운 방에서 야한 영화의 토막 위로 타리크의 얼굴을 덧입히는 상상을 할 때가 있었다. 하지만 그때와 지금은 느껴지는 갈망이 달랐다.

여자애들은 항상 이런 식의 기분을 느끼는 것일까? 두려움과 욕망 사이에서 갈팡질팡하나? 원하지만 그것을 표현하기를 두려워하나? 원래는 원하면 안 되는 욕망이기 때문에?

이것은 아름다웠다. 이 순간은 완벽했다.

하지만 우리가 대낮에 당당히 함께 서고, 같이 복도를 거닐며 손을 잡을 수 있다면? 내가 타리크와 사귀고 있다는 사실은 나를 더 강하게 만들었다. 하지만 만약 모두가 그것을 알았다면……모두가 나를 그런 식으로 바라봐 준다면…….

「안녕.」 내가 인사하며 타리크의 가슴 근육을 손가락으로 찔렀다.

「너도 안녕.」

나는 다시 손가락으로 그를 찔렀다.

「무슨 일이야?」

「나는 비밀로 유지하는 게 마음에 안 들어.」 내가 털어놨다. 「우리 관계를 비밀로 유지하는 것 말이야.」

「나도 그래.」 타리크가 말했다.

「더는 비밀로 하지 말자.」

타리크가 한숨을 쉬었다. 「이건 어쩌다가 나온 얘기야?」

「경험자의 말을 따라 봐. 커밍아웃은 절대 네가 생각하는 것만큼 나쁘지 않아.」

「네 경우에 네 생각만큼 나쁘지 않았다고 해서 내 경우에 내 생각보다 나쁘지 않을 거라는 보장은 없잖아.」

「하지만 너 홀로 그것을 감당해야 하지는 않을 거잖아.」 내가 말했다. 「게다가 너도 알다시피 누가 너를 사시 눈으로 쳐다보기만 해도 내가 개를 죽여 놓을 텐데.」

「헛소리하지 마.」 타리크가 말했다. 하지만 **헛소리**라는 말을 뱉기 직전에 그가 잠시 멈칫했다. 어쩌면 **멍청한 소리**라는 표현을 하고 싶었는지도 모르겠다.

나는 그를 돌아보고 자리를 옆으로 비켰다. 그 상태로 머리를 그의 가슴에 기댄 채 그를 올려다봤다. 그의 턱은 예리한 수염 그루터기들이 자라나는 산맥이었으며 그의 목은 매끈하고 가파른 비탈길이었다.

「미안해.」 내가 사과했다. 「나도 알아. 지나가야 하는 하나의 과정이야. 너는 아직 준비가 안 된 거지.」

「나도 미안해.」

우리는 그렇게 누워 있었다. 내가 그 순간에 집중하고 있는 한, 모든 것이 완벽했다. 그 방 안은 완벽했다. 하지만 나는 10초를 버티지 못하고 방 밖으로 신경이 분산됐으며 미래에 대해 걱정하거나 과거에 대해 스트레스를 받았다.

그러다가 곧…… 마치 명백하게도 그 현상이 다시 벌어진 것처럼…… 어젯밤에 들려왔던 쿵 소리를 다시 들었다. 엄마가 쓰러지는 소리였다. 아침에는 그렇다는 증거가 없었다. 하지만 나는 무슨 상황이 벌어졌는지 알고 있었다. 엄마는 술을 마셨으며 나는 그것에 대해 내가 할 수 있는 일을 찾을 수 없었다.

왜 나는 이 순간에 머무르지 못하는 것일까? 왜 내 정신은 여기서 내 아름다운 비밀 남자 친구와 포옹하며 있지 못할까? 나는 행복을 선택하고 싶었다. 정말로 그랬다.

「너 쿠키를 안 먹었네.」 타리크가 슬픈 표정으로 바닥에 놓인 쿠키를 손으로 가리키며 언급했다.

「응.」 나는 긍정했다. 「갈 때 가져가려고.」

타리크가 인상을 썼다. 나 때문에 속상한 모양이었다. 뭔가가 잘못되었다. 그리고 그것을 그도 알 수 있었다. 심장이 더욱 아파 왔다. 머리가 빙빙 돌았다.

「조만간 너를 집으로 돌려보내야 할 것 같아. 아버지가 돌아오실 거거든.」

「그래서?」내가 물었다. 「네 아버지를 만나 보고 싶은데.」

「아마도 두 사람은 죽이 굉장히 잘 맞을 것 같다.」타리크가 웃으며 말했다. 「아버지는 나만 빼고 모두에게 온화하거든.」

나는 눈을 감고 내 초능력에 집중했다. 그를 상상해 보려고 했다. 타리크가 언젠가는 따를지도 모를 본보기가 되는 사람을, 타리크의 척추가 부러져 나갈지도 모를 정도로 타리크에게 거는 기대가 너무 무거운 그 무시무시한 거인을 말이다.

그러다가 곧 머리가 점점 더 빠르게 돌았다. 그러다가 내 주위로 여기저기서 검은 별들이 피어오르고 부풀어 오르면서 나는 그를 **보게** 되었다. 원래 모습이 아닌 타리크가 보는 그의 모습이었다. 거대한 팔뚝을 자랑하는 건장한 괴물이었으며 근육과 분노 그 자체였다. 아무리 밖이 춥든 덥든 간에 그가 타리크를 뒤채로 쫓아내 가둬 놓는 모습이 보였다. 자신의 아들이 거기서 축구공으로 연습하는 것을 그는 창밖으로 지켜봤다. 그러다가 타리크가 1초라도 쉬고 있으면 유리창을 거세게 두드렸다.

타리크가 저렇게 공을 잘 다루는 이유를, 자신의 손가락이나 얼굴 위에서 공을 돌릴 수 있는 이유를 알겠어. 나는 생각했다. 그 환상적이고 우아한 몸짓이 더는 아름답지 않았다. 오히려 슬퍼 보였다. 훈련된 개의 묘기와 다를 바 없었기 때문이다.

「너 울어?」타리크가 물었다.

나는 고개를 거칠게 돌렸다. 그 바람에 마법이 깨졌다. 「아니, 그냥 피곤해서 그래.」나는 핑계를 댔다.

우리는 잠시 조용히 있었다.

「네 생각에 우리 누나는 지금쯤 뭐 하고 있을 것 같아?」내가 속삭였다.

「세상을 정복하고 있겠지.」타리크가 말했다.

「누군가를 혼쭐내 주고 있거나.」내가 덧붙였다.

타리크가 내 이마에 키스를 했다. 그의 입술은 매우 따뜻하고 내 입술은 매우 차가웠다. 「네 누나에 대해서는 걱정하지 마.」타리크가 말했다. 「네 누나는 강한 사람이야.」

나는 눈을 감았다. 그러자 누나의 냄새가 났다. 단지 내 손이 닿지 않는 곳에 있는 마야 누나였다. 누나의 목소리가 들렸다. 어쿠스틱 기타 연주 소리, 파도 소리, 갈매기들이 깍깍 우는 소리도 들렸다.

내가 너무 미안해. 나는 생각했다. 손을 뻗었다. 내가 조금만 더 이것을 진행하면 내 팔로 공간이라는 섬유를 관통해 누나를 찾을 수 있을 것 같은 확신이 들었다. 누나가 어디에 있든 상관없었다. 누나를 확 붙잡아 내 곁으로 당겨 올 것이다. 그리고 누나를 껴안을 것이다. 그러면 모든 게 괜찮아질 것이다…….

「너 괜찮아?」타리크가 물었다. 「너 약간…… 다른 곳에 갔다 온 느낌이었어. 잠깐이었지만. 내가 말을 걸고 있었는데 네가 여기에 아예 없는 것 같더라고.」

「미안해.」 나는 사과하면서도 계속해서 손을 뻗고 있었다. 여전히 누나와 만나고 싶어 아파하고 있었다. 머릿속에서 나는 해변으로 갔었다. 내가 마지막으로 누나를 봤던 그 꿈속의 장소 말이다.

「네 손안에 뭐가 있는 거야?」 타리크가 내 손을 톡톡 건드리며 물었다. 내 손은 뭔가를 꽉 쥔 채 허공에 들려 있었다.

나는 주먹 쥐었던 손을 펼쳤다. 그러자 한 손 가득 모래가 있었다.

「이건 대체 뭐야?」 타리크가 웃음을 터뜨리며 물었다. 「어디서 갖고 왔어? 계속 가지고 다녔던 거야?」

「그런 셈이지.」 나는 대답했다. 이제는 몸을 떨고 있었다. 너무 심하게 떨어서 모래가 우리 사이의 빈백 의자 위로 쏟아지기 시작했다.

타리크가 모래를 두 손가락으로 만져 보더니 빠르게 손을 거뒀다. 「이거 얼음처럼 차가운데. 어떻게 그럴 수 있지?」

나는 아무 말도 안 했다. 왜냐하면 내가 할 수 있는 말은 이것뿐이었기 때문이다. 하하, 별일 아니야. 내가 그냥 웜홀을 열어서 프로비던스 근처 어딘가에 있는 얼어붙은 해변에서 모래를 주워 왔어. 그게 다야.

법칙 #37

네 핸드폰에도 섭식 장애로부터 회복을 도와줄 애플리케이션이 수십여 가지나 제공되지. 그 애플리케이션 중 대부분은 아마도 취지에 반하는 의도로 사용되고 있을 거고. 내 칼로리 측정 애플리케이션은 내가 먹은 모든 것을 강박적으로 기록할 때 굉장히 유용했어. 내가 아무것도 안 먹게 될 때까지 식사량을 지속적으로 줄이기에 좋더라고.

28일 차,
진행 중……

집에 도착했을 때 엄마는 일하러 나간 상태였다. 나는 곧장 내 방으로 갔다. 위장이 달라고 아우성치는 참파는 건들지도 않고 창문을 열었다. 그러고는 머리를 밖으로 내밀었다.
겨울 공기를 맡을 수 있었다. 내게 불어오는 바람이 느껴졌다.

얇은 옷같이 직조된 향기의 실타래들을 풀어 보려고 했다. 감지할 수 있는 모든 냄새를 개별적으로 분리해 보려고 했다. 몇 킬로미터 상공에서 제트기 연료 냄새가 발견되었다. 천여 가구의 저녁 식사 냄새가 여기저기 남아 있었다. 영화관 뒤쪽의 쓰레기통에는 사람들이 버린 팝콘이 가득 차 있었다. 담배다. 사슴 똥이다. 하지만 밤이 지나치게 차디차서 몇 가지 향밖에 살아남지 못했다. 분자들이 움직이기를 멈췄다. 악취가 정체되었다. 공기는 내게 약간의 정보밖에 주지 않았다.

그는 저 어딘가에 있었다. 아빠, 진짜 악당, 누나를 빼앗아 간 놈 말이다.

아빠의 냄새를 발견하면 바로 알 것이다.

나는 『다르마 행려』에 코를 깊숙이 박아 넣었다. 책의 냄새를 빨아들이면서 아빠를 찾아다녔다. 나는 나 자신을 발견했다. 타리크를 발견했다. 심지어 엄마도 발견했다. 그리고 다른 무언가도 있었다. 희미한 잔재였다. 대부분은 이미 사그라져 없어져 버린 여운 같은 것이었다. 짭짤한 냄새였는데, 어쩌면 아빠의 냄새였을지도 모르겠다.

나는 늦게까지 깨어 있었다. 정말 일찍 기상했다. 엄마가 아침 7시에 현관문으로 들어설 때, 나는 이미 부엌에서 엄마를 위한 커피를 끓이고 있었다.

「세상에, 맷. 드물게 보기 좋은 광경인데!」 엄마가 감탄하며 체중을 의자로 서서히 옮겼다. 「왜 이렇게 일찍 일어난 거야?」

「나도 모르겠어.」 나는 대답했다. 「깼는데 힘이 남아돌던데.」

나는 설명을 덧붙이지 않았다. **강렬한 에너지가 미친 듯이 솟아나는 것도 수많은 섭식 장애 사례에서 발견되는 증상이지만**, 여전히 그것은 내게 해당하는 문제가 아니었기 때문이다.

「엄마, 평소보다 많이 웃네.」 내가 말했다. 「내 커피가 맛있을 거라고 생각해서 그런 건 아닐 테고.」

「아니긴 하지.」 엄마가 인정하며 양손으로 머리를 풀어 헤쳤다. 「상사와 얘기가 잘됐어.」

「오, 그래?」 나는 물으며 우리의 문제에 바스티안의 아버지가 어떤 새로운 반전을 더했을지 의아해했다. 「엄마 생각에는 공장이 잘 살아남을 것 같아?」

「공장에 대해서는 그다지 희망적이지 않아.」 엄마가 대답했다. 「그가 계속해서 〈일이 어떻게 풀리는지 두고 봅시다〉라고만 하더라고. 하지만 그가 거짓말하고 있다는 것이 보였어. 또 내게 진실 중 빙산의 일각만 알려 줄 때도 있었고.」 엄마는 내가 건네준 머그잔을 받아 갔다. 엄마의 커피에는 엄마의 취향대로 이미 정량의 크림이 가미된 상태였다. 엄마가 양손으로 잔을 감싸고는 고개를 숙여 커피의 김을 들이마셨다. 엄마가 고개를 들었을 때는 에너지가 보충된 것 같은 모습이었다. 「하지만 그가 나를 아주 크게 도와주고 있어. 내가 〈이행 관리 감독자〉로 승진했거든. 사업체들을 축소할 때 움직이는 모든 조각을 조직화하는 일이야. 복잡한 업무지. 재고도 이송 이력도 인사도 확인해야 하거든……. 하지만 관리직이야. 그러니 월급만 오르는 것이 아니라 훈련과 경험도 쌓을 수 있게 돼. 그럼 공장이 문 닫더라도 더 좋은 직장을 구하는 데 도움이 되겠지.」

「엄청 잘됐네, 엄마!」

「고맙다, 얘야.」 엄마가 말하며 내가 내린 커피를 홀짝였다. 「커피 끓이는 실력이 점점 좋아지는데. 그래도 여전히 이것보다 진하게 내려야 해.」

「엄마는 항상 그렇게 말하더라.」

나는 엄마 옆자리에 앉았다. 우리는 커피를 마셨다. 엄마는 내가 커피 크림을 피한 것에 대해 한 마디도 하지 않았다. **무슨 말이라도 해야 해.** 나는 생각했다. **스카치 술병에 대해. 엄마가 넘어졌던 일에 대해.** 하지만 나는 아직 그 대화를 할 마음의 준비가 되어 있지 않았다. 아마 엄마도 마찬가지였을 것이다.

「아빠 소지품 중 엄마가 간직하고 있는 건 없어?」 내가 물었다. 「저 책들 말고 다른 건 없어?」

「있어.」 엄마가 대답했다. 만약 내 질문에 엄마가 상처를 받았다면 엄마는 그것을 잘 숨겼다. 「내 기억으로는 야구 모자가 하나 있었던 것 같은데. 줄까?」

「응.」 내가 대답했다. **왜 전에는 그 모자 얘기를 한 번도 안 한 걸까?**

엄마가 커피를 홀짝였다. 「찾을 수 있는지 보고.」

「새 직책은 언제부터 맡는 거야?」 엄마의 생각을 뭔가 더 기분 좋은 것으로 돌려놓기 위해 내가 물었다.

「다음 주.」 엄마가 대답했다. 「솔직히 나는 엄청 놀랐어. 그가 내 능력을 별로 높이 사는 것 같지 않았거든. 그래서 그가 나를 그 자리에 앉혔다는 사실이…….」

「누가 봐도 그 자리는 엄마가 받아 마땅한가 보지.」나는 말했다. 그리고 내가 이 상황에 조금이라도 연관 있나 생각해 봤다. 바스티안의 친구로 지내는 것이, 아무리 가짜 친구라도, 이 상황이 벌어지게끔 일조했을까? 엄마는 언제나 경영진 중에 여성이 없다고 불만을 토로했었다. 또 공장을 운영하는 남자들은 여자들이 아무리 열심히 일해도 그들을 비서처럼 대한다고 했다. 바스티안의 아버지만큼 힘이 센 사람들은 자신의 아들이 누구와 친한지만 보고도 그것을 바탕으로 중요한 결정을 내릴 수 있었다.

내 머릿속에서 속삭임이 들려왔다. **초능력이 없었다면 나는 바스티안의 친구가 되지 못했을 거야.**

「한편으로 죄책감이 들기도 해.」엄마가 말을 이었다. 「다른 사람들이 망해 가고 있는 와중에 승진한 것이 말이야. 거기에 공장이 정말 문 닫을 경우 경쟁에서 우위를 차지하게 되는 것도 그렇고. 한 움큼도 안 되는 자리를 차지하겠다고 수백 명의 직장 동료와 다퉈야 하는 상황이잖아. 그렇다고 신념에 따라 행동할 수도 없고. 집에서 쫓겨나 차 안에서 살 때는 원리 원칙대로 행동하는 것이 별 도움 안 되니까.」

「나도 〈그렇다〉에 한 표!」나는 엄마의 머그잔에 내 머그잔을 부딪히며 농담했다.

이 마을을 향한 엄마의 사랑은 생생하며 살아 있는 것이었다. 나는 이곳을 증오하면서도 여전히 이곳이 엄마에게 얼마나 큰 의미를 갖는지 이해할 수 있었다. 눈을 감은 채, 조용히 굶주리니, 이제 그 마음에 대해 훨씬 많이 보고 말을 수 있었다.

엄마가 어디서 왔든, 어떤 마을이나 가족이 엄마의 인격을 빚었든, 엄마는 절대 그것에 대해 얘기하는 일이 없었다. 그리고 이제 나는 그냥 그 이유를 명백하게 알 수 있었다. 그 배경이 엄마를 학대했건, 억눌렀건, 그냥 단순히 지루했건 간에, 엄마는 그것으로부터 가능한 한 빨리 도망쳤다. 엄마는 자신이 원치 않은 것들로 가득한 갑갑한 상자 속에 가둬졌었다. 그럼에도 불구하고 엄마에게는 그 모든 것으로부터 도망칠 용기가 있었다. 자신의 방식으로 자신만을 위한 삶을 개척하기 위해 그것을 감행했던 것이다. 나도 언젠가 그럴 수 있을까?

법칙 #38

정신과 몸은 모두 세속적인 것들을 갈구하지. 하지만 이런 애착들은 우리를 얽매기도 해. 우리의 발전 속도를 느리게 만든다고.

29일 차,
총 칼로리 : 약 400

「너 별로 안 좋아 보인다.」

나는 눈을 떴다. 타리크가 내 앞에 서 있었다. 그는 샤워를 한 뒤라서 여전히 머리가 젖어 있었다. 나는 그의 트럭 펜더 위에 앉았다. 「너는 역시나 좋아 보이네.」내가 농담조로 인사했다.

「패션에 대한 비평을 한 게 아니야.」타리크가 말했다. 「너 어디 아파 보여. 잠들었던 거야?」

「아니.」내가 대답했다. 그리고 다른 해명은 하지 않았다. 왜냐하면 해명을 했다간 이와 비슷한 얘기가 됐을 것이기 때문이다. 명상을 통해 〈영혼의 세계〉 속 해변으로 돌아가 보려고 했어. 거기에서 내 상상의 산물이었을지도 모를 누나와 만날지도 모르거든. 「그리고 어쨌든, 너도 네가 은밀히 감춘 비밀 남자 친구가 축구 스타 왕자님 역할을 끝마치고 오기를 기다리느라 추위에 떨었다면 별로 안 좋아 보일걸.」

「아무도 네게 추위 속에서 기다리라고 한 적 없어.」 타리크가 불평하며 차 문의 잠금장치를 열었다. 「왜 나에게 화난 거야?」

「화 안 났어.」 나는 말하며 곧바로 차에 탔다. 「네게 쏘아붙일 생각은 없었어. 네 말이 맞아…… 컨디션이 별로야.」 타리크가 연습 후 로커 룸에서 들었던 시끌벅적한 외침들이 그의 피부에서 메아리치고 있었다. 그의 체육복은 둘 사이 자리에 놓인 가방 안에 있었다. 거기에서 그의 달콤한 체취가 풍겨 나왔다. 내 능력이 최대치로 발동된 상태였다. 「미안해.」

짜증도 섭식 장애의 또 다른 증상이다.

「우리 데이트를 다음으로 미룰까?」

「아니.」 내가 날카롭게 대답하고는 미소를 지었다. 「나는 지금 이게 필요해. 우리에게는 이게 필요해. 그렇지?」

「맞아.」 타리크가 긍정하며 미소로 화답했다.

데이트였다. 진짜 생생한 데이트였다. 커플들이 하는 것처럼 말이다.

우리 목적지는? 저녁을 먹으러 남쪽으로 세 동네나 건너갈 것이다. 아무도 우리를 알지 못하는 곳으로 말이다.

타리크가 트럭의 기어를 운전 모드로 돌렸다. 일단 주차장을 나서자 그는 운전대에서 오른손을 떼고는 어설프게 내 왼손을 찾았다.

허기라는 감각은 강 같았다. 치솟는 그 원시적인 힘은 강둑을 넘어서며 물살로 나를 삼켜 버리고 있었다. 그래서 고통으로 길게 신음을 내뱉을 수밖에 없었다. 그 고통의 주체는 내 위장이었을 뿐이다. 해가 질 무렵이어서, 위를 올려다보자 하늘에 가득 찬 검은 별들이 부풀어 오르고 박동하고 터지고 있었다.

나는 차창을 내리고 차가운 공기를 들이켰다. 우주의 기운을 먹는 그 기술을 다시 시도해 본 것이었다. 그것은 고통에 별 도움이 안 되었다. 눈을 감아도 검은 별들이 없어지지 않았다.

「네 하루가 어땠는지 알려 줘.」 나는 간신히 죽어 가는 목소리로 말했다.

「훈련이 터무니없었어.」 타리크는 대답하면서 확연히 안도하는 모습이었다. 그가 바로 이야기를 풀기 시작했다.

고속 도로로 진입해 20번 출구를 향해 남쪽으로 이동하는 내내 우리는 그런 식이었다. 타리크가 말하고 나는 듣고 있는 것처럼 고개를 끄덕이며 추임새를 했다. 배의 고통이 유발하는 경련과 반사를 감추려는 것처럼 보이지 않기 위해서였다.

「우리, 더 로맨틱한 장소를 고를걸 그랬다.」 타리크가 주차를 하고 함께 북적이는 식당으로 걸어 들어가며 말했다. 식당의 인테리어는 전부 깨끗한 크롬과 지저분한 리놀륨으로 돼 있었고, 카운터에서는 네 개의 유리 커피포트가 부글부글 끓으며 김을 내뿜고 있었다.

「단계적으로 시도하자고.」내가 말했다.

카운터 앞에 있는 자리에는 전부 사람들이 앉아 있었다. 자신의 음식을 내려다보며 인상 쓰는 그들은 모두 남자였는데 대부분 중년층이었다. 그중 가장 나이 들어 보이는 남자가 고개를 돌려 우리를 지켜봤다. 그 시선이 너무 오래 지속되는 것 같았다.

서빙 직원이 우리를 자리로 안내했다.

「이렇게 이른 시간에 벌써 밖이 어두워졌다는 게 믿어져요?」서빙 직원이 우리에게 물었다. 나이가 있는 땅딸막하고 활기찬 아주머니였다.

「진짜 이상해요, 그렇죠?」타리크가 반응했다.

「동지가 다가오고 있어요. 그 후로는 낮이 다시 길어지기 시작하겠지요. 저는 위칸[19]이에요. 그래서 그런 것들에 신경을 쓰는 편이죠.」

「커피 두 잔요.」타리크가 주문했다.

「자리를 안내하라고 했지, 인생 얘기를 풀라고는 하지 않았는데.」나는 직원이 떠나자 그녀가 간 방향을 향해 투덜거렸다.

타리크가 인상을 찌푸렸다.「너 정말 컨디션 괜찮은 거야?」

컨디션이 전혀 좋지 **않았다**. 그리고 이곳에 온 것은 실수가 맞았다. 이곳에는 음식이 넘쳐 났다. 주변에 있는 사람들의 접시에 죽은 동물들이 반질거리며 즙을 흘리고 있었다. 탄수화물과 지방이 형광등 속에서 반짝였다. 버터와 소금이 모든 것을 뒤덮고

19 마법 숭배자.

있었다.

「괜찮아.」타리크가 몸을 내 쪽으로 기대 오며 말했다. 그가 따뜻한 손 하나를 내 무릎에 올렸다. 「나도 두렵기는 마찬가지야.」

나는 진정 두려웠다. 타리크가 그것을 언급하기 전까지는 나도 깨닫지 못하고 있었다. 하지만 무엇에 대해서일까? 이 남자들? 아니면 그들 앞에 놓인 접시의 내용물 때문에? 남자들이 그냥 이유 없이 식당에서 동성애자 남자애들을 살해하지는 않는다. 아닌가?

나는 타리크의 손을 잡았다.

「너 얼음처럼 차가워.」타리크가 말했다. 우리는 잠시 침묵했다. 그러다가 타리크가 입을 열었다. 「맷, 제발 내게 말을 해줘.」

맷이 초능력을 얻는 대가로 자신을 천천히 죽여 가고 있어라는 이야기에서 타리크의 관심을 돌려야 했다. 「나는 아빠를 찾고 싶어.」내가 말했다. 왜냐하면 타리크는 무슨 일이 있다는 것을 알고 있었다. 그리고 또한 어쩌면, 정말 어쩌면 이 주제로 이야기를 나누는 것이 도움이 될지도 몰랐기 때문이다.

「아버지에 대해 얼마나 알고 있어?」타리크가 물었다.

「별로 없어. 엄마는 아빠 얘기를 절대로 안 하거든.」

「네 생각에는 마야가 아버지와 연락이 닿은 뒤 무슨 일이 있었던 것 같아?」

「아씨, 몰라. 내가 어떻게 알아.」

내 싸가지없는 태도에도 동요하지 않은 타리크가 말했다. 「나는 네 **생각**을 묻는 거야. 추측되는 것도 없어?」

내 생각에 그들은 아빠의 저택 또는 화려한 매디슨 애비뉴의 아파트

로 돌아갔고, 누나는 풍요로운 삶을 살고 있을 것 같아. 엄마와 내가 불행할 때 말이지.

내 생각에는 아빠가 누나를 납치한 것 같아.

내 생각에는 아빠가 누나를 살해한 것 같아.

내 생각에는 아빠가 누나에게 거짓말해서 누나가 우리에게서 돌아서게 만든 것 같아.

내 생각에는 누나가 절대 집으로 돌아오지 않을 것 같아.

「별로 기분 좋은 가족 상봉은 아니었을 거라고 생각해.」나는 말했다. 「마야 누나는 좀 더 분노하며 보복하려는 타입에 가까우니까. 그것에 대해 누나가 얘기한 것 없었어?」

「그냥 아버지와의 일을 제대로 정리해야 한다고만 했는데. 넌 그게 뭔가 나쁜 일이었을 거라고 생각하는 거야?」

「왜냐하면 누나가 나와 엄마를 버렸으니까.」나는 사고를 하며 할 말을 고르기도 전에 그렇게 뱉어 버렸다.

타리크가 고개를 끄덕였다. 우리는 조용히 앉아 한동안 그 주제에 대해 곱씹어 봤다. 그때 음식이 내 앞에 나타났다. 대체 이게 어디서 나온 거지? 오, 맞다. 타리크. 그가 주문했구나. 시간이 지났다. 나는 타리크를 바라봤다. 그가 생각 없이 건강하게 음식을 섭취하는 모습을 지켜봤다. 니트 모자 때문에 그의 헤어스타일이 흐트러져 있었다.

「내 몫으로 치킨 수프를 시켜 준 거야?」

「네가 그게 괜찮다고 했잖아.」타리크는 피자 소스가 뿌려진 프렌치프라이를 입안 가득 문 채 말했다. 「어쨌든 유대인들은 치킨 수프를 유대인들의 페니실린이라고 부르지 않아? 모든 유대인 가족의 기적 같은 치유제라며? 너는 지금 그런 기적이 필요한 모습이라고.」

「너는 어떻게 그런 걸 알고 있는 거야?」 내가 물었다.

타리크가 의아한 투로 어깨를 으쓱거렸다. 「드라마 〈세인필드〉 재방송에서 봤나? 아빠의 유대인 친구 중 한 분에게서 들었나? 나도 모르겠는데.」

「그거 인종 차별이야.」 내가 말하며 수프 숟가락으로 타리크를 겨냥했다. 어쩌다 숟가락이 내 손안에 들려 있는 거지?

「유대교인이 헛소리하네.」

「이슬람교인이 헛소리하네.」

밖에서는 황혼이 모든 것을 짙은 쪽빛으로 바꿔 놨다. 그 색조가 창밖으로 불쌍하게 늘어져 있는 스트립몰과 쓰레기와 녹슨 고물들에 음울한 위엄을 부여했다. 나는 손가락을 식탁에서 유리 물잔 바로 옆에 대고 눌렀다. 아주 살짝만 내 정신으로 그곳에 힘을 보냈다. 식탁을 통해 미세한 충격 파장을 보내 물에 파문을 일으켰다. 좀 더 세게 누르자 파문들이 점점 커졌다. 타리크가 인상을 찌푸렸다. 왜 그런지 모르면서 불안해했다. 마치 작은 지진이 일어나고 있는지 확인하기 위해 주변을 두리번거리는 모습 같았다.

「나 때문에 체력 단련실에 못 가게 돼서 미안해.」 내가 사과했다.

「나는 여기 있는 게 좋아.」 타리크가 말했다. 「너와 함께 말이야.」 하지만 정말 그럴까? 그가 다른 어디든 좋으니까 이곳만 아니면 좋겠다고 생각하더라도 나는 그를 탓할 수 없을 것이다. 나는 과민했으며 허기졌고 함께 어울리기에 불쾌했다. 나는 그의 얼굴을 빤히 바라보며, 그가 어떤 기분일지 궁금해했다. 그를 둘러싸고 있는 힘의 장막이 무엇이든 간에 나는 그것을 침투하지 못했다. 내 능력을 더욱 강력하게 키워야겠다. 「이다음에는 같이 영화관에 가서 연애질하자.」 내가 제안했다. 「아니면 영화에 관한 부분은 아예 생략해도 좋고.」

타리크가 미소를 지었다. 그러자 내 안에서 욕망이 치솟아 터져 나오려는 신음을 삼켜야 했다. 검은 별들이 십여 개씩 피어났다. 식당 전체가 빙빙 돌았다. 「바스티안이 파티를 연다는데. 내일 밤, 그의 집에서. 너도 갈래?」

원래는 별로 가고 싶지 않았다. 하지만 내 시선이 타리크의 시선과 얽혀들자 갑자기 가고 싶어졌다. 「그래,」 내가 대답했다. 「엄청 기대되는데.」

나는 수프 그릇을 향해 얼굴을 숙였다. 그러다가 고개를 들고 보았다. 식당에 있는 사람들의 무리를, 서로 얼기설기 엮여 있는 사람들의 연결선들을, 그들 주변으로 회오리치는 냄새들과 감정들과 에너지들을 확인했다. 그들이 남긴 흔적들도 추적했다. 때로는 그것이 분자만큼 미세했다. 하지만 여전히 그 자리에 그대로 있었다. 코앞에 있는 그것은 내가 깨지 못하는 암호였으며 내가 풀지 못하는 수수께끼였다. 왜냐하면 나는 약해 빠졌기 때문이다. 왜냐하면 나는 무한한 초능력 대신 타리크와 음식 같은 세

312

속적인 애착 대상들을 선택했기 때문이다. 나는 위를 바라봤다. 눈앞에 안개가 끼고 있었다. 그 상태로 사람들 간의 연결고리들을 확인했다. 그들이 자신들의 과거를 등에 짊어지고 미래를 자신들의 가슴에 동여맨 채 돌아다니는 광경을 지켜봤다. 또 냄새나 소리처럼 이동하는 파장으로 흘러가는 시간 그 자체를 관찰했다. 그것은 조금만 더 나를 밀어붙이면, 내가 조금만 더 강해지면 깨거나 제어할 수 있는 대상 같았다.

내 유리 물컵이 깨졌다.

나는 울기 시작했다.

「야.」타리크가 놀란 표정으로 식탁 밑에서 내 손을 잡기 위해 몸을 기대 오며 나를 달랬다. 「맷, 울지 마. 모든 게…….」

타리크의 목소리가 차츰 잦아들었다. 그가 자기 접시를 내려다봤다. 피자 토핑을 얹은 프렌치프라이가 대학살당한 상태였다. 그러자 나는 갑자기 총을 든 미친 동성애 혐오자들이나 우리의 음식에 침을 뱉는 종업원들이나 도축장, 또는 타리크 아버지의 나무 농장 근로자가 우리를 알아보고는 소문을 퍼뜨리는 것이 전혀 겁나지 않았다. 이 세상에서 그 무엇도 타리크가 나와 헤어질지 모른다는 생각만큼 무섭지 않았다.

「테이블을 돌아서 와.」내가 말했다. 「아무도 우리가 여기 있는지 몰라. 너는 나를 부끄러워하지 않아도 돼.」울음 섞인 딸꾹질이 나왔다.

타리크가 돌아서 왔다. 그가 크고 강한 팔로 내 어깨를 감쌌다. 타리크가 식당 안을 노려보며 우리를 감히 구경하려는 사람들에게 도전했다. 아무도 그 도전을 받아들이지 않았다.

「맷, 무슨 일이야?」타리크가 속삭였다.

「엄마가 직장을 잃을 거야. 누나는 나와 얘기하려고 하지 않아. 그리고 나는…… 그리고 나는…….」

나는 나 자신을 멈췄다. 방금 타리크에게 모든 것을 털어놓을 뻔했다. 너무너무 위험했다. 그에게 다 알린다면 그는 비명을 지르며 내 인생에서 퇴장할 것이다. 그는 내 끔찍한 부분들을 정말 많이 받아들여 줬다. 내가 스스로를 굶주리게 만드는 이 습관까지 그에게 이해를 강요하기란 터무니없는 일이었다.

「그래.」타리크가 말했다. 「우리 관계를 비밀에 부치는 일은 나에게도 힘들어.」타리크는 하고 싶은 말이 훨씬 많았다. 그리고 그는 그것들을 너무도 간절히 털어놓고 싶어 했다. 그래서 그것들이 내 귀에 들리는 것 같았다. 어떤 이야기들은 내가 듣고 싶어 하는 말과 정확히 일치했다. 하지만 그는 그것들을 직접 말하지 않았다. 그러니 그것들은 무효였다.

「미안해.」내가 사과하며, 누가 더 침묵을 오래 지키는지 경쟁에서 백기를 들었다. 「동지라서 그래. 나는 위칸이야. 그래서 이런 것에 매우 민감하다고.」

「빌어먹을 수프나 먹어.」타리크가 내 귀에 대고 말한 뒤 내 귀를 살짝 물었다.

나는 수프를 두 숟가락 먹었다. 그것이 너무 맛있어서, 타리크가 내게 너무 많은 애정을 보여 주고 있어서 나는 울었다. 그리고 내가 너무도, 너무도 약해 빠져서 울었다.

법칙 #39

이별은 환상이야. 모든 살아 있는 존재는 하나지. 우리 몸 속에 갇혀, 죽어 가는 동물들에 묶여, 우리는 각자의 존재가 모든 창조물과 하나라는 사실을 잊곤 하지. 오직 〈단식 병법〉 고수만이 이 환상을 극복할 수 있어.

30일 차,
총 칼로리: 약 200

나는 강하다. 나는 거울 속의 소년에게 말했다. 그는 진짜 소년다운 미소를 지어 보였다. 그것은 그가 의지대로 보였다 지웠다 할 수 있는 것이었다. 왜냐하면 아무도 그에게 다시는 **왜 너는 사진 찍을 때 웃는 일이 없니?** 라고 묻지 않기 때문이다.

나는 통과할 수 있어. 내가 말했다. 그리고 소년은 내 말을 믿었다. 후드 티와 청바지와 튼튼한 부츠 차림을 한 나는 평균 미국 소년들의 무리라면 어느 것에라도 무리 없이 스며들 수 있을 모습이었다. 니트 모자가 내 들불 같은 머리를 가려 줬다.

우리는 할 수 있어. 내가 말했다. **전에도 해봤잖아.** 거울 속의 소년이 이 말에 조금이라도 의혹을 품었을지 모르겠다. 그래도 그는 그것을 홀로 간직했다.

한 시간 뒤, 나는 바스티안의 집에 있었다. 우리 자치주에 존재하는 모든 고등학교의 인기인은 다 모여 있었다.

「이 행사, 네게 너무 괴롭지 않겠어?」 현관문에 도착하면서 타리크가 내게 물었다.

「네 친구들이 전부 끔찍하지는 않잖아.」 내가 대답했다. 진심이었다. 「그리고 파티는 흥미로워. 인류학적인 관점에서 말이지. 이처럼 기이한 의식이라니…….」

타리크가 웃음을 터뜨렸다. 「그냥 원주민들이 식인종이 아니기만을 바라자고.」

「어쨌든, **네가** 이런 파티를 즐긴다면 그렇게까지 완전 의미 없지는 않겠지.」 나는 타리크의 팔을 건드렸다. 그는 움찔하며 피하고 싶은 욕구를 참았다. 「나는 네 세상에서 살아가는 방법을 배우고 싶어.」

나는 진심이었다. 그리고 타리크도 그것을 알 수 있었다.

「내 세상은 최악인데.」 타리크가 말했다. 그리고 그도 진심이었다. 「하지만 그냥 바보 같은 농담을 하거나 비디오 게임을 하거나 다른 사람들과 비슷한 생각을 공유하는 것도 괜찮은 일이야. 내 말 알지?」

「완전.」내가 대답했다.「늑대들은 무리의 일부로 살아가면서 뭔가를 얻어 간다지.」

「너 진짜 심오하다.」타리크가 말하며 내 이마를 가볍게 두드렸다. 그리고 곧 바스티안의 현관문도 두드렸다.

어느새 우리는 안에 들어간 상태였다. 타리크의 집은 훌륭했다. 하지만 바스티안의 집에는 타리크의 집을 우리 집처럼 보이게 만드는 효과가 있었다. **도축장 매니저는 이 정도로 부유하게 사는 구나.** 나는 생각했다. 그러면서 그곳을 올려다봤다. 현관 통로를 2층으로 이어 주는 이중 나선 계단이 보였다. 너무 많은 불빛이 비쳐 드는 너른 창문들도 있었다. 두 개의 건물 동이 양쪽으로 가지를 치고 뻗어 나가 알 수 없는 흥미로운 세계로 이어졌다. 야자나무 화분은 두 층만큼 큰데 **실내에서** 우리 바로 앞에 서 있었다.

「와.」내가 말했다.

「그렇지. 모두들 항상 바스티안 집에 와서 놀고 싶어 하지. 최고의 비디오 게임 시스템도 있고, 최고의 간식도 있고…….」

「……그의 손에 묻은 노동자들의 피도 있고……」

「그것도 그렇지.」내 공산주의자 남자 친구가 동의했다.

「약속할게. 네게 달려들지 않도록 최선을 다하겠다고.」내가 속삭였다.

「그걸 감사하게 생각하도록 하지.」

파티는 지극히 지루했다. 그것에 대해 딱히 서술할 거리도 없었고 인정해 줄 만한 요소도 없었다. 파티는 매일 밤 열렸다. 애들은 매일 밤 술에 취해 요란해졌다. 당신이 언제 어디에 있든,

이 글을 읽는 지금 이 순간에도 수천 개의 파티가 열리고 있다.

이 파티를 특별하게 만드는 요소는 바로 나였다. 내가 느낀 기분이었다. **나는 여기에 소속된 기분이었다.** 몇 주 또는 몇 개월 전에, 해변의 모래 언덕 옆에서 벌어졌던 파티 때만 해도 나는 타인을 흉내 내는 기분이었다. 이제는 내가 이 애들과 단순히 동등한 것이 아니라는 사실을 알고 있다……. 나는 그들보다 우월했다.

혹자는 이것을 또 한 번 에너지가 광적으로 솟구친 현상이라고, 아드레날린의 발작이라고 치부할 수도 있다. 하지만 나는 환상적인 기분이었다. 실내 야자나무보다 키가 크고 대리석 기둥만큼이나 탄탄해진 기분이었다. 나는 이 남자애들과 여자애들처럼 내 욕구의 노예가 아니었다. 나는 내 감정들보다 강했다. 내 몸을 다스리고 부러뜨려 굴복시킬 정도로 강했다. 그들이 상상도 할 수 없는 능력들을 발휘할 수 있을 정도로 강했다. 나는 그들과 함께 농담을 하고 웃었다. 그들과 사진을 찍을 때 미소도 지었다. 하지만 그들은 결코 나와 대등하지 않았다.

저택에 들어선 지 한 시간이 됐을 때 나와 타리크는 알아서 위층 방을 찾아냈다. 거대하면서도 용도가 정해져 있지 않은 곳이었다……. 그곳에는 침대도 없고 책상도 없었다. 그냥 편한 의자 몇 개와 작은 탁자 몇 개, 그리고 책이 많았다. 저 책들은 아무도 건들지 않았다는 것에 돈을 걸 수 있었다. 어쨌든 그 방은 그냥 친구들과 어울려 노는 불특정한 방이었다. 왜냐하면 이 정도로 부유하면 여러 종류의 남아도는 방들을 가질 수 있기 때문이었다. 축구팀의 반이 그곳에 있었다. 우리는 바닥에 앉았다. 대화가 한창 이어지고 있는 곳의 가장자리였다. 애들이 술병을 돌리고 있었다. 타리크가 그의 술병에 입을 대고 길게 꿀꺽거리며 술을 마셨다. 그러고는 내 손에도 술병 하나를 쥐여 줬다.

「나는 안 마시고 싶어.」 내가 거절했다.

「어서,」 타리크가 그 한 마디를 간절하게 내뱉으며 재촉했다. 「술에 취해 봐. 훨씬 더 즐거울 거야.」

「나는 지금도 즐거워.」

「우리가 뉴욕 시티에 갔을 때는 너도 나와 같이 술을 마셨잖아. 그런데 왜 지금은 안 마시겠다는 거야?」

나는 모르쇠로 어깨를 으쓱했다. 나는 진짜로 술을 마신 게 아니었는데. 너를 취하게 만들려고 너를 속인 거였어. 왜냐하면 네게 보복을 하고 싶었거든. 나는 네가 끔찍한 범죄를 저질렀다고 오해하고 있었으니까. 「어쩌면 올바른 질문은 왜 내가 술을 안 마시는가가 아니라 왜 네가 마시는가일지도 모르지.」

타리크는 게임 쇼에서 오답을 낼 경우 나오는 버저 소리를 흉내 냈다. 「아니지. 그건 전혀 올바른 질문이 아니야.」

「네가 저놈들 중 한 명인 것 같은 소속감을 느끼고 싶어 한다는 것은 알아.」 내가 말했다.

「나는 저놈들 중 하나가 맞아.」 타리크가 반박했다.

「아니야, 너는 그 점을 언젠가 받아들여야 할 거야.」

「모두 스스로를 구분 짓게 만드는 고유한 무언가를 갖고 있어.」 타리크가 부드럽게 말했다. 「동성애자라고 해서 우리가 저들과 완전히 동떨어진 종이 되는 건 아니야.」

나는 동떨어진 종이 되는 것이 맞다고 생각했다. 하지만 그렇게 반박하는 대신, 이렇게 말했다. 「너는 저놈들보다 훨씬 나은 존재야.」

「저놈들은 내 친구야.」

「네 친구들은…….」

「이제 그만 말해.」 타리크가 말하며 그의 손가락을 내 입술에 아주 세게 댔다. 그러고는 손을 뻗어 다른 사람에게로 전달되고 있던 술병을 중간에서 가로챘다.

나는 일어서서 드라마틱하게 자리를 뜨고 싶었다. 하지만 그대로 앉아서 파티를 지켜봤다. 우리 둘 다 나름의 벽을 세운 상태였다. 나는 우리 사이에 있는 그 벽을 냄새로 느낄 수 있었다. 마치 타버린 쿠키 같은 냄새였다. 뭔가 달콤한 것이 유해한 것으로 바뀐 냄새였다.

한 시간이 그렇게 지나 버렸다. 우리는 바닥에 앉아 서로에게도 주위 사람들에게도 거의 말을 하지 않았다. 그리고 우리가 서로 세운 벽은 조금씩 천천히 닳아 갔다. 그래서 오트가 방 안으로 걸어 들어왔을 때쯤에는 그 벽이 거의 없어진 상태였다. 반면 오트는 방 안을 훑고 나를 발견하더니 미소를 지웠다.

「아, 씨발.」 오트가 욕을 했다. 그의 목소리는 취기에 한껏 걸걸해져 있었다. 「왜 이 빌어먹을 호모 새끼가 여기 있어?」

대화가 멈췄다. 시트콤이 방영되다가 필름이 튀어 급격히 중단된 것처럼 갑작스럽게 말이다. 오트는 아마 그 발언을 조용히, 멍청하고 술 취한 애들을 굽어살피는 알 수 없는 신을 향해 살짝 불평할 의도였을 것이다. 하지만 모두가 그 소리를 들었다.

나는 코로 숨을 크게 들이마신 뒤, 숨을 참았다. 방 안의 온도가 변했다. 감정들이 뒤섞이는 것을, 반응들이 만들어지는 과정을 냄새로 확인할 수 있었다. 피부가 간질거렸다. 그들은, 그 애들은, 내 또래 집단은 이에 대체 어떻게 반응하려나? 나는 두 개의 순간, 두 개의 세계 사이에 걸려 있는 기분이었다. 하나에서는 모두가 오트처럼 생각해 내가 인간 이하의 더러운 존재라고 여겼고, 다른 하나에서는 오트와 같은 사람들이 도리어 퇴영되고 사그라지는 소수집단이었다.

「야, 좀 무례하잖아.」누군가가 투덜거렸다.

「나는 진심으로 한 말이야!」오트가 방어적으로 혼란스러워하며 외쳤다.「저 새끼는 대체 어디서 나타난 거야? 언제부터 우리 주변을 자꾸 얼쩡거리냐고?」

「얘는 내 친구야.」타리크가 선언했다. 그것에 나는 충격을 받았다. 타리크가 일어서서 앞으로 나섰다. 그 행동에 오트도 당황했다.「그러니 입 닥치도록 해.」

오트가 입을 열었다. 나는 오트가 무슨 말을 하고 싶어 하는지 보였다. 내 생각에는 타리크도 그것을 알아챈 것 같았다. 그만큼 붉어진 채 땀으로 범벅된 술 취한 소년의 얼굴에 그대로 드러나 있었다. 그것은 타리크의 남성다움을 공격하는 내용이자 그와 내 관계의 뿌리에 우정 이상의 무언가가 자리하고 있다는 주장이었다.

「여기서 나가.」타리크가 한 손을 술 취한 소년의 어깨에 부드럽게 올려놓고는 말했다. 그런 뒤 소년을 강하게 밀었다. 「다른 방에나 가서 분위기 깨라고.」

오트가 『돼지 삼형제』라는 동화 속에 나오는 늑대처럼 씩씩거리더니 자리를 떠났다.

「**저래서** 내가 술을 안 마시는 거야.」 타리크가 내 옆으로 돌아와서 앉자 내가 농담을 했다.

「술 마신다고 무조건 발작하는 미친놈으로 변하는 건 아니야.」 타리크가 말했다.

「그렇긴 하지. 하지만 내가 취했는데 오트가 저 개짓거리를 했다면 걔 지금 숨도 못 쉬고 있을걸.」

타리크는 코웃음을 쳤다. 하지만 나는 내 입장을 다시 새삼스럽게 주장하지 않았다.

나는 그저 누렸다. 내 상태를 달리 표현할 방법이 없었다. 나는 사랑하는 남자애 옆에 앉아서 파티가 갈무리되는 과정을 지켜봤다. 내 위장이 고통으로 몸부림치고 비명을 지르도록 내버려 두며 그것이 뒤틀 때마다 **뿌듯함**을 느꼈다. 사람들이 다투고 웃고 농담하고 수다 떠는 모습을 지켜봤다. 어쩌면 내 생애 처음으로 타리크가 말하던 그것을 직접 느껴 본 것 같았다. 자신의 무리를 발견하고 무리에 소속된 짐승이 되는 기쁨 말이다.

한 달 전, 타리크가 나를 우리의 첫 파티로 데려갔을 때, 나는 사냥당하는 동물이었다. 무리를 잃은 양으로 늑대들이 득실거리는 세상에 나돌아다니는 형상이었다.

이제 〈단식 병법〉 덕분에 나는 늑대가 되었다.

양이나 돼지는 그저 떼로 몰려다녔다. 늑대들은 조직적으로 무리를 지었다.

한번은 내 눈이 한 여자애와 마주쳤다. 그녀는 나와 타리크 쪽을 바라보고 있었다. 그러더니 미안해하는 모습으로 미소를 짓고는 시선을 돌렸다. 그녀는 알고 있어. 나는 생각했다. 그녀의 눈에는 보여. 나와 타리크가 어떤 관계인지. 우리가 서로에 대해 어떤 기분을 느끼는지. 또 얼마나 많은 사람이 알아챘을까?

그 생각에 나는 마음이 들떴다. 기뻤다. 어쩌면 세상에는 내가 생각했던 것보다 괜찮은 사람이 더 많나 봐. 어쩌면 나는 동성애를 혐오하는 머저리들로만 둘러싸여 있는 것이 아닐지도 몰라.

나는 허기와 싸우지 않았다. 그것을 그대로 받아들였다. 내 정신은 반쯤 명상하는 상태로 안착되었다. 내 존재감을 지우는 일에 집중했다. 잠시 마야 누나에 대해 생각했다……. 하지만 결국 누나에 대한 생각도 다른 모든 감정, 다른 모든 애착, 생생하고 무한한 우주의 힘과 나 사이를 가로막고 있는 나의 모든 다른 면모와 함께 한편으로 치워야 했다.

나는 거의 다 온 상태였다. 마야 누나를 찾고, 누나와 다시 연결되고, 누나를 집으로 도로 데려오고, 누나를 엄마와 나에게서 데려간 것에 대해 아빠를 벌하고, 도축장이 문 닫는 것을 막고, 엄마의 직장을 구하고, 죽어 가는 우리 동네를 조금 더 살려 두기 위해 나 자신을 더 채찍질해야 했다.

문 하나가 쾅 닫혔다. 누군가가 고함을 쳤다. 복도를 따라 우리가 있는 쪽으로 쿵쿵거리며 왔다. **오트**였다. 모자란 애처럼 무겁게 끄는 그의 발걸음 덕분에 알 수 있었다. 바스티안이 그의 뒤를 바짝 따라오며 그에게 외치고 있었다. **진정해, 돌아와, 하지 마, 멈춰.**

「야.」 오트가 부르며 문 앞에 서 있었다. 그의 손에는 위스키 술병이 들려 있었다.

「이상한 짓 더 시작하지 마, 새끼야.」 타리크가 일어서지 않은 채 경고했다.

「이상한 짓 하려고 온 거 아닌데. 사과하고 싶었어. 그…… 맷에게. 그래도 돼? 사과해도 돼?」

아무도 오트를 말리지 않았다. 오트가 방 안으로 들어왔다. 그는 사과하러 온 것이 아니었다. 나를 해하려고 온 것이었다. 나는 일어섰다. 그러고는 양손을 내밀었다. **그래서?**와 **공격해 봐, 새끼야** 사이 어딘가를 뜻하는 몸짓이었다.

「미안해, 맷.」

오트가 방을 건너와 내 앞에 섰다. 그러고는 술을 한 모금 길게 빨아들였다. 그는 앞으로 어떻게 할지 내게 전부 무심코 드러냈다. 대낮처럼 명백했다. 그는 쓰러질 정도로 취한 와중에 혼신의 힘을 다해 집중하고 있었다. 나는 다음에 어떤 상황이 벌어질지 알고 있었다. 그래서 오트를 막거나 옆으로 피할 수 있었다. 하지만 나는 그가 행동하기를 바랐다. 나도 공격할 구실을 얻고 싶었다.

오트와 나는 며칠 전 타리크의 트럭 짐칸에서 별들을 감상하며 친구로 지냈었다. 아니, 친구 사이가 아니었다면, 최소한 그는 나를 보자마자 뭐든 살해해 버리고 싶을 정도로 이렇게까지 증오하지는 않았을 것이다. 뭐가 바뀐 것일까? 그냥 술기운 때문일까? 그가 나를 이렇게까지 무서워하는 것이 뭐든 간에, 단순한 취기로 그것에 대한 통제력을 잃을 정도란 말인가?

「뭐가 미안한데?」 내가 물었다……. 그리고 이제 나도 보았다. 흐릿하게, 오트가 품고 다니던 분노를, 오트가 살면서 매일 저항하고 싸우는 상대를 말이다.

「음……」 즉흥 애드리브를 원래 잘 못하는 오트는 이 멘트를 떠올리기까지 머리를 좀 굴려야 했다. 「개새끼처럼 행동할 것에 대해서.」

이쯤에서 오트는 도입부를 생략하고 본격적으로 사건을 벌이기 시작했다. 그것은 바로 위스키 술병을 통째로 내 머리 위에 다 부어 버리는 것이었다.

오트가 나를 비싼 술로 적시도록 내버려 뒀다.

「야, 이게 무슨 **미친 짓이야!**」 타리크가 벌떡 일어나 오트의 손에서 술병을 쳐내고는 주먹을 장전했다.

「멈춰.」 내가 말했다. 내 목소리가 기괴할 정도로 차분했다. 타리크가 행동을 멈춘 이유는 여러 가지였고, 그중에는 두려움도 있었다.

시간의 흐름이 느려졌다.

「오트.」 내가 불렀다. 오트는 펼쳐진 책처럼, 감상할 준비가 된 화폭처럼, 모든 것을 드러내고 있었다. 얼굴의 모공에서 모든 아픔과 분노가 뿜어져 나오고 있었다. 나는 오트의 생각을 읽는다기보다 진정으로 오트를 바라보고 있었다. 오트의 모든 면을 보고 있었다. 폭력배의 몸속에 존재하는 상처받고 겁에 질린 작은 소년을 보고 있었다. 그리고 왠지, 나는 이미 알고 있었다. 아니, 진실을 예상하고 있었는지도 모르겠다.

시간이 멈췄다.

주변 사람들은 석상으로 변해 있었다. 말하다 만 채라서 입을 벌리고, 허공을 휘젓던 팔들도 그대로 얼어붙어 있었다.

「무슨…… 일이 생긴 거야?」 오트가 물었다. 그의 입이 열렸다 닫히기를 반복했다.

오트는 움직일 수 있었다. 나도 움직일 수 있었다. 다른 사람들은 전부 움직이지 못했다.

시간이 멈췄다. 왜냐하면 내가 그렇게 되기를 바랐기 때문이다.

「오트,」 내가 한 발 가까이 다가가며 그를 불렀다. 「왜 그렇게 동성애자들에게 불만을 갖는 거야?」

「나는…….」 말려 있던 두루마리가 풀어져 펼쳐진 것처럼 오트의 생각이 보였다. 오트의 정신은 나의 것과 분리되지 않았다. 1미터 정도 떨어져 있었지만 우리는 하나였다. 동일한 완전체에서 떨어져 나온 두 개의 조각이었다. 허기로 미쳐 버린 내 몸이 분리라는 망상적인 개념을 깨부순 것이었다. 충분히 오래도록 자아를 버린 덕분에 오트와 내가…… 그리고 모두가…… 사실은 하나라는 것을 깨달을 수 있었다.

「너 대체 뭐야?」 오트가 속삭였다. 그리고 나는 그의 심장이 두근거리는 소리를, 그의 어머니가 그에게 저녁 먹으라고 부르는 소리를, 그리고 그의 머릿속에서 기억하는 모든 소리를 들었다.

그리고 그냥 그렇게…… 나는 더 이상 오트를 증오하지 않게 되었다. 나는 그를 이해했다. 완벽히. 나는 그를 봤다. 그의 전부를 봤다. 복잡하고 혼란스럽고 분노와 슬픔에 잠겨 있는 여린 생명체인 그를 봤다. 나는 진짜 오트를 봤다. 순수하고 더럽히지 않은 그의 일부를, 신성한 불꽃을, 피와 똥과 욕망과 흠의 신체에서 분리된 오트의 영혼을, 이 끔찍하고 망가진 세상에 의해 닳고 변형되기 전에 존재하던 오트라는 순수한 아이를 봤다.

내 목소리가 부드러워졌다. 「왜 동성애자를 그렇게 무서워하는 거야?」

왜냐하면 나는 그것을 봤다. 비밀 말이다. 나도 어쩌다 그랬는지 모르겠다. 하지만 확실했다. 마치 누군가가 내 귀에 대고 그것을 속삭여 준 것처럼 명확하게 알 수 있었다. 나는 그것을 봤다. 그리고 오트는 내가 그것을 알게 되는 것을 봤다. 두 눈에서 눈물이 동시에 흘러내렸다. 그를 파괴하기는 너무도 쉬운 일이었다. 다시 시간이 움직이게 만들고 그를 모두 앞에서 까발리면 되었다. 하지만 그랬다간 오트가 더 큰 상처를 받을 것이었다. 그리고 사람이란 더 많이 아플수록 남에게도 더 많은 상처를 줄 가능성이 컸다.

「그게 다야?」 내가 오트에게 한 발 더 가까이 다가가며 물었다. 「그렇게 작은 일 때문에 그런 거야?」

오트가 씩씩댔다. 「무슨 말을 하는지 모르겠는데.」하지만 지금은 눈물이 거침없이 쏟아지고 있었다.

「네가 다른 놈과 어떤 일을 저질렀어.」내가 말했다. 「너는 열두 살이었어. 그도 열두 살이었고. 야구 캠프에서 그랬지.」

나는 확신할 수 있었다. 오트는 **네가 그걸 어떻게 알아?**라고 말하고 싶어 했다. 하지만 그의 입 밖으로는 한 마디도 나오지 않았다. 울부짖음만 나왔다.

「그리고 너는 그때부터 쭉 그 일에 대해 괴로워했어.」

오트가 떨리는 손으로 어설프게 한쪽 눈을 닦았다. 그리고 아주 미세하고도 미세한 끄덕임을 보였다.

「얼마나 많은 이성애자가 사고치고 다니는지 알고 있어? 그냥 호기심 때문에 다들 그러는 거야. 아무에게도 말하지 않을게.」내가 말했다.

오트가 움찔했다. 나와 시선을 마주쳤다. 혼란스러워 보였다. 나를 신뢰하지 못하는 눈빛이었다.

「너는 멀쩡해, 오트.」

우리 주변 세상이 빠르게 돌아가기 시작했다. 소리가 천천히 도로 흘러 들어오기 시작했다. 파티에 참석한 다른 석상들도 하나둘씩 살아났다.

「이 빌어먹을 개새끼야.」타리크가 오트를 향해 외쳤다. 그는 여전히 주먹을 장전한 상태였다.

「괜찮아.」내가 말했다. 「정말이야, 우리 사이는 해결됐어.」

오트가 나를 빤히 바라봤다. 그의 입이 열려 있었다. 그는 두려위했다. 혼란스러워했다. 하지만 더는 울고 있지 않았다.

「그렇지, 오트? 우리 사이, 괜찮지?」

오트가 고개를 끄덕였다.

「갈아입을 옷을 가져다줄게.」 타리크만큼이나 황당해하며 바스티안이 말했다.

법칙 #40

몸이 원하는 것을 얻는 일보다 더 두려운 일도 드물지. 왜냐하면 사람은 자신이 바라는 바를 바탕으로 정체성을 구축하잖아. 그런데 그 바람이 이루어지고 나면 대체 너는 어떤 존재가 되는 거지?

30일 차,
진행 중……

두 시간 뒤, 타리크가 나를 집으로 데려다줬다. 우리는 파티가 거의 끝날 무렵까지 자리를 지키다 온 것이었다. 이미 대부분의 사람이 집에 간 뒤였다. 나도 평소처럼 30초마다 시계를 확인하지 않았고 간절히 다른 곳에 있기를 바라지도 않았다.

「인정해.」 타리크가 바스티안의 기나긴 저택 진입로를 빠져나오며 말했다. 「너, 파티에서 즐기더라.」

「좀 즐겼지..」내가 인정했다.

「그런데 네가 오트의 뇌를 망가뜨린 것 같긴 해.」타리크가 말했다.「그게 내가 아까 상황을 설명할 수 있는 최선이야. 오트가 네게 싸움을 걸었어. 너를 죽도록 팰 구실을 찾고 있었지. 그런데 네가 간디의 비폭력, 적에게 다른 쪽 뺨도 내주라는 식의 태도를 보이니까 오트가 그것에 어떻게 반응해야 할지 모르는 모양이던데.」

「그런 것 같아?」

「나는 확신해.」

그래, 맞다. 타리크의 얘기 대부분이 옳았다. 어쩌면 타리크는 상황의 전말을 **전부** 알지 못할지도 모르지만, 다 알 필요도 없었다. 아무도 그럴 필요가 없었다. 오트의 문제는 오로지 오트 말고는 누구와도 상관없는 일이었다.

타리크는 행복해했다. 나도 행복했다. 새벽 1시였다. 그리고 마을이 우리 소유였다. 바람을 따라 불어오는 역겨운 돼지의 똥 내조차 내 기분을 더럽히지 못했다.

「게다가 너 그 옷 정말 잘 어울리는데. 네가 옷발이 그렇게 좋은 줄 누가 알았겠냐고?」

「입 닥쳐.」내가 말했다.「내가 절대로 이렇게 밝은색 옷을 자발적으로 입을 일이 없다는 건 너도 알잖아.」

하지만 그것들은 좋은 옷이었다. 내가 갖고 있는 어떤 옷보다 훨씬 질이 좋았다. 그리고 나는 그것들이 내게 너무 큰 사이즈라는 점도 마음에 들었다. 마치 축구하느라 군살이 하나도 없는 바스티안보다 내가 날씬한 것 같은 기분이 들었다.

「여기서 세워 줘.」 나는 타리크가 중앙 고속 도로에서 빠져나와 좁은 길을 타고 숲을 지나자 바로 말했다. 그 길을 따라가다 보면 우리 집이 나왔기 때문이다. 「나는 아직 네게 작별 인사를 하고 싶지 않아.」

타리크가 자신의 안전띠를 풀고 내 쪽으로 넘어왔다. 우리는 어둠 속에서 소리 없이 키스를 했다. 타리크의 비상등이 깜빡이는 규칙적인 소리에 따라 우리는 움직였다.

「너랑 진짜 자고 싶다.」 타리크가 속삭였다.

「나도 알아.」 내가 말했다.

「그래서? 우리 할까?」 타리크가 그의 손을 내 허벅지 위에 올렸다. 그러고는 내 바지의 천 너머로 나를 쥐기 위해 손을 밀어 올렸다.

「나도 하고 싶어.」 내가 말했다. 「나는 그냥…….」

「무서워?」

「응.」

「뭐가 무서워? 같이 성병 검사라도 받을래? 부모가 되기로 계획한 커플들은 그렇게도 하던데. 너를 위해서라면 나도 할게.」

나는 이게 내가 상상했던 것만큼 좋지 않을 것 같아서 무서워…….

내가 상상했던 것보다 좋을까 봐 무서워…….

우리가 일단 하고 나면 내가 영원히 너의 노예가 되어 버릴까 봐 무서워…….

네가 벌거벗은 내 모습을 보고 역겨워서 다시는 내게 말을 걸지 않을까 봐 무서워…….

「나도 잘 모르겠어.」

타리크가 내 목에 키스를 했다. 그리고 따뜻한 두 손을 내 티셔츠 밑으로 넣었다.

「그만해.」 나는 말하면서도 그가 멈추지 않기를 빌었다.

타리크가 한 손을 미끄러지듯 올리며 내 가슴을 쥐었다. 그리고 다른 손은 아래로 내려가 내 허리춤을 지나 나를 잡았다.

「멈춰.」 내가 말하며 그를 밀어냈다.

「알겠어.」 타리크가 양손으로 운전대를 세게 쥐었다.

「나도 준비가 됐으면 좋겠어.」 내가 말했다. 「하지만 아직은 아닌걸.」

「알겠어.」

타리크의 눈이 어둠 속을 노려봤다. 나를 내려 줄 때까지 가는 내내 그랬다. 그리고 나는 계속 뭐라고 말하고 싶은 마음이었다. 하지만 무슨 말을 해야 할지 몰랐다.

엄마는 깨어 있었다. 내가 새벽 2시에 집에 들어갔을 때 엄마는 부엌 식탁 앞에서 기다리고 있었다.

「차 소리를 못 들었는데.」 엄마가 말했다.

「타리크가 블록 끝에서 내려 줬어.」

「왜 그랬는데?」

「엄마가 자고 있을 줄 알았지. 엄마를 깨우고 싶지 않았거든.」

엄마는 의문을 품은 표정이었다. 「앉아.」

나는 앉았다.

「의사가 네게 준 상담사들의 연락처 있었잖아, 그 상담사 중에 연락한 사람 있니?」

「아니.」내가 대답했다.

엄마는 티백을 머그잔에 던져 넣고는 뜨거운 물을 부었다. 엄마가 동작을 멈추더니 내 냄새를 맡았다.「오, 세상에. 너한테서 냄새가…… 너 혹시 술 마셨니?」

「아니, 엄마. 어떤 멍청한 놈이 내 몸에 술을 온통 엎질렀어.」

「이 옷들은?」

「바스티안이 그의 옷 중에서 몇 개를 빌려줬어.」

「입 열어 봐.」엄마가 지시했다. 나는 그렇게 했다. 그러자 엄마가 냄새를 맡았다. 그러고는 내 두 눈을 뚫어지게 쳐다봤다. 마치 거기서 거짓말을 탐지할 수 있기라도 한 것처럼 말이다.

「나는 술 싫어해.」내가 말했다.

「잘됐네.」엄마가 말하며 앉았다.「내가 하는 말을 따라 해봐. 육통 통장 적금 통장은 황색 적금 통장이고 팔통 통장 적금 통장은 녹색 적금 통장이다.」

나는 엄마의 말을 따라 했다. 너무도 빠르게, 새는 발음 없이 정확하게 읊었다. 내가 도리어 엄마의 **술버릇**에 대해 물을 수도 있는 상황이었다. 하지만 나는 그러지 않았다. 우리는 조용히 앉아 차가 우려지는 모습을 지켜봤다. 내가 어렸을 때 기억하던 엄마의 모습이었다. 거대하고 멈출 수 없는 존재였으며 인간 거짓말 탐지기였다. 그 모습을 다시금 맞닥뜨리니 뭔가 마음이 평온해졌다. 어렸을 때, 나는 내가 나쁜 행동을 하려고 하는 것을 엄마가 알아챌 때면 감탄을 금치 못했다. 그리고 한편으로는 기이하게도 엄마가 내리는 엄한 처벌들을 즐겼다. **이게 끝나고 나면 너는 더 나은 존재가 될 거야.** 그 벌들이 그렇게 말하는 것 같았다. 그리고 벌이 끝나고 나면 나는 정말 발전해 있었다.

하지만 응급실 의사가 했던 말이 여전히 머릿속에서 메아리쳤다. **네가 미성년자라서 우리에게는 어머니의 동의하에 너를 강제로 치료 프로그램에 참여시킬 권한이 있단다.**

「부모가 되는 것은 무서운 일이야.」 엄마가 말했다. 「한 치 앞을 알 수가 없어. 매일 자신이 어떤 끔찍한 실수를 저질러서 아이의 인생을 영원히 망칠지도 모른다는 가능성을 안고 살지. 내가 이미 끔찍한 실수를 저질렀는데 모르고 있는 건 아닐까 의문을 품기도 해. 예를 들어 알츠하이머나 암이나 다른 무언가를 유발시키는 유전자를 물려주는 것 말이야. 부모가 되는 일에 명확한 답은 없어. 아무도 도와줄 수 없어. 왜냐하면 아무도 나와 정확히 같은 환경에서 정확히 같은 아이와 있어 본 적이 없거든. 뭔가를 너무 많이 해도 문제를 일으켜. 뭔가를 너무 조금 해도 문제를 일으키고.」

「엄마는 훌륭한 부모야.」 내가 말했다.

「나는 알코올 중독자야.」 엄마가 말하며 자신의 차를 홀짝였다. 나는 내 빌어먹을 차에 사레가 들릴 뻔했다. 그런 인정을 할 만큼 나를 신뢰한다는 부분에서 감동받았다. 하지만 동시에 그것이 불편하기도 했다. 그런 식의 신뢰는 끔찍하게 무서웠다. 「나는 거의 17년 동안 술을 끊고 살았어.」 내가 거의 **열일곱 살인**

데.「어떤 때는 흔들리기도 했지. 최근에도 흔들렸어.」

「미안해.」내가 사과했다.「나 때문에 엄마가…….」

「쉬이이이.」엄마가 나를 조용히 시켰다.「그래서 내가 이 모든 걸 네게 말하는 게 아니야. 내가 이 얘기를 꺼내는 이유는 알코올 의존증이 유전된다고 많은 의사가 생각하기 때문이야. 그런데 나는 이 얘기를 그 오랜 세월 너와 네 누나에게 비밀로 간직했지. 그래서 너는 네게 그런 경향성이 있다는 것을 모를 수밖에 없었어. 네가 마땅히 의식적으로 피했어야 할 길로 이미 빠져들었는지도 모르고.」

「엄마, 나는 술 마시는 것 싫어해. 그 길로 빠져들 위험이 전혀 없어.」

「술만의 문제가 아니야. 중독이 잘되는 성향은 중독이 잘되는 성향이야. 그 말인즉슨 네가 언제 멈춰야 할지 모른다는 뜻이지. 만약 뭔가가 너를 기분 좋게 한다면 너는 네가 몸이 아플 때까지 그것을 추구할 거야. 또는 더 심한 경우도 있을 수 있지. 예를 들어 과식하는 경우도 있고.」그리고 이 대목에서 엄마가 자신의 두둑한 배를 두드렸다.「또는 단식을 하게 될 수도 있고.」

또는 사랑의 행위에 집착할 수도 있고. 나는 타리크가 내 중심부에 손을 올리고 간절히 요구했을 때 느꼈던 두려움을 떠올리며 생각했다.

「부모가 되는 것이 무서운 일이라고 했던 말은 그 뜻이었어. 자신이 어떻게 실패한 부분이 있는지에 대해 항상 주의해야 해. 네가 어렸을 때 나는 언제나 네게 내 문제를 물려받았다는 징조가 있는지 살폈어. 네가 그 고물 카세트 플레이어를 가졌을 때 너에게 비욘세 싱글을 구해 줬던 일 기억나니? 너 그 테이프 정말 좋아했는데.」

「응.」 내가 대답했다. 「〈크레이지 인 러브〉. 내가 그걸 매일 무한 반복해서 듣자 엄마가 뺏어 갔잖아.」

「그러고 나서도 내가 네 상황을 악화시킨 것은 아닌지 몇 주간 걱정했어.」

「완전 악화시켰지. 나 그때 엄마한테 엄청 화났었거든.」

엄마가 웃더니 다시 조용히 말을 이었다. 「너와 네 누나는 언제나 너무 달랐지. 네게는 뭐든 딱 한 번만 얘기하면 됐어. 마야는 항상 같은 얘기를 가지고 나를 계속해서 괴롭혔고. 나는 네 아빠가 알래스카에서 꽃게잡이 배를 탄다고 알려 줬어. 네게는 그걸로 설명이 충분했지. 그런데 마야는 하루걸러 내게 아빠가 어디에 있는지, 왜 우리와 함께 살지 않는지, 어떻게 하면 아빠와 연락할 수 있는지 물어 왔어.」

「랍스터.」 나는 떨면서 말했다. 내 목소리는 간신히 들릴 정도였다. 「아빠가 랍스터잡이 배를 탄다고 말했었잖아.」

「아마 네 아빠는 둘 다 탔을 거야.」 엄마가 눈을 굴리며 덧붙였다. 「아니면 둘 다 안 탔던지. 어쨌든 네 누나는 언제나 아빠와 관계를 쌓고 싶어 했어. 그리고 지난 1년간, 네 누나는 허드슨과 학교와 자신의 삶에 대해 점점 더 불만족스러워했어. 그것을 보며 내가 네 누나에게 아무것도 알려 주지 않아 상처를 줬다는 사실을 깨달았지. 그래서 네 할머니의 오래된 주소를 알려 줬어. 내게 남은 네 아빠와의 연결고리는 그것뿐이었거든.」

「아빠에 대해 알려 줘.」 내가 말했다.

「네 아빠라,」 엄마는 자신의 손을 내려다봤다. 그리고 눈을 감았다. 「네 아빠는 강하고 똑똑하고 잘생겼었지. 자신감도 넘쳤고. 세상이 전부 그의 것이었어. 그는 절대 무슨 일에서든 의구심을 품지 않았어. 사실 그렇게 **항상** 틀린 판단을 내리는 사람이 그러면 더 답답하기 마련이란다. 네 아빠는 세상을 바꿀 엄청난 생각으로 머리가 꽉 차 있었어. 하지만 막상 그것을 실행에 옮기기 위해 뭔가 할 생각은 추호도 없었지. 모두가 자신을 공격하려고만 한다고 확신했어. **사회**를 증오했고. 그게 무슨 의미였는지는 지금도 모르겠지만. 자신만의 길을 가고 싶어 하는 사람이었어.」

「내가 아빠를 닮았어?」

「잘 모르겠어.」 엄마가 말했다. 「외모에서 네 아빠 모습이 보이긴 해. 하지만 나는 두 사람 모두에 대해 객관적으로 판단할 수가 없어. 내 생각에 너는 백 퍼센트 완벽한 존재인 반면에, 네 아빠는 백 퍼센트…… 그와 반대니까. 맷, 부모가 되는 일에 대한 정답은 없어. 정답이라고 하는 것은 전부 헛소리야.」

나는 부엌을 둘러봤다. 토끼 모양의 소금통과 재치 있는 문구가 찍혔으나 이제는 흐려진 구세군 자선 단체 머그잔들, 지저분한 가스레인지와 설거짓거리로 가득한 싱크대, 지나치게 꽉 차서 뚜껑이 안 닫히는 쓰레기통이 보였다. 나는 깨달았다. 이곳은 협소하고 부족함이 많음에도 불구하고 우리 집이었다. 안전하고 아늑하고 사랑으로 가득한 곳이었다.

「엄마가 부모로서 한 모든 선택은 좋은 의도에서 나온 거잖아, 그렇지? 그리고 되돌아봤을 때 내 생각에 누나와 나 둘 다 꽤 괜찮게 큰 것 같은데.」

엄마가 나를 딱딱한 눈초리로 바라봤다. **정말? 네 생각에는 그래? 너는 내가 멍청해서 모를 거라고 생각하며 섭식 장애를 앓고 있고 네 누나는 가출했는데?**라고 말하는 것 같은 표정이었다. 아니면 그냥 엄마가 지쳐 있고 내게 할 말 다 한 뒤라서 더는 할 말이 남아 있지 않은 상태였는지도 모르겠다. 나는 엄마의 생각을, 엄마의 몸짓을, 그리고 엄마의 페로몬을 읽지 않으려고 심히 노력해야 했고 용케 버텨 냈다.

나는 핸드폰을 확인했다. 마야 누나의 밴드 베이시스트인 애니가 그들의 상황을 업데이트해 주는 알림 쪽지를 보내왔던 것이다. 쪽지에는 **디스트로이 올 몬스터스! RIP**[20]라고 적혀 있었다. 그래서 맨 처음 든 생각은 누나 입장에서는 슬프겠다는 것이었다. 왜냐하면 누나에게 〈디스트로이 올 몬스터스!〉 밴드는 큰 의미가 있었기 때문이다. 그리고 내게 두 번째로 든 생각은 어쩌면 이로 인해 누나가 집으로 돌아올지도 모른다는 희망이었다.

나와 엄마는 차를 마셨다. 나는 내 차에 꿀 한 숟가락을 탔다. 엄마는 내 행동을 보지 못했다. 그래서 엄마는 그것이 내 입장에선 얼마나 크나큰 희생인지, 내가 엄마를 위해 얼마나 큰 양보를 한 것인지 몰랐다.

하지만 상관없었다. **내가** 알았으니까.

20 〈Rest in Peace〉의 약자로 고인의 명복을 빈다는 뜻.

법칙 #41

상처받은 짐승이 자신의 상처를 숨길 수 있는 시간은 그리 오래되지 않지. 언젠가 곧 누군가가 그것을 보게 될 거야.

32~33일 차,
하루 평균 섭취 칼로리: 약 ~~2100~~ 150

「너를 위해 선물을 가져왔어.」타리크가 월요일 아침에 학교까지 태워 주며 말했다. 가짜 모호크 스타일로 넘긴 그의 머리가 여전히 헤어 젤로 반짝이고 있었다. 그의 트럭에서는 던킨 도너츠와 휘발유, 그리고 타리크의 달콤하고 스파이시한 애프터셰이브 냄새가 났다. 그가 내게 아랍어 신문으로 싸인 책 모양의 물건을 건넸다.

「너 이거 읽을 수 있어?」내가 물었다.

「아랍어 알파벳도 겨우 아는걸.」타리크가 대답했다. 「이 근방에는 아랍어를 가르치거나 무슬림 교육을 시키는 곳이 없어. 엄마가 한동안 내게 그것을 가르쳐 주려고 시도했는데, 내가 너무 싫어했지. 이 신문은 시리아에서 온 거야. 아버지가 구독하셔.」

타리크가 흐린 사진 하나를 손가락으로 짚었다. 거리에 탱크들이 깔린 모습이 찍힌 사진이었다.

「고향에서 온 소식이 좋은 경우는 드물지.」

「와, 대박.」 나는 포장을 뜯고 허드슨 고등학교 도서관 소유의 『길 위에서』를 발견하고는 탄성을 질렀다. 「뭐 하는 거야? 나한테 이거 주면 안 되는 거잖아. 네 책이 아닌데!」

「내가 그걸 빌렸잖아. 내 이름하에 있어.」 타리크가 말했다. 「그 후폭풍은 내가 감당하지.」

「너 미쳤구나.」 내가 흥분했다. 타리크의 이마를 보고는 거기에 키스를 하고 싶었지만 그러지 않았다. 「그리고 어쨌든, 너 부자 아니었어? 그냥 새 책을 사주면 되잖아?」

「그렇긴 하지.」 타리크가 인정했다. 「하지만 그러면 거기에 감성이 빠지잖아? 어쨌든 이 책 괜찮아. 너도 내가 이걸 다 읽기를 기다리고 있었잖아.」

「다 읽었어?」

「다섯 번. 대륙을 횡단하는 우리의 위대한 탈출 겸 배낭여행을 계획하는 데 많은 도움이 됐지.」

「꺼져.」 나는 감히 그런 일을 꿈도 꾸지 않았다.

「그래서, 자신감과 자부심에 대한 얘기가 나와서 말인데, 나는 그것들을 좀 키워 놔야 해. 수요일이 크리스마스잖아. 그리고 우리는 그 명절을 지내지 않으니 우리 가족은 그날 중국 음식을 먹으러 가는 것이 전통이야. 유대교도 크리스마스를 지내지 않으니 그날 네게 별다른 일정이 없을지 모르겠다고 생각했지. 그래서 네가 어쩌면…… 우리 가족과 함께 저녁을 먹으러 갈 수 있지 않을까? 참고로 그 책이 뇌물은 아니야.」

나는 크게 소리 내어 웃었다. 「내가 네 부모님과 한자리에 앉아 어떻게든 그들 앞에서 네 사랑스러운 몸에 손대는 걸 자제하라고?」

「무리한 부탁이라는 건 나도 알아. 그리고 사실 이 제안이 얼마나 끔찍하게 들리는지도 알고. 하지만 난 그 자리에 네가 필요한 거야. 아버지가 최근에 나를 강하게 압박하고 계셔. 내 축구 실적에 대해서는…… **받아들일 수 없을 정도로 형편없다고 하고**…… 대학과 내 미래에 대해서는…… **내가 그런 것에 대해 충분히 심각하게 고민하지 않는다는 등**……. 아버지는 내가…… **아버지 자신처럼** 되기를 바라시거든. 하지만 외부인이 그 자리에 있으면 아버지도 행동을 조심하실 거야.」

「엄청 끔찍할 것 같긴 하네.」 내가 말했다. 「하지만 내가 네 부탁을 거절할 수 없다는 건 너도 잘 알잖아.」

「아니, 거절 잘하잖아.」 타리크가 반박했다. 「너는 나한테 항상 싫다고 하잖아.」 그가 무슨 얘기를 하는지 명백했다.

「유예된 쾌락은 그만큼 더 크게 느껴질 쾌락이래. 포춘 쿠키에서 그런 글귀가 적힌 쪽지를 뽑은 적이 있어.」 포춘 쿠키에 대해 생각하니 내 위장이 깨어났다. 위장은 전혀 즐겁지 않은 상태였다.

「그럼 승낙하는 거야?」

「저녁 식사는 긍정. 다른 그것은…… 어쩌면.」

타리크가 환히 웃었다. 그는 태양 그 자체였다. 「네가 둘 다 해 주면 유대교인이 이슬람교인에게 주는 최고의 크리스마스 선물이 되겠는데.」

그리하여 우리 엄마가 크리스마스 날에 나를 스프링 가든 식당 앞에 내려 주고는 찰라 빵과 참치를 사러 숍라이트 마트로 향하게 된 것이었다. 나는 심호흡을 하고 식당 안으로 걸어 들어갔다. 화려한 무늬가 이제는 빛바랜 벽지와 붉은 인테리어로 꾸며져 있는 그곳은 거의 텅 비어 있었다. 크리스마스를 기념하기에 최적의 장소로 허드슨에서 중급인 중식 레스토랑밖에 떠오르지 않아 홀로 식사하러 온 외로운 사람 몇몇과 함께 유대인 가족 몇 무리만 보였다.

나는 이곳에 수십억 번은 왔을 것이다. 내가 입장하는 순간 바 뒤에서 내게 손 흔드는 남자까지 포함해 이곳의 모든 것이 익숙했다. 하지만 이제 나는 겁이 났다. 거대한 어항은 여전히 있었다. 그 안에는 10여 마리의 잉어가 가득했다. 내가 다섯 살 때부터 저 잉어들을 괴롭히기 위해 어항 벽을 두드려 온 것을 생각하면 저것들도 참 안 늙는다. 어항 반대편에 내가 사랑하는 남자애와 그에게 생명을 준 사람들이 보였다. 그들은 어항 벽과 물에 의해 모습이 왜곡된 상태였다. 늘어졌다 줄어들었다 비뚤어졌다 하는 것이 놀이동산의 요술 거울에 비칠 법한 모습들 같았다. 엄마와 함께 있으면 나는 언제나 아이가 된 기분을 느꼈다. 하지만 자기 부모님 곁에 있는 타리크의 모습을 보니 그는 다 큰 어른이었다.

「안녕!」 타리크는 나를 발견하자 일어서며 인사했다. 그의 말투에서 기쁨이 묻어났기에 나도 행복해서 몸 둘 바를 몰랐다. 하지만 그 한 마디에서 그의 부모님이 우리 사이에 대해 모두 간파하게 될까 봐 두려움이 밀려왔다.

소개가 오갔다. 악수도 이루어졌다. 무라트 아저씨의 악력이 엄청나서 거의 고통스러울 정도였다. 무라트 아줌마는 섬세하고 여성스러웠다. 나는 법정에서 자신의 운명을 결정할 판사와 배심원들 앞에 앉은 범인이 어떤 기분일지 실감하며 자리를 잡았다.

「맷의 어머니는 도축장에서 일해요.」 타리크가 말했다.

「아,」 타리크의 아버지가 반응했다. 「나도 거기서 일하는 사람을 많이 알고 있단다. 요새 그곳 사정이 끔찍하긴 하지. 너무 많은 사람이 직장에서 잘려 나가고 있으니까. 하지만 그렇다고 우리가 뭐 별수 있나. 그게 사업이 돌아가는 방식인걸.」 억양이 배어 있는 그의 말투는 간결하고 딱딱하며 통제적이었다. 나는 깨달았다. 그는 언어적 능력이 아주 뛰어나지는 않은 남자였다……. 엄밀히 말해 이민자로서 영어만 그런 것이 아니었다. 그냥 언어적인 분야 전반에서 그랬다. 나무, 톱, 트럭, 사업, 자본, 책, 그리고 대출…… 이것들이 무라트 아저씨가 가장 편안함을 느끼는 분야였다.

「하지만 그러면 안 되는 거잖아요.」타리크가 반박했다.「그런 결론적인 것들 말고, 인생에는 중요한 게 많지 않나요? 사업이란 노동자들에 대한 책임도 져야 하는 것 아니에요?」

「이 세상에서 그 누구도 다른 사람에게 당연히 제공해야 하는 것은 없단다.」무라트 아저씨가 나를 보고 미안한 미소를 지으며 말했다.「어쩌면 그것은 추악한 진실일지도 모르지. 하지만 그것을 인지하고 있는 편이 낫단다. 우리는 모두 스스로 알아서 살아남아야 해. 열심히 일하지 않으면 도태되지. 나를 보렴. 나는 아무것도 가진 것 없이 이곳에 왔단다. 그래서 열심히 일했어. 시간이 지나자 돈도 모을 수 있었고, 현명한 결정도 내릴 수 있게 됐으며, 내 사업도 가질 수 있게 됐지.」그는 정말 타리크와 **똑같았** 다. 둘이 같은 키와 같은 코를 갖고 있었으며 전반적으로 자부심과 겸양이 뒤섞인 분위기도 닮아 있었다. 보기 좋게 숱이 많은 수염도 같았다. 단, 무라트 아저씨의 수염이 더 길고 훨씬 희끗희끗했다. 하지만 타리크는 강하고 잘생긴 반면 그의 아버지는 뚱뚱하고 지친 모습이었다. 인생에 심하게 치여 살았으며 우여곡절과 오래도록 끈질기게 잘 싸워 낸 모양새였다.

「아버지는 운이 좋으셨던 거예요.」타리크가 말했다.「그렇지 않아요? 수많은 사람이 이곳에 와서 뼛골 빠지도록 일하는데도 제대로 보상받지 못하잖아요. 게다가 어쨌든 자본주의는 실제로 열심히 일하는 사람에게 보상해 주지도 않고요. 타코벨 패스트 푸드점을 위해 토마토를 따는 사람은 뙤약볕에서 땀 흘리며 한 시간 일해야 20센트를 벌잖아요. 그는 사무실에 앉아 연봉 4백만 달러…… 그러니까 대략 시간당 2천 달러를 버는 회사 CEO보다 훨씬 열심히 일하는데 말이에요. 아니면 제가 잘못 알고 있는 건가요?」

타리크의 아버지가 눈을 굴렸다. 그 둘은 정말 동일 인물처럼 보였다. 「맷, 너는 다른 사람 앞에서 네 어머니에게 대드니?」

「아니요.」 내가 대답했다. 「하지만 그건 우리가 다른 사람들과 어울리는 일이 없어서예요.」

타리크의 아버지가 웃음을 터뜨렸다. 「어쨌든, 네가 그런 상황에 놓이면 이렇게 하지 마라. 너를 키운 사람에 대해 나쁜 인상을 심어 주게 된단다.」

타리크의 어머니가 개입했다. 그녀의 밝고 명료한 목소리가 내게 이것저것 묻기 시작했다. 가장 좋아하는 과목이 뭐니? 영어요. 올해 가장 재미있게 읽은 책은 뭐였니? 『맥베스』요. 왜 그게 재미있었니? 저는 맥베스 부인이 마음에 들었거든요. 그럼 맥베스에 대한 영화를 본 적 있니? 없어요. 타리크의 어머니는 패트릭 스튜어트가 등장했던 영화를 가장 좋아한다고 말했다. 그리고 로만 폴란스키 감독의 영화도 괜찮았다고 했다. 나는 그녀가 평소에도 남편과 아들 사이에서 신경을 분산시키고 갈등을 해소하는 일에 많은 시간을 할애하겠다는 인상을 받았다.

그리고는 뭔가 매우 이상한 일이 벌어졌다. 나는 내가 진정으로 즐거운 시간을 보내고 있다는 사실을 깨달았다. 웃으며 남자 친구 옆에 앉아 있었으며 어른들처럼 그의 부모님과 만나고 있었다. 평소처럼 크리스마스 때마다 항상 찾아오던 그 외롭고 슬픈 기분을 느끼며 나를 빼놓고 모두 뭔가에 대해 기념하고 있다는 생각이 들지 않았다. 나는 나와 같은 사람들을 발견했다. 심지어 그들이 나와 전혀 다른데도 불구하고 말이다.

그리고 곧 음식이 나왔다. 내가 어렸을 때 가장 좋아하던 요리, 돼지고기 볶음 국수였다. 그런데 나는 이것을 주문한 기억조차 안 났다. 그만큼 대화가 즐거웠던 것이다. 나는 메뉴를 바라보며 뭔가 가짜로 먹는 척하기에 좋은 음식이 뭘까 고민하지 않았다.

내 앞에 그렇게 요리가 놓였다. 김이 모락모락 나며 맛있는 냄새를 풍기는 지방과 전분과 소금 덩어리였다.

국수는 둥지처럼 쌓여 있었다. 〈어쩌면 반쯤 먹었는지도 모르지만 실제로는 전부 그대로 있는〉 형상으로 자잘하게 자르기도 불가능한 대상이었다.

나는 그것을 한참 동안 빤히 바라보다가 마침내 젓가락을 들고 그것을 찔러 봤다. 모두가 자신의 음식에 집중하기 시작하면서 대화가 줄었다. 나는 대화가 다시 시작되기를, 신경을 분산시켜 주는 뭔가가 나타나기를, 내게 어떻게 행동할지 대책을 강구할 시간이 주어지기를 바랐다. 무릎 위에 휴지를 펼치고 아무도 안 볼 때 그 위로 음식 덩어리를 떨군 뒤, 휴지를 잘 접어 의자 밑에 남겨 두는 방법이 있긴 했다……. 하지만 타리크가 너무 가까이 앉아 있어 볼 것이 확실했다. 그는 아마…….

「너 배 안 고파?」 타리크가 물었다. 그의 눈빛이 기민하고 예리했다.

나는 당황했다. 「미안해.」 나는 사과하며 젓가락으로 국수를 한가득 집어 입안으로 밀어 넣었다.

국수가 너무 맛있어서 고통스러울 정도였다. 나는 음식을 두 번 씹은 뒤 삼키고 나서 또다시 음식을 잔뜩 집었다.

내 몸이 나를 비웃었다. **네가 나를 영원히 거부할 수 있을 줄 알았어? 나는 언제까지고 여기 있을 거야. 너는 약해. 네가 나와 영원히 싸울 수는 없어.**

빌어먹을 몸아. 나는 생각하며 맛있는 돼지 지방 속에 흠뻑 빠져들었다. 내 몸이 다시 능력을 끄기 시작했다. 질주하는 아드레날린의 속도를 늦췄다. 과민해졌던 감각들을 안정시켰다. 정신 차리고 보니 나는 이미 요리를 먹어 치운 상태였다. 접시가 비어 있었다. 나는 전투에서 진 것이다.

나는 절망의 안개 속에서 뒤로 기대앉은 채 더는 내가 일부가 아닌 내 앞의 광경을 지켜봤다. 행복한 대화들, 걱정 없이, 생각 없이, 음식을 그 자체로 즐기며, 자신들의 몸과 균형을 이루며 식사하는 사람들이 있었다. 나는 그 균형을 지키지 못했다. 어항 속의 잉어들이 뻐끔거리며 내게 비웃음이 담긴 키스를 날리고 있었다.

그리고 타리크가 있었다. 그는 너무 잘 다듬어지고 에너지로 가득 차 있었다. 그리고 그의 아버지가 있었다. 뚱뚱하고 느리며 지친 사람이었다. 언젠가 타리크도 저렇게 될 테고 나도 저렇게 될 것이었다. 엄마도 우리 집 냉장고에 붙은 사진을 찍을 당시에는 날씬하고 행복했으나 이제는 살찐 몸으로 슬픔을 안고 부엌 식탁 앞에 앉아 있지 않은가.

뭣 하러 버티지? 우리는 숨 쉴 때마다 점점 더 고통과 번뇌와 노화와 질병과 외로움과 죽음에 가까워지기만 할 뿐인데, 뭣 하러 계속 살아가야 하지?

「저 금방 갔다 올게요.」 내가 말했다. 「엄마에게 전화해야 해서요. 정말 죄송해요.」

「별걱정을 다 하네.」 무라트 아주머니가 말했다. 「가보렴! 어머니께 우리가 같이 있으니 걱정 마시라고 전해 드려.」

주차장에는 거의 아무도 나와 있지 않았다. 그 너머에 있는 고속 도로도 비어 있었다. 모두 집에서 크리스마스를 기념하고 있었다. 그들의 아름답고 균형 잡힌 삶이 주는 아늑함과 안전함을 즐기고 있었다. 밤 기온이 영하로 뚝 떨어졌는데 외투를 식당 안에 두고 나왔다. 나는 제대로 생각하지 못하고 있었다. 거의 생각을 안 하고 있는 것에 가까웠다. 나 자신을 막을 수가 없었다. 나 자신에게 앞으로의 행동이 〈내가 절대 넘지 않겠다고 맹세한 선〉이라는 것을 설명할 길이 없었다. 나는 비틀거리며 주차장 한복판에 이르렀다. 가로등 옆에 쭈그리고 앉은 뒤 고개를 시계 방향으로 여섯 번, 그런 다음 시계 반대 방향으로 여섯 번 돌렸다. 그러고는 손가락을 목구멍 깊숙이 찔러 넣었다. 중학교 때 체육 시간마다 괴롭히는 애들을 피해 양호실로 가서 황홀한 한 시간을 얻곤 했다. 그때도 이런 식으로 해서 양호실로 갈 구실을 만들었다.

모든 것이 즉시, 수월하게 올라왔다. 내 줄어든 위장은 이미 내가 그 안에 쏟아 넣은 묵직한 음식량을 불편해하고 있었다. 몇 초

안에 속이 비워졌다. 그리고 점액질과 함께 일부 소화된 돼지고기 볶음 요리가 뜨거운 웅덩이를 이루며 차가운 공기 속에서 김을 뿜어냈다. 나는 그 자리에 앉아 그것을 내려다봤다. 담즙과 위산의 냄새가 났다. 숙주와 씹어 놓은 남방개 덩어리들이 보였다. 얼굴을 타고 흘러내리는 눈물이 느껴졌다.

사실이었구나.

나는 아픈 것이 맞아.

나는 망가졌어.

드디어 나도 그것을 자각했구나.

문이 열리는 소리가 들렸다. 타리크가 주차장을 훑어보고는 내 쪽으로 다가오는 것이 보였다. 나는 그에게로 걸어가 중간에서 만나고 싶었다. 내 범죄의 증거를 감추고 싶었다. 하지만 움직일 수가 없었다.

「오, 세상에.」타리크가 내 옆에 무릎을 꿇고 앉으며 탄성을 질렀다. 「맷, 무슨 일이 있…… 너 울고 있어?」그가 내 쪽으로 기대오며 나를 안았다. 그러나 구토의 잔재를 확인하고는 떨어졌다. 「저거…… 네가 한…….」

나는 고개를 끄덕였다.

「너 아픈 거야?」

나는 다시 고개를 끄덕였다.

「무슨 일이야?」타리크가 물었다.

나는 고개를 저었다.

「어디가 아픈지 말해 줘.」

「나는…….」

나는 말이 쏟아져 나오려는 것이 느껴졌다. 그것을 저지할 수 있었다. 하지만 그러지 않았다. 그 순간, 나는 타리크가 커밍아웃 하는 것에 대해 어떻게 느끼는지 공감할 수 있었다……. 그 무엇보다 금기시되는 단 하나의 비밀스러운 문장을 내뱉고 싶은 마음이면서도 그 문장 자체가 다른 무엇보다 더 두려운 심정 말이다. 그리고 나는 알고 있었다. 내 고통 속에서, 내 병적인 상태 속에서, 내가 손가락으로 딱 소리를 내기만 하면 삶이 끝나기를 바라는 나의 소망 속에서, 나는 나 자신이 죽어 가는 것을 막으려면 이 문장을 내뱉어야만 했다.

「나는…….」

타리크의 눈은 검은 토파즈 은하수였다. 사랑과 상냥함으로 회오리치는 초신성들이 나를 꿰뚫었다. 나를 봤다. 내 전체를 봤다.

「지난 몇 주간 내가 그만큼의 음식을 먹은 건 처음이야.」 내가 설명했다.

「왜 그…….」 타리크가 말을 멈췄다. 「아.」

내가 고개를 끄덕였다.

「너…… 혹시…… 거식증이야?」

「나도 모르겠어.」 내가 대답했다. 「하지만 내게…… 내게 뭔가 있긴 해.」 나는 숨을 쉬었다. 깊고도 깊은 숨이었다. 내가 이제껏 들이마신 가장 깊은 숨이었다. 「나는…… 나는 섭식 장애를 갖고 있어.」

「오, 맷.」타리크가 반응하며 내 이마에 키스를 했다. 그가 나를 다시 껴안았다. 그러자 나는 한 번도 그의 목소리에서 **그런 식**의 부드러움을 들어 본 적이 없다는 것을 깨달았다. 나는 흐느끼기 시작했다. 그리고 나도 그를 안아 줬다. 그래서 우리는 거의 대부분 비어 있는 주차장의 아리도록 차가운 땅에 앉아 있었다. 그러는 동안 온 세상은 우리를 빼고 휴일을 기념하고 있었다.

「네 부모님도 있잖아.」흐느낌이 어느 정도 진정되자 나는 타리크의 귀에 속삭였다.「그분들이 나오실 수도 있어.」

「그분들은 알아서 하시라고 그래.」타리크가 거칠게 말했다.「지금 나는 그런 것까지 신경 쓰고 싶지 않아.」

결국 우리의 자세가 타리크에게 불편해졌다. 그래서 그가 다시 뒤로 앉자 그의 무릎이 내 무릎과 맞닿았다.

「들어가자.」타리크가 말했다.「너 떨고 있어.」

나는 고개를 끄덕였다. 나는 진정으로 떨고 있었다.

법칙 #42

몸의 진실은 아름다움을 넘어서고 욕망을 넘어서지. 그것은 외모나 사회에서 중요하게 여기는 여타의 변화무쌍하고 일시적인 요소들과 전혀 상관없는 방식으로 굉장해. 몸의 진실은 그 안에서 빛나는 영혼의 진실이야.

33일 차,
진행 중……

「이제야 주인공 등장이네!」 내 뒤로 문이 닫히자 엄마가 외쳤다. 나는 저 말투를 잘 알고 있었다. 그래서 부츠를 벗지도 않고 얼른 집 안으로 뛰어 들어갔다. 발자국마다 흙을 묻히며 프랑켄슈타인처럼 쿵쿵 걸었다. 왜냐하면 엄마의 말속에 담긴 기쁨은 엄마가 마야 누나와 얘기하고 있다는 것을 의미했기 때문이다…….

엄마는 정말로 마야 누나와 얘기 중이었다. 나는 부엌으로 난 입했다. 내 양팔은 벌써 포옹할 준비로 활짝 벌린 채였고 눈에서는 눈물이 이미 반쯤 나오기 시작한 상태였다. 하지만 마야 누나는 그곳에 없었다. 누나의 목소리만 전화기상으로 들려오고 있었다. 아예 없는 것보다는 나았다. 하지만 누나를, 겁 없고 환상적인 누나를 직접 사람 대 사람으로 온전히 만나는 것만큼 만족스럽지는 않았다. 누나를 직접 보는 것이야말로 내가 바라는 바였다. 내게 필요한 바였다.

「어이!」 나는 수화기를 받아 들며 인사했다. 「타이밍이 좋았네!」

「네가 집에 돌아오기를 기다리며 10분마다 계속 전화했어. 그러니 이건 운 때문이 아니야. 고집스러운 인내력의 결실이지.」

「그것도 나쁘지 않지.」 나는 인정했지. 「행복한 크리스마스 보내라, 이 불신론자야.」

「너도 마찬가지다.」 누나의 목소리가 거칠고 갈라져 있었다. 마치 감기에 걸렸거나, 담배를 너무 많이 피웠거나, 비명을 질러 댔거나, 너무 크게 노래를 부른 것 같은 소리였다. 어쩌면 이 모든 걸 했을지도 모르겠다. 그런데 그 소리가 다시 들려왔다. 배경음처럼 깔리는 파도 소리였다. 누나는 해변 근처에 있었다. 현실에서 말이다. 「남자 친구와는 데이트 잘했냐?」

「쉬이이이이.」 나는 엄마 쪽을 바라보며 속삭였다. 엄마는 얼굴에 아름다운 미소를 진하게 띤 채 설거지하고 있었다.

「멍청하게 굴지 마.」 누나가 빈정거렸다. 「엄마는 내 말을 못

들어. 그래서? 했어? 데이트 좋았냐고.」

「응. 어떻게 알았…….」

「네가 네 〈친구〉 타리크와 함께 있다고 엄마가 말하더라.」 누나가 거친 호흡을 토해 냈다. 「동생아, 잘 들어. 내가 고백할 게 있어. 내가 약간 못되게 굴었어. 타리크가 내게 자신이 너를 좋아한다고 말했거든. 나는 너한테 그 얘기를 전한 적이 없었지. 왜냐하면 나도 걔를 꽤 좋아하고 있었거든. 내가 바보 같았지. 용서해 줘라.」 나는 이것이 너무 그리웠다. 군림하기를 좋아하는 첫째이자 언제나 규칙을 정하는 자인 누나는 여전히 우리 대화의 향방을 결정하고 있었다. 내가 누나에게 묻고 싶은 것이 너무 많았는데도 말이다.

질문으로 가득 차서 머리가 아파 오기 시작했다. **왜 누나는 엄마와 내게 이런 짓을 한 거야? 누나는 아빠와 함께 있는 거야? 아빠는 어떤 사람이야? 둘이 와서 나도 데려가면 안 돼? 언제 돌아올 거야? 누나의 밴드가 와해됐다는 알림 쪽지가 왔던데, 어떻게 된 거야? 어떻게 누나가 나를 버릴 수 있어?** 대신 나는 이렇게 말했다. 「일은 잘돼 가고 있어?」

마야 누나가 한숨을 쉬었다. 「이 사람들은 음악에 대해 진지하지 않아.」 누나가 말했다. 극도로 예민해진 내 귀에는 전화선 너머로 파도가 내리치고 바람이 휘몰아치는 소리가 들려왔다. 「하지만 많은 작업을 끝냈어. 내 생각에는 내가 진짜 좋은 곡들을 쓰고 있는 것 같아. 모든 것으로부터 떨어져 지내는 것이 내게 정말, 정말 좋았어.」

「글쎄다, 누나의 학교 과제와 좋은 대학에 입학할 가능성과 **미래 전체**를 두고 보면 그렇게 좋지는 않을 수도 있는데. 엄마의 말에 따르면…….」

「엄마는 날카로운 지적들을 잘하지.」

「누나를 직접 봐야겠어.」 내가 엄마 쪽을 확인하며 말했다. 엄마가 저기 서 있는 한 아빠에 대해 언급하기가 너무 조심스러웠다. 「전화번호가 필요해. 내가 누나에게 다시 전화해야겠어.」

「안 돼.」 누나가 말했다. 그리고 누나는 그 대답을 슬프게 내뱉었다. 하지만 마야 누나만의 방식으로 더는 이에 대해 왈가왈부하지 않겠다는 말투이기도 했다. 한두 달 전의 맷은 그 자리에서 이 화제를 포기했을 것이다. 하지만 더는 그때의 맷이 아니었다.

「왜 안 되는데?」

「우리 사이에 정말로 대화가 필요하긴 해. 나도 그건 알아. 나도 그러고 싶어. 하지만 못하는 거야.」

나는 잠시 멈칫했다. 「왜 못하는데?」

나는 전화기 너머로 누나의 소리를 들었다. 갈등하는 누나의 생각들이 속삭이고 있었다. 누나 자신의 고통이 들려오는 것 같았다. 그 아픔의 조각들도 모두 내 것만큼이나 진짜였다. 결국 누나는 침묵을 선택했다.

「알았어.」 내가 마침내 수긍했다. 「그래도 전화해야 해. 조만간. 내 핸드폰으로.」

「가능하면.」

「누나가 보고 싶어.」 내가 말했다.

나는 누나를 머릿속으로 떠올렸다. 누나는 이곳을 떠나기 직전 모습이었다. 요정처럼 짧게 자른 갈색 머리는 아마 지금쯤 수더분해졌을 것이다. 눈썹들은 비평과 관심 사이 어딘가를 표현하듯 아치형을 이루고 있을 것이다. 마야 누나는 미녀가 아니었다. 하지만 모나리자나 버지니아 울프가 미녀가 아니던 방식으로 아름답지 않은 것이다. 우리 누나는 아름다움 그 이상이었으며 통속적인 미의 기준 그 이상이었다. 누나의 귀에는 여러 개의 피어싱이 뚫려 있었다. 심지어 앉아 있을 때도 누나는 키가 크고 강단 있어 보였다. 누나는 스터드가 박힌 청재킷과 코듀로이 바지를 입었다. 그 의상을 수월하고 우아하게 소화했다. 그리고 누나는 어느 것도 두려워하지 않았다.

「나도 네가 보고 싶어.」 누나가 말했다.

내 위장이 낑낑거렸다. 하고 싶은 말들이 밀물처럼 밀려오는 감각을 참으며 나는 눈을 감아 버렸다. **나는 죽어 가고 있어. 도움이 필요해. 멈출 수가 없어. 멈추고 싶어. 하지만 못 하겠어.** 눈에 눈물이 차올랐다. 나는 누나가 내 목소리에서 말하지 않은 이야기까지도 들을 수 있기를 기도했다. 내가 전화선 너머로 내 두려움과 고통의 심연을 표출할 수 있기를 기도했다. 「나는 누나가 필요해. 알았어? 제발. 집으로 돌아올 거지?」

누나는 한참 뜸 들이다가 마침내 입을 열었다. 「조만간 갈게, 맷.」

나중에, 침대에서 나와 화장실로 향하는데 엄마가 안방에서 우는 소리가 들렸다. 나는 마야 누나도 프로비던스 근처에 있던 그 바닷가 집 안에서 울고 있는지 궁금했다. 그리고 우리 세 식구가 각기 떨어져 함께 울고 있다면 그것은 대체 어떤 의미일까 생각했다.

법칙 #43

네가 아무리 혼자라고 생각해도 너는 절대 혼자가 아니야.

∞일 차,
시공의 연속체 밖에서 잠시 담배를 피우며 휴식 중

더 이상 독자가 누군지도 모르겠다.

처음에는 독자가 나 자신이었다. 나는 나를 위해 이 법칙서를 작성하기 시작했다. 이것은 더 어리고 멍청한 버전의 나 자신에게 닿기를 바라며 창공으로 쏘아 올린 메시지였다. 너무도 간절히 지도받고 싶어서 아무에게나 손을 내밀 그 누군가를 위한 것이었다. 그 간절함에, 자기보다 상대적으로 아주 조금 덜 망가진 사람에게조차 도움을 청하려는 애를 위한 것이었다.

그러다가 어느새, 내가 남자애들 일반을 위해 글을 쓰고 있다는 것을 깨달았다. 특히나 갈 길을 잃고 외로워하며 세상과 동떨

어져 있는 애들, 자신에게 〈삶의 법칙〉을 가르쳐 줄 사람이 아무
도 없는 남자애들을 위해 쓰고 있었다. 또는 완벽과 거리가 먼 조
언을 받으며 그것에 안주해야만 했던 소년들을 위한 것이었다.
그 소년들에게 조언하는 남자들은 결핍을 보자마자 알아보고 소
년들을 착취하고 이용해 먹으려는 성인 남자들이기 때문이다.

그러다가 내가 인지할 사이도 없이, 굶주린 감각에 비틀린 내
정신은 어느새 모두가 이 글의 독자라고 상상하고 있었다. 깔끔
한 상자들 속에 딱 맞아떨어지지 않는 수백만 명의 사람, 성인으
로 성장하는 과정에서 구부러지거나 부러져야 했던 모든 이, 자
살성 사고를 하는 자들, 자신의 몸과 전쟁 중인 사람들 말이다.

그리고 나는 곧, 깨달았다. 다른 모든 안내자만큼이나 나도 결
점이 많다는 것을. 그리고 이제 나는 나를 우러러보며 인생의 법
칙들을 배워 가려는 사람이라면 그 또한 살짝 망한 상태라는 것
을 깨달았다.

나는 이것이 법칙서라는 생각을 전혀 하지 않는다. 이것은 어
쩌면 심리 상담 전문가들이 〈도와달라는 외침〉이라고 부르는 것
일지도 모르겠다. 어쩌면 이것이 도움이 필요하다는 것을 깨닫
는 순간에 도달하기까지 로드맵이 되어 줄 수도 있을 것이다.

나는 해줄 말이 정말 많다고 생각하며 이 일을 시작했다. 하지
만 결국 내가 제공할 수 있는 것이라고는 내 고통스러운 경험이
누군가에게는 도움이 될지도 모른다는 희망 하나뿐이었다.

법칙 #44

네 엄마는 진짜 모든 것을 괜찮아지게 만들 수 있어.

34일 차,

총 칼로리: 약 200

「누나가 엄마에게 뭐 말한 것 없어?」 다음 날 아침 엄마에게 물었다. 「내가 집에 도착하기 전에 누나와 통화하면서 말이야. 뭐…… 아무거나 괜찮으니까, 뭐 없어? 누나가 왜 떠났는지, 누나가 언제 돌아올 건지 말이야?」

「아니.」 엄마가 미소를 지었다. 그리고 내가 탄 커피가 얼마나 진해졌는지 깨닫고는 미소를 지었다. 「누나가 조만간 집으로 돌아올 거라고 생각해?」 나는 누나 방의 닫힌 문을 빤히 쳐다보며 물었다. 물론 내 질문이 말도 안 된다는 것을 알고 있었다. 당연히 엄마도 전혀 알 수 없는 일이었다. 나는 어리광쟁이 소년으로 돌아가 엄마에게 의지하며 모두의 통제 밖에 있는 무언가에 대해 언짢은 내 기분을 해소해 주기만을 바라고 있었다.

「물론이지, 애야.」엄마가 말했다. 엄마의 말을 믿으니 기분이 좋았다. 통로에 서 있는 것도 기분이 좋았다.

내 방으로 돌아가서 불을 끈 뒤 창밖으로 고개를 내밀었다. 겨울 공기를 맡았다. 내게 와닿는 바람을 느꼈다. 하지만 차가운 겨울 공기가 알려 주는 정보는 여전히 적었다.

그는 저 어딘가에 있었다. 아빠 말이다. 아빠의 냄새를 맡으면 단번에 그것을 알아볼 수 있을 것이다.

나는 명상을 했다. 갓 비워진 위장 속으로 깊숙이 파고들었다. 그리고 발견한 것은…… 아무것도 없었다.

눈을 감을 때마다 눈앞에 타리크가 보였다. 그의 시선이 나를 주시하고 있었다. 그가 그때, 스프링 가든 주차장에서 진실을 알게 됐을 때는 그러지 않았다. 왜냐하면 그 순간, 그는 오로지 걱정과 관심만 보여 줬기 때문이다. 하지만 나중에, 그가 나를 집에 데려다준 뒤, 이런저런 생각을 해볼 시간이 주어지자, 내가 가족용 왜건에서 내리고 타리크의 가족이 전부 내게 잘 자라고 열렬히 인사한 후에는 상황이 달라졌다. 타리크와 내 시선이 마주쳤을 때 그가 시선을 회피하는 것이 살짝 지나치게 빠른 감이 있었다. 나는 그의 눈빛에서 두려움이 차오르는 것을 확인했다. 그도 내가 얼마나 망가져 있는지 제대로 체감하기 시작한 것이었다.

타리크가 나와 헤어졌다면 나는 죽었을 것이다. 나는 그것을 알고 있었다. 타리크가 어떤 사람이고 그가 나에 대해 어떤 감정을 품고 있는지 알게 된 순간부터 지금까지 그는 내 버팀목이 되어 주었다. 나의 〈피 튀기는 복수 미션〉 자리를 대신한 존재였다. 나 자신 대신에 내가 사랑한 대상이었다.

책가방 안에서 『길 위에서』를 꺼냈다. 책에서는 여전히 타리크의 집 냄새가 났다. 그리고 미약하게나마 타리크의 냄새도 나는 것 같았다. 소나무와 담배, 그리고 그의 어머니의 바닐라 향초 냄새도 났다. 그 모든 향의 기저에서 타리크 이전에 이 책을 빌려 간 사람의 냄새를 맡았다…… 파촐리와 초콜릿 향내…… 그리고 그 기저에는 또 한 사람의 냄새가…… 맥주와 여름의 향취……. 이 책을 빌려 갔던 사람들이 머릿속에서 계속 변화무쌍한 토템 폴[21]을 이뤄 갔다.

그 책을 한자리에서 다 읽었다. 얼 것처럼 추운 창문 바로 밑에 구부리고 앉은 채였다. 두 남자가 야성적이고 무분별한 여행길에 오르는 장면들에서, 그리고 두 남자가 얼마나 많은 아름다움을 발견하는지, 얼마나 많은 슬픔을 접하게 되는지 보며 울었다. 커피를 타거나 담배를 가지러 일어서기도 했다. 책의 결말에 이르렀을 때는 날이 어두워져 있었다. 내가 밤을 소유한 기분이 들었다. 그리고 나는 나 자신이었다. 엄마가 밤 근무 나갈 준비를 하며 움직이는 소리가 들려왔을 때도 나는 계속 책을 읽고 있었다. 하지만 그전에, 살과 딘의 네 번째였나 다섯 번째였나 싶은 대륙 횡단 여행 이야기를 읽을 때쯤, 나는 이미 결정을 내린 상태였다.

21 얼굴들이 조각된 아메리카 원주민의 전통 탑 양식.

법칙 #45

어떤 질환은 너무 심각해서, 지구상에서 가장 강력한 힘조차 짓이겨 버릴 수 있어.

35일째,
총 칼로리: 약 50

독자들이여, 타리크와 사랑을 나눴다.

12월 27일, 학교에 안 가도 되는 날이었다. 손에 책을 들고는 새벽이 지나고 적정한 시간이 찾아오자 타리크에게 문자를 날렸다. 잠시 문자를 주고받다가 그에게 데리러 오라고 했다. 내 안의 그것이 순수한 빛으로 빚어진 비눗방울처럼 느껴졌다. 이 비밀이 그랬다. 나는 오늘 무슨 일이 벌어질지 알았다. 하지만 그는 몰랐다.

「어이!」 타리크가 인사했다. 우리 집에서 한 블록 떨어진 곳에서 타리크를 만나고, 내가 그의 트럭까지 다가가고, 그가 미소를 짓고 우리가 키스를 했을 때였다. 그는 무슨 일이 벌어질 예정인지 전혀 모르고 있었다. 나는 알았다. 나는 이런 권력을 내 생애 처음으로 느껴 봤다. 심지어 내가 눈이 오게 만들거나 허공에서 불을 만들어 내거나 폭력배가 가장 숨기고 싶어 하는 부끄러운 비밀을 후각으로 맡고 상대를 파괴하기 위해 그것을 정확히 어떻게 이용해야 하는지 알 때도 이런 기분을 느껴 보지 못했다.

우리 사이에 새로운 거리감이 생긴 것일까? 타리크는 내 질환에 대해 알기 전보다 지금 나를 보는 기쁨이 조금이라도 줄어든 상태일까? 내가 가늠할 수 없는 영역이었다.

「나 밤을 새웠어.」 내가 말했다. 「『길 위에서』를 한 번에 끝까지 다 읽었어.」

「그래서 어땠어?」

「완전 내 취향이었어.」 내가 말했다.

「나도 그래!」 타리크도 공감했다.

「그걸 다시 읽어야겠어.」

「그래, 다시 읽어 봐. 오늘은 어디로 가고 싶어?」

「소나무 숲으로 가자.」 내가 말했다. 「가장 깊숙한 숲속 공터로.」

「정말?」 타리크는 물으며 자신의 손을 후후 불었다. 왜냐하면 그의 트럭의 시동이 느리게 걸리고 있었고 히터가 작동하려면 멀었기 때문이다. 「거기 꽤 추울 텐데.」

「트럭 안에 앉아 있으면 되지.」 내가 말했다. 「우리의 간이 집이잖아.」

「괜찮은 생각 같네.」타리크가 말하며 내게 다시 키스를 한 뒤 운전석에서 우리 사이를 가르는 드넓은 거리 너머에 있는 나를 바라봤다. 그의 눈이 대낮의 빛 속에서 나를 샅샅이 훑었다. 내가 아파 보이는지 확인하는 것이었다.

「걔네가 동성애자들은 아니던데.」내가 말했다. 「아닌가? 『길 위에서』에 등장하는 두 남자 말이야.」

「아닌 것 같은데.」타리크가 대답했다. 「친한 친구 사이이긴 하지만 둘 다 빼박 이성애자들 같던데. 끔찍할 정도로 많은 여자와 잠자리를 가지잖아. 그리고 책 속에 동성애자들도 따로 나오고. 걔네 친구들 말이야. 게다가 그들은 절대로 사회적 기대에 따라 자신들의 행동에 한계를 긋지도 않잖아. 그러니 그런 충동을 느꼈다면 그것을 행동으로 옮기기를 지나치게 두려워하거나 억압당할 부류로 보이지 않던데.」

「그건 그래.」내가 말했다.

「그 내용은 **우리**가 쓸 책이야.」타리크가 말했다. 「우리는 『길 위에서』를 게이 버전으로 쓰자고. 우리가 이 동네를 떠나 차를 끌고 이 엄청나게 거대한 행성에 숨겨져 있는 환상적인 비밀 장소들을 모조리 여행하는 거야. 그러면서 겪게 될 거칠고 말도 안 되는 모험을 기록하는 거지.」

「우리 책 진짜 재미있겠는데.」

트럭은 크리스마스를 지낸 뒤 황량해진 거리를 터덜거리며 달렸다. 그 와중에 던킨 도너츠 커피를 사러 잠깐 멈추긴 했다.

「어쩐지 정말······ 금지된 행동을 하는 기분이었어.」내가 말했다. 「밤새 깨어 있는 것이 말이야. 어렸을 때 엄마는 내가 낮잠을 자게 만들었어. 나는 그걸 정말 싫어했지. 그래서 자지 않는 것이 정말 반항적인 행동처럼 느껴졌어.」

「그래.」타리크가 호응했다······. 하지만 그는 다른 곳에 정신이 팔려 있었다. 나에 대해, 어젯밤에 대해, 그가 나에 대해 알게 된 사실을 생각하는 중이었다. 「앞으로 어떻게 할 거야?」타리크가 물었다. 「그······ 그것에 대해서 말이야.」

잠시 나는 말문이 막혔다. 타리크가 그 단어를 직접 언급하지 않은 것이 너무도 고마웠다. 그가 **섭식 장애**라는 단어를 내뱉는 순간, 상황이 너무 현실감 있게, 너무 무섭게 다가올 것 같았다. 「나도 모르겠어.」

「네게는 도움이 필요해.」

「나도 알아.」

「도움을 받지 않으면 너는 죽을 거야.」

「나도 알아.」

타리크가 나를 돌아봤다. 「그래서 어떻게 하려는 거야?」

「길에서 눈을 떼지 마.」내가 지적했다. 하지만 그는 내게서 시선을 떼지 않았다. 「길에서 눈을 떼지 말라고!」

「내 질문에 대답해.」

타리크의 트럭이 반대쪽 차선을 살짝 넘어간 순간 어떤 차가 위협적으로 경적을 울렸다.

「알았어.」내가 말했다. 「알았다고! 응급실 의사가 내게 몇몇 심리 상담사의 연락처를 줬어. 그들에게 전화해 볼 거야.」

타리크의 시선은 여전히 내게 꽂혀 있었다. 트럭이 여전히 아슬아슬하게 옆으로 치우쳐서 가고 있었다.

「지금 당장 그 전화번호를 갖고 있지는 않다고!」

더 많은 차의 경적 소리가 들려왔다. 몇몇 브레이크가 끼익 소리를 냈다.

「알았어!」 내가 말했다. 「집에 도착하자마자 전화한다고!」

「내가 운전하다 나무를 박고 네가 죽어도 살인죄가 성립되지는 않을 거야.」 타리크가 빈정거렸다. 그의 시선은 다시 도로에 집중된 상태였다. 그가 트럭의 바퀴들을 정렬했다. 「그저 피할 수 없는 결과를 앞당긴 셈이 되겠지.」

「드라마를 써라.」 나도 비아냥댔다.

타리크가 소나무들 사이에 차를 세웠다. 그의 아버지가 절대 건드리지 않는 깊고 오래 자란 나무들이 있는 숲이었다. 오래 살아남은 그 소나무들은 너무 커서 어느 가정집에서도 품을 수 없을 정도였다. 그래서 기독교적인 의식의 제단 위에 희생되지 않고 자연 섭리의 삶을 온전히 누릴 권리를 얻은 셈이었다.

「이걸…… 얼마나 오랫동안 앓았던 거야?」 타리크가 차를 주차 모드로 놓으며 물었다.

「나는……」 나는 나 자신도 그걸 모른다는 사실을 깨달았다. 〈단식 병법〉을 스스로 터득해 나가기 한참 전부터 나는 먹는 것에 제한을 두곤 했다. 굶었다가 폭식을 했다. 나 자신에게 거짓말을 했다. 구글에서 섭식 장애에 대한 검색을 하며 비법을 구하려고 했다. 「사실 한참 됐는데,」 내가 말했다. 「전혀 의심도 못 했던 거야?」

「당연히 못 했지.」 타리크가 말했다. 그러고는 히터를 높이고 자신의 양손에 입김을 다시 불었다.

왜냐하면 내가 역겹고 뚱뚱하고 기름진 돼지 새끼라서 그래. 나는 그렇게 말하고 싶었다. 하지만 그보다 더 말하고 싶은 것이 있었다. 「나는 이것에 대해 더는 얘기하고 싶지 않아.」 실제로 그렇게 말했다.

「문제를 직시해야······.」

「나는 내가 너를 위해 준비한 크리스마스 선물에 대해 얘기하고 싶어.」 내가 화제를 돌렸다. 그것으로 타리크의 말의 흐름이 멈췄다. 그의 얼굴에 미소가 천천히 번지기 시작했다.

「네가 이걸 유대교인이 이슬람교인에게 주는 최고의 크리스마스 선물이라고 했던 것 같기도 하고.」 내가 능청을 떨었다.

침묵이 흘렀다. 「헛소리하지 마.」 타리크가 말했다. 「그런 식으로 내 감정을 가지고 놀지 말라고.」

「누가 가지고 논대? 티셔츠나 벗어.」

낄낄대는 타리크는 어린 소년 같으면서도 동시에 성인 남자였다. 그런 그가 길고 굳센 양팔을 뻗어 플란넬 셔츠를 벗어 던졌다. 나는 그 모습에 탄성을 지를 뻔했다. 비루하게 데워진 트럭 안 차디찬 공기 속에서, 12월의 밝은 햇살이 그의 실루엣을 비췄다. 부드러운 선들과 굴곡진 근육들이, 짙고 밀도 높은 털들이, 그 완벽함이, 그 아름다움이, 그리고 내 무력함이 다가왔다.

어쩌면 첫 경험이라는 건 이런 식으로 이루어지면 안 되는 것인지도 모르겠다. 어쩌면 첫 경험이란 둘 다 그것을 굉장히 고대하는 상황에서 벌어져야 하는지도 모르겠다. 나의 소중한 상대에게 내가 얼마큼 망가졌는지 막 들켜서 차일지 모르겠다는 두려움 때문에 벌여서는 안 되는 것이었다. 내 안의 공허함을 채우기 위한 도구로서 섹스를 이용해서도 안 되는 것이었다. 하지만 나도 이것을 굉장히 고대하긴 **했다.** 우리 둘 다 그랬다. 그리고 이 행위에 대한 찬반 입장을 모두 뒷받침할 너무도 많은 이유가, 너무도 많은 두려움이 있었다. 하지만 그 순간에는 그것들이 전부 사라졌다.

여기서 우리의 일에 대해 자세히 묘사하기는 좀 뭐 하다. 어쩌면 독자 입장에서는 그것을 원할지도 모르겠다. 하지만 그 기억은 나 혼자 간직하고 싶다.

내 생각에 독자들과 공유해도 괜찮을 사항 몇 가지만 풀겠다.

내 벌거벗은 상체를 보자 타리크는 탄식했다. 「오, 맷.」 그의 목소리에서 걱정과 동정이 뚝뚝 흘렀다. 그러면서 그가 내 늑골을 만졌다. 그러자 찰나의 순간, 나는 그가 바라보는 시각으로 나를 볼 수 있었다. 더는 내가 거울에서 보는 뚱뚱한 내장 지방 덩어리가 아니었다. 오히려 무너지기 직전까지 굶주려 고통받고 고문당한 몸이었다.

그런 뒤, 타리크가 나를 그에게로 끌어당겼다. 그의 온기가 다른 모든 걱정을 날려 버렸다.

그리고 게이 섹스에서 통용되는 은어를 빌리자면 내가 〈아래〉

였다.

그리고 그것은 아팠다.

그리고 그것은 환상적이었다.

그리고 우리는 콘돔을 썼다.

우리가 행위를 시작하기 전에 타리크가 속삭였다. 〈나는 내가 대체 뭔 짓을 하는지 전혀 모르겠다〉라고 했고, 우리 둘 다 웃음을 터뜨렸다. 그리고 나는 내 심장이 그의 손 밑에서 박동하는 방식으로, 두려움과 대담함이 완벽하게 적절한 비율로 혼재된 내 마음을 통해 알 수 있었다. 여기에 진정한 힘이 있었다. 여기에 진정한 마법이 있었다. 섹스는 마법이었다. 사랑은 마법이었다. 나 홀로 깨우친 가혹하고 야만적이고 끝내 주는 초능력 중 어느 하나도 이것에 근접할 만한 강력한 힘을 갖지 못했다.

그리고 〈세이브스 더 데이〉의 곡, 「내가 잃는 것은 나뿐이야」가 내 남자 친구의 트럭 오디오에서 요란하게 울려 퍼지는 순간, 나는 동정을 잃었다.

그리고 모든 과정이 끝나자 우리는 믿기지 않는 시선으로 서로의 몸을 바라보고, 서로를 껴안고, 담배를 피우고, 우리가 원대한 배낭여행을 떠나 미국을 정복하는 이야기를 나눴다. 나는 차창을 내리고 공기의 냄새를 맡았다. 그리고 울었다. 왜냐하면 사랑은 마법이었지만 내 질환을, 내 허기를 잠재우기에 충분하지 않았기 때문이다. 그것을 잠재울 수 있는 것은 아무것도 없었다.

법칙 #46

인간의 간은 악취가 나는 케톤을 생산해. 케톤이란 저장된 체내 지방을 대사하며 생기는 부산물이지. 그래서 갑자기 네가 내뱉는 숨에서 아세톤 냄새가 나는 거야. 매니큐어 지울 때 쓰는 그 아세톤 말이야.

그리고…… 고통이 네게 도움이 되려면 너 자신이 그걸 받아들여야 해.

36일 차,
총 칼로리: 약 50

이쯤 와서 검은 별들과 빠르게 도는 세상은 거의 항상 보이는 현상이었다. 위장의 고통 때문에 올바른 자세로 몸을 다 펴고 걷기가 불가능해졌다. 전반적으로 고통이 뇌를 어지럽혔다. 전날 밤에 깨달은 바를 자꾸 잊어버리게 만들었다. 그것은 내가 얼마나 망상적으로 변했는지 단적으로 보여 주었다. 습관의 힘은 계속 먹기를 거부하게 만들었다. 왜냐하면 음식은 고통을 줄여 줄 것이고, 고통은 힘이었기 때문이다.

누나. 아빠. 엄마. 도축장. 과거를 보는 능력. 미래를 고치는 능력. 다 내가 손만 뻗으면 닿을 수 있는 것들이었다. 아주 조금만 더 고통을 겪으면 나는 그 경지에 이를 수 있을 것이다.

아니야, 맷. 멈춰. 이건 미친 짓이야. 이게 진짜가 아니라는 걸 너도 알잖아.

그리고 내 모습이 최악이었을 텐데도 학교에서 만나는 사람들은 나를 반가워했다. 내가 오트와 대면했던 일화도 학교에 쫙 퍼졌을 것이다. 그 방에 있던 모든 이가 우리의 눈싸움을 지켜봤다. 그리고 오트가 먼저 울기 시작한 것도 확인했다. 아무도 내가 그들의 눈을 뚫어지게 바라보며 그들의 영혼 속으로 깊숙이 파고들어 그들의 사고를 망가뜨리기를 바라지 않았다.

「어이.」 점심시간에 주차장에서 타리크를 발견하자 그가 인사했다. 그는 나를 오래도록 쳐다봤다.

「어이.」 나도 인사했다.

우리는 타리크의 트럭 안에 자리를 잡았다.

「징그럽다, 그거 하지 마.」 타리크는 내 손을 내 입에서 쳐내며 외쳤다. 나는 인상을 찌푸리거나 입을 내밀지 않았다. 왜냐하면 그가 정말로 나를 도와준 것이었기 때문이다. 중지 손톱을 통째로 뽑아 버리기 일보 직전이었던 것이다. 지금 이 상태에서도 중지에서 다시 새로이 피가 나는 고통이 느껴졌다.

「우리 소나무 숲으로 가자.」내가 말했다.

「좋아.」타리크가 대답했다. 타리크의 간결한 **좋아**는 **좋지 않다**는 것을 의미했다.

「나 정말『다르마 행려』를 재밌게 읽었어.」우리가 소나무 숲에 반쯤 도착했을 때 타리크가 침묵을 깨뜨리며 말했다.「나도 불교에 대해 읽고 있었어. 흥미로운 분야던데.」

「그렇지?」내가 호응했다.「현실이 진짜 현실이 아니라고, 다 환상이라고 하는 것도 말이지. 우리에게 스트레스를 주고 겁을 주고 고통을 주는 것들이 전부 가짜라는 거잖아.」

「나는 그 관념이 마음에 들어.」타리크가 말했다.

「어떤 불교 신자들은 현실이 진짜가 아니기 때문에 충분히 득도한 사람이라면 현실의 구조를 통제할 수 있다고 믿더라.」

「흠.」타리크가 반응했다. 그는 그 얘기를 대체 어떻게 받아들여야 할지 모르는 모양새였다. 그래도 괜찮았다. 왜냐하면 나는 실제로 그냥 내가 세운 간단한 가설 하나를 공개한 것이었기 때문이다. 허기는 나를 득도한 존재로, 깨어난 영혼으로 만들어 줬으며, 나는 뭐든, 아니 거의 뭐든 다 할 수 있다고 말이다. 내가 모든 상황을 통제할 수 있고 시공간과 물질까지 조절할 수 있다는 얘기였다. 앞에서도 말했다시피, 오래된 습관이었다. 더 설득력 있는 시나리오는 내가 죽어 가고 있으며 그 과정에서 내가 현실에 대한 감을 잃고 있다는 것이었다.

「그 심리 상담사들에게 연락해 봤어?」타리크가 나를 바라보며 물었다.

「응.」 나는 거짓말을 했다. 「몇 명에게 전화를 돌려 봤지. 길에서 눈을 떼지 마! 공휴일이라서 문을 닫은 모양이더라고. 메시지를 남겨 놨어.」

「잘했네!」 타리크가 말했다. 그러고는 곧 내가 거짓말하고 있을지도 모른다는 가능성을 그도 깨달은 모양이었다. 똑똑한 놈. 「그것에 대해 너와 얘기하고 싶어. 그게 네게 도움이 될 것 같아.」

「나는 그러고 싶지 않은데.」 내가 말했다.

「진지한 관계는 단지 한 사람이 원하는 것만 따르는 게 아니잖아.」 타리크가 말하며 또다시 잘못된 차선으로 넘어가고 있었다. 「이게 성립되려면…… 우리 관계가 제대로 굴러가려면…….」

「알았어.」 내가 말하며 짧은 수염 때문에 까슬까슬한 그의 턱을 매만졌다. 「질문 세 개만 받을게. 시작.」

한 치의 머뭇거림도 없이 타리크가 물었다. 「왜 그랬어?」

나는 모르겠다는 투로 어깨를 으쓱해 보였다. 내 생각의 회로가 몇 가지 핑곗거리와 합리화하는 이야기들, 거짓말들, 상황을 과히 단순화한 이야깃거리들을 더듬더듬 떠올렸다. 하지만 타리크에게는 진솔한 대답을 들을 자격이 있었다. 그래서 나는 그렇게 했다. 고통과 어지러운 감각에 나는 뭐든 털어놓을 준비가 돼 있었다. 「처음에 시작할 때는 내 외모가 마음에 안 들어서 그랬어. 그런 다음에는 식사량을 줄였을 때 드는 기분이 마음에 들었어. 결국 그 기분 자체를 추구하게 됐지.」

「이제는 네 외모가 마음에 들어?」

나는 백미러를 통해 확인했다. 지나치게 긴 턱과 터무니없는 두 볼이 보였다. 결국 나는 고개를 저으며 아니라고 시인했다.

「어느 부분이 마음에 안 드는데?」

「별로 말하고 싶지 않아.」

「말해 봐.」

나는 뚱뚱하고 역겹고 영원히 아무도 나를 원하지 않을 거야.

나는 그것을 말하려고 입을 열었다. 하지만 말이 나오지 않았다. 아무 소리도 안 나왔다. 소나무 숲으로 가는 내내 나는 한 마디도 못 했다. 공터에 도착해서 차를 멈췄을 때, 나는 타리크 쪽으로 몸을 기울여 그에게 키스를 했다. 결국 그도 화를 풀고 마주 키스해 줬다.

내가 집착하는 것이 있다. 대부분의 남자애가 집착하는 것이다. 그것을 표현하는 은어는 수도 없이 많다. 전부 흉측한 용어들이고 개중 몇몇은 정식 용어이기도 했다. 하지만 그것 중 듣기 좋은 표현은 없었다. 사실, 그렇게나 멋진 것이 그렇게나 멍청한 이름으로 불리는 것이 웃기다. 그것은 입을 사용하는 일이다. 이렇게만 밝혀도 꽤 소름 돋겠지만 이것이 나의 최선이다. 아마도 지금쯤이면 당신도 내가 뭐에 대해 얘기하고 있는지 알아챘을 것이다. 당신은 똑똑하니까 말이다. 그래서 내가 당신을 좋아하는 것이다. 내가 사소한 것 하나하나까지 일일이 설명하지 않아도 당신은 알아듣는다.

어쨌든 나는 그 행위를 하고 싶었다. 심하게 하고 싶었다. 마치 그 욕구에 집어삼켜지는 것 같을 정도로 절박하게 하고 싶었다.

나는 타리크를 확 붙잡아 그에게 그 행위를 해주고 싶었다. 왜냐하면 나도 그것을 받고 싶었으니까……. 더불어 그렇게 해서 화제를 바꾸고 싶었다. 머릿속이 엄청나고 멍청하고 말도 안 되는 질문들로 가득 차서 머리가 아플 지경이었음에도 불구하고 말이다.

정자도 음식으로 쳐야 할까? 오르가슴에는 얼마나 많은 칼로리가 소모될까? 그것을 뱉어 냈을 때와 삼켰을 때를 비교하면? 그것만으로도 가벼운 요기가 되어 내가 아빠를 찾으러 나설 때까지 허기를 잠재울 수 있을까? 그래서 아빠를 벌할 수 있을까?

인정한다. 나는 멍청이다. 우리는 이 명제를 한참 전에 증명하지 않았나?

하지만 나는 그 모든 걱정을 미뤄 두기로 결심했다.

「나 시도해 보고 싶은 게 있어.」 내가 말하며 타르크 쪽으로 기대 그에게 키스를 했다. 처음에는 그의 입술에, 그다음에는 목에, 다음에는 배에, 그다음에도 그런 식으로 계속 진행했다. 「불편한 느낌이 들면 멈추라고 말해.」

「못 하겠어.」 타리크가 말했다. 나는 그가 이 행위에 대해 얘기하는 것이 아님을 알 수 있었다. 「맷, 나는 더 이상 이 짓을 못하겠어. 네가 너 자신을 파괴하는 모습을 지켜볼 수가 없어. 인터넷에서 섭식 장애에 대해 많이 알아봤어. 그런데 사람들이 그냥 갑자기 **픽 쓰러져 죽던데.** 그것도 아주 흔하게…… 마치 심장이 정지하거나 뇌가 굶어 죽어 버리는 것처럼…….」

타리크가 이보다 더 아름다워 보인 적은 없었다. 그의 눈썹은 걱정으로 휩싸인 두 개의 단도였다. 그의 모호크 스타일 머리가 상어 지느러미처럼 당당하고 용맹하게 솟아 있었다.

일이 벌어지고 있는 것이었다. 타리크가 나를 차버리고 있었다. 내 인생에서 단 하나의 좋았던 부분이 사라졌다.

저 멀리서 불빛들이 번쩍였다. 겨울 번개라니, 기이하고 잘못된 현상처럼 느껴졌다. 검은 별들이 떨어지며 모양들을, 별자리들을, 불길한 징조와 전조들을 이뤘다. 내 손끝에서 타는 느낌이 들었다. 다시 피가 나기 시작했다.

「네가 정말 완쾌됐으면 좋겠어.」 타리크가 말했다. 「진심이야. 그러려면 네가 뭔가 해야 해. 아니면…… 아니면 나는 더 이상 너와 사귈 수 없어.」

우리 사이에 두껍고 무거운 침묵이 흘렀다.

그러더니 타리크가 속삭였다. 「재활에만 수년씩 걸린다던데…….」

「재활하는 데 몇 년씩 걸린다고? 멍청한 인터넷이 그렇게 알려 준 거야? 참고로 인터넷에서는 동성애자들이 영원히 지옥에서 불타 버릴 악마이며 공산주의자들은 아기들을 살해한다고도 하거든. 인터넷에 나온 얘기라고 해서 다…….」

타리크는 아무 말도 하지 않았다. 그 안에서 분노와 답답한 마음이 부글부글 끓고 있었다.

「그리고 너는 네가 남자 친구감으로 그렇게 훌륭한 줄 알아?」 나는 질책하기 시작했다. 나 자신을 제어할 수가 없었다. 「〈아무도 우리 사이를 알아서는 안 돼〉 씨? 〈너는 내가 부끄러워하는 나의 어두운 비밀이야〉 씨?」

「나도 알아.」타리크가 말했다. 그의 말투가 좀 더 딱딱해진 상태였다.「그리고 너는 그보다 나은 대우를 받을 자격이 있어.」

「그래서 나를 차버리는 거야? 와 씨, 좆나 고맙다, 타리크. 너 정말 생각이 깊구나. 하지만 너는 여전히 빌어먹을 겁쟁이라고. 그에 대한 증거가 뭔 줄 알아?」내가 하는 말은 이제 내 통제권을 벗어나 있었다. 내 몸은 흔들리고 떨렸다. 응급실로 실려 갔던 날 밤에 느꼈던 것과 똑같은, 으슬으슬한 감각이 찾아왔다.「네가 줏대도 없는 버러지라는 걸 내가 어떻게 아는지 알아? 너는 내가 영감을 주는 사람이라고 생각하니까! 나를! 역겹고 무가치하고 끔찍한 나를…… **내게 용기가 있다고 생각해? 너는 정말 머…….**」

타리크가 트럭의 시동을 걸었다.

나는 차창 밖을 바라보며 집으로 가는 내내 머릿속으로 **마야 누나, 마야 누나, 마야 누나** 하고 부르짖었다.

번개가 우리를 따라왔다. 우리는 말이 없었다.

법칙 #47

이번 편에서는 내가 할 말이 없네.

37일 차,
총 칼로리: 0

　엄마가 해고를 당했다. 엄마는 퇴직금으로 일주일 치 월급을 받았다. 그것은 우리 집 월세의 반에 해당하는 금액이었다. 월세는 이미 납부 기한이 지난 상태였다. 엄마는 우리가 망했다는 것을 알면서 내게는 걱정하는 걸 보이지 않겠다고 결심했는지 가짜로 쾌활한 척하기에 열심이었다.

　「직원이 많이 잘렸어.」 엄마가 말했다. 엄마의 말투에는 술에 대한 갈증이 심하게 녹아 있었다. 「난 이것이 절대로 내 개인적인 문제 때문에 벌어졌다고 생각하지 않아!」

　「그런데 그때 그 이행 관리직은 어떻게 됐어?」 엄마의 말을 제대로 받아들이기까지 한참이 걸렸던 나는 뒤늦게 물었다.

「보아하니 회사의 상황 전환이 생각보다 훨씬 빠르게 진행되겠더라고. 윗선에서 그 일을 관리할 사람들이 필요 없대서, 이행 관리직도 결국 다른 사람 차지가 됐지.」 엄마가 말했다. 엄마의 미소에서 너무 가짜 티가 나서 우리 둘 다 마음이 아팠다.

「하지만 엄마의 상사가 말하기를…….」

「그의 손을 떠난 문제라고 하더라고. 더 윗선에서 내린 결정이래. 저녁에는 뭐 먹을래?」

나는 입을 벌린 채 엄마를 바라봤다. 그러자 엄마는 한 마디도 덧붙이지 않고 뒤돌아 가버렸다.

침대 가장자리에 앉아, 음악 소리를 키웠다. 엄마가 또 한 잔의 술을 따르는 소리를 듣지 않기 위해서였다. 하지만 그래도 엄마의 소리가 들렸다. 나는 모든 것을 들었다.

나는 너무도 많은 것을 할 수 있었다. 텔레포트, 남의 생각 읽기, 시간 정지시키기 등이 전부 가능했다. 그런데 왜 나는 엄마를 돕지 못하는 것일까? 왜 나는 **아무도** 돕지 못하는 것일까? 왜 내가 엄마의 삶을 이렇게나 힘들게 만드는 모든 요소를 없애 버릴 수 없는 것일까?

손을 빤히 바라봤다. 나 자신을 굶겨서 초능력이 생겼다. 하지만 그것들이 무슨 도움이나 되던가? 나는 아팠다. 나 자신을 파괴하고 있었다.

복도를 따라 내려갔다. 엄마가 식탁 앞에 앉아 있었다. 엄마의 커피가 담긴 머그잔 옆에는 스카치가 담긴 유리잔이 놓여 있었다. 엄마는 고개를 떨어뜨리고 있었다. 엄마가 얼마나 슬퍼하고 있는지 알려 준 것은 허기도 초능력도 아니었다. 사람이라 알 수 있는 것이었다. 나 외 다른 누군가의 필요를 알아차리는 마음 덕분이었다.

사랑은 치유가 가능했다. 사랑은 사람을 바꿀 수 있었다. 사랑은 내가 엄마를 봤을 때, 엄마가 얼마나 아파하고 있는지 확인했을 때 내가 죽고 싶은 마음이 들게 했다. 그 외 다른 모든 것은, 내 병든 정신이 만들어 낸 상상 속의 초능력까지 전부 포함해 무의미했다.

「엄마.」 내가 불렀다. 심장이 쿵쾅거렸다.

「그래.」

나는 엄마의 어깨에 손 하나를 올렸다. 그러자 엄마가 내 손에 엄마의 볼을 댔다. 바로 그때, 나는 어떻게든 쥐어 짜낸 용기를 거의 잃을 뻔했다. 그래서 나머지 손을 뻗어 술병을 집어 들었다.

「이거 뭐야?」 내가 물었다.

「위스키.」 엄마가 대답했다.

「이걸 왜 마시는 거야?」

엄마가 한숨을 쉬었다.

「얘야, 나는 너를 사랑한단다.」 엄마가 말했다. 「하지만 너는 내 아들이고 나는 네 엄마지. 그러니 이 대화는 너와 하고 싶지 않구나.」

허기와 슬픔이 나를 용감하게 만들었다. 내가 충분히 강하지 못해서 그간 하지 못했던 이야기를 뱉을 수 있게 해줬다. 「내 생각에는 하고 싶은 것 같은데.」내가 말했다.

「뭐, 내가 흔히 하는 망상일 수도 있고.」나는 단념하지 않고 계속 얘기를 진행했다. 「하지만 이런 모습의 엄마를 보니까 나도 속상해. 배에 정통으로 주먹을 맞은 기분이야.」

「미안하다.」엄마가 사과했다. 「하지만 이것에 대해서는 나도 어쩔 수가 없어.」

엄마가 나를 처음으로 올려다봤다.

나는 속삭였다. 「우리는 도움이 필요해.」

엄마가 커피잔을 내 잔에 부딪히며 건배를 했다.

「아침에 몇 군데 전화를 좀 해야겠다.」엄마가 말했다. 부엌에서 빈말일 뿐인 그 약속이 메아리쳤다.

법칙 #48

앞에서도 언급했듯이 인체의 생산자들은 굉장히 강경한 환불 정책을 적용해. 네가 그냥 손가락으로 딱 소리를 낸 뒤, 〈그래, 나는 끝났으니 어서 가져가라고, 얘들아〉라고 말할 수 없어. 네가 그냥 더는 살지 않겠다고 결정할 수는 없는 일이야. 네가 뭔가 해야 해. 그리고 그것은 보통 굉장히 불쾌하지.

마지막 날,
총 칼로리 : 0

내가 도축장에 도착했을 때 그곳은 이미 버려져 있었다. 밤에 문을 닫은 상태였던 것이다. 한 달 전이었으면 듣도 보도 못 했을 상황이었다. 하지만 요새 공장은 폐업 과정의 마지막 나날을 보내고 있었다. 노동자들은 집의 침대 안에서 해고된 채로 자고 있었다. 곧 모든 것을 잃을 예정이었다. 그래서 아무도 나를 막거나 내가 양팔로 거대한 유압식 문을 천천히 여는 모습을 보지 못했다. 나는 문안으로 걸어 들어가 익숙한 금속 보행로를 따라갔다. 그것은 나와 마야 누나가 어렸을 때 엄마가 데리고 다니던 길이었다. 엄마는 우리에 있는 돼지들을 가리킨 뒤 누나와 나를 거대하고 기다란 냉동 창고로 데려가곤 했다. 냉동 창고는 손질하고 껍질을 벗겨 조각으로 소분한 고깃덩어리들을 보관하는 장소였다. 엄마는 항상 우리가 유혈 낭자한 도살장 근처에 가지 않도록 조심시켰다. 나는 눈을 깜빡이며 그 기억들을 떨쳐 버렸다.

어쩌다 이곳에 오게 된 거지?

나는 내 몸을 탈출한 상태에서 나 자신을 지켜보고 있었다. 나는 자연의 힘이었다. 뭐든 할 수 있었다. 아무도 나를 막을 수 없었다. 산불이 무엇을 하든 누가 상관하겠는가? 홍수가 난다고 누구를 탓할 수 있겠는가?

생각하는 것만큼이나 수월하게 초능력을 사용해 내가 지나는 모든 카메라에서 내 모습을 지웠다.

나는 본관으로 이동하면서 그들을 느꼈다. 우리 안에서 잠든 채 꿈을 꾸고 있는 모든 돼지 말이다. 그들이 내 몸의 연장된 일부처럼 간질거렸다. 내가 갖고 있는지도 몰랐던 팔다리들 같았다. 그리고 내가 〈깨어나〉라고 속삭이자 그들이 눈을 뜨는 것을 느낄 수 있었다. 공포심이 그들을 조용히 시켰다. 혼란이 그들을 걱정시켰다. 왜냐하면 그들은 나를 포식자로 인식하고 있었기 때문이다. 하지만 그들은 내게서 아무런 위협도 감지하지 못했다.

자물쇠들을 푸는 일만이 진정으로 어려운 부분이었다. 나는 무릎을 꿇은 채 양손을 금속 격자 바닥에 올려놓고 우리와 문과 자물쇠들로 이루어진 철로 된 전체 시스템으로 내 감각을 펼쳐야 했다. 내 밑에서 바다를 이루는 돼지 똥의 압도적이고도 치명적이다시피 한 악취를 맡아야 했다. 왜냐하면 모든 우리가 같은 그리드 위에 지어져 있었기 때문이다. 분변이 그 사이로 쉽게 통과할 수 있도록 하기 위해서였다. 나는 잠금장치를 감각으로 찾았다. 잠금장치 주변을 어설프게 더듬었다. 그것이 움직이기 전까지 몇 차례 끙끙거리며 빗장을 밀어야 했다. 곧 빗장들은 연결고리에 매달린 채 짤그랑거렸다. 그러고 나서 모든 문을 흔들었다. 들어 올리고 밀었다. 밀어서 틈을 만들었다. 그러자 돼지들이 휘파람을 불고 걱정스럽게 꿀꿀거리기 시작했다. 그리고 곧⋯⋯ 하나씩 우리의 문이 열리기 시작했다. 2천 마리의 돼지가 자유를 향해 사뿐히 걸어 나왔다.

돼지는 잡식성이어서 돼지가 사람을 잡아먹는 일은 흔했다. 그리고 이 돼지 중 몇 마리는 크고, 사나운 송곳니와 분노로 가득 찬 눈을 갖고 있었다. 평생 몸을 돌리지도 못할 정도로 너무 작은 우리 속에서 살아와 생길 수밖에 없는 분노였다.

그리고 일단 돼지들이 탈출하자, 돌아가기에는 이미 너무 늦었을 때⋯⋯ 그때가 돼서야 이것이 두려워해야 할 상황이라는 사실을 깨달았다. **그들이 나를 잡아먹을지도 몰라.** 나는 생각했다.

돼지들은 가만히 서 있었다. 또는 주변을 서성거렸다. 불안해하며 코를 킁킁거렸다. 부자연스럽게 서로 어울렸다. 다시금, 바스티안의 파티에서 그랬듯이, 분리의 장막을 꿰뚫어 버렸던 것이다. 나는 저들에게도 나와 똑같은 신성한 불꽃이 살아 있다는 것을 이해하게 되었다. 내 피부에서, 내 팔 안에서, 내 뇌에서 느껴졌다. 내 명령을 고분고분하게 따르는 정신들의 부대였다. 뒤돌아서 출구로 향하자 돼지들이 나를 쫓아왔다.

여기서 당신이 아마 잘 모를 부분에 대해 알려 주겠다. 가까이서 보면, 그러니까 눈을 마주치며 이상한 기분을 느낄 수 있을 정도로, 정말 가깝고도 가까운 거리에서 보면…… 돼지들은 무시무시하다. 그들의 얼굴에는 뭔가 인간의 것과 굉장히 흡사한 부분이 있다. 그리고 뭔가 지적인 부분도 보인다. 만약 돼지가 초지능적인 외계인이며 인류를 상대로 어떤 끔찍한 대량 몰살을 준비하기 위해 인류를 수천 년간 연구해 왔다고 내일 당장 과학계에서 밝히더라도 나는 전혀 놀라지 않을 것이다.

돼지들은 괴물 같은 외양을 자랑한다. 그리하여 나는 마을로 나만의 괴물 군단을 행군시켰다.

우리가 이동하는 동안 나는 페로몬 냄새로 이루어진 두껍고 너른 구름으로 자신을 감쌌다. 그것은 **여기 보지 마, 여기에는 볼 것이 아무것도 없어, 아무도 없어**라고 말하는 안개였다. 내가 최대한 구현할 수 있는 나름의 투명 망토였다.

행진하는 동안 돼지들은 부산해졌다. 그들은 이런 자유를 한 번도 경험해 본 적이 없었다. 그들은 밤공기가 피부에 닿는 기분을 느껴 본 적이 없었다. 그들은 큰 소리를 냈다. 쓰레기를 뒤졌다. 싸웠다. 그들은 추위에 괘념치 않았다. 페로몬 덕분인지 의지만으로 그런 건지 모르겠지만, 나는 그들을 내 팔만큼이나 수월하게 통제했다. 우리가 가는 동안 내 분노가 그들에게로 흘러들었다.

내 앞에 자리한 마을의 지형이 느껴졌다. 내게 한 번이라도 부당한 행동을 했던 모든 이가 자고 있는 곳이었다. 나는 그곳의 냄새를 맡았다. 그리고 돼지 군단에서 2백 마리를 따로 분리해 오트의 집으로 보냈다. 그러고는 다시 2백 마리를 분리해 우리 고등학교로 보냈다.

파괴해. 나는 돼지들에게 명령했다. 창문을 깨. 송곳니로 문을 들이받아 무너뜨려. 안으로 들어가. 으르렁거려. 꿀꿀거려. 떼로 몰려다녀. 커튼을 뜯어 내려. 그림을 찢어 버려. 장난감을 찌그러뜨려. 사람들을 다치게 하지는 마. 그러나 그들이 소유하는 모든 것을 파괴해. 그들이 차라리 죽는 게 낫다고 생각하게 만들어. 먹을 수 있는 것은 뭐든 먹어 치워. 사방에 똥을 싸.

우리가 걸어가는 동안 불들이 켜졌다. 비명 소리가 들려왔다. 나는 마음이 불편했다. 얼마나 많은 착하고 순수한 사람들이 내 꿀꿀거리는 군단을 보고 자신들의 침대에서 공포에 질려 있을지 알았기 때문이다. 그리고 슬며시, 머리 뒤편에서 회의가 들기 시작했다. 내가 진정으로 해치고 싶은 사람은 아빠인데, 이렇게나 많은 부수적 피해를 낳고 다니는 것이 꼭 필요할까?

하지만 아니다. 내가 진정으로 해치고 싶은 사람은 **많고도 많았**다. 그리고 나는 그들을 모두 찬찬히 처치할 것이었다.

맥도날드, 월마트, 교도소, 어디든 사람들은 다른 사람들을 착취하며 살아갔다. 다른 사람들을 짐승처럼 부려 가며 말이다. 나는 더 작은 돼지 무리를 분리해 내어 그들에게 분란과 훼손을 맡겼다. 그리고 나는 그들을 볼 수 있었다. 그들의 숨소리가 들렸다. 그리고 그들의 시선을 통해 세상을 바라봤다. 나는 그들이 유리를 깨부수고, 입안 가득 언 프렌치프라이를 게걸스럽게 씹어 삼키며, 봉제 동물 인형들을 갈가리 찢고, 약국 진열대들을 도미노처럼 쓰러뜨려 혼돈을 야기하며 느끼는 즐거움들을 공유했다. 나는 그들이 먹는 음식을 맛보았다. 하지만 그것이 내 허기를 줄여 주지는 못했다.

나는 돼지들을 부유한 이웃 동네로 데려갔다. 그곳에서 내가 절대 가질 일이 없는 비싸고 아름다운 물건들을 모조리 뒤집고 다녔다. 그리고 깨진 유리 조각이 사방으로 새로이 튈 때마다 나는 전율했다. 기쁨의 파도에 의해 뒤흔들렸다. 모든 폭력과 파괴적인 행동이 나라는 기타에서 코드처럼 내 몸속을 울렸다. 죄 있는 자들을 벌하고 자만한 자들을 파괴하다……. 그것은 옳게, 좋게, 중독적으로 느껴졌다. 마치 비디오 게임에서 어려운 레벨을 깼을 때와 같은 기분이었다.

하지만 행동이 끝날 때마다 나는 다시금 배가 고파졌다. 속이 허해졌다. 폭력은 일시적으로 공허를 메웠다. 하지만 그 충족감은 빠르게 사라졌고 공허가 남았다. 차가운 허전함과 사이렌의 소리였다.

나는 신발을 벗어 던진 뒤, 내 밑의 언 땅을 느꼈다. 모든 불꽃 하나하나를 느꼈다. 숨을 내쉬었다. 불꽃들에 산소를 공급하며 그것들이 불어나는 것을 지켜봤다. 걸음을 내디딜 때마다 불꽃들을 부채질했다. 이동하는 동안 우리 뒤로 백 개의 불꽃이 회오리 형상으로 피어올랐다.

총성이 들렸다. 총성이 두 차례 났다. 뒤따라 돼지들의 비명 소리가 들려왔다. 타오르는 고통이 내 어깨를 관통했다. 돼지 중 한 마리가 총에 맞은 것이었다. 다른 돼지들도 그것을 느꼈다. 우리가 하나의 돼지처럼 생각을 공유했기에 고통은 우리 모두를 강타했다. 돼지들은 하나처럼 비명을 질렀다. 그러고는 점점 더 분노하기 시작했다.

내가 목적지에 다다랐을 때쯤에는 이미 수많은 돼지 무리에게 폭력적 아수라장을 만드는 별개의 임무를 부여해 보내 놓은 상태였다. 그래서 내게 남은 돼지는 3백 마리밖에 없었다. 하지만 바스티안의 저택을 완전히 파괴해 버리기에는 충분하고도 남았다. 내가 손뼉을 치자 돼지들이 문을 향해 돌진했다. 두 마리는 창문을 더욱 수월하게 깨기 위해 다른 놈들의 등 위에 올라타기도 했다. **짓이겨 버려.** 나는 생각했다. **황폐하게 만들어 버려.** 찌그러뜨리다, 와해시키다, 무너뜨리다, 불구로 만들다……. 유의어 사전이 내 혈관 속에서 펼쳐져 박동하는 기분이었다. 그것은 단어들이 폭력의 즐거움과 결합되면서 느껴지는 진정한 쾌락이었다.

나는 저택 안에 그들이 있다는 것을 후각으로 알 수 있었다. 두 사람 모두 있었다.

「나와!」 나는 바스티안에게 외쳤다. 하지만 바스티안보다는 그의 아버지, 너무도 많은 사람에게 상처를 주는 결정을 지극히 무자비하게 내릴 수 있으며, 그것에 대한 처벌은 영원히 받을 일이 없는, 아니 되레 그렇게 함으로써 보상을 받고, 승진을 하고 회사 지분 보유자들의 주머니에 더 많은 돈을 채워 줬다고 영웅 대접을 받을 가능성이 농후한 그 남자를 향한 외침이었다.

침묵이 흘렀다. 돼지들이 멈춘 채 귀를 기울였다.

「우리는 너희를 공격하지 않을 거야.」 나는 들떠서 웃음을 터뜨리며 말했다. 그러고는 영화 속에 등장했던 괴물의 말을 인용했다. 「우리는 그냥 너희의 뇌를 터뜨려 으깨 버리기만 할 거야!」

돼지들이 무너진 문을 통해 밀려들어 왔다. 그들은 이중 계단을 따라 뛰어올랐다. 부엌과 식당으로 침입했다. 미친 듯이 신나서 아름답고 비싼 물건들을 마구 망가뜨렸다.

기억하라. 이 과정 내내 나는 거의 반쯤만 개입된 상태였다. 내가 움직이는 모습을 지켜보며 기쁨과 공포 사이 무언가에 해당하는 기분을 느끼고 있었다. 돼지들을 통제하며 그들에게 어디로 가고 무엇을 하라고 지시하고 있었다…… 단 한 번도 **내가 이 미친 짓을 할 수 있다고?**라는 의문을 품을 생각이 들지 않았다. 나는 양팔을 뻗었을 뿐이며 일은 행해졌다.

양손을 내밀고 손바닥이 위로 향하게 하여 감각을 펼치니 내가 내 물리적인 신체를 넘어서는 곳까지 닿을 수 있다는 것이 느껴졌다. 그 감각은 시공간의 한계를 넘어서고 있었다. 뭐든 잡을 수 있을 것 같은 기분이었다. 태양 한 주먹, 목성의 돌멩이 하나, 우리 아빠…… 나는 이 준비운동을 끝마치고 나서 아빠를 잡으러 갈 것이다. 아빠가 이 일의 주인공이었다. 하지만 당장은 내가 원하는 바가 훨씬 가까이 있었다.

「와라.」내가 속삭였다.

바스티안의 아버지가 계단 꼭대기에서 나타났다. 그를 처음으로 보는 것이었다. 그는 키가 작고 투실투실한 남자였다. 자신에게 너무 큰 잠옷을 입은 상태였다. 두 눈을 비비고 있었다. 그는 안경 없이는 거의 보이는 것이 없었다. 지옥의 비명과 유리가 깨지는 소리에 잠이 깬 그는 안경을 침대 협탁에 두고 온 상태였다.

「오, 세상에.」

바스티안이 그의 아버지 뒤에 나타났다. 반쯤 잠이 덜 깨고, 또한 반쯤 미소를 짓고 있었다. 아마도 자신이 꿈을 꾸고 있다고 자신하고 있는 모양이었다. 바스티안이 입을 열었다. 「맷, 무슨 일이야? 대체 이게 무슨…… 무슨 일이 벌어지고 있는 거야?」

「가만히 있어.」내가 지시하자 돼지들은 동작을 멈췄다. 고요히. 그들은 현명하고 소름 끼치는 반(半) 인간적인 생명체답게 바스티안과 그의 아버지를 빤히 쳐다봤다.

그리고 이제, 이 지점에서 바스티안의 표정에 두려움이 엄습하기 시작했다. 처음에는 그냥 돼지들에게 일어난 단순한 기괴현상으로 치부했다. 어차피 곧 다른 곳으로 이사 갈 판인데 이 집에 저 돼지들이 뭔 짓을 하든 그와 무슨 상관인가? 하지만 이제 다른 뭔가가 벌어지고 있다는 것을 깨달았다. 뭔가 도저히 설명할 수 없는 일이 말이다. 그는 어쩌면 내가 정말 두려워해야 할 존재일지도 모른다는 생각을 했다.

「너 대체 뭐야?」바스티안이 물었다. 그리고 당차고 살벌하게 앞으로 한 발을 더 내디뎠다.

나는 영화 속에 나오는 괴물이 아니었다. 영화 속 괴물들은 무슨 대사를 쳐야 하는지 알고 있었다. 악당들은 언제나 뭔가 끔찍한 응수를 준비해 두고 있다. **너의 가장 끔찍한 악몽이다, 네가 마지막으로 볼 존재다, 나를 죽음이라고 부를 수도 있겠다** 등등. 나는 그냥 돼지들이 으르렁거리게 만들었다. 울부짖도록, 째지는 소리로 비명을 지르도록, 우렁차게 꿀꿀거리도록 만들었다.

아빠가 어디 있는지는 모르지만, 돼지들의 소리를 들을 수 있을지 궁금했다. 사이렌과 종소리들이 아빠를 깨웠을까? 그것들이 자신을 위해 울렸다는 사실을 아빠가 알까? 죽음의 천사가 아빠를 벌하러 밤을 헤치며 다가오고 있다는 것을 알까?

「바스티안?」 바스티안의 아버지가 물었다. 사실상 박쥐처럼 눈이 어두운 상태인 그는 자신의 아들이 이 모든 상황을 설명해 주기를 바라고 있었다.

내가 손가락을 까딱하니 바스티안의 아버지에게 가장 가까이 있던 돼지가 갑자기 그에게 달려들었다. 돼지의 송곳니 하나가 그의 종아리를 스쳤다. 그가 짧은 비명을 내지르고 한 걸음 뒤로 물러났으나 넘어지지는 않았다. 넘어졌다면 진정 치명적이었을 것이다. 돼지들이 한순간에 그를 갈가리 찢어 버렸을 테니까.

바스티안이 앞으로 한 걸음 나왔다. 그의 표정은 마지막 한 가닥 용기마저 날아가 버린 상태였다.

나는 이 일이 어떻게 진행될지 보였다. 두 마리 돼지가 각자 다리 하나씩을 노리며 공격할 것이다. 그들은 그를 빠르게 쓰러뜨리고 큼지막한 피부 조각들을 잡아뗄 것이다. 바스티안이 바닥에 누운 뒤에는 돼지들이 각기 다른 방향으로 그를 잡아당길 것이다. 그의 아버지도 2분 30초 후에 함께 쓰러질 것이다. 그의 비명 소리에 나머지 돼지들도 공격에 가담할 것이다. 10여 마리의 꿀꿀거리고 으르렁거리며 끙끙거리는 동물이 뼈와 피부와 근육과 내장을 쪼개고 짓씹을 것이다.

그런다고 뭐가 달라질까? 그들을 죽인다고 해서 내가 이미 이룬 것 이상으로 뭔가를 더 이룰 수도 없지 않나? 그들을 이대로 살려 놓는 것이 낫다. 그들에게 퍼뜨릴 이야기와 심리적 상처가 주어진 채로 말이다. 그들이 이 기억에 시달리도록 두는 것이 더 낫다.

나는 뒤돌아서 자리를 떠났다. 돼지들도 나를 뒤따랐다.

바스티안과 그의 아버지를 죽일 뻔했다. 정말 아슬아슬했다. 그것을 깨닫자 소름이 돋았다.

살인은 특별하다. 지금의 나를 지배하고 있는 내 정신의 야만적이고 괴물다운 부분이 그렇게 알려 줬다. 누군가를 죽이는 것은 대상과의 관계를 쌓는 일이었다. 그리고 그 관계는 평생토록 나를 따라다닐 것이었다.

그 행위만큼은 내게 정말 중요한 사람을 위해 남겨 놓는 것이 좋았다.

이제 우리의 잠든 작은 마을의 밤이 맨해튼의 오후만큼이나 시끄러워졌다. 나는 아빠의 냄새를 따라갔다. 냄새는 희미했지만 점점 진해졌다. 그렇게 나는 서쪽으로 이동했다. 강으로 갔다.

시내를 통과했다. 컬럼비아 스트리트를 따라갔다. 그곳은 우리 지역의 빈민촌이었다. 거기서 돼지들은 각 잡힌 대형을 유지하며 그곳 사람이나 소유물들을 티끌만큼도 훼손시키지 않았다. 나는 세컨드 스트리트에서 북쪽으로 꺾었다. 언덕을 내려갔다. 판자촌을 지났다. 기찻길을 건넜다. 강으로 향했다.

아빠가 그곳에 있었다. 강 건너에. 돼지들이 수영을 할 수 있나? 그 외에 저 강을 건너는 유일한 방법은 대략 16킬로미터를 돌아서 가는 것뿐이었다. 그러려면 강을 따라 남쪽으로 가서 립 밴 윙클 다리에 이르고, 그것을 건너 반대편으로 간 뒤, 다시 북쪽으로 향하면서 캐츠킬시를 통과한 다음 아테네시를 통과해야 했다. 그러고 나면 아빠와 나 사이에 얼마나 많은 마을이 더 있는지 누가 알겠는가.

하지만 아니다. 다른 방안들이 있었다. 당연히 있었다. 나는 우주에 존재하는 모든 능력을 갖고 있으니까 말이다.

나는 무릎을 꿇었다. 무릎이 언 진흙을 쓸고 지나갔다. 하지만 강 자체가 너무 빠르게 이동하고 있어서 얼리기가 불가능했다. 나는 양손을 모두 물속에 집어넣었다. 물이 차디차서 날카롭게 찌르는 느낌이었다. 강의 기세보다 약한 사람이었다면 그 고통에 움찔했을 것이다. 하지만 나는 그것보다 강했다. 나는 강의 비밀을 봤다. 그것이 얼마나 간절히 얼음이 되고 싶어 하는지 보였다.

나는 일어섰다. 그리고 양팔을 들어 올렸다.

쩍 하고 늘어나는 소리와 함께 내 앞의 강 위에 얼음이 형성되었다. 처음에는 들쭉날쭉한 삼각형 모양의 얼음이었다. 그러나 그것이 점점 자라났다. 넓어졌다. 늘어났다.

나는 얼음 위로 발을 디뎠다. 팔을 앞으로 내밀며 얼음이 펼쳐지는 광경을 지켜봤다. 돼지들이 걸음을 내디뎠다. 아테네시의 불빛들이 우리 앞의 검은 물 위에서 얼어붙은 반딧불처럼 반짝였다. 검은 별들이 허공을 채웠다. 내 정신은 내가 요구하는 일의 어마어마함에 힘겨워하고 있었다.

너는 할 수 있어. 나는 비틀거리는 와중에도 속삭였다. 나는 나와 아빠 사이를 가로막는 모든 도시를 밀어 버릴 것이다. 나는 허드슨 밸리 전체를 똥내 나는 잔해로 만들어 버릴 것이다.

다시금 나는 비틀거렸다. 이번에는 한쪽 무릎을 꿇게 되었다. 내 밑의 얼음이 갈라지고 얇아졌다. 얼음 조각이 떨어져 나갔다. 그러자 돼지 한 마리가 비명을 지르며 강 속으로 빠졌다.

얇아지는 얼음에 대고 있던 내 손 주위로 금들이 생겼다. 거대한 오징어들과 흰고래들과 플레시오사우루스[22]들이 검은 물속에서 헤엄치고 있었다. 과부하가 걸린 내 정신이 새로운 공포의 대상들을, 새로운 괴물들을 소환하고 있었다. 세상을 멸망시키는 일에 조금이라도 도움이 될 만한 것이라면 뭐든 창공에서 뽑아 오고 있는 것이었다.

그렇게 도와달라고 비명을 지르고 있었다.

나는 몸을 다시 일으켜 세웠다. 그 자리에 서 있었다. 한 걸음 내디뎌 보려고 시도했다. 하지만 움직일 수가 없었다.

22 쥐라기 초기에 번성했던 해양 파충류 중 하나.

「제발······.」 내가 속삭였다. 아마 소리 내어 속삭인 것은 아닐 것이다. 그리고 곧, 가벼운 손 하나가 내 어깨를 잡아 주는 감촉이 느껴졌다.

내 모든 분노가 스르륵 사라졌다.

왜냐하면 그것이 누구의 손인지 알고 있었기 때문이다.

나는 고개를 돌렸다. 이 상황이 믿기지 않았다. 그래서 속삭였다.「마야 누나?」

「네가 나를 부르는 소리를 들었어.」 누나가 말했다.

「누나가······ 누나가 어떻게······?」

「나도 이런저런 걸 할 수 있으니까.」 누나가 양팔로 나를 꼭 끌어안으며 말했다.「왜? 너만 그런 걸 할 수 있다고 생각한 거야?」

법칙 #49

　네 몸에 일어날 수 있는 최악의 상황은 몸이 뚱뚱해지거나 병에 걸리거나 심지어 심하게 망가지게 되는 일이 아니야. 네 몸에 벌어질 수 있는 최악의 상황은 누군가 네 몸을 통제할 권한을 가져가 버리는 거야.

　-1~-27일,
　하루 평균 섭취 칼로리: 약 1800

　당황스러운 마음에 나는 깨어났다. 고통이 찾아와 별안간 정신이 도로 들었다. 눈을 뜨고 내가 다시 병원에 입원해 있다는 사실을 간신히 인지했다. 내가 있는 장소에 큰 의미가 있는 것은 아니었다. 중요한 것은 내 목구멍 안으로 콧줄 튜브가 꽂혀 있고, 그것으로 인해 눈앞이 깜깜해질 정도로 고통이 느껴진다는 점이었다. 나는 튜브를 잡고 싶었다. 뽑아서 떼어 버리고 싶었다. 하지만 나는 너무 약했다. 팔도 간신히 살짝 움직일 정도였다. 나는 기침을 하고 숨을 쌕쌕거리며 몸부림을 쳤다. 콧줄 튜브를 잡은 뒤 당겼다. 그로 인해 생생한 고통이 위장까지 이어져 내려갔다. 그것이 식도벽과 마찰을 이루며 만드는 소리가 들렸다. 그것은 연골에서 날 법한 징그럽고 축축한 소리였다.

기계들도 소음을 만들었다. 사람들이 방문했다. 그들이 나를 내리눌러 자제시켰다. 간호사는 내가 영양실조로 기절했으며 심각한 상황에 놓여 있다고 설명해 주었다. 나는 내 분노를 포효로 표출하고 싶었다. 하지만 튜브가 그 소리를 막아 고통스럽게 꾸르륵거리는 소리만 나왔다. 나는 불을 쏘아 대고 뼈를 부러뜨리고 사람들을 마비시키고 싶었다. 하지만 내 능력들이 전혀 먹히지 않았다. 누군가가 나를 바늘로 찔렀다. 그러자 모든 것이 그대로 사라졌다.

「네가 어디에 있는지 아니?」

「컬럼비아 그린 메모리얼 병원요.」 나는 지난번 응급실에 실려 왔을 때 만난 적 있는 안경 쓴 의사에게 대답했다. 나는 몸을 제대로 가누지 못하는 상태였다. 진정제를 맞았고 튜브를 통해 배가 음식으로 한가득 채워져 있었다.

「아니, 맷, 너는 3일 전에 에덴 동산 재활 센터로 이송됐어. 66번 도로로 나가다 보면 나오는 곳 말이야. 양로원이 있던 자리 알지?」

「네.」 내가 반응했다.

의사가 잠시 내게 설명을 했다. 약물 때문에 정신이 혼미한 가운데 나는 우리가 이 대화를 전에도 나눴다는 사실이 떠올랐다. 내 정신은 여전히 한참 오락가락하고 있었지만 슬슬 되돌아오고 있었다. 이제 기본적인 개념을 잡고 있을 정도는 되었다. 엄마가 병원 관계자들에게 나를 건강하게 만들기 위한 모든 수단을 가리지 않고 시행하도록 허가한 상태였다. 그들은 이곳에 섭식 장애 클리닉을 크게 운영하고 있었다. 그들은 내가 나아지기를 바랐다. 그들은 내게 나 자신을 사랑하고 존중할 수 있는 도구들을 주려 했다. 이 모든 것에 대해 내가 어떻게 생각하냐고?

나는 의사 선생님을 빤히 바라봤다. 말을 하기 위해 입을 열었다. 하지만 말을 해봤자 무슨 소용이겠는가? 다른 사람들이 대체 어떻게 내 상황을 이해하겠는가? 그리고 그들이 무슨 이유로 이해를 해줘야 하는가? 이것은 내 싸움이었다. 나는 입을 닫고 고개를 돌렸다.

침묵을 선택함으로써 나는 마침내 왜 마야 누나도 같은 선택을 하는지 깨달았다. 누나의 침묵이 언제나 고통과 분노의 표현이었던 것은 아니다……. 그것은 치유 과정이기도 했다.

이해해 줘라. 시간이 흘렀다. 나는 의사들과 얘기를 나눴다. 집단 상담 세션에도 참석했다. 다큐멘터리 동영상들을 감상했다. 아름답고 흥미로우며 아픈 사람들을 만났다. 그들은 올 때 엄마와 마야 누나를 동반했다. 그런 방문자들만도 한 트럭이었다. 나는 내가 아프다는 점을 받아들였다. 그리고 내가 왜 아픈지 배웠고 내가 나아지기 위해 무엇을 해야 하는지도 깨달았다. 나는 입원실 점검을 통과했다. 금색 별도 탔다.

그 모든 것이 의미가 없었다.

오트밀.

향도 설탕도 가미되지 않은 오트밀.

이런 요리가 존재한다는 것을 알고 있었는가? 이런 요리가 존재한다. 그리고 매우 역겹다. 나는 이걸 아주 많이 먹었다. 아무 맛도 없고 지루하도록 영양이 가득한 요리였다. 이것은 환자를 간호해 섭식 장애 지옥에서 살아 있는 자들의 땅으로 이주시키는 과정에서 극도로 중요한 요소라고 했다. 그 이유를 추측하자면 거식증 환자들이 다시 먹는 행위에 익숙해지도록 도와주는 과정일 것이다. 오트밀은 너무나 밍밍해서 사람들이 절대 이것으로는 과식을 하지 않을 것이다. 하지만 내가 더는 이것과 싸우지 않겠다고 결심해야 했다. 나는 저들이 원하는 대로 따라 줄 것이다. 그들이 나를 돕도록 내버려 둘 것이다.

에덴 동산의 벽은 밝은 파란색이었다. 리넨들은 밝은 초록색이었다. 내 방 창문 밖의 광경은 딱 설탕을 첨가하지 않은 오트밀만큼 흥미로웠다. 벌거벗은 순무밭은 연중 시기를 잘못 타서 얼음과 눈과 진흙만 쌓인 채 비어 있었다. 더 나아가 저 멀리 언덕 하나가 있었다. 작고 보잘것없는 언덕이었다.

흥미로운 것들은 반대편에 자리하고 있었다. 나는 그쪽을 보지 못하게 되어 있었다. 그곳에는 정부에서 파견한 트럭과 트랙터, 그리고 불도저와 기자들로 가득한 고속 도로가 있었다. 그 너머에 있는 마을에서는 건설, 폭파, 보수, 평가 작업이 진행되고 있었다. 한동안 허드슨이 국내 뉴스에 밤마다 등장했다. 그때마다 우리 이웃들이 10여 개의 방송국에서 파견된 기자들에게 그날 밤 사건에 대한 증언을 숨 가쁘게 풀었다. 돼지들의 광란 사건. 철저한 조사가 여전히 진행 중이었다. 하지만 정부 조사원들은 조사를 시작하면서 얻은 정보에 따라 회사가 폐쇄하면서 요구되는 안전 절차들을 건너뛰었다고 발표했다. 그것 때문에 돼지우리들의 잠금장치 시스템에 오류가 났다고 말이다. 우리 마을의 경계를 넘어 자리한 다른 마을들에서는 무작위적인 야생 돼지들의 급습을 받았다고 보고했다. 하지만 짓밟힌 정원이나 쓰레기통 이상으로 심각한 상황은 없었다. 그 모든 짐승을 피에 굶주린 무자비하고도 조직적인 세력으로 통솔해 난폭한 파괴를 야기했던 수수께끼 같은 존재가 뭐였던 간에 그것은 이제 사라졌다. 목격자도 없었고 어떤 감시 카메라에도 초능력으로 돼지 군단 위에 군림하던 소년에 대한 정보는 없었다.

경찰들과 무작위로 모인 자경단원 놈들이 무리를 지으며 오토바이로 마을 안을 돌아다니다가 픽업트럭의 짐칸 안으로 줄지어 들어갔다. 엽총과 올가미 밧줄과 쇠스랑과 손전등들을 휘두르고 다녔다. 길 잃은 작은 돼지들을 해하거나 죽일 수 있는 도구라면 모두 사용했다. 다양한 규모의 민병대가 숲속을 도보로 이동했다. 몇 시간마다 총성이 들려왔다. 나 때문에 한 차례 더 돼지를 살해하려는 시도가 있었던 것이다.

바스티안의 가족은 이미 이사를 간 상태였다. 그의 아버지가 유티카 도축장으로 전직하려던 기존 계획이 확연하게 앞당겨진 것이었다.

바스티안이나 그의 아버지 중 한 사람이 나를 돼지 광란 사건의 잔혹한 기획자라고 지목했지만 그들의 주장을 믿어 준 사람이 없었던 모양이다. 게다가 나도 그들에게 연락을 취해 우리의 기억을 비교해 보며 진짜 상황이 어떻게 된 것인지 가늠하기에는 마음이 편치 않았다.

카슈탄 의사 선생님이 매일 찾아왔다. 그녀는 허드슨 지역 신문인 『레지스터 스타』를 가져왔다. 최신 소식들을 내가 확인할 수 있도록 배려한 것이었다. 에덴 동산 재활 센터에는 텔레비전이 없었다. 그것은 아마도 텔레비전의 어느 채널을 봐도 30초 안에 아름답고 끔찍하며 비현실적인 사람들의 몸에 포위되지 않기란 불가능하기 때문일 것이었다.

「네 손톱들은 완전히 회복되지 않을 수도 있어.」 의사 선생님은 내가 오트밀을 먹으며 일주일 정도 지낸 뒤에야 알려 줬다. 아마도 선생님은 내가 나쁜 소식을 들어도 그것에 동요되지 않을 정도로 강해지기를 기다렸을 것이다. 「하지만 제일 큰 문제는 네가 네 심장을 망가뜨렸다는 거야.」 선생님이 말했다. **망가졌다고, 심장이.** 그 말에 가슴이 쿵 내려앉았다. 「영양실조 때문에 네 심장벽이 얇아지고 약해졌어. 그것도 결국에는 근육의 일종이거든. 굶주린 인간의 몸은 가능한 모든 조직을 자가 섭취하지.」

내가 열두 살이었을 때 엄마는 자신에게 고지혈증이 있다는 사실을 알게 되었다. 그 소식은 내게 가늠할 수 없을 정도로 두려움을 안겨 주었다. 이제 나는 그 이유를 알겠다. 우리 몸이 비싼 관리를 요하는 기이한 부품들로 가득한 허술한 기계라는 것을 그때 처음으로 깨달았기 때문이다. 그리고 우리는 그런 몸을 함부로 대하다가 예상치 못한 결과를 초래하게 된다.

「아마도 평생 이번 영양실조로 인한 손상이 남을 거야. 특히 자율 신경 조절계 쪽에서는 더더욱⋯⋯. 그 말인즉슨 일어서고 앉는 등 자세 변화로 인해 심장이 혈액을 펌프질해야 할 때마다 현기증을 느끼고 쓰러질 수도 있고, 심지어 인지적 변화도 경험하게 될 수 있다는 얘기야. 예를 들어 기억 상실이라든지, 정보 처리 능력 둔화라든지⋯⋯ 여러 증상이 있을 수 있어. 언젠가 수술이 필요할 수도 있고.」

「음, 알았어요.」나는 두려움을 숨기며 대답했다. 그러고는 향도 설탕도 가미되지 않은 젤리를 좀 더 먹었다.

맞다. 그것도 여기서 밀고 있는 음식이었다. 그것은 오트밀보다 더 역겨웠다. 나는 그것을 입안으로 퍼 넣었다. 무미(無味)로 공복을 덮어 버리는 꼴이었다. 젤리가 사라졌을 때도 나는 똑같은 인간이었다. 똑같이 망가진 몸뚱이를 갖고 있었다.

나는 지금 요약판으로 이야기를 진행하고 있다. 경과를 보이다가 재발했던 일들, 식사하기를 거부하던 나날들, 〈거울 속의 소년〉이 나를 찾아내 내 물렁살이 출렁이는 창백하고 역겹고 보잘것없는 몸을 비웃던 수많은 순간을 전부 빼놓은 것이다. 그래서 수개월의 이야기를 몇 단락으로 줄인 것이다.

가끔 엄마와 마야 누나가 같이 병문안을 왔다. 그리고 어떤 때는 한 사람씩 따로 왔다. 우리는 마을이 입은 대대적인 피해에 대해 얘기했다. 날씨에 대해서도 얘기했다. 엄마에 대해서도, 그리고 엄마 자신의 재활과 심리 상담 치료와 교회 지하에서 벌어지는 재활 모임에 대해서도 얘기했다. 아무것도 아닌 얘기를 할 때도 있었다. 우리는 얘기를 나눴다.

　나는 이제 뭐가 진짜인지 구분이 안 되었다. 정확히 무슨 일이 벌어졌는지, 그 사건에서 내가 어떤 역할을 맡았는지.

　왜냐하면 내가 기억하는 일은 진짜일 리가 없었기 때문이다. 하잘것없는 맷이 공격적인 돼지 군단으로 마을 전체를 무너뜨릴 수는 절대로 없었다.

　이 상황에 대한 가장 가능성 높은 해명은 이것이다. 내가 기이한 돼지들의 탈출에 관한 이야기를 정말 많이 들었던 것이다. 그리고 내 정신이 그 모든 이야기를 자신의 병적이고 자만한 사고방식으로 걸러 들어서 또 다른 정신 나간 이야기를 만들어 낸 것이다. 내가 슈퍼 악당의 초능력을 갖고 있고 그것으로 몇천 마리의 돼지를 풀어 준 뒤 그들을 이용해 보잘것없는 동네 전체를 불태워 버렸다는 이야기, 습격을 자행하는 돼지 군단으로 우리 마을 전체를 무너뜨렸다는 이야기, 그러다가 허공에서 누나를 갑자기 소환한 이야기, 그리고 누나가 내게 도움을 받으라고 설득한 이야기 말이다.

　어느 쪽이 더 최악일까? 내가 그 모든 이야기를 지어냈으며 내가 단지 미쳤다는 쪽이? 아니면 그 모든 이야기가 사실이고 내가 괴물이었다는 쪽이?

당연히 괴물인 쪽이 더 최악이었다. 괴물들이 나빠서가 아니라, 되레 내가 더는 괴물이 아니기 때문이었다.

그리고 나는 누나에게 사실 여부를 물을 수 없었다. 아직은 안 되었다. 왜냐하면 정말 내 정신이 망가져서 이야기를 지어낸 거라면, 내가 얼마나 망가져 있었는지 누나에게 들키고 싶지 않았기 때문이다.

「우리의 별것 없는 촌동네가 사람들로 얼마나 바글거리게 됐는지 너도 얼른 봐야 하는데.」 마야 누나가 월요일 아침에 홀로 병문안 와서 말했다. 「우리 마을이 이렇게나 흥미로운 것은 네가 일곱 살 때, 알로사우르스²³가 우리 마을을 헤치고 지나갔다고 했을 때 이후 처음인 것 같은데.」

「그때도 참 재미있긴 했지.」 내가 농담을 했다.

나는 묻지 않았다. 정말로 내가 돼지 군단과 함께 허드슨강을 건너기 위해 내가 만든 얼음 다리 위에 있을 때 누나가 내 옆에 나타났어? 그때 상황 중에서 진짜인 게 있었어? 나는 물을 수 없었다. 수많은 이유 때문에…….

「이 책 진짜 형편없는데.」 마야 누나가 내 손에서 『길 위에서』를 뺏어 가며 말했다.

「나는 이 책 짱이던데.」 내가 말하며 책을 도로 뺏어 오기 위해 몸을 앞으로 기울였다. 그러자 갑자기 현기증이 일었다. 내 오랜 친구들, 검은 별들이 벽면에서 마구 피어났다.

23 쥐라기 후기 북아메리카 지역에 살았던 육식 공룡.

「물론 너는 그렇겠지.」 누나는 내가 갑작스럽게 창백해지는 모습을 알아채지 못한 채 말했다. 「이건 남성 기득권에 관한 책이잖아.」

「**남자**들에 관한 책이긴 하지.」 내가 반박하기 시작했다. 「그 정도는 인정할게. 하지만 그들이 여자들에게 상처를 주지는 않잖아. 그들은 1950년대 시트콤 〈오지와 해리엇의 모험〉스러운 미소 만연하고 가짜 같고 사악하도록 남성 우월주의적으로 여성을 억압하던 사회에서 벗어나고 싶어 하잖아.」

「당시에는 너도 알다시피 낙태가 불법이었잖아. 피임약도 발명되지 않았을 때고. 그런데 그 남자 둘이 차를 끌고 돌아다니며 보는 여자마다 잠자리를 갖잖아. 그러면 그 여자들은 임신을 하고, 절대 육아를 도와주지 않을 무책임한 남자들의 애들을 키우는 일에 얽매이게 되지. 어쨌든 네가 그 책을 좋아하는 유일한 이유는 다들 알다시피 두 남자가 서로를 사랑했다는 점 때문이잖아. 그런데 그들은 두려워서 그 마음을 인정하거나 달리 어찌하지 못했고.」

「그럴지도 모르겠네.」 나는 수긍했다. **아빠가 잭 케루악을 좋아했기 때문에 나도 좋아했던 거야** 또는 **타리크가 준 책이기 때문에 좋았던 거야** 또는 **타리크가 그 책을 좋아해서 나도 좋아한 거야**와 같은 말들은 하지 않았다.

누나가 덧붙였다. 「게다가 당시는 1950년대였다는 걸 기억해. 짐 크로의 시대였잖아. 이 남자들이 흑인이었다면 차를 끌고 미국 전역을 돌아다니며 멋진 모험을 하지 못했을 거라고. 수많은 가게가 그들을 상대해 주지 않았을 거야. 수많은 기계공이 그들의 차를 고쳐 주지 않았을 거고. 게다가 백인만 출입 가능한 〈유색 인종 차별 지역〉에 우연히 들어서기라도 했다면 물리적 폭행을 당할 위험까지 무릅썼겠지. 그러니 이 책은 백인 우월주의에 관한 책이기도 해.」 누나가 내게 책을 돌려줬다.

「누나, 왜 우리 말고, 나 말고, 아빠를 선택한 거야?」 내가 물었다.

누나가 앉은 채로 엉덩이만 끌어서 내게 더 바짝 붙었다. 누나의 몸에서 탄탄하고 따뜻하고 강한 느낌이 전해졌다. 「어렸을 때 기억나? 내가 엄마와 아빠에 대해 물을 때마다 네가 속상해했던 거?」

나는 기억을 못 했다.

「너는 그때 엄마가 얼마나 속상해하는지 봤기 때문에 같이 속상해했던 거야. 그런데 나는 나이가 들면서 엄마와 더 자주 대화를 나눴어. 아빠에 대해서 말이야. 그가 누군지, 어떤 사람인지, 왜 우리와 함께 살지 않는지 등등.」

「엄마는 내게 아빠에 대한 얘기는 거의 입도 뻥끗 안 하던데.」 내가 투덜거렸다.

「그건 옛날에 아빠 얘기를 할 때마다 네가 당황하고 흥분했기 때문이야.」

「그랬던 기억이 안 나는데.」

「나는 생각나. 어쨌든, 지난여름에 엄마가 할머니의 오래된 주소를 줬어. 아빠와 연락해 보고 싶다면, 가능할지 모르겠지만 그 주소를 확인해 보는 수밖에 없다면서 말이야. 그러면서 할머니가 이미 수년 전에 이사 갔거나 돌아가셨을지도 모른다고 하더라. 하지만 내가 아빠와 연락하기 전에 엄마와 아빠 사이에 진짜로 벌어진 일에 대해 알 필요가 있다고 하셨어.」마야 누나가 나를 바라봤다. 나를 면밀히, 예리하게 바라보는 그 눈빛에서 나는 누나가 나보다 열 배는 더 강하다는 생각이 다시금 들었다. 내가 이런 **누나**를 예전에 구할 수 있다고 착각했다니, 대체 나는 뭔 생각을 하며 살았던 것일까? 「너 정말 이 얘기를 알고 싶어?」

「누나가 내게 그 질문을 해야 하는 상황이라면 아마도 그에 대한 답은 〈아니야〉겠지.」나는 대답했다. 「하지만 그래, 나도 알고 싶어.」

「아빠가 엄마를 때렸대. 두 사람 관계는 굉장히 폭력적이었대. 엄마는 아빠를 사랑했지만 아빠가 끔찍했대. 그래서 아빠를 영원히 떠나 아빠와의 연결고리를 전부 끊어 내기까지 오랜 시간이 걸렸대.」

나는 드럼이었다. 속이 텅 비어 있었다. 누나의 말이 내 속에서 메아리쳤다. 나는 드럼을 치듯 내 안을 타격하는 그 말들에 대해 생각하지 않으려고 매우 노력했다.

「나도 알아.」누나가 말하며 내 젖은 눈가를 매만졌다. 「나도 그런 기분이었어. 나는…… 나도 내가 뭘 원했는지 모르겠어. 아빠에게 꺼지라고 하고 싶었나? 아빠를 죽이고 싶었나? 아빠에게 복수하고 싶었나? 멍청했지만 당시 나는 그런 생각들을 했어.」

누나가 내 손을 가져다 쥐었다. 정의를 갈망하는 면에 있어서,

복수를 위험하도록 추구하는 면에 있어서 우리 남매가 얼마나 닮았는지 누나도 아는지 모르겠다. **네 누나는 모든 일에 도가 지나쳐.** 누나의 밴드 동료가 말하곤 했다. 그러니 분명히 나도 그럴 것이다.

「그래서 내가 연락을 취했어. 편지를 보냈어. 우리가 만나기를 바란다고 적었지. 보내는 이의 주소란에는 내 베이시스트의 집 주소를 썼어. 아빠는 곧바로 답장을 보내왔어. 언제나 그런 편지 받는 날을 꿈꿔 왔다고 하더라. 언제나 자신은 아버지 역할을 할 기회를 빼앗긴 기분이어서 화가 났다고 하더라고. 그러면서 만나자고 했어. 그래서 우리는 약속을 잡았어. 고속 도로 휴게소에 있는 식당에서 만나기로 했지.

「아빠가 나를 알아보기 전에 내가 아빠를 먼저 알아봤어.」 누나가 내 머리를 한 줌 쥐었다가 풀었다. 「너와 똑같은 쩅한 빨간 머리를 보고 아빠인지 알아챘어. 아빠도 너처럼 잘생겼더라.」

「나는 잘생기지 않았다고.」 내가 투덜거렸다.

「그럼 계속 그렇게 스스로를 속이든지.」 누나가 대수롭지 않게 말했다. 「어느 쪽이든 마음 편할 대로 해. 어쨌든 나는 출입구를 통해 들어갔고, 아빠는 내게서 등을 지고 있었어. 그리고 엄마가 했던 말이 떠올랐지. 엄마가 아빠를 엄청 사랑했다고, 이상한 매력이 있어서 엄마가 잘못된 일인 줄 알면서도 자꾸 아빠에게 돌아가게 됐다고, 마치 마법 같았다고…….」

나는 내 체취로 돼지들을 제어하던 상황을 떠올렸다. 그러고는 어쩌면 아빠도 어느 정도는 〈단식 병법〉을 애용하던 사람이지 않았을까 생각했다. 우리 모두가 〈단식 병법〉을 애용하지는 않을지 모른다. 하지만 어쩌면 우리 모두에게 어느 정도 초능력이 내재해 있을지 모른다.

「그리고 나는 그 남자를 좋아하고 싶지 않았어. 아주 조금도. 만약 내가 자리를 잡고 그와 얘기를 나누면, 그냥 그에게 꺼지라고 얘기하기 위해서라도 그런다면, 그의 입장을 듣게 될 거라고 생각했어. 예의는 지켰겠지. 왜냐하면 나는 그렇게 키워졌으니까. 그러다 그가 그의 마법을 내게도 부리면 어쩌나? 내가 이 분노, 이 증오를 그냥 놔버리면 어떻게 될까? 우리는 그냥…… 친구 같은 게 되려나? 동료? 나는 그러고 싶지 않았어. 그가 내 인생에 조금도 개입하기를 바라지 않았어. 그렇다고 그냥 자리를 뜰 수도 없었지. 그가 엄마에게 했던 행동이 있는데. 그러고도 아무렇지 않게 잘 살았는데.」

「그래서 누나는 어떻게 했어?」 내가 속삭였다.

「약간의 신경 쇠약을 겪었던 거겠지. 나도 내 사고 과정이 어땠는지 전혀 기억이 안 나. 아예 생각을 안 했지. 그냥…… 행동했어. 아빠는 작고 값싼 식당의 카운터 앞에 앉아 있었어. 종업원 휴게실 근처에 말이야. 그리고 마침 1미터도 떨어지지 않은 곳에서 커피를 담은 큰 유리 포트가 가스레인지 위에서 펄펄 끓고 있었어. 그래서 그냥…… 내가…….」

여기서, 누나는 울기 시작했다. 정말로 자제력을 잃고 펑펑 울었다. 나는 양팔로 누나를 감쌌다. 누나를 너무 꽉 안아서 그 압박감이 내 약해지고 굶주린 심장에까지 느껴지는 것 같았다.

「나는 그걸 잡았어.」 누나가 마침내 말했다. 「커피포트 말이야. 그걸 가스레인지에서 낚아채 최대한 세게 휘둘러 아빠의 머리를 쳤어.」

누나의 울음이 더 커졌다. 나는 꿈속에서 식당에 대해, 마야 누나에 대해, 폭파하는 커피포트들과 델 듯이 뜨거운 커피가 바다를 이루며 깨진 유리 조각들이 눈사태처럼 쏟아졌던 장면이 떠올랐다. 그리고 누나의 노래도 생각났다. 「블랙커피.」

「피가……」 누나가 말을 이었다. 「그 냄새…… 탄내가 났어. 내가 아빠를 죽였을지도 모른다는 생각이 들었어. 아빠를 실명시켰을지도 모르고. 또 아빠의 외모를 영구적으로 훼손시켰을지도 모르고. 나는 출입구 밖으로 뛰쳐나갔어. 주차장을 지나고 얕게 펼쳐진 숲을 통과해 하워드 존슨 모텔로 갔어. 그리고 우리 밴드의 베이시스트에게 전화를 했어. 걔가 나를 데리러 왔지. 아무에게도 말하지 않겠다고 약속했고. 하지만 집으로 돌아갈 수는 없었어. 그랬다간 아빠가 나를 추적해서 찾으러 온 다음 나를 죽일거라고 확신했거든. 아니면 경찰에 신고해서 나를 폭행죄로 잡아가게 만들거나. 나를 교도소에 집어넣도록 말이야. 하지만 애니가 최고였어. 뭐를 어떻게 해야 할지 정확히 알고 있었거든. 어떻게 해야 내 안전을 보장할 수 있을지 말이야. 애니가 모두를 초대했어. 우리 밴드 전체를……. 그들에게 무슨 일이 있었는지는 얘기하지 않았지만 우리가 프로비던스로 가서 녹음을 좀 해야한다고 말했지. 그래서 그 후로 쭉 그곳에 있었던 거야.」

누나가 덧붙였다. 「나는 너와 엄마 대신 아빠를 선택했던 게 아니야.」

　나는 이다음 말을 하면 안 되는 것이었다. 하지만 말할 수밖에 없었다. 그래서 그냥 내뱉었다. 「그래도 누나는 떠났잖아. 누나는 우리를 버렸어.」

　마야 누나는 멈칫하지 않았다. 머뭇거리지 않았다. 누나의 특허인 〈침묵으로 너를 무시하마〉 태도로 돌입할 생각도 하지 않았다. 「내가 그랬지. 내 의도는 아니었지만 결과적으로는 그렇게 됐지. 정말 멍청한 짓이었어. 이기적이기도 했고. 그리고 프로비던스에 있던 내내 나 자신을 합리화했어. 이 상황을 설명하면서도 내가 못된 애가 되지 않는 방법들 말이야. 그러면 그 일이 너와 엄마에게 미치는 영향을 보지 않기로 선택할 수 있었으니까. 하지만 지금은 그때 그 합리화가 얼마나 하찮은 개똥철학이었는지 알고 있어.」 눈 하나 깜짝 안 하고 누나가 덧붙였다. 「엄마가 타리크와 얘기를 했어.」

　시간이 멈췄다. 별들이 스스로 폭파했다. 대륙들이 덩어리째로 바닷속에 스르륵 잠겼다. 나는 누나가 **혼자 있으니 안 좋아**라고 말했을 때 내가 묻기 두려웠던 질문이 떠올랐다. 나는 〈와아아!〉라고 탄성을 질렀다. 그 탄성은 약하고 굶주린 심장이 흐물거릴 때까지 계속되었다. 「대체 왜…… 엄마가…… 타리크랑 얘기했는데?」

　「사실, 엄마는 타리크에게 욕을 한 바가지 해주려고 만난 거야. 네 마음을 아프게 한 것에 대해서 말이야.」

　「오.」

「엄마는 똑똑한 여자야. 대략적으로 엄마는 보기보다 많은 것을 알고 있어.」

「나도 알아.」 나는 속삭였다. 몹시 당황스럽고 어지러웠다. 자율 신경 실조 때문에 그런 것이 아니었다. 「하지만 나는…… 엄마가 아는 게 싫어…… 대체 엄마가 어떻게 알아…….」

「무슨 일이 있든 상관없이 엄마는 너를 사랑해. 그거야말로 네가 꼭 알아야 할 주요 사항이지.」

그리하여 내가 제일 무서워하던 대화는 애초에 자리할 필요가 없었던 것이다. 좋다. 그것만 해도 어디야.

마야 누나가 침대에서 일어나 창문으로 향했다. 누나의 가시 돋친 형상의 갈색 머리는 얼마 전에 새로 검게 염색한 상태였다. 누나가 내딛는 행보는 전부 자신감으로 가득했다. 누나는 그것들을 발판 삼아 세상을 정복할 것이다. 나는 아직 궁금증이 해결되지 않은 상태였다. 물어볼 것이 너무 많았다. 하지만 아직 시간이 있었다. 우리 둘 다 망가져 있었다. 하지만 둘 다 회복하고 있기도 했다. 어쩌면 원래 모두가 그러는지도 모르겠다.

누나가 콧노래를 불렀다. 아름답고 슬픈 가락이었다. 누나가 작업하던 솔로 데모 앨범 여덟 번째 곡의 일부인 것 같았다. 누나는 중독성이 농후하고 집착적인 우리의 성향을 뭔가 긍정적인 방향으로 풀어 나가는 방법을 찾았다. 파괴하기보다는 창조하는 것으로 말이다. 어쩌면 나도 그럴 수 있을지 모르겠다. 결국에는 말이다.

「자,」 누나가 말하며 내 침대 협탁에 지퍼락 봉지 하나를 놔뒀다. 「내가 떠나 있는 동안 네가 내 몫까지 훔쳐 먹었던데. 이거 너 좋아하잖아. 그래서 너를 위해 만들었어. 엄마가 만든 것만큼 맛있지는 않겠지만.」

나는 그 참치 샌드위치를 천천히 먹었다. 너무 두껍게 썬 찰라 빵과 과하게 뿌려진 마요네즈와 살짝 가미된 라임 즙을 음미했다. 한 입 먹을 때마다 열 번 정도씩 씹었다. 그리고 샌드위치를 다 먹어 치우자 나는 향과 설탕이 가미되지 않은 오트밀을 태산만큼 먹어 치웠을 때보다 훨씬 더 〈좋아진〉 상태에 가까워진 기분이었다.

법칙 #50

　네게 나쁜 일들이 벌어질 테고, 그것들은 네 탓이 아닐 때가 많을 거야. 인생은 수많은 정말 좋은 사람에게 괴로운 신파극일 때가 많지. 정말 사악한 사람 중에 인생을 쉽게 사는 사람도 많고. 나쁜 일이 벌어질 때는 너 자신을 탓한다고 상황이 나아지지 않아. 네가 뭔가 달리 했기를 바라며 후회하거나 하늘을 원망하는 것도 마찬가지야. 나쁜 일이 벌어졌다는 사실을 받아들여. 하지만 그것이 너에게 지속적인 상처가 되도록 내버려 두지는 마.

　네 탓으로 인해 네게 나쁜 일이 생길 때도 분명히 있을 거야. 〈좋아진〉 상태가 된다는 것은 그 차이를 구분할 수 있게 된다는 말이기도 해.

　–28일,
　총 칼로리: 약 1950

내가 병원에 들어선 순간부터 초능력에 의지하기를 한 번에 그만둘 수 있었나? 내 초능력을 온전히 외면할 수 있었나? 내가 그럴 정도로 충분히 강했다고, 충분히 용감했다고 말하고 싶다. 하지만 나는 그러지 못했다.

병원에 입원한 지 한 달쯤 됐을 때, 병원 복도의 불이 전부 꺼졌을 때, 그리고 우리 정신 이상자들이 자신의 외로운 침대 속에 파고들었을 때, 나는 속으로 생각했다. **엄마는 어떻게 지내고 있지? 엄마는 술을 끊었나? 누나가 엄마를 돕고 있나?**

그리고 일단 그런 생각이 들자 그것이 머릿속에서 떠나지 않았다.

엄마를 찾아. 내 생각이 말했다. **엄마에게 가. 엄마를 도와줘.**

나는 눈을 감고 엄마의 냄새를 맡아 보려고 했다. 엄마의 소리를 들으려고 했다. 엄마의 침대 옆으로 텔레포트해 보려고 했다. 내가 제어할 수 있었던 그 절대적인 힘을 다시금 불러일으켜 보려고 했다.

하지만 일어난 일이라고는 턱관절이 꽉 맞물린 것뿐이었다. 10분이 지났는데도 여전히 턱이 풀어지지 않자 나는 버튼을 눌러 간호사를 불렀다. 간호사는 내게 수면에 도움이 될 뭔가를 줬다. 그리고 아침이 되자 턱이 멀쩡했다.

대릴에 대해서도 많이 생각했다. 나를 버린 그 친구 말이다. 나는 그것을 지나치도록 민감하게 받아들였다. 대릴이 나를 싫어하게 됐다고 나 자신을 설득했다. 내게 뭔가 문제가 있다고 생각했다. 하지만 그것은 사실이 아니었다. 대릴은 **그만의** 문제로 나를 뒤로한 것이었다. 왜냐하면 그는 새로운 것을 추구했기 때문이다. 그의 삶이 비디오 게임과 만화책보다 더 포괄적이었기 때문이다. 그리고 자신이 잃은 삶과 친구들에 대해 슬퍼하기보다는 새로운 삶과 친구들을 찾아 나서는 것이 더 쉬웠기 때문이다.

나는 마야 누나가 다섯 살이 되어 유치원에 다니기 시작했을 때 분노했다. 떼를 쓰기 일쑤였다. 누나가 어떻게 나를 집에 홀로 둘 수 있는지 이해하지 못했다. 하지만 당연히 그것도 나와 전혀 관련 없는 문제였다.

내 병은 모든 일을 나와 관련된 일로 만들어 버렸다. 내 병과 내 이기심이 그랬다. 거기에는 내가 여전히 세상이 진짜로 어떻게 돌아가는지 이해하지 못하는 어린애라는 사실도 작용했다.

내 초능력은 분노에서, 증오심에서, 두려움에서, 수치심에서 기인한 것이었다. 나는 그것들을 키웠고 그것들이 나를 지배하도록 놔뒀다. 그리고 이제 그것들을 버리고 나니 내게는 아무것도 없었다.

그래서 매일 밤, 다시금 능력 발현을 시도했다. 실패했다. 매번은 아니지만, 어떤 때는 울기도 했다. 마치 양쪽 다리를 잃거나 앞이 보이지 않게 된 사람처럼 말이다. 뭔가 환상적인 것을 소유하다 그것을 영원히 잃게 되는 일만큼 고통스러운 것은 없지 않은가?

법칙 #51

네게 네 문제들이 없다면 너는 네가 아니게 될 거야. 너는 다른 사람이 되겠지. 지금의 너보다 훨씬 덜 멋진 사람 말이야.

—57일,
총 칼로리: 약 1800

「프렌들리네야?」 우리가 차에서 내릴 때 마야 누나가 물었다. 우리는 마치 그 패스트푸드 식당에서 어떤 말을 들어야 하는 것처럼 그곳을 빤히 올려다봤다. 하지만 그곳은 아무 말도 없었다.

「옛날에 우리 여기 맨날 왔었잖아!」 엄마가 말했다. 「기억나?」

「대충은.」 나는 대답했다. 그리고 실제로도 기억이 났다. 우리가 어렸을 때는 개학 준비용으로 크로스게이트 쇼핑몰에 들렀다가 의사 선생님과의 예약 진료를 받고, 무의미하게 올버니로 자잘한 나들이를 수백 번은 다녔던 것 같다. 「나를 살찌우려고 하는 거야.」 그렇게 말한 나는 엄마를 검지로 가리키며 탓했다. 「여사님, 당신의 사악한 계략이 다 보여요.」

「계략은 무슨 계략.」 엄마가 말했다. 「그냥 벽 네 면만 쳐다보고 있는 것이 너무 진절머리 나서 그러는 거야.」

나는 퇴원했다. 8주간의 치료를 받고, 40개의 참치 샌드위치를 해치우고, 1만 달러에 달하는 치료비 청구서를 받고서 말이다. 치료비는 아마도, 바라건대, 대부분 메디케이드[24]가 해결해 줄 것이다. 그러려면 일단 엄마가 작은 산만큼 쌓인 서류 작업을 해야 할 텐데, 그것은 마야 누나와 내가 가능한 한 도와줄 것이다. 그리하여 어쨌든 나는 집으로 돌아왔다. 내 진짜 삶으로 돌아왔다. 내 침실로 돌아왔다. 〈거울 속의 소년〉과 내가 비밀리에 감춰 둔 〈다이어트 콜라〉들과 〈나 자신이 부족하다고 느끼게끔 만드는 것들로 가득한 컴퓨터〉는 전부 여전했다.

좋아지는 과정은 지루했다. 좋아지는 과정은 느리고 답답했다. 그러니 당신도 그에 대해 듣고 싶지 않을 것이다. 그래도 이 말만은 진정 믿어라. 그 과정은 지옥이었다. 모든 결정이 힘들었다. 세 번의 생각 중 한 번은 끔찍하고 파괴적인 내용이었다. 나는 하루에 다섯 차례씩 나 자신과 싸웠다.

그리고 여전히 싸우고 있다. 언제나 싸워야 할 것이다.

〈날씬한 엄마〉 사진은 여전히 냉장고 한쪽 면에 붙어 있었다. 삶과 유전적 요인들이 언제든 함께 손잡고 나를 공격해 올 수 있었다.

24 저소득층 의료 보장 제도.

「그래,」 엄마는 일단 종업원이 메뉴판을 가져다주자 운을 뗐다. 「어른의 대화를 가질 시간이야. 우리는 이제 다 성인이잖니. 실제로 어른의 문제를 경험할 정도로 거의 다 컸거나. 그러니 성인들끼리 성인답게 얘기할 수 있어야 하지 않겠니? 자, 그럼 서로에게 원하는 질문을 아무거나 해보자.」

「뭐든 다?」 마야 누나와 내가 물었다.

「뭐든 다. 그래도 서로의 선은 지켜 주자. 그러니 질문에 대답하기를 원하지 않는 사람이 있으면 그것에 대해 꼬치꼬치 캐묻지 않기다.」

「묵비권을 행사할 권리가 있다는 거네.」 마야 누나가 말했다.

「정확해.」 엄마가 말했다. 「시작하자. 내게 아무거나 물어보렴.」

마야 누나와 나는 시선을 교환했다. 우리가 물을 수 있는 질문들로 광활하고 끝없는 은하계가 펼쳐지니 겁이 났다. 우리의 질문 중 하나가 엄마의 마음을 아프게 하면 어쩌지? 엄마의 대답 중 하나가 우리의 마음을 아프게 하면 어쩌지?

마야 누나가 먼저 시작했다. 아주 조심스럽게 물었다. 「엄마의 직장 문제는 어떻게 할 거야?」

엄마가 웃음을 터뜨렸다. 「글쎄다, 마야. 그런 질문을 하다니 우연이구나. 왜냐하면 어제 일자리에 관련된 전화를 받았거든. 정부가 비상 상황임을 발표한 후 우리 주가 마을을 재건하기 위해 고용한 엔지니어링 회사야. 거기서 나를 고용하겠대.」

「그래서 우리가 외식할 돈이 있는 거구나!」 마야 누나가 탄성을 질렀다.

「뭐, 그 돈이 생기겠지.」 엄마가 누나의 말을 정정했다. 「조만간.」

「무슨 일을 하는 자린데?」 나는 엄마가 무거운 망치를 힘겹게 휘두르고 벽돌 나르는 상상을 하며 물었다. 그런 상상을 하니 마음이 아파 왔다. 왜냐하면 당연히 엄마가 그런 일을 할 수는 있겠지만 엄마 나이에, 그렇게나 오랜 세월 일해 온 경력이 있는데도 그런 일을 해야 하는 것이 부당했기 때문이다.

「사실, 나는 몇몇 다양한 현장에서 관리 감독 일을 할 거야. 폐수 처리장과 도축장도 포함해서 말이지. 끝까지 화이트칼라 일이야. 현장에서 현장으로 운전하며 보온병에 담은 커피를 마시며 사람들을 부리고 다니는 거지.」

「와, 진짜 잘됐네. 어떻게 그런 자리를 꿰찬 거야?」

「내 상사가 손을 써줬어.」 엄마가 말했다. 「나를 추천하는 편지를 엄청 정성 들여 써줬어. 게다가 추후 결과를 확인하기 위해 그곳에 전화까지 해줬지.」

바스티안의 아빠 얘기였다. 그는 눈이 많이 나빴다. 그래서 내가 그의 저택을 무너뜨리기 위해 돼지 군단을 끌고 들어갔을 때 나를 보지 못했던 모양이다. 그리고 바스티안도 아무 말 안 했나 보다. 말했더라도 누가 진실을 믿겠는가? 어쩌면 바스티안 자신조차 그것을 믿지 않았는지 모르겠다. 어쩌면 그는 자신이 꿈을 꾼 거라고, 또는 그의 집이 눈앞에서 파괴되는 모습을 지켜보던 트라우마로 기억이 왜곡된 거라고 생각했을지도 모르겠다. 인간의 정신은 그렇게 이상할 때가 있으니까 말이다. 인간의 정신은 우리가 알고 있는 세계의 법칙을 깨는 진실을 받아들이느니 차라리 뭐든 한다. 그래서 아무 미친 이야기나 지어낼 때도 있다.

「그 추천장이 없었으면 나는 망했을 거야.」 엄마가 말했다.

「우리 집은 어떻게 되는 거야?」 마야 누나가 물었다. 「월세는 어떻게 내?」

「글쎄다, 아직까지는 나가라는 통지가 날아오지 않았어.」 엄마가 말했다. 「그래도 언제든 날아올지 모르지. 집주인이 화나 있지만 우리 상황을 참아 주고 있어. 일단 우리가 저금한 돈 안에서 가능한 만큼은 드렸지. 액수가 별로 안 되지만. 그래도 내 생각에 집주인은 돼지들의 습격으로 인해 자산의 반이 파괴됐으니 현금이 꽤나 궁할 거야. 그러니 들어오는 돈이라면 액수가 아무리 적어도 다 받겠지. 내가 새 직장에 출근하기 시작하고 첫 월급이 들어올 때까지 그가 계속 이렇게 참아 주면 좋겠는데. 그럼 너는, 마야? 학교는 어떻게 하고 있니? 대학은? 대학 입학 원서 마감일을 거의 다 놓쳤잖니…….」

「우리가 교장 선생님을 만난 이후 별로 달라진 건 없어. 학교에서는 복귀 준비가 될 때까지 집에서 과제를 할 수 있도록 해주겠대. 어쩌면 나도 우리 학년 애들과 함께 졸업할 수 있을지 모르고. 대학 입학 원서를 못 넣은 것에 대해서도 도와주겠다고 했어. 하지만 솔직히 나는 내가 정말로 그 길을 가고 싶은지 확신이 안 들어. 있지? 어쩌면 지역 전문대에 진학할 수도 있고, 어쩌면 바로 록 스타로 뜰 수도 있잖아?」

엄마가 소리 내어 웃었다.

「맷, 너에게 물어볼 게 있어.」마야 누나가 말하다 멈추고는 내 눈을 살벌하게 직시했다. 그래서 나는 우리 사이 농담 따먹기 놀이를 잠시 뒤로 미뤄야 할 때라는 것을 알았다. 「왜 그런 거야?」

타리크도 내게 같은 질문을 했었다. 당시 나는 그것에 답해 보려고 했지만 결국 거짓말할 방법만 찾아다녔다. 진실을 밝히지 않을 방법들 말이다. 나는 그때 타리크에게 솔직할 수 없었다. 왜냐하면 나 자신에게도 솔직할 수 없었기 때문이다.

내 섭식 장애는 조금도 마야 누나 문제와 관련된 적이 없었다. 이제는 나도 그것을 인정할 수 있었다. 내 〈피 튀기는 복수 미션〉은 나를 굶기겠다는 욕구와 같은 망가진 심리에서 기인한 것이었다. 나는 평생토록 남자는 어때야 한다고, 무슨 일을 해야 한다고, 어떻게 생겨야 한다고, 어떻게 행동해야 한다고 제시하는 이야기들을 들으며 자랐다. 그것 때문에 동성애자임을 세상에 알리기까지, 남성성이라는 감옥의 크나큰 일부를 거부하기까지 너무 많은 아픔과 고뇌를 겪고 용기를 끌어모아야 했다. 그러면서 내가 여전히 〈그 감옥〉 안에 갇혀 있다는 사실조차 인지하지 못했다.

「나는…… 강해지고 싶었어.」내가 말했다. 「나는 약하고 역겨웠어. 그래서 내가 굶기 시작했을 때 어땠는 줄 알아? 살면서 처음으로 내 손에 일종의 통제권이 주어진 것 같은 기분이었어. 일종의 힘 같은 것 말이야. 그래서 계속 굶었어.」

「오, 애야.」엄마가 슬퍼하며 손을 뻗어 내 손을 잡았다.

「나도 그게 멍청한 짓이라는 걸 알았어.」내가 말했다. 엄마의 큰 손이 나를 잡아 주니 거기서 한결같이 느껴지는 애착 이불과 같은 따스함이 감사했다. 「나도 그게 나를 아프게 만들고 있다는 걸 알았어. 하지만 그걸 그만두면 대면해야 할 것은…….」

나는 그 문장을 끝마치지 못했다. 어떻게 끝맺어야 할지 몰랐다. 엄마와 누나도 더는 추궁하지 않았다.

「그런데 아무도 내게 앞으로의 계획에 대해 묻지 않네.」내가 말했다. 「나는 우리 마을에서 일자리를 구해 볼까 해. 별것 아닌 일들, 소매업에 최저 임금인 자리들 말이야. 그래서 내 용돈을 벌고 대학 입학금을 마련해 보려고.」

그리고 그 돈으로 엄마에게 어쿠스틱 기타를 사줘 인생이 엄마의 뒤통수를 강타하기 시작했을 때 엄마가 포기했던 꿈의 일부를 다시 꿀 수 있게 해주고 싶어.

「너희에게 무슨 잘못된 부분이 있다면 그건 다 엄마 탓이란다.」엄마가 말하며 식사 메뉴를 정하고 나면 언제나 하듯이 메뉴판을 극적으로 던져 놨다. 그러면서 엄마의 말이 빨라졌다. 마치 엄마는 이 얘기를 하기 위해 오랫동안 용기를 끌어모은 것 같았다.

「이상한 소리 하지 마.」마야 누나가 말하며 휴지에 낙서를 했다. 「우리의 훌륭한 면도 전부 엄마 탓인걸. 게다가 우리는 꽤 훌륭한 애들이라고.」

「맞아, 우리는 훌륭해.」나도 거들었다.

「그래, 너희는 훌륭하지.」엄마도 동의했다. 「하지만 난 내 문제들을 감추려고만 했어. 그것들은 너희도 갖고 있는 문제였는데 말이지. 그래서 너희는 너희에게 있는 문제가 뭔지 몰라 그것을 조절하지 못했잖니.」

「엄마도 섭식 장애를 앓는 게이 남자애라는 거야?」마야 누나가 농담을 했다. 나는 〈게이〉라는 소리에 식탁 밑에서 누나를 발로 찼다. 그것도 아주 세게.

「그건 아니지. 하지만 나는 언제나 너무 극단적으로 행동해. 마야, 그 태도가 꽤나 낯익지 않니? 나는 네 아빠와도 그런 식이었어. 네 아빠에게 지나치게 흠뻑 빠져서 다른 무엇도 의미가 없어졌지. 제대로 판단하지 못할 정도로 네 아빠를 사랑했어. 그래서 안 좋은 선택을 정말 많이 했지. 네가 기타를 연주하기 시작했을 때, 하루에 다섯 시간씩 연습하는 모습을 보며 너한테서 내 모습을 봤어. 똑같이 집착하는 태도 말이야. 그래서 기뻤어. 그러면서도 한편으로는 무섭더라고.」

「엄마, 그런 말 하지…….」마야 누나가 입을 열었지만 엄마가 누나의 말을 끊었다.

「게다가 맷, 너는 또 어떻고. 너희 둘 다 이제는 내가…… 술과 원수졌다는 것을 알 거야. 달리 표현할 길이 없네. 나는 알코올…… 의존자였어.」

나는 주위에 종업원이 없나 둘러봤다. 누구든 마야 누나와 나를 이 특별한 순간으로부터 구제해 주기를 바랐다. 엄마와 스트레스가 가득하고 영혼을 까발리는 담화를 나누는 일로부터 말이다. 하지만 이곳에는 사람이 바글바글했다. 그래서 나를 구조해

줄 여유가 있는 사람은 아무도 없었다.

「내 안에 구멍이 나 있었어. 나는 그 구멍을 간절히 메우고 싶었지.」 엄마가 말했다. 「네 의사 선생님과도 이 문제에 대해 얘기했었어. 내 중독증과 네 섭식 장애 문제. 그녀도 서로 관련 있을지 모른다고 하더라.」

「나도 그렇게 생각해.」 나는 조용히 말했다. 생각하지 않고 내뱉은 말이었다. 머뭇거리면 나는 말을 고를 것이었다. 나는 테이블에 앉아 있는 두 사람만큼이나 내 머리가 대체 무슨 생각을 하고 사는지 궁금했다. 「엄마가 무슨 말을 하는지 알겠어. 구멍에 대한 이야기 말이야.」

마야 누나가 내 손 위에 놓여 있던 엄마의 손 위에 자신의 손을 올렸다.

「카슈탄 의사 선생님 말로는 내가 외부에서 그 구멍을 채우려고 해봤자 안 될 거래.」 나는 말했다. 「돈으로도, 성공으로도, 다른 사람들의 인정으로도 안 된대⋯⋯. 내가 백 퍼센트 통제할 수 있는 요인이 아니면 안 될 거래.」 나는 여기에 덧붙이지 않았다. **사랑으로도, 완전 잘생긴 남자애와 환상적인 잠자리를 갖는 것으로도 안 채워지고.**

「나는 그 말에 동의해.」 엄마가 말했다. 「어쨌든, 내가 이 모든 말을 꺼낸 이유는 이거야. 그 모든 문제가 아니었다면 지금의 나는 여기에 있지 않았을 거야. **우리**가 여기에 있지 않았을 거야. 뭐, 너희 둘은 아예 태어나지도 않았겠지. 이 얘기의 요점은 네가 어떤 존재든, 그로 인해 과거에 어떤 나쁜 선택을 했든 간에 그것을 부끄럽게 여기지 말라는 거야. 문제를 직시해. 문제와 함께 당당해져. 문제를 이해해.」 그리고 그냥 그렇게, 단 1초간의 어색한 침묵이 돌 사이도 없이, 엄마는 화제를 더 평탄한 것으로 바꿨다. 「맷, 너는 뭘 주문할 거니?」

「나도 모르겠어.」 내가 대답했다.

선데이 아이스크림을 주문하는 것만큼 세상에서 쉬운 일도 없을 것이었다. 다섯 번의 큼지막한 숟가락질로 그 아이스크림을 먹어 치우는 것도 쉬울 것이었다. 그러고 나서 30분 뒤에 나는 나 자신을 혐오할 것이었다. 내가 선택할 수 있는 어려운 길은 그릴드 치즈 샌드위치와 함께 피클을 추가로 주문하는 것이었다. 그것은 내가 어렸을 때 매번 하던 주문이었다. 그리고 그것을 천천히 먹는 것도 일일 것이었다. 하지만 나는 그렇게 했다. 엄마는 짝 소리를 내며 양손을 마주 잡았다. 「자, 성인들의 대화는 이것으로 끝! 너희는 이제 공식적으로 다시 애들이란다. 그러니 내가 무슨 말을 하든 간에 즉시 따라야 해.」

「우리가 진짜로 애들이었을 때도 그런 적 없었는데.」 내가 농담을 했다.

「조용히 해라.」 엄마가 명령했다. 그렇게 우리는 식사를 했다.

법칙 #52

사람들이 네게 영향력을 행사할 수 있는 것은 네가 그만큼 그
것을 허용했기 때문이야.

네가 가둬진 상태거나, 누군가의 법적인 피보호자거나, 누군
가의 독재하에서 살고 있지 않다면 말이지. 하지만 그런 상황에
서조차 그들의 힘은 허구야. 그들이 네 몸은 소유하지만 네 정신
은 소유하지 못하거든.

–79일,
총 칼로리: 약 2100

「상담 잘 받았어?」심리 상담사의 사무실 밖에서 나를 데리러
온 타리크가 물었다.

「응.」내가 대답했다. 「괜찮았던 것 같아.」

뭔가 시끄럽고 분노가 많고 아름답고 펑크적인 음악이 타리크

의 스피커에서 울리고 있었다. 우리는 그렇게 잠시 가만히 앉아 있었다. 그러다가 타리크가 트럭의 기어를 운전 모드로 바꾸면서 우리는 이동하기 시작했다.

「기다리면서 우리가 먹을 점심을 사놨어.」 타리크가 말했다. 그래서 나는 뒷좌석으로 손을 뻗으며 두둑하게 채워진 맥도날드 포장 봉투를 발견했다.

「이거 시험이야?」 내가 물었다.

「어쩌면.」 타리크가 말했다. 「네가 시험당할 필요가 있다고 생각해?」

「내 식사 기록 확인해 볼래?」 나는 깊숙이 넣어 뒀던 핸드폰을 꺼내 애플리케이션을 터치했다.

「응,」 타리크가 대답했다. 「응, 볼래.」

나는 핸드폰을 타리크에게 건넸다. 그는 몇 차례 〈흠〉 소리를 내더니 그것을 내게 돌려줬다. 「이거 전부 솔직하게 기입한 거야?」

「당연하지. 거짓말해 봤자 나만 손해잖아.」

「전에도 너 자신에게 해가 될 일을 했잖아.」

「인정한다, 이 나쁜 놈아.」

음식과는 여전히 싸움을 치러야 했다. 나는 손에 프렌치프라이를 반쯤 덜었다. 그것을 먹기 싫은 마음이 너무도 간절했다. 그래도 나는 그것을 먹었다. 한 번에 하나씩 공략했다. 그러고 나서도 기분이 괜찮았다. 왜냐하면 먹는 행위는 정복해야 하거나 평화 협정을 맺어야 할 적이 아니었기 때문이다. 먹는 행위는 인간이 살기 위해 해야 하는 것일 뿐이었다.

타리크는 먹으면서 운전했다. 나는 그가 프렌치프라이를 입에 쏟아 넣는 모습을 지켜봤다. 그가 고개를 뒤로 젖힐 때마다 보이는 강한 목선에 감탄했다. 그의 기름진 입술도 황홀해 보였다.

「나는 여전히 너를 사랑해.」 나는 의도치 않게 그에게 고백했다.

타리크는 아무 말이 없었다.

「미안해.」 내가 말했다. 「내가 생각해도 적절하지 못한 말이었네. 우리 사이를 어색하게 만들고 싶지는 않아. 나는 모든 일이 있고 나서도 우리가 이렇게 친구로 지낼 수 있다는 사실이 정말 기뻐.」

「나도 그래.」 타리크가 말했다.

「그런데…… 음…… 같이 잠도 자는 친구 사이가 되는 건 어때?」

타리크가 코골이와 비슷한 소리를 내며 웃었다. 그의 입에는 여전히 음식이 가득했다. 「입 닥쳐.」 그가 음식을 삼키고는 말했다.

「나 장난 아닌데.」

「나도 알아. 하지만 그래도. 그냥 입 닥쳐.」

「왜? 나는 우리가 서로…… 잘 어울렸다고 생각하는데.」

「그래서 그럴 수 없는 거야, 이 바보야. 왜냐하면 나는 너를 정말 많이 좋아하니까. 그래서 네가 언제고 죽을지도 모른다는 생각에 마음고생이 얼마나 심했는데. 그리고 나는 절대 너와 그냥 가볍게 잠자리를 가질 수 없어⋯⋯. 그 감정을 느끼게 될 거야. 다시 관계에 빠지게 될 거라고.」

「하지만 나는 이제 좋아졌는데.」 내가 말했다. 「이제는 내가 무릎 꿇고 주저않거나 쓰러지는 일이 없을 거야.」

「나도 알아. 나도 네가 그래서 정말 기뻐. 진심으로 네가 계속 좋아진 상태를 유지하길 바라고 있어.」

나는 고개를 끄덕였다. 배가 불렀다. 졸음이 왔다.

「네 아버지는 좀 어떠셔?」

「아버지한테 부정맥이 생길까 봐 걱정이야. 현실 부정맥.」

「우리가 더는 사귀는 사이가 아니면 내게는 네 멍청한 농담에 웃어 줄 의무가 없다.」 나는 말하면서도 사실상 웃고 있었다.

「⋯⋯왜냐하면 아버지는 내가 동성애자인 것을 부정하고 계시니까.」 타리크는 아주 오래도록 뜸을 들이다가 결국 덧붙였다.

「그래⋯⋯ 아니⋯⋯ 나도 이해했어.」

「나 웨슬리언 대학교에 합격했어.」 타리크가 말했다.

「와! 씨! 야! 완전 축하해!」

「정말 잘됐지. 아직 원서를 넣은 다른 많은 대학교의 합격 발표를 기다리고 있긴 해. 하지만 그래도 최소한 한 군데라도 붙으니 좋긴 하네.」

「넌 전부 합격하고도 남을 거야. 넌 완전 천재잖아.」

「고마워, 맷.」

그리고 거기서, 그 순간, 내게 현실이 진정으로 와닿았다. 우리의 관계는 끝났다. 타리크가 내 이름을 부른 방식에 뭔가가 있었

432

다. 거기에 온기와 친근함은 담겨 있었지만 사랑은 없었다. 우리는 친구였다. 그게 다였다.

「너 없이 보내는 고등학교 마지막 학년은 정말 별로일 거야.」 내가 말했다.

「에이, 너는 이곳 놈들 위에서 신처럼 군림할걸. 근데 나는 일단 이곳에서 한 발 빼고 나니 신기할 정도로 고등학교 생활이 어떻게 돌아가든 마음이 편안해.」

「정말 그랬으면 좋겠다.」

오른쪽으로, 상수리나무의 튼튼한 가지에 돼지 한 마리가 매달려 있었다. 돼지의 옆구리에는 총상이 나 있었다. 어떤 개새끼가 돼지를 올가미로 묶은 뒤 줄을 가지에 걸리도록 던져 올렸다. 그러고는 줄 반대편을 그들의 트럭 뒤쪽에 매단 뒤 트럭을 운전했다. 그래서 그 공포에 질린 불쌍한 짐승이 허공에 3미터가량 떠 있게 되자 그것을 대상으로 사격 연습을 했다. 나는 눈을 감았다. 그러자 마치 내 눈앞에서 벌어지는 것처럼 그 상황이 생생하게 보였다. 이 동물이 나 때문에 죽어 갔다. 나는 돼지의 두려움을, 돼지의 비명을 상상할 수 있었다. 그 감각을 실제로 맡을 수 있을 것 같은 기분이었다. 눈이 갑자기 화끈거리며 축축해졌다. 그러더니 갑자기 숨을 쉬기 힘들어졌다.

또 자율 신경계 실조증이 벌어지고 있네. 나는 생각했다. 하지만 그냥 죄책감 때문에 그런 거라는 사실을 잘 알고 있었다.

「맥너겟 먹을래?」 타리크가 물으며 맥너겟이 담긴 통을 건넸다.

나는 한 통을 집어 든 뒤 냄새를 맡았다. 포장을 뜯었다. 뜨거운 기름기에 손가락이 데는 기분을 느꼈다. 그것을 바라봤다. 그것은 기이하도록 부드럽고 통통하며 오돌토돌한 질감의 표면을 자랑하고 안쪽에는 황백색의 고도로 가공된 살덩이를 품고 있었다. 그것은 한때 살아 있는 짐승이었다. 나는 그것에, 그리고 나무에 매달려 있는 죽은 돼지에게 사과했다.

「사양할게.」 나는 말하며 맥너겟을 통에 도로 넣었다. 그리고 내 안에 뭔가가 자리 잡았다. 내가 무의식적으로 고민하고 있던 문제에 대한 결심이 선 것이었다. 「나는 채식주의자야.」

「언제부터?」

「한……」 나는 내 손목을 바라보며 차지도 않은 시계를 보고 시간을 따져 봤다. 「한 5초 전부터.」

그리고 나는 정말 그랬다. 선언하는 것만큼이나 단순한 결심이었다. 어째서 나는 이 생각을 미리 하지 못했을까? 이것은 내가 내 음식에 관한 현명하고 건강한 결정을 내리면서도 고통을 줄이고자 하는 내 욕구를 실행할 수 있는 방법이었다. 이 결정이야말로 아름다운 빙산의 일각처럼 느껴졌다. 이 밖에도 얼마나 많은 방법이 있을까? 내가 이 세상에서 발견하는 잘못된 부분들을 고쳐 나가는 방법 말이다. 아마도 수백만 가지는 될 것이다. 그것들은 증오나 폭력이나 분노로 움직이는 방법이 아니었다. 사랑으로 움직이는 방법이었다.

타리크가 말했다. 「그래서…… 어쩌라고? 나보고 그냥 그 너겟을 먹으라는 거야? 네가 지저분한 손가락으로 만진 것을?」

「내 손가락이 네 거시기로 향할 때는 전혀 거슬려하지 않았으면서…….」

「유대교인이 헛소리하네.」

「이슬람교인이 헛소리하네.」

우리는 그렇게 차를 타고 달렸다. 우리는 얘기를 나눴다. 가벼운 농담 어린 말투가 내내 지속되었다. 하지만 나는 가벼운 마음도, 농담할 기분도 아니었다. 슬펐다. 내가 너무 심하게 잘못을 저질렀던 것이다. 실수를 너무 많이 했다. 너무 많은 사람에게 상처를 줬다. 가슴 아픈 자업자득이었다.

「나 저 아래에서 내려 줘.」 분기점에 이르자 내가 말했다. 이 너머에 우리 집이 있는 좁은 산림지 길이 나왔다.

「왜?」 타리크가 물었다. 「네 어머니도 우리에 대해 전부 다 아시던데. 그리고 어쨌든, 이제는 딱히 우리 사이에 뭐가 있는 것도 아니잖아.」

「알아.」 내가 말했다. 「그냥 잠시 걷고 싶어서 그래. 다리도 좀 펼 겸.」

「알았어.」 타리크가 수긍했다.

「너는 내가 사귄 첫 번째 친구였어.」 내가 차에서 내리며 말했다. 지나치게 감성적인 기분이 들었기 때문이다. 「그전까지는 어른인 친구가 없었거든.」

「맷, 너는 정말 많은 친구를 사귈 거야. 남자 친구도 많이 사귈 거고, 나보다 더 나은 놈들로 말이야. 너는 멋진 애야. 그리고 너 자신도 일단 그것을 믿기 시작하면 다른 사람들도 다 같이 믿을 거야.」

나는 내가 바라는 것들이 있다는 이유만으로 그 자잘한 것들까지 전부 갖게 되지는 않을 운명이었다. 내 욕망은 내 밖에 자리한 세상에 아무런 영향도 주지 못했다. 나는 사실, 시공간과 현실이라는 섬유를 주물러 내가 원하는 것을 얻을 수 없었다.

「나중에 봐.」 나는 인사하며 타리크의 손에서 맥도날드 봉투를 뺏어 갔다.

「야!」 타리크가 외쳤다. 「나 아직 프렌치프라이가 반쯤 남았단 말이야!」

「나는 회복 중인 거식증 환자야. 살려면 내게 이것들이 필요하다고. 미안하다.」 나는 차 문을 닫으며 그렇게 말했다. 차 문은 한 번에 제대로 닫혔다.

나는 타리크에게 화를 내고 싶었다. 나를 거부한 것에 대해, 내가 회복하고 있음을 믿어 주지 않는 것에 대해, 내 마음에 화답해 주지 않는 데 대해 그를 증오하고 싶었다. 하지만 그러지 않았다. 그러지 못했다. 그도 나만큼이나 힘든 전투를 치르는 중이었기 때문이다. 그에게는 가족 문제와 자기 회의적인 문제가 있었다. 거기에 내가 전혀 모르는 그만의 다른 고난들이 또 하나의 우주를 온전히 이루고 있었다.

법칙 #53

축하한다! 제대로 관리하고 영양을 섭취해 준다면 네 몸뚱이는 한평생 버텨 줄 거야. 하지만 살면서 골칫거리들을 안겨 주긴 하겠지. 새로운 끔찍한 상황들을 갑작스럽게 안겨 주기도 할 거고…… 질병, 장애, 트라우마 등 말이지. 어쩌면 네 몸은 주문할 때 무료 사이드 메뉴로 비만을 달고 나왔을 수도 있어. 아니면 우울증이나 암이 발병하기 쉬운 체질을 물려받았을 수도 있고. 거기서부터는 나도 모르는 일이니 알아서 잘해 봐. 최대한 즐겨. 몸을 제대로 대해 줘. 그래야 몸을 통해 많은 즐거움을 누릴 테니까. 하지만 너 자신이 네 몸뚱이는 아니라는 사실을 이해하고 믿도록 해. 너는 그보다 훨씬 큰 존재야.

—79일,
끝

자살 성향.

그 표현이 머릿속에서 떠나지 않았다. 나는 나무가 줄지어 선 구불구불한 길을 걸어 올라가며 그 표현을 연거푸 외쳤다. 그것은 한순간, 무해한 의학 용어의 일종일 뿐이었다. 그렇게 조금 있다가 꽤 구미가 당기는 선택 사항으로 바뀌었다.

나는 나 자신을 거의 죽을 지경까지 굶겼다. 엄마의 마음을 아프게 했다. 그리고 어쩌면 우리 마을의 반을 불태워 버렸는지도 모른다.

나는 좋아지고 있었다. 하지만 여전히 갈 길이 멀었다. 넘어야 할 산이 너무도 많았다. 무엇을 위해 그렇게까지 해야 할까? 여전히 이 부분은 내게 의문으로 남아 있었다. 그래서 누군가가 갑자기 내게 손가락으로 딱 소리를 내어 내 존재를 지울 수 있는 능력을 준다면, 나는 그 능력을 사용하지 않을 거야.

나는 더 이상 자살성 사고를 하지 않았다. 하지만 한 번 거기까지 도달해 봤다면, 일단 머리가 그것을 선택 사항으로 여기며 심각하게 고민해 본 적이 있다면, 그 생각이 완전히 지워지는 일은 사실상 없다. 언제나 그 생각이 잠재하고 있었다……. 언제나 그것은 선택 사항으로 남아 있었다.

대체 내 어디가 고장 나서 이러는 것일까? 인생이 그냥 피곤하게 느껴졌다. 성인이 되는 일이, 아들로 사는 일이, 학생으로 사는 일이……. 나는 그 모든 것으로부터 거리를 두고 싶을 뿐이었다. 남자애들은 여전히 나를 호모 새끼라고 불렀다. 내 이름은 여전히 사람들이 밟고 다니는 깔개를 연상시켰다. 나는 여전히 도망치는 생각을 많이 했다. 여전히 히치하이크하거나 기차의 화물칸에 무임승차하거나 강을 따라 이동할 계획들을 세우곤 했다. 여전히 내 책과 후드 티와 다이어트 소다로 가득 찬 가방이 침대 밑에 있었다.

나는 식어 가는 프렌치프라이를 먹었다. 맛있었다. 꼭 기억해 뒀다가 집에 가면 프렌치프라이에 대해서도 알아봐야겠다. 그것들에 닭의 피나 해파리 내장이나 쇠고기 조미료나 어떤 다른 사악한, 채식주의적이지 않은 혐오스러운 것이 들어 있는지 확인해 봐야겠다.

황혼이 찾아왔다. 어둠이 날마다 점점 더 늦게 찾아왔다. 그건 그래도 의미가 있었다. 빛을 조금 더 누릴 수 있다는 얘기니까 말이다. 나는 양손을 내밀었다. 책가방의 무게를, 옷의 감촉을 느꼈다. 머리 위에 뻗어 있는 가지들은 벌거숭이였다. 나는 몇 킬로미터씩 펼쳐지는 야생의 한복판에 서 있었다. 우주는 돌과 먼지와 허공으로 이루어진 차갑게 죽어 있는 세상이었다. 그런 우주는 내가 살든 죽든 신경 쓰지 않았다.

끙끙거리는 소리에 나는 행동을 멈췄다. 뒤를 돌아보니 덤불 밑에서 커다란 돼지 한 마리가 기어 나오고 있었다. 야생 멧돼지는 아니었다. 놈의 피부는 사육된 동물다운 옅은 분홍색이었다. 놈의 갈비뼈가, 송곳니를 따라 얼룩진 침의 흔적들이 보였다. 놈도 나를 봤다. 놈이 멈췄다. 놈이 입을 벌렸다. 놈은 나보다 체급이 높았고, 잡식성이었으며, 굶주린 상태였다.

놈이 돌진해 왔다.

「멈춰, 돼지야.」 나는 속삭이며 손을 올린 채 마지막을 맞이할 마음의 준비를 마쳤다……. 그런데 돼지가 멈췄다. 마치 허공에 얼어 있는 모양새였다. 두 다리는 앞으로 뛰어올라 땅에서 떨어진 자세였다. 두 눈에는 혼란과 공포가 서려 있었다. 나도 당황과 공포로 심장 박동이 빨라졌다. 이번에는 자율 신경계 실조증이 나타나지 않았다.

「진정해, 돼지야.」 나는 부드럽게 말했다. 이 상황이 믿기지 않았지만 나는 손을 내렸다. 돼지가…… 다시 움직이기 시작했다. 그 자리에 서서 나를 바라봤다. 「차렷, 열중쉬어.」

이게 진짜일까? 내 초능력이 진짜일 수 있나? 내 초능력이 섭식 장애와 완전히 별개의 문제일 수 있을까?

「원을 그리며 걸어.」 내가 명령하자 돼지가 그렇게 했다.

내가 앞으로 한 걸음 내딛자, 돼지가 움찔했다. 「나를 무서워하지 않아도 돼.」 내가 말했다. 그러자 돼지도 풀어졌다. 돼지가 나와 계속 눈을 마주쳤다. 놈이 단지 크고 못생긴 강아지같이 보였다. 놈이 나를 알아봤을까? 내가 놈을 풀어 줬다는 것을 기억할까? 여전히 돼지 군단의 총지휘자로서 내 권한을 인정할까?

우리는 그렇게 한참을 서 있었다. 돼지와 소년. 남자와 짐승. 돼지는 평생을 우리에서 살며 자신이 도살될 날을 기다리고만 있었다. 그러다가 충격적으로, 아무런 예고도 없이 자유를 만끽하게 된 것이었다. 돼지는 내일이라도 죽을 수 있는 상황이었다. 사냥꾼의 총에 맞거나 트럭에 치일 수도 있었다. 그래도 지금으로선 자신의 삶을 살고 있었다. 돼지의 눈에는 두려움이 없었다.

호기심과 의욕과 흥분만이 있었다.

내 초능력은 분노로부터, 증오로부터, 두려움으로부터, 수치심으로부터 기인한 것이었다. 나는 자기 파괴를 해야만 그 힘을 끌어낼 수 있다고 스스로 확신하고 있었다. 하지만 그게 사실이 아니라면?

「바람.」 나는 속삭이며 양팔을 앞으로 들어 올렸다가 왼쪽으로 당겼다.

갑작스러운 돌풍이 구불구불한 나무에 달려 있던 마지막 잎을 떼어 갔다.

나는 칼날만큼 예리하게, 너무도 명백하게 깨달았다. 그리고 그 깨달음이 디즈니 영화의 전개만큼이나 빨라서 큰소리로 웃을 수밖에 없었다. 깨달음은 바로 가장 위대한 힘이 사랑으로부터 기인한다는 사실이었다. 자신이 누군지 알고 그것을 당당하게 받아들이는 것으로부터 말이다.

병원에서, 그리고 재활 센터에서 나는 〈좋아진다〉는 것을 도달할 수 있는 경지쯤으로 여겼었다. 내가 주위를 둘러봤을 때 〈모든 것이 잘 돌아가고 있다〉고 느끼는 순간 말이다. 하지만 이것은 그런 식으로 돌아가는 것이 아니었다. 좋아진다는 것은 사람이 싸우고 이기는 전투가 아니었다. 괜찮다는 기분이 들기 위해서는 전쟁을 치러야 하는 것이었다. 그것도 평생 동안 지속되는 전쟁 말이다. 그리고 거기에서 승리할 수 있는 유일한 방법은 계속해서 싸우는 것뿐이었다.

「예쁜이, 배고파?」 내가 물으며 프렌치프라이를 한 줌 내밀었다.

돼지가 그것들을 낚아채면서 놈의 이가 내 손바닥을 스쳤다. 놈이 내 손 자체를 물어뜯어 갈 수도 있는 상황이었다.

「네 오빠들과 언니들과 동생들이 너무 많이 죽게 만들어서 미안해.」 내가 속삭였다.

내 혈관 속에서, 내 위장 속에서 뭔가가 두근거렸다. 그것은 허기가 아니었다. 그것은 폭력으로부터 기인하는 불쾌하고도 파괴적인 초능력이 아니었다. 하지만 그것과 꽤 닮아 있었다. 나는 여전히 내 동네를 밀어 버렸던 그 영광스러운 괴물이었다. 나는 여전히 세상이 어떻게 돌아가는지 볼 수 있었고, 힘 있는 자들이 힘없는 자들을 해하기 위해 이용하는 시스템을 이해했다. 나는 세상을 바꿀 수 있었다.

돼지가 꿀꿀 소리를 내며 나와 눈을 마주쳤다.

「그럼 나를 용서해 준다는 거야?」

나는 프렌치프라이를 몇 개 더 먹은 뒤, 남은 것은 돼지를 위해 바닥에 쏟아 놓았다. 우리는 같이 음식을 씹었다. 수많은 돼지가 나 때문에 죽었다는 것은 사실이었다. 하지만 내가 아니었으면 지금쯤, 돼지들은 **전부** 죽었을 것이다. 또는 창살 뒤에 갇혀서 도살될 순간을 기다리고 있었을 것이다. 도리어 지금은 최소한 그들에게 살 기회라도 주어진 셈이었다.

나는 헐벗은 나뭇가지들이 이루는 우리 사이로 하늘을 올려다봤다. 조만간 언제고 이 나무들은 꽃을 피울 것이다. 바람의 찬기가 사그라질 것이다. 인생이라는 길도 앞으로 힘 있게 뻗어나갈 것이다. 엄마는 좋은 직장을 구했다. 누나는 굉장한 곡들을 작곡할 것이다. 나는 대학에 진학하고, 세상을 보고, 내게 소속감을 주는 무리를 만나고, 뭔가 멋진 일을 할 것이다. 모든 나쁜 것을 불태워 없애 버릴 것이다. 뭔가 아름다운 것을 만들 것이다.

머리 위로, 아무런 소란도 없이, 별들이 고개를 내밀고 있었다.

감사의 말

내게는 감사할 일이 정말 많다. 그중 이것이 첫 번째다: 열다섯 살 때, 나는 섭식 장애를 겪었다. 아무도 나를 진단해 주지 않았다. 내가 며칠간 먹지 않아 위장이 너무 아파서 엄마가 새벽 2시에 응급실로 데려갔을 때조차(맷처럼 말이다). 왜냐하면 남자애들은 섭식 장애 같은 것을 전혀 겪지 않는다고 믿는 사람이 정말 많기 때문이다. 내가 이 책을 쓴 수많은 이유 중 하나가 바로 이것이다. 남자애들도 여자애들과 똑같이 끔찍한 신체 이미지 문제와 사회적 기대 때문에 정신이 망가지고 왜곡되는 문제를 겪는다. 그러니 우리 모두 사회에서 하는 소리가 얼마나 터무니없는지 깨닫고 외모가 어떻든 간에 우리가 얼마나 멋진 존재인지 깨달아야 한다.

가장 중요한 감사 인사는 지금부터 하겠다. 책에는 큰 가족이 존재한다. 다음 사람들은 이 책이 탄생할 수 있도록 도움을 준 고마운 분들이다.

세스 피시먼. 그는 지극히 정신 나간 이야기에 기회를 주고 완전 천재 록 스타 에이전트가 되어 줬다.

크리스틴 페릿. 그녀가 훌륭한 인재라는 것은 이미 알고 있었다. 하지만 같이 팔을 걷어붙이고 이 책에 메스와 톱을 갖다 대기 시작하기 전까지 나는 훌륭한 편집자가 책을 환골탈태시키는 일에 얼마나 지대한 역할을 하는지 이해하지 못하고 있었다. 엉망진창이었던 것을 더 멋지고 덜 난잡한 이야기로 바꿔 줘서 감사하다. 그리고 멋진 표지 작업을 해주고 전반적인 편집을 훌륭히 맡아 준 엘리자베스 린치에게도 감사하다.

존 조지프 애덤스. 그는 아무도 내 이야기를 출판하지 않겠다고 했을 때 유일하게 내 책을 내줬다. 내 이야기를 훌륭한 문집에도 넣어 주고 나를 세스에게 소개시켜 줬다. 그리고 그냥 전반적으로 굉장함의 표본을 보여 줬다. 근본적으로, 내가 이 업계에서 얼마나 활개를 치든, 그것은 다 당신 덕분이다…… 그러니…… 그냥 그렇다고…….

홀리 블랙과 커샌드라 클레어. 작가가 바랄 수 있는 최고의 청소년 문학 선생님이 되어 주어서 감사하다.

재클린 우드선. 내가 몇몇 어려운 결정을 내려야 할 때 고민을 들어 주고, 그냥 전반적으로 내가 좀 어려운 시기에 몹시 필요했던 엄청난 지지를 보여 줘서 감사하다.

베타 독자인 일라이자 블레어, 리처드 바우어스, 새디 브루스, E. G. 코시, 프라티마 크랜스, 크리스 다이크먼, 라라 엘레나 도널리, 에릭 에서, 배리 골드블랫, 알라야 돈 존슨, 크리스 캐머루드, 매슈 크레셀, 카르멘 마리아 마차도, E. C. 메이어스, 그리고 루크 페블러. 그들 모두가 이 이야기에서 끔찍한 실수를 많이 잡아냈으며 분명 불쾌했을 내용들도 수없이 지적해 줬다. 이 책에는 여전히 문제가 존재하지만 그들 덕분에 그나마 줄어든 것이다.

내 형제 같은 2012년의 클라리언 동기들. 그들은 나를 꽤 멋진 존재로 만들어 줬다. 올터레드 플루이드 작가회에 있는 동료들. 그들은 나를 좀 더 멋짐에 가까운 존재로 만들어 줬다.

키퍼-오스트들. 그들과 함께 호숫가에서 여러 주말을 보낸 덕분에 수많은 흐리고 추운 밤에 따뜻함을 추억할 수 있었다. 마이 픽처 더 홈리스 패밀리 단체. 특히 린 루이스와 진 라이스, 틸레사 새뮤얼스, 니키타 프라이스, 아버네타 헨리와 데버라 디커슨에게 감사한다. 그들은 내게 끔찍할 정도로 억압적인 환경에서도 힘을 유지하고 생존하며 존엄을 지키는 방법에 대해 너무도 많이 가르쳐 줬다. 마리아 다바나 헤들리는 우리 시대 최고 단편 소설 작가이기만 한 것이 아니다. 그녀는 인정과 멋짐의 표본이다. 칼리아니 샌체즈, 캐시 로드리게스, 퍼트리샤 토머스, R. F. I. 포르토, 새피 캘런, 팀 파이트, 트리니다드 M. 페냐, 그리고 월리드 이스메일은 수년간 심히 필요할 때마다 내 응원단이기를 자처했다.

우리 누나, 세라 탤런트. 그녀는 내 절친이자 제1호 팬이며 가장 믿음직한 아군이다.

우리 어머니, 데버라 밀러. 어머니는 내가 열세 살이었을 때, 내게 자기소개서를 쓰고 우표를 붙인 봉투를 작성하는 법을 알려 줬을 때부터 내 작가적 영웅이었다. 내가 여전히 걸음마 단계였을 때도 어머니는 어둡고 날카롭고 굉장한 이야기들을 출판하고 있었다. 그리고 어머니의 말들은 평생 내게 영감이 되어 줬다. 하지만 말도 못 하게 힘든 한 해를 버티고, 내가 절대 살아 돌아오지 못할 것 같은 경험을 이겨 낸 지금, 어머니는 이제 내 삶의 영웅이기도 하다.

이것은 내 데뷔 소설이지만 내 일곱 번째 소설이기도 하다. 이전에 썼던 모든 소설은 오래도록 천천히 고통스럽게 죽어 버렸다. 그래서 내가 전반적으로 괴로워했고, 아마 평상시 내 태도도 꽤나 끔찍했을 것이다. 내 남편, 후안시 로드리게스는 그 모든 일을 겪는 내내, 그리고 그 외에도 벌어졌던 수많은 끔찍한 일 속에서 한결같이 내 뒤를 봐줬다. 그의 흔들리지 않는 사랑과 지원과 지지(그리고 따끔한 충고)가 없었다면 나는 아마 매번 그렇게 넘어질 때마다 나 자신을 일으켜 세우고 다시 시작하지 못했을 것이다. 게다가 내가 가장 소중하게 여기는 작품들 전부 그가 소개해 준 것이라는 사실은 말할 것도 없다. 그중 몇 개만 예로 들자면 옥타비아 버틀러의 소설, 영화 「배틀스타 갈락티카」와 「아바타: 아앙의 전설」 등이 있다. 그것들이 아니었다면 나는 이야기를 풀어 나가는 실력이 여전히 미흡하고 부족했을 것이다.

그리고 마지막으로 7년을 암과 싸운 우리 아버지, 하이먼 P. 밀러. 아버지가 세상을 떠나기 24시간 전에 우리는 『슈퍼히어로의 단식법』을 출판하자는 하퍼콜린스 출판사의 제의를 받아들였다. 그러니 아마도 내 인생에서 가장 좋은 일과 가장 나쁜 일이 서로 맞물려 벌어진 셈이었다. 이 책을 아버지에게 바친다. 평생토록 나를 사랑해 주시고 있는 그대로 받아들여 주신 아버지 덕분에 내가 괴로웠던 고등학교 시절을 버텨 낼 수 있었다. 더불어 〈자기 자신을 받아들이기〉라는 특수 능력을 가르쳐 주신 부분에 대해서도 아버지께 감사드린다.

옮긴이의 말

정도의 차이는 있겠지만 누구나 자신이 무리 속에 온전히 수용되지 않는 듯한 느낌을 받아 본 적이 있을 것이다. 그럴 때 자존감이 튼튼한 사람이라면 대수롭지 않게 넘길 것이다. 하지만 자신이 그저 자신답게 행동했을 뿐인데 심한 거부를 당한다면, 그때도 대수롭지 않게 반응할 수 있는 사람이 과연 몇이나 될까? 그게 가능한 사람들은 자존감이라는 부분에 있어서 일종에 경지에 오른 초인들일 것이다.

주변 사회로부터 거부를 당하면 개인의 마음에는 상처가 남는다. 또 상처 입은 개인은 살아남기 위해 나름의 방어 기제를 발동시킨다. 이 단계에서도 사람마다 반응은 각양각색이겠지만 『슈퍼히어로의 단식법』의 주인공, 맷은 단식을 통한 초능력 발현이라는 방식으로 세상에 맞선다.

맷은 고등학교라는 자신이 소속된 작은 사회에 늘 스며들지 못한다. 빈민촌 출신인 맷, 가출한 누나의 동생인 맷, 돼지 축산 공장 노동자인 엄마의 아들인 맷, 아버지 없이 자란 맷, 그리고 동성애자인 맷. 이러한 정체성 중 어느 하나 평탄하지 않다. 그래서 맷은 자신이 통제할 수 없는 인생의 난제들과 맞서기 위해 자신이 통제할 수 있는 부분을 통제하기 시작한다. 그것은 바로 자신의 식단이다.

작가 샘 J. 밀러는 질풍노도의 시기를 겪고 있는 청소년 맷을 통해 우리에게 이야기를 들려준다. 처음에는 치기 어린 10대의 가벼운 말투로 보이지만 읽으면 읽을수록 그 메시지는 가볍지 않다. 맷의 목소리를 따라가다 보면 독자는 어느새 마음이 움직이는 경험을 한다. 어설픈 위로가 아니라 내일의 희망을 본 것 같은 기분이다. 최소한 역자인 나는 그랬다.

그건 아마도 이 글이 작가 본인의 경험을 반영한 글이기 때문일 것이다. 작가의 말에서도 언급했듯이 샘 J. 밀러는 섭식 장애를 겪었다. 맷처럼 응급실도 가본 적이 있다고 한다. 게다가 맷처럼 동성애자이기에 세상과 격렬히 싸워야 했던 사람이다. 많이 아파 본 사람이 타인의 아픔도 잘 공감하고 위로한다고 했던가. 바로 이 작가에게 해당하는 말인 것 같다.

작가가 이 작품을 통해 세상에 전하고 싶은 메시지는 여럿 존재한다. 그중 하나가 우선 섭식 장애에 대한 문제화다. 『슈퍼히어로의 단식법』을 통해 독자는 맷이 극단적인 단식을 하면서 자신을 합리화하는 과정을 함께 경험한다. 동시에 그것이 결국 얼마나 위험하고 끔찍한 결과를 초래하는지, 그로부터 회복하는 과정이 얼마나 힘든지를 느끼게 된다.

자학과 한 끗 차이인 행위를 멈추고자 하면 언제든 멈출 수 있으리라고 착각하는 단계는 굉장히 위험하다. 자신의 병을 인정해야 한다. 그리고 때로는 내키지 않아도 타인의 도움을 받아들여야 하는 때도 있다.

또 이 작품은 동성애를 꽤 현실감 있게 다루고 있다. 이에 대해 생각해 본 적이 없거나 생소한 독자들은 조금 당황할 수도 있을 것이다. 하지만 그것을 주인공 맷의 아픔 중 하나로 받아들였으면 좋겠다.

동성애자로서의 맷이 정말 섬세하게 표현됐기 때문에 맷이 비로소 깨달음을 얻을 때 독자도 진심으로 공감하게 된다.

그런데 독자는 맷의 이야기를 따라가면서 한 가지 의구심이 들 것이다. 단식을 통한 초능력 발현이라니! 과연 이게 실제로 벌어진 일일까, 전부 맷의 상상 속 일일까? 이 책의 장르는 대체 뭘까? 이 책이 출간되고 나서 해외 독자들 사이에서 논쟁이 벌어지기도 했다.

어느 쪽으로 생각이 기울든 간에, 독자는 맷에게 연민을 느낄 것이다. 얼마나 삶이 힘들고 외로웠으면 자신을 극한으로 몰아 그런 초능력을 발현시키려고 했을까? 작가는 독자에게 이런 의문을 던지며 맷의 절박한 심리 상태를 표현했다. 그러면서 또 한 가지 메시지를 던진다.

결국 자신에 대한 의구심은 외부적인 요인이 아닌 내부적 성찰로 극복해야 한다는 것이다.

어떻게 보면 너무 원론적인 조언이라 진부해 보인다. 하지만 맷의 이야기를 따라가다 보면 맷이 그것을 깨닫는 과정만큼은 절대 진부하게 느껴지지 않는다. 오히려 맷이 고생해서 깨달은 바를 독자도 생생하게 느낄 수 있다.

〈너는 있는 그대로 가치 있는 사람이야. 이것을 너만 모르고 있어. 저 넓은 세상 어딘가에는 너를 있는 그대로 받아들여 줄 사람이 있을 거야.〉

이것이야말로 작가, 샘 J. 밀러가 직접 세상과 부딪치고 아파 보면서 얻었던 삶의 지혜이지 않을까 싶다. 그래서 이 소설에는 묵직한 힘이 있다. 물론 풋풋한 주인공을 지켜보는 재미도 있다. 삶을 힘들어하는 친구에게, 가족에게, 그리고 자기 자신에게 이 책을 선물하기를 추천한다. 남들과 살짝 다르기 때문에 질풍노도의 청소년기를 보내는 한 소년의 이야기를 통해 모두가 마음의 치유를 받았으면 좋겠다.

2021년 7월
이윤진

옮긴이 **이윤진** 원광대학교 한의학과를 졸업하고 동 대학교 한방 병원에서 전문의로 근무했다. 현재 낮에는 한의사이자 엄마, 밤에는 전문 번역가로 활동 중이다. 옮긴 책으로 니컬러스 설의 『굿 라이어』, 케빈 콴의 『크레이지 리치 아시안』, 사이먼 리치의 『천국 주식회사』, 『지상의 마지막 여친』, 제인 니커선의 『푸른 수염의 다섯 번째 아내』, 앤 러브와 제인 드레이크의 『당신이 살아 있는 진짜 이유 : 무시무시하지만 이유 있는 전염병과 의학의 세계사』, 피어스 브라운의 『골든 선』, 『모닝 스타』, E. O. 키로비치의 『거울의 책』 등이 있으며 윤문영의 『평화의 소녀상』을 영어로 번역하기도 했다.

슈퍼히어로의 단식법

발행일 **2021년 7월 10일 초판 1쇄**

지은이 **샘 J. 밀러**
옮긴이 **이윤진**
발행인 **홍예빈 · 홍유진**
발행처 **주식회사 열린책들**

경기도 파주시 문발로 253 파주출판도시
전화 031-955-4000 팩스 031-955-4004
www.openbooks.co.kr